ullstein

Das Buch

Stefan Ulrich sitzt im August allein im brütendheißen Rom, seine Familie ist bei den Großeltern in Bayern. Damit ihn nicht der Blues erwischt, macht er Pläne für das kommende Jahr: Ganz Italien möchte er bereisen, jede Region besuchen von Südtirol bis Sizilien. Und auch Molise, den etwas vergessenen Landstrich im Süden der Abruzzen. Was er auf seinen Reisen alles erlebt, schildert er gewohnt augenzwinkernd und voller Liebe zu *Bella Italia*. Und natürlich kommen auch der Hausmeister Filippo, die Kinder Bernadette und Nicolas, die Meerschweinchen der Familie und der wunderbare *Palazzo* in Rom nicht zu kurz.

Der Autor

Stefan Ulrich wurde 1963 in Starnberg geboren. Nach seinem Jurastudium arbeitete er als Redakteur der *Süddeutschen Zeitung* in München. Im August 2005 zog er mit seiner Frau und seinen beiden Kindern nach Rom um. Von dort berichtete er als Korrespondent der *Süddeutschen Zeitung* über Rom, Italien und den Vatikan. Seit Sommer 2009 lebt Stefan Ulrich mit seiner Familie in Paris.

Von Stefan Ulrich ist in unserem Hause bereits erschienen:
Quattro Stagioni – Ein Jahr in Rom

Stefan Ulrich

Arrivederci, Roma!
Ein Jahr in Italien

Ullstein

Besuchen Sie uns im Internet:
www.ullstein-taschenbuch.de

Dieses Taschenbuch wurde auf FSC-zertifiziertem Papier gedruckt.
FSC (Forest Stewardship Council) ist eine nichtstaatliche, gemeinnützige
Organisation, die sich für eine ökologische und sozialverantwortliche
Nutzung der Wälder unserer Erde einsetzt.

Originalausgabe im Ullstein Taschenbuch
1. Auflage März 2010
2. Auflage 2010
© Ullstein Buchverlage GmbH, Berlin 2010
Umschlaggestaltung und Gestaltung des
Vor- und Nachsatzes: Sabine Wimmer, Berlin
Titelillustration: © Isabel Klett
Satz: LVD GmbH, Berlin
Gesetzt aus der Excelsior
Papier: Munken Print Cream
von Arctic Paper Mochenwangen GmbH
Druck und Bindearbeiten: CPI – Ebner & Spiegel, Ulm
Printed in Germany
ISBN 978-3-548-28143-8

Für Annette, Franziska und Julius

Eins

Seit Stunden treibt der *scirocco* die Wellen gegen die Küsten Roms. Der Wüstenwind wirbelt den sandigen Untergrund auf, das Meer sieht aus wie ein frisch gepflügter Acker. Beim Hinausschwimmen klatschen mir die sandbraunen Wogen ins Gesicht, und das badewannenwarme Salzwasser dringt mir in Mund und Nase. Ich reibe meine Schwimmbrille aus. Doch das Meer ist zu trüb, um sehen zu können. Wahrscheinlich werde ich gleich mit einer der handgranatengroßen Quallen kollidieren, die immer wieder an den Strand treiben, um dort von kleinen Jungs mit Stöckchen durchlöchert zu werden und dann in der Sonne zu verdampfen. Ab und an streift etwas Weiches, Unförmiges meine Backen oder meine Brust. Ich zucke zusammen, meine, den Schmerz zu spüren, den die milchig weißen, gallertartigen Tiere mit ihren nesselnden Tentakeln bereiten. Aber es sind nur losgerissene Wasserpflanzen, die mich da berühren. Richtig vergnüglich ist das Schwimmen trotzdem nicht. Doch Sport muss sein, wenigstens einmal in der Woche.

Nach einer Stunde habe ich genug. Ich torkele an den Strand und lasse mich in den vulkanschwarzen Sand des Badeörtchens Marina di San Nicola sinken. Die Sonne sticht auf mich ein, obwohl sie nur noch zwei, drei Handbreit über dem Horizont schwebt. Kaum aus dem Meer, schwitze ich schon wieder. Außerdem spüre ich einen Sonnenbrand im Gesicht. Antonia, meine Frau, behauptet immer, ich sei eher der hellhäutige Typ und müsse mich besonders gut einschmieren. Ich selber fühle mich dagegen als Südländer, jedenfalls im Geiste, und verschmähe die Schutzcremes. Auch mein Rücken fängt nun an zu brennen. Womöglich hat ja doch Antonia recht. Ich blicke mich um. Vielleicht kann mir jemand mit ein ganz klein wenig leichter Sonnenmilch aushelfen – von Südländer zu Südländer sozusagen? Aber die wenigen anderen Badegäste haben sich schon verzogen. Was will ich eigentlich noch hier?

August in Rom. Wer es sich irgendwie leisten kann, der ist jetzt nicht in der Kapitale und schon gar nicht an den mäßig schönen Stränden vor der Stadt. Die wahren Römer tummeln sich nun im kristallklaren Meer vor Apulien, Sizilien oder, am liebsten, Sardinien. Leider habe ich meinen Jahresurlaub – natürlich auf Sardinien! – schon hinter mir. Jetzt muss ich mitten im August in der Stadt ausharren und mithelfen, die sommerleeren Seiten jener süddeutschen Zeitung zu füllen, die mich vor drei Jahren als Italien-Korrespondent hierher geschickt hat.

Mein Handy klingelt. Unwillig ziehe ich es aus der Badetasche. Ich schaue auf das Display, um zu überprüfen, wer stört, doch ich sehe nur zwei dampfende Cappuccino-Tassen. Meine Tochter Bernadette hat also wieder einmal den Hintergrund des Displays verstellt. Zugegeben, das sieht hübsch aus mit den Tassen, nur lassen sich so die Nummern der Anrufer nicht mehr erkennen. Außerdem weiß ich nicht, wie man die Dinger wieder verschwinden lässt.

»*Pronto*«, melde ich mich.

»Hallo, Liebling«, antwortet eine Frauenstimme. »Wo warst du denn die ganze Zeit? Ich versuche seit einer geschlagenen Stunde, dich zu erreichen.«

»Ich war im Meer, Sport treiben«, sage ich müde.

»Du warst schwimmen! Wie schön für dich! Mein

Gott, hast du's gut«, seufzt die Frauenstimme. »Bei uns regnet es mal wieder in Strömen. Und es ist saukalt.«

Die Stimme gehört zu Antonia. Sie verbringt den August mit unseren beiden Kindern Bernadette und Nicolas bei unseren Verwandten in Ottobrunn und Tutzing bei München. Wie jedes Jahr, seit wir in Rom sind. Warum sollten die drei auch den Hochsommer in unserer brütend heißen Altbauwohnung im Stadtteil Prati zwischen dem Vatikan und dem Tiber ausharren und mir dabei zusehen, wie ich am Schreibtisch Artikel verfasse? Da schwimmen sie lieber im Starnberger See oder radeln mit Eltern und Schwiegereltern oder vielmehr Großeltern von Biergarten zu Biergarten.

So weit die Theorie. In der Praxis regnet es dann leider oft in Bayern. Antonia erwähnt bei jedem unserer täglichen Telefonate, wie gut ich es doch in Rom hätte und dass es albern sei, wenn ich mich über die Hitze beklagte. Ich erwidere dann: »Du weißt ja gar nicht, was du redest. Jedenfalls wäre ich heilfroh, auch nur einen einzigen Tag bei Weißbier, Nieselregen und 12,5 Grad verbringen zu dürfen.«

Diesmal verkneife ich mir den üblichen Dialog. »Ja, ich hab's gut«, seufze ich und streiche vorsichtig über meine knallroten Schultern.

Antonia kann offensichtlich hellsehen. »Hast du dich auch gut eingeschmiert? Mit der 50er-Creme?«, fragt sie inquisitorisch. »Du weißt doch, was für ein hellhäutiger Typ du bist.«

»Ja, ja, ich habe mich eingecremt«, lüge ich ohne Schuldgefühle. Schließlich ertrage ich auch mannhaft, ohne zu klagen, den Schaden.

»Das glaube ich dir nicht«, sagt Antonia. »Aber du bist selber schuld, wenn du in ein paar Jahren aussiehst wie ein alter Komodowaran.«

»Was? Papa hat einen Waran gefangen?«, höre ich

Nicolas im Hintergrund rufen. Er ist acht Jahre alt und gerade, ganz buchstäblich, tierisch drauf.

Antonia lacht. »Ich gebe ihn dir mal«, sagt sie.

»Hallo, Papa«, sagt Nicolas. »Wo hast du denn den Waran gefangen?«

»Nirgends. Ich sehe nur bald aus wie ein Waran.«

»Weil du dich nie eincremst«, meint Nicolas. »Dummer Papa! Übrigens, weißt du was?«

»Ja?«

»Darf ich dir mal was sagen?«

»Ja, klar.«

»Wenn ich groß bin, will ich Förster werden. Im Bayerischen Wald und in Rom. Dann fang ich dir einen Waran. Tschüs, Papa.«

Nicolas gibt unvermittelt den Hörer an seine Schwester Bernadette weiter. »Papa, geht's dir gut in Rom? Und kümmerst du dich auch anständig um meine Meeris?« Ihre vier Meerschweinchen, die auf unserem Balkon in Rom leben, sind Bernadettes ganz große Lieblinge.

»Aber sicher, mein Schatz! Sie bekommen jetzt bei der Hitze jeden Morgen eine Extraportion frisches Gemüse.«

»Da bin ich froh, Papa. Aber nimm sie auch immer wieder mal aus dem Käfig und spiel mit ihnen. Wenn ich nicht da bin, brauchen sie ganz viel Trost. So, jetzt muss ich aufhören, es gibt Abendessen bei der Oma. Tschüs!«

Ich streife mir Shorts und ein T-Shirt über und gehe zu einer Bar am Anfang des Strandes. Die Terrasse über dem Meer ist leer. Die junge Frau im kurzen Rock und Bikini-Oberteil will gerade schließen.

»*Avrebbe ancora una birra per me, per piacere?*« – »Könnte ich bitte noch ein Bier haben?«, frage ich höflich in meinem akzentfreien Italienisch.

Die junge Frau zieht die Brauen nach oben. »*È tedesco?*« – »Sie sind Deutscher?« Woher sie das weiß?

Wegen meiner Größe und meiner blauen Augen? Oder doch eher wegen meines nordmännischen Sonnenbrandes?

»*Sì*«, gebe ich widerstrebend zu. Schließlich plagt auch mich immer noch der typisch deutsche Tick, im Ausland partout nicht als Deutscher enttarnt werden zu wollen.

»*È bavarese*« – »Sie sind aus Bayern«, stellt die Frau nun kategorisch fest.

Wie sie denn das herausgefunden habe, will ich nun wissen. »Weil Sie genauso Italienisch sprechen wie *il Santo Padre*.«

Nun kann ich mir zugutehalten, dass Papst Benedikt XVI. ein exzellentes Italienisch spricht, jedenfalls grammatikalisch. Seinen weichen süddeutschen Akzent finden die Römer allerdings drollig. Besonders gefällt es ihnen, wenn er »*gioia*« sagt, was »Freude« bedeutet. Er spricht »*gioia*« so weich aus, dass man meint, einen Germknödel durch die Luft rollen zu sehen. Der Heilige Vater mag bekanntlich österreichische Süßspeisen.

Neulich war ich bei einem befreundeten italienischen Journalisten zum Abendessen eingeladen, bei dem auch ein Vize-Direktor des Staatsfernsehens Rai dabei war. Wir diskutierten über Politik und über den Vatikan. Auf einmal sah mich der Rai-Journalist nachdenklich an und fragte höflich: »Gibt es in deutschen Schulen und Sprachschulen eigentlich keinen Phonetikunterricht?«

»Wieso? Wie meinen Sie das?«, antwortete ich verwundert.

»Also, ich meine: Lernt man dort keine Aussprache? Nehmen Sie zum Beispiel mal den Papst. Er spricht eigentlich gut Italienisch. Aber einige Ausdrücke klingen bei ihm so seltsam.«

»Welche zum Beispiel?«

»Na ja«, der Vize-Direktor unterdrückte ein Grinsen, »der Papst möchte in seinen Ansprachen oft vom ›bene comune‹ reden – vom ›Gemeinwohl‹. Er spricht es aber immer wie ›pene comune‹ aus. Das bedeutet etwas ganz anderes, wenn Sie verstehen, was ich meine, und das klingt für uns Italiener seltsam, sehr seltsam! Dass ihm das keiner sagt!«

Was soll ich also davon halten, wenn die Barfrau meine Italienischkünste mit denen Benedikts vergleicht? Und muss ich auf mein Bier verzichten, nur weil ich das »r« in »birra« nicht richtig rollen kann?

Muss ich natürlich nicht. Die Frau zapft mir ein Glas, das in der Hitze sofort beschlägt. Ich setze mich auf die Terrasse, beobachte, wie die glutrote Sonnenscheibe das Meer küsst und dann darin versinkt. Dabei nehme ich einen kräftigen Schluck von dem eiskalten Bier und ertappe mich bei dem Gedanken: »Eigentlich hab ich es ganz gut.«

Müde, aber zufrieden laufe ich den abendlichen Strand entlang und dann zwischen den Dünen hindurch zum Parkplatz. Da Antonia und die Kinder unser Auto mit nach Deutschland genommen haben, habe ich mir zu einem Ferienpreis im Internet bei einer großen internationalen Autovermietung ein Fahrzeug gemietet. Damit, so mein Plan, könnte ich am Abend, nach der Arbeit, aus der Stadt herausfahren und noch ein bisschen im Meer schwimmen. Eigentlich wollte ich nur irgendeinen kleinen Fiat. Doch als ich eines Abends im Büro der Autovermietung vorbeikam, übergaben mir die größtmögliche Inkompetenz verstrahlenden, aber dekorativen Mitarbeiterinnen einen schicken nachtblauen Alfa Romeo.

»Wir haben keinen kleinen Fiat mehr, und da dachten wir, das ist doch eine schöne Überraschung für Sie«, säuselte eine der *signorine*.

Ich freute mich über mein Glück, sah meinen Glauben ans Gute im Autovermieter bestätigt und verblüffte zunächst einmal unseren Hausmeister Filippo, der im Hochsommer, wenn alle anderen Mieter verreist sind, der ungekrönte Kaiser unseres Palazzo, vulgo Mehrfamilienhauses, im bürgerlichen bis feinen Stadtteil Prati ist.

»*Dottor* Uuulrik, Sie haben ja ein neues Auto«, rief Filippo, als wir uns in der Tiefgarage des Palazzo trafen. »Und was für eines! Einen Alfa Romeo, noch dazu ein neues Modell! Um das reißen sich derzeit alle in Rom!«

Nun weiß ich, dass es Filippo schon seit langem wunderlich findet, warum der *signor* Uuulrik gewöhnlich einen alten, schäbigen Volkswagen fährt, obwohl er doch meint, sich eine Wohnung in diesem ehrbaren Palazzo leisten zu können. Nicht, dass die Römer etwas gegen Volkswägen hätten, im Gegenteil. Deutsche Autos gelten – wie deutsche Gesundheitsschuhe – als schick. Ein New Beatle, oder zumindest ein Smart, sollte es aber schon sein. Und ein neuer, sportlicher Alfa Romeo, den ein Deutscher fährt, ist natürlich noch besser. Schließlich demonstriert er so die Anerkennung des transalpinen Barbaren für italienische Eleganz, italienische Rasanz und italienische Wertarbeit – und zwar genau in dieser Reihenfolge.

So wunderte es mich nicht, als Filippo nun mehrmals »*Complimenti!*« schrie, mir auf die Schulter klopfte und drei Mal mit der Zunge schnalzte – sein Zeichen höchster Anerkennung.

Leider musste ich unseren Hausmeister aufklären, dass ich weiterhin den alten Volkswagen besaß und es sich bei dem Alfa Romeo lediglich um einen Mietwagen handelte, für den ich wunderbarerweise nur den Preis eines Fiat Punto bezahlte.

In diesem Moment stieß Filippo einen Schreckensschrei aus und deutete auf den rechten Kotflügel und die Beifahrerseite. »Was ist denn da passiert?«, rief er vorwurfsvoll, als hätte ich gerade einen Ferrari Testarossa geschrottet.

Tatsächlich. Tür und Kotflügel waren eingedrückt und verschrammt, dabei war das Auto in meinem Übernahmeprotokoll als »schadensfrei« bezeichnet. Offensichtlich hatten mir die säuselnden *signorine* der internationalen Autovermietung da etwas untergejubelt. Ich hatte es nicht gemerkt, müde und froh über den günstigen Preis, wie ich war. Im Nachhinein schwante mir, dass ich mich damit noch inkompetenter verhalten hatte als die Inkompetenz verstrahlenden Damen der Mietwagenfirma. Naivität wird in Italien bestraft – nicht immer, aber immer mal wieder. Ein Niederlassungsleiter derselben Firma, mit dem ich später in Rom über den Fall sprach, meinte lakonisch: »Das sieht meinen Kolleginnen ähnlich.« Dabei bedachte er mich mit einem Blick, als wollte er sagen: »*Vecchio deficiente tedesco*« – »Du armer deutscher Narr.«

Dellen hin, Inkompetenz her: Als ich an diesem Abend zum Schwimmen nach Marina di San Nicola fuhr, setzte mein nachtblauer Alfa Romeo wie ein Panther über die Via Aurelia. Eigentlich halte ich mir ja einiges darauf zugute, mir nichts aus Autos zu machen. Doch der Unterschied zu unserem grauen, verbeulten Familien-Passat mit den von Kekskrümeln und Schokoladeflecken gesprenkelten Sitzen und den überall herumliegenden verschrammten Kinderkassetten wurde mir schon angenehm bewusst. Irgendwie schienen mich die anderen Fahrer im Feierabendverkehr auf einmal mit Respekt zu behandeln – Luxus erregt in Italien, anders als in Deutschland, nicht Neid, sondern Achtung. Während der Durchschnitts-Deutsche das Bedürfnis hat,

»die da oben« zu sich herunterzuziehen, versucht der Durchschnitts-Italiener, darin dem Durchschnitts-Amerikaner ähnlich, zu »denen da oben« hinaufzuklettern.

Ich weiß: Das sind jetzt ganz üble Klischees, die einem Journalisten, der differenzieren sollte, schon gar nicht anstehen – doch angesichts der Hitze plädiere ich auf mildernde Umstände.

In solchen Gedanken treibend, erreiche ich meinen mitternachtsblauen Alfa Romeo, erfreue mich an seinem Anblick, ignoriere seine demolierte Seite, öffne den Kofferraum, werfe meine Badesachen hinein, lasse mich zufrieden auf den Fahrersitz fallen und führe den Zündschlüssel ins Schloss, um dem Raubtier Beine zu machen. Ich freue mich darauf, in einer halben Stunde zu Hause im Palazzo in Rom anzukommen und mich auf den Balkon zum Innenhof zu setzen, um die Sommernacht zu genießen.

Allein – der Panther springt nicht an. Er faucht, stöhnt und röchelt nicht einmal, sondern gibt lediglich ein dürres »Klick, Klick« von sich, als schalte sich gerade sein Herzschrittmacher ab. Ich probiere es einmal, drei Mal, zehn Mal, bin erst erstaunt, dann verärgert, dann wütend. Jetzt muss ich schon bei dieser Affenhitze – als einziger Mensch weit und breit – in Rom ausharren, jetzt zahle ich auch noch Geld für ein Mietauto, und dann das! Ich blicke mich um. Die Nacht senkt sich über die Pinien und Oleanderbüsche der Gärten mit ihren weiß getünchten Ferienvillen. Das Meer rauscht, die Zikadenmännchen spielen zum Liebestanz auf, und der Mond lugt höhnisch zwischen den dürren Wedeln einer Palme hervor, denen der Palmrüssler, ein bösartiger, kleiner Schädling, der sich im ganzen Mittelmeerraum breitmacht, den Saft geraubt hat. Dieser Palmrüssler könnte alsbald unser ganzes Bild vom Süden, vom Mediterranen zerstören, aber daran kann ich momentan auch nichts ändern.

Ich muss erst mal meinen Ärger herunterwürgen und die Bedienungsanleitung des Alfa Romeo unter dem Steuerrad hervorkramen. Unter einer funzelig-gelben Laterne fange ich an zu lesen. Das Handbuch ist in einem Italienisch verfasst, das meine Sprachkenntnisse auf eine harte Probe stellt. Natürlich hätte ich es auch auf Deutsch nicht verstanden. Immerhin entnehme ich den Ausführungen, dass die Zündung mit einer Wegfahrsperre versehen ist, die nur mit dem entsprechenden Schlüssel deaktiviert werden kann. Dieser Zündschlüssel dürfe keinesfalls nass werden, sonst sei das Auto nicht mehr zu starten. Woher soll ein Mensch, der einen Passat aus dem vergangenen Jahrtausend fährt, so etwas wissen! Mir schwant: Womöglich war es ein Fehler, den Zündschlüssel in einer Tasche meiner Badeshorts eine Stunde lang beim Schwimmen im Meer mitzuwässern? Ich fand das sehr clever, weil mir so keiner den Schlüssel am Strand entwenden konnte. Warum hat mich auch keiner aufgeklärt! »Typisch Italien«, knottere ich vor mich hin. »In den USA müssen Verbraucher sogar darüber informiert werden, dass Mikrowellen nicht zum Trocknen nasser Katzen geeignet sind!«

So denke ich mich ein wenig in Rage und rufe dann ehrlich erbost mit meinem Mobiltelefon die Service-Nummer an, die auf dem Anhänger des Zündschlüssels steht. »Pannen-Weltservice Italien« steht darauf. Sieben Mal ertönt das Freizeichen, dann sagt eine Automatenstimme: »Unsere Service-Plätze sind derzeit leider alle belegt. Bitte haben Sie etwas Geduld. Sie werden umgehend mit dem nächsten frei werdenden Mitarbeiter verbunden. Legen Sie bitte nicht auf, sonst verlieren Sie Ihre Vorrangstelle.« Dann ertönt aufmunternder Italo-Rock *alla* früher Adriano Celentano, der immer wieder von der Ansage unterbrochen wird. Nach 17 Minuten lege ich auf. Es ist nun stockdunkel. Ab und an kommen Herrchen vorbei, die ihre Hundchen spazieren führen. Mensch und Tier beäugen misstrauisch, was dieser nur halb bekleidete Ausländer in Badeschlappen mit den salzverfilzten Resthaaren und dem finsteren Gesichtsausdruck an diesem eleganten mitternachtsblauen Alfa Romeo zu suchen hat.

Ich bin dennoch versucht, um ein Starterkabel zu bitten. Doch das wäre sinnlos, wegen der Wegfahrsperre, so viel Technik ist mir vertraut. Also fange ich an, den Schlüssel zu zerlegen, Sand und Meerwasser herauszupusten, ihn mit einem Taschentuch liebevoll trockenzureiben, als sei es der wiedergefundene Siegelring meines Urgroßvaters, alles wieder zusammenzusetzen und es erneut zu probieren. Allein, der Panther macht nur »Klick«. Ich könnte nun versuchen, eine offene Bar zu finden, was um diese Zeit unter der Woche nicht gerade einfach ist. Und dann? Ein Taxi für sehr viel Geld nach Rom nehmen? Um am nächsten Morgen wieder per Taxi zurückzufahren, obwohl ich doch einen Grundsatzartikel über die Quallenplage an den Stränden Roms schreiben soll? Ausgeschlossen. Ich rufe wieder den Pannen-Weltservice Italien an. »Unsere Service-Plätze sind derzeit leider alle ...«

Nach 19 Minuten meldet sich eine entzückende Frauenstimme: »Pannen-Weltservice Italien. Hier spricht Valeria. Was kann ich für Sie tun?«

»Ein kaltes Weißbier und eine Hängematte«, will ich antworten. Aber was heißt Weißbier auf Italienisch? *Birra bianca? Birra da grano?* Klingt irgendwie uncool. Also entscheide ich mich für Sachlichkeit. Ich schildere mein Problem, dass ich mit meinem mitternachtsblauen Panther mitten in der Pampa weit vor Rom festsitze, Hunger habe, todmüde bin und dringend Hilfe brauche, und zwar *subito*.

Die *signora* klingt wirklich mitfühlend. »Sie haben

hier beim römischen Büro des Pannen-Weltservice Italien angerufen. Für Pannen außerhalb Roms bin ich aber leider, leider nicht zuständig. Da müssten Sie unsere Leitstelle in Mailand anrufen. Bitte wählen Sie dafür die Nummer ...« Sie rasselt gefühlte 25 Zahlen herunter.

»Können Sie mich denn nicht verbinden?«, frage ich.

»Das geht derzeit nicht. Leider. Soll ich die Nummer wiederholen, damit Sie mitschreiben können?«

»Ich habe nichts zu schreiben bei mir.«

Die Stimme klingt jetzt nicht mehr so entzückend, eher etwas ungeduldig, nach jemandem, der sich endlich wieder dem Lackieren seiner Fingernägel zuwenden möchte. »Es tut mir wahnsinnig leid, aber dann kann ich Ihnen nicht helfen, *vecchio deficiente*.«

Sie sagt nicht wirklich »*vecchio deficiente*« – »alter Blödmann«, aber sie denkt es, das spüre ich. Ich sehe sie vor mir, die *signora*, mit ihrem gelangweilten Barbie-Lächeln an ihrem öden nächtlichen Call-Center-Schreibtisch irgendwo in einem Bürohaus in Rom. Was fällt dieser Spinatwachtel (ich denke nicht wirklich »Spinatwachtel«, aber ich könnte es denken!) eigentlich ein? Da bekommt man erst ein Schrottauto untergeschoben, und dann wird man auch noch als alter Blödmann beschimpft! Ich sage in möglichst mürrischem Ton:

»Senden Sie mir die Nummer halt als SMS aufs Handy!«

»Ich bedaure, aber dazu sind wir nicht autorisiert«, flötet *signora* Valeria schadenfroh.

»Warum zum Teufel haben Sie einen Pannen-Service, wenn Sie einem nicht aus der Patsche helfen können?«

»Wir verstehen Ihren Ärger, und wir sind untröstlich«, säuselt Valeria.

Sie klingt jetzt richtig höhnisch. Was habe ich ihr nur getan?

»Und?«, frage ich.

»Und was?«, fragt Valeria, als sei zwischen uns ohnehin schon alles gesagt.

Ich resigniere. »*Va bene*. Sprechen Sie mir die Nummer noch mal ganz langsam vor. Ich will probieren, sie mir zu merken.«

Nach mehreren Versuchen fühle ich mich so weit. Ich danke Valeria für ihre gütige Hilfe, lege auf und tippe die Nummer hastig in mein Mobiltelefon. Ein Wunder geschieht. Nach kurzem Freizeichen meldet sich eine andere *signora*.

»Pannen-Service Italien, hier spricht Pamela, was kann ich für Sie tun?«

Ich beschreibe erneut mein Problem und erkläre, wo ich mich genau befinde.

»Sie sind am Strand?«, fragt Pamela lauernd wie ein Kriminalkommissar vor der entscheidenden Fangfrage. »Ist da vielleicht Ihr Schlüssel nass geworden?«

»*Ci mancherebbe!*«, rufe ich entrüstet. »Das fehlte gerade noch. Das würde doch die Wegfahrsperre ruinieren.« Dies ist ja auch nicht gelogen.

»So ist es«, bestätigt Pamela. »Wenn der Schlüssel nicht nass wurde, könnte ein Funkmast in der Nähe die Elektronik stören. ... Da ist kein Funkmast? ... Tja, wie auch immer. Ich versuche, unseren Abschleppdienst zu erreichen und Ihnen ein Ersatzauto zu besorgen.«

»Wiiirklich?«, schreie ich so ungläubig, wie einen drei Jahre Erfahrung mit italienischen Service-Centern machen.

»Aber natürlich«, sagt Pamela, als sei das selbstverständlich. »Ich rufe Sie an, sobald ich etwas herausbekommen habe.«

»Versprochen?«, frage ich zaghaft.

»Versprochen, *signore*!«
Wirklich kompetent, diese Pamela.

Um es kurz zu machen: Bald darauf fällt mein Handy aus. Der Akku ist leer, obwohl ich das Gerät nicht einmal mit zum Schwimmen genommen habe. Nach einigen kräftigen deutschen Flüchen und weiteren merkwürdigen Blicken passierender Herrchen und Hundchen suche ich eine Bar, von der aus ich telefonieren kann. Natürlich weiß ich die Nummer von Pamela nun nicht mehr, sie ist ja auf dem Handy gespeichert. Also rufe ich wieder den Pannen-Weltservice in Rom an, lande erneut bei Valeria, notiere mir die Nummer diesmal auf einem Bierdeckel der Bar, kontaktiere noch einmal Pamela, höre mir ihre Vorwürfe an, warum ich nicht ans Handy gegangen sei, und erfahre schließlich, dass leider, leider kein Ersatzauto zur Verfügung stehe, es sei halt Nacht und Ferienzeit. Aber immerhin, »und das ist die gute Nachricht, *signor* Uuulrik«, habe sie einen Pannen-Service erreichen können, der meinen Alfa Romeo abschleppen werde. Ich solle einfach bei dem Wagen bleiben und ein wenig Geduld haben, spätestens in ein paar Stunden sei der Pannenwagen da.

Ich habe viel Geduld, ganz viel Geduld. Da ich früher mal autogenes Training gemacht habe, sage ich mir das nun vor und erreiche so, nicht vor Wut in den Kotflügel des Mitternachtsblauen zu treten. O nein! Ich bin ruhig, ganz ruhig und entspannt. Hungrig auch, das schon. Und kühl wird mir so barfüßig und in meinen Shorts nach dem langen Schwimmen im Meer. Die Bar hat nun allerdings geschlossen. Außerdem muss ich bei meinem waidwunden Auto warten. Doch die Nacht ist wirklich schön, ganz schön. Die salzige Luft des Meeres weht herüber, die Zikaden singen immer noch, und langsam gehen in den Villen die letzten Lichter aus. Ich werde nun tatsächlich ganz ruhig und entspannt. Tolle Sache, das autogene Training. Meine Gedanken lösen sich von dem mitternachtsblauen Alfa Romeo, vom leeren Handy, von Service-Centern, Abschleppdiensten, Valeria und Pamela.

Erinnerungen tauchen zwischen den dunklen Pinienstämmen und aus den Ligusterhecken auf wie Szenen eines Traums. Erinnerungen an den Sommer vor drei Jahren, als wir vier – Antonia, Bernadette, Nicolas und ich – nach Rom zogen. Ich denke an die Schwierigkeiten, auf die wir damals in meiner Traumstadt stießen. An den Schmutz und die Motten in der Wohnung, die Kämpfe mit der Telefonfirma, die endlosen Stunden, ja Tage in Meldebehörden und Akkreditierungsämtern, an die schweißtreibende Suche nach einem *pinguino,* einer mobilen Klimaanlage, an die rührende Hilfe von Filippo und Federica, unserem Hausmeisterehepaar, die amüsanten Erlebnisse mit der weit verzweigten Vermieterfamilie namens Cornetti in unserem Palazzo, an die ersten italienischen Freunde, spannende Dienstreisen von Sizilien bis in die Lombardei, den denkwürdigen Erwerb italienischer Meerschweinchen und Aquarienfische, die Begegnungen mit einem geheimnisvollen Etrusker-Forscher, eine skurrile Reise im Flugzeug des Papstes, an Urlaubsfahrten und an all die Besuche von Verwandten und Freunden aus Deutschland in unserem Palazzo in Prati.

»Jedem Anfang wohnt ein Zauber inne«, das ist von Hermann Hesse, und genau so ging es uns damals auch. Die heißen Augustnächte auf der Terrasse, die ungewohnten Geräusche im Haus, der allnächtliche Gecko auf dem Balkon, der fliegende Fischhändler und der wuselnde Friseursalon an der Ecke, die nächtlichen Katzen auf der Straße, das erste *Tartufo*-Eis auf der Piazza Navona, das Schlaraffenland des Feinkostladens Franchi in der Via Cola di Rienzo, der Blick vom Orangengarten des Aventin-Hügels über die abendliche Stadt hinweg bis hinüber zur Kuppelkrone des Petersdoms, ein duftendes *cornetto* in der Bar am Morgen, danach die Zeitung und ein erster Schwatz mit dem Verkäufer in seinem überquellenden Kiosk – und dann der eher faule Zauber des römischen Großstadtverkehrs, der Bürokratie, der Hitze, des Lärms, der stinkenden Müllcontainer und abgefackelten Autos auf den Straßen, der beschissenen, pardon, von Hunden verunreinigten Bürgersteige vor unserem Palazzo, der Bettler vor den Kirchen und der Bretterbehausungen im Dickicht des Tiber-Ufers, die die damals achtjährige Bernadette so verstörten.

Dann war da natürlich noch das Meer, das alles, wirklich alles aufwiegt. Immer wieder, wenn wir an unseren Lieblingsstränden vor Rom ankamen, sahen wir uns in die Augen und gestanden uns: »Haben wir's gut.« Denn dies war kein Urlaubs-Meer mit Strand, Sonne und Salzwasser pauschal für 14 Tage, sondern ein Vor-der-Haustüre-Meer, das wir mit dem Auto in 20, 25 Minuten erreichen konnten, wann immer uns der Sinn danach stand: auf einen Cappuccino am frühen Samstagmorgen, auf einen Teller *fritto misto* am Sonntagmittag oder auf ein erfrischendes Abendbad nach einem heißen Arbeitstag unter der Woche. Da lag es, das Meer, blau und freundlich, unbegrenzt und vor allem immer so wunderbar verfügbar für uns Münchner Binnenländer.

In früheren Zeiten hatten wir nach jedem Sommerurlaub wehmütig Abschied nehmen müssen von dieser nassblau rauschenden Unendlichkeit. »Bis nächstes Jahr«, haben wir gemurmelt, während die Wellen unsere Füße im Sand versinken ließen. Dann drehten wir dem Meer für ein Jahr tapfer den Rücken, setzten uns ins vollgekofferte Auto und fuhren davon über Apennin und Seealpen, durch die Poebene und den Brenner hinauf nach Norden. Nun, da wir in Rom lebten, mussten wir nicht mehr Abschied nehmen vom Meer. Wir spürten seinen Atem bis in die Stadt hinein und meinten, sein Rauschen noch im Schlaf zu hören.

Und dann? Dann schlich sich, allmählich, ganz langsam, klammheimlich fast, die Routine in unser römisches Leben, wie Nebel, der aus einer Wiese steigt. Das vollzog sich irgendwann zwischen unserem zweiten und dritten Jahr in Rom. Ich rechnete nun schon damit, der alten *signora* Cornetti unten im Garten des Palazzo zu begegnen und ihren Erzählungen aus der Familiengeschichte zu lauschen. Ich erwartete jeden Mittwochvormittag Teodoro, den Tabakgeruch verströmenden Fischverkäufer mit seinem Weidenkorb voller Goldbrassen, Seezungen, Miesmuscheln und Krebsen, am Eingang unserer Wohnung. Wir wunderten uns nicht mehr über Sommernächte mit 28 Grad um Mitternacht, über tollkühne Vespamädchen und elegante *motorini*-Manager im Stadtverkehr, die Taschendiebbanden in den Bussen und das strahlende Morgenlicht auf den Barockkuppeln. Der Blick aus Bernadettes Zimmer auf die Laterne des Petersdoms wurde zur Gewohnheit. Die Kinder begannen, an den Wochenenden zu murren, sie wollten »nicht schon wieder« ans Meer. Antonia fand die langen Schlangen und die grotesken bürokratischen Prozeduren in der Bank und auf dem Postamt auch nicht mehr so originell wie am Anfang und hörte auf, darüber Tagebuch zu führen. Auch ich ertappte mich dabei, wie ich innerlich seufzte: »Nicht schon wieder«, wenn meine Zeitung zum x-ten Male einen Artikel über den flamboyanten Premierminister Silvio Berlusconi bestellte.

Ich blicke mich um, fühle, horche: nächtliche Palmen und Pinien, subtropische Gärten, Salz auf der Haut und Meeresrauschen. Wie viel bedeutet mir das alles immer noch? Zwar ärgere ich mich gerade maßlos über ein verrecktes Auto, aber im Grunde ist mir natürlich auch jetzt völlig klar, wie gut ich es eigentlich habe.

Ich schaue auf die Leuchtziffern meiner Uhr. Es geht gegen Mitternacht. Wie viele Sommer werde ich noch als Korrespondent in Rom erleben können? Noch zwei, noch drei? Und was möchte ich in dieser Zeit noch mitbekommen von Italien? Ich denke darüber nach, wie ich der Routine entkommen könnte. Wie sich der Zauber des Anfangs wiederbeleben ließe. Ich schließe die Augen und versuche mir Italien vorzustellen. Langsam zoome ich von dem kleinen Badeort bei Rom weg, um das ganze lange Land mit all seinen Kontrasten zu sehen, von den Gletschern des Adamello über die Weinhügel des Chianti und die Inseln des Golfs von Neapel bis zum Feuer speienden Ätna und zu den orientalischen Märkten Palermos. Eine ganze Welt in einem Land, 20 Regionen, von Südtirol bis Sizilien, so verschieden wie die Völker eines Kontinents. Wie wäre es, all diese Regionen in einem Jahr zu bereisen, von diesem Sommer bis zum nächsten? Und so Italien in all seinen Facetten zu erleben?

Während ich mir das so vorstelle, merke ich, wie mich wieder Neugierde packt, so wie damals, vor drei Jahren, als wir nach Rom aufbrachen, und die Lust, einfach loszufahren. Da fällt mir der Mitternachtsblaue wieder ein, der sich neben mir störrisch verweigert, nur weil ich seinen Schlüssel womöglich zu lange gebadet habe. Sei's drum. Die Idee ist geboren. Wenn Jules Verne in 80 Tagen um die Welt reiste, kann ich in 365 Tagen kreuz und quer durch Italien fahren. In Sardinien waren wir ja gerade im Juli in den Sommerferien, das könnte man bereits als Region Nummer eins gelten lassen. Als Nächstes wäre dann …

Plötzlich schrecke ich aus meinen Plänen auf. Zwei weiße Scheinwerfer leuchten mir mitten ins Gesicht, ein massiges Fahrzeug rollt auf mich zu und stoppt erst, als ich gerade in die Hecken hechten will. Es ist das Abschleppauto. Ein kleiner, drahtiger Mann um die 60 im Arbeitsoverall springt aus dem Fahrerhaus und geht auf mich zu. »*Signor* Uuulrik?«, fragt er. Dann lässt er sich den Zündschlüssel geben, um doch mal lieber selber nachzuprüfen. Zum Glück macht mein Alfa Romeo auch jetzt nur: »Klick. Klick.« Der Mechaniker schaut auf den dicken schwarzen Griff des Schlüssels und bemerkt die feinen weißen Salzspuren darauf. »Aha, Sie haben den Autoschlüssel nass gemacht«, sagt er.

Es klingt nicht vorwurfsvoll, sondern nur wie eine Feststellung. Dennoch will ich das Thema jetzt nicht weiter vertiefen. Ich knie mich rasch vor den Mitternachtsblauen und tue so, als würde ich nach der Öse für das Abschleppseil suchen. Dann helfe ich dem Mechaniker, das Auto auf den Abschleppwagen zu verfrachten. Er bedankt sich und macht Anstalten, davonzufahren.

»Und was wird aus mir?«, rufe ich entsetzt. Ich sehe mich schon hier draußen übernachten, allein unter Palmrüsslern.

Der Mann hält inne. »Aus Ihnen?«, fragt er gleichgültig, als sei das gegenüber dem Schicksal des Alfa Romeo nun wirklich drittrangig.

»Aber ja – ich muss nach Hause, nach Rom. Können Sie mir nicht ein Taxi rufen?«

Der Mann blickt auf seine Uhr und macht »Ts, Ts, Ts«. »Ein Taxi? Um diese Zeit? Hier draußen? Das wird schwierig. Steigen Sie ein, ich nehme Sie mit zu unserer Werkstatt, dort probieren wir dann, ein Taxi zu bekommen.«

Dummerweise liegt die Werkstatt nicht Richtung Rom, sondern noch zehn Kilometer weiter weg in einem Gewerbegebiet unterhalb einer alten Etruskerstadt. Auf dem Hof angekommen, rast ein Kettenhund mit räudigem Fell auf mich zu. Er will bestimmt spielen. Es ist jetzt gegen zwei Uhr. Der Mond glotzt auf den gekiesten Hof. Der Mechaniker und der Kettenhund inspizieren den mitternachtsblauen Alfa Romeo. »Oje«, murmelt der Mechaniker mit ehrlichem Bedauern. »Was ist denn da passiert? Da ist ja die ganze rechte Seite eingedrückt.«

Der Kettenhund sagt nichts, schaut mich aber ein wenig skeptisch von unten herauf an. Ich weiß, was er denkt: »*Vecchio deficiente.*«

»Mieser Köter«, denke ich zurück und erkläre dem Mechaniker, dass ich den Wagen schon so bekommen habe, dass aber die *signorine* der Autovermietung den Schaden nicht im Übergabeformular eingetragen haben.

»Das muss ich trotzdem aufnehmen«, sagt der Mann und schreibt etwas auf ein Formblatt. Italiener können nachts um zwei ganz schön einen auf bürokratisch machen. Immerhin kommt er nicht mehr auf den Schlüssel zu sprechen. Stattdessen ruft er einen Kumpel an, der bald darauf mit seinem Taxi in den Hof einbiegt.

»Ich bin Andrea«, stellt sich der Taxifahrer vor und bittet mich, auf dem Beifahrersitz Platz zu nehmen. »Das da ist Mara«, sagt Andrea und deutet nach hinten. Ich drehe mich um. Dort lümmelt eine junge Frau mit blondierten, leicht derangierten Haaren und einer mitternachtsschwarzen Sonnenbrille. Der Mond scheint auch wirklich grell. Mara hat die nackten Füße auf die Nackenstütze ihres Freundes gelegt, es sind hübsche Füße, klein und fest. Ihr Kopf hängt nach hinten und sucht am Handgriff der Türe Halt. Sie murmelt etwas von »nachts um zwei aus dem Bett gerissen« und dass sie um diese Zeit eigentlich Besseres zu tun habe. Ich überhöre ihren Vorwurf und frage Andrea, ob es ihm denn nichts ausmache, um diese Zeit im Einsatz zu sein.

»In diesem Fall nicht«, antwortet er. »Bei der langen Strecke und mit den hohen Nachtzuschlägen lohnt sich das für mich.«

Da bin ich ja beruhigt. Wir rasen über die Schnellstraße, vorbei an Schirmpinien, Stoppelfeldern, dunklen Hügeln. Das Taxameter rast auch. Andrea erzählt mir, er sei eigentlich Römer, aber da Mara die Stadt überfordere, wohnten sie eben draußen in der kleinen, ruhigen Etruskerstadt. Wir fahren nun auf der Via Aurelia Richtung Rom. Ich drehe mich um und frage Mara, warum sie Rom nicht möge.

Sie deutet mit dem Kopf nach draußen. Wir passieren gerade eine Parkbucht. Zwischen gärungsprallen Müllsäcken, zerfledderten Zeitungen und Glasscherben stehen zwei schwarze Mädchen im Mondlicht. Sie tragen hochhackige Schuhe und halblange pinkfarben leuchtende Leggings, haben ihre kräftigen Kehrseiten der Straße zugewendet und wackeln langsam mit den Hüften, während wir vorbeifahren. »Rom ist schmutzig und vulgär«, schnaubt Mara und blickt nach vorn zu ihrem Freund. »Und die Römer sind Rüpel.«

Andrea widerspricht, während er im Rückspiegel den beiden Mädchen nachschaut. Mara klopft ihm mit ihren Zehen gegen den Hinterkopf. Er nähert sich bedrohlich der Leitplanke, zieht das Taxi aber rechtzeitig auf die Fahrspur zurück. Die beiden fangen an zu streiten. Über Rom. Pro und Kontra. Andrea sagt, Rom sei die schönste Stadt der Welt, das fänden alle, und wer das nicht begreife, der sei bekloppt. Mara sagt, Rom sei eine Schlampe, das wüssten doch auch alle. Ein Sammelsurium von Ruinen, korrupten Politikern und verdreckten Straßen. Bei ihr oben in Norditalien sei dagegen alles sauber und ordentlich, und sie wisse selbst nicht, welcher Teufel sie geritten habe, dass sie hier unten im *mezzogiorno,* im tiefen Süden, quasi in Afrika, ausharre. Während die beiden streiten, fallen sie immer mehr in ihren Dialekt. Andrea spricht sein breites, verwaschenes Römisch, während Mara in einen seltsamen Singsang verfällt, der an die Melodie des Schwyzerdütsch erinnert, nur eben mit italienischen Vokabeln. Ich kenne dieses Idiom und weiß, wo es gesprochen wird. So nehme ich jetzt eiskalt Rache für all die Male, wenn mir Italiener auf den Kopf zusagten, ich stamme aus Bayern, weil ich so spräche wie Benedikt.

Ich räuspere mich, um die beiden zu unterbrechen, und frage dann gedehnt: »*Vieni da Padova?*« – »Du kommst aus Padua?«

Mara nimmt vor Überraschung ihre Brille ab. »Woher weißt du das?«

»Weil du so sprichst wie ein Schweizer Gardist«, sage ich.

Mara ist beleidigt. Andrea grinst. Wir schweigen. Ich lehne mich zurück und schließe die Augen. Warum fällt mir jetzt Sardinien ein? Ach ja, wegen dem Schwyzerdütsch.

Zwei

Fast drei Jahre lang haben die Römer vergeblich versucht, uns vier nach Sardinien zu locken, wie die Sirenen Odysseus auf ihre Insel. Die Römer besangen Sardiniens »karibische Strände«, die rundgeschliffenen Felsen »wie auf den Seychellen« und die Unterwasserwelt »*alla* Mauritius«. Sie demonstrierten damit ganz beiläufig auch noch ihre Weltläufigkeit, schließlich war ihre Stadt *Caput Mundi,* das Haupt der Welt. Wir dagegen kamen lediglich aus der bayerischen Landeshauptstadt und kannten weder die Karibik noch die Seychellen oder Mauritius, und der Gedanke, das alles auf einmal zu entdecken, noch dazu im nahen Sardinien, war durchaus verlockend.

Doch wir wollten trotzdem nicht hören. Antonia und ich argwöhnten, auf Sardinien könne man »nur baden«. Wir alle, auch Bernadette und Nicolas, unternehmen nach einigen Tagen am Strand gerne mal etwas und machen Ausflüge. Unsere Kinder akzeptieren es sogar, ab und an ein halbes Dutzend Barockkirchen zu besichtigen, solange es nicht zu viele werden. Schließlich haben wir die beiden von kleinst auf abgehärtet.

Bernadette etwa konnte kaum laufen, als wir sie schon in die römische Ruinenstadt Aquileia bei Grado schleppten. In der Kathedrale liefen wir auf Laufstegen aus Plexiglas über das größte frühchristliche Mosaik Europas. Unter uns waren allerlei aus kleinen, bunten Steinen zusammengesetzte Fische, Krustentiere und Wasservögel zu sehen. Bernadette beugte sich fasziniert nach unten, zeigte auf einige Enten und brüllte verzückt durch die Kirche: »Mama, Papa – Quak, Quak.« Das war der Beginn ihrer Liebe zur abendländischen Kulturgeschichte.

Nicolas setzte dagegen historisch noch etwas früher ein. Er fand es bereits im Kindergartenalter schaurigschön, mit uns durch etruskische Felsengräber in den Tuffsteinschluchten rund um Rom zu streifen. Allerdings musste ich ihm versprechen, dass keine Skelette mehr in den Gräbern lagen. Wenn er irgendwo auf unseren Wanderungen in Latium ein paar Tonscherben fand, klaubte er sie sorgfältig auf, um sie dann mit einer alten Zahnbürste zu reinigen und in seinem winzigen zitronengelben Rucksack nach Hause zu tragen. »Die sind von den Etruschken«, flüsterte er mir zu, während er sie in seinem Zimmer hinter dem Bett versteckte.

Ausschließlich zu baden war also für uns alle nichts. Deswegen fuhren wir zunächst lieber nach Sizilien oder Apulien in Urlaub. Doch die Römer ließen nicht locker mit ihrem Sardinien. Besonders hartnäckig zeigten sich unsere Freunde Sergio und Paola, deren kleiner Sohn Alessio, Ale genannt, der beste Freund von Nicolas ist. »Wenn ihr nicht auf Sardinien gewesen seid, wisst ihr nicht, was das Meer ist«, versicherte uns Sergio immer wieder. »Meint ihr, wir Römer würden ständig dorthin fahren, wenn es nicht wunderbar wäre?«

Sergio und Paola wollten partout, dass wir in diesem Sommer mit ihnen kämen. Paolas Eltern hatten ein Ferienhaus an der Costa Rei im Südosten der Insel. »Dort fahren wir diesen Sommer wieder alle hin«, schwärmte Paola, »mit meinen Eltern und Schwiegereltern, Onkeln, Tanten, Cousins, Cousinen, einigen befreundeten Familien und ganz vielen Kindern. Es ist toll dort. Riesige Strände voller netter Leute aus Rom.

Da treffen sich dann alle wieder, und es gibt jede Menge riesiger Pizzerien und Cafés und Tanzlokale, und für die Kinder Poolspiele mit Animation und jeden Abend Kinderdisco mit Showeinlagen, auch mit Karaoke, am Freitag und Samstag sogar bis Mitternacht. Das ist wirklich klasse für die *ragazzi*.«

Paola bemerkte meinen fragenden Blick und schüttelte energisch ihren Lockenkopf: »Das ist nicht ›nur baden‹ dort auf Sardinien, wie ihr immer behauptet. Da gibt es auch jede Menge Freizeitkultur und«, sie warf mir einen schrägen Blick zu, »im Hinterland sogar ein paar Hinkelsteine aus der Urzeit.« Sie meinte die Nuraghen, diese geheimnisvollen, kegelförmigen Festungstürme eines vorchristlichen Hirtenvolkes, die überall auf Sardinien zu finden sein sollen.

»Ihr müsst einfach mitkommen«, fiel ihr Sergio ins Wort, »es wird euch bestimmt gefallen.« Dann kam sein Killer-Argument: »Ihr wollt doch richtige Römer sein, oder?«

Auch Ale benzte natürlich, da er mit Nicolas in den Buchten Sardiniens seine Playmobil-Boote ausprobieren und, wie er sagte, »U-Boot-Krieg spielen« wollte.

Allein, Antonia und ich hatten Zweifel, ob wir wirklich im Urlaub ALLE wiedertreffen wollten, die wir unter dem Jahr in Rom sahen, so nett wir sie auch fanden. Schließlich hatten wir früher, als wir noch in München lebten, unsere Urlaube auch nicht mit ALLEN lieben Freunden und Verwandten auf einem Haufen verbracht. Um ganz ehrlich zu sein, genossen wir es in den Ferien bisweilen sogar, zu zweit und später zu viert zu sein. Aber das ist den Mitgliedern einer römischen Großfamilie nicht wirklich zu vermitteln. Bizarr musste es Paola und Sergio auch erscheinen, dass es nicht unser Traum vom Urlaubsglück ist, uns von der Ankunft bis zum Kofferpacken von Animateuren, Fitnesstrainern und Surflehrern bespaßen zu lassen.

Mir dagegen läuft es noch heute kalt die Ohren herunter, wenn ich mich eines Urlaubs an der Adria erinnere: Unsere idyllische Ferienanlage am Monte Conero südlich von Ancona wurde unablässig von dem *bambini*-Hit »*Il coccodrillo come fa?*« (»Wie macht das Krokodil?«) malträtiert. Vom Frühstück bis Mitternacht, wenn die ersten der kleinsten italienischen *bambini* ins Bett sollten, verfolgten uns das Nil-Reptil und seine lautstarken Freunde – *il cane* (der Hund), *il gatto* (die Katze), *l'asinello* (das Eselchen), *la mucca* (die Kuh), *la rana* (der Frosch) und *la pecora* (die Ziege). Ein lehrreiches Lied, das muss man eingestehen. »Wie macht der Hund?«, heißt es darin, und alle Zuhörer schreien …? Richtig: »*Bau! Bau!*« (»Wau! Wau!«) Und so weiter und so fort, bis zur Ziege – »*Beee!*« (»Mäh!«).

Natürlich taten die lustigen Animateure ihr Bestes, die ganze Anlage ständig zum Mitsingen zu ermuntern. Und natürlich war das alles sehr interessant für uns Ausländer, die auf diese Weise lernten, dass italienische Esel »*Hi! Ho!*« brüllen. Das Krokodil erwies sich dabei als am angenehmsten. Es quäkte, muhte und schrie nicht, sondern machte nur lautlos schnapp, schnapp, was die Animateure mit den entsprechenden Bewegungen ihrer Unterarme imitierten.

Zermürbt flohen wir von der Adria auf die andere Seite der Halbinsel, nach Principina al Mare am Thyrrenischen Meer. Als wir durch die lauschige, würzig duftende *pineta* Richtung Meer fuhren, atmeten wir durch. Wir waren dem Krokodil entkommen. Endlich Urlaubsruhe. Wir stellten die Koffer in unsere Ferienwohnung und spazierten ans Ufer. Doch als wir den langen, breiten Strand betraten, tobte da gerade eine Beach-Party. Jung und Alt hüpften in der Abendsonne und brüllten »*Bau! Bau!*«, »*Beee!*« und »*Hi! Ho!*«.

Wir hatten bei der Ferienplanung in diesem Frühjahr den Verdacht, ein Urlaub mit Sergio, Paola und ihrem reizenden Clan auf Sardinien könnte allzu *coccodrillo*-artig geraten. Daher beschlossen wir, alleine zu fahren. Wir mussten zu allerlei Notlügen greifen, um unseren römischen Freunden das verständlich zu machen. Ich erzählte Sergio und Paola, wir hätten erst im letzten Moment gebucht und nur noch Unterkünfte in anderen Teilen Sardiniens gefunden. Außerdem hätte ich geträumt, an der Costa Rei in einen giftigen Seeigel zu steigen. Italiener gelten bekanntlich als abergläubisch. Mein Sohn Nicolas aber hörte mir zu und sagte: »Papa, warum lügst du?« Zum Glück können Sergio und Paola kaum Deutsch.

An einem dieser brutheißen römischen Julitage, an denen die Pilger auf den Pflastersteinen des Petersplatzes Spiegeleier braten könnten, fuhren wir los. Unser Passat war so bepackt, dass kaum Sonnenlicht ins Wageninnere fiel, jedenfalls nicht auf die Rücksitze, wo Bernadette und Nicolas saßen. Traditionsgemäß gab es auf den ersten Kilometern eine lebhafte Debatte, warum unser Auto so voll war. Bernadette behauptete, es läge an der umfangreichen Fischfangausrüstung, die Nicolas über Wochen aus alten Beständen im Keller zusammengestellt hatte – Blinker, Bleie, Spulen, Ruten, Senknetze, Kescher und was man halt sonst noch so braucht als acht Jahre alter Fischer am Meer. Antonia argwöhnte, ich hätte wohl wieder einmal meine halbe Italien-Bibliothek mitgenommen. Dabei waren in meinem Lektürekoffer allenfalls zehn bis zwölf Kunst-, Landschafts- und Wanderführer über Sardinien, ein Stapel Landkarten, einige wenige ausgewählte Bildbände, ein bisschen was über Flora und Fauna des Mittelmeers und seiner Inseln im Allgemeinen, eine Grundausstattung sardischer Romane und noch ein paar unerlässliche Standardwerke wie die *Geschichte der Stadt Rom im Mittelalter* in sieben Bänden von Ferdinand Gregorovius, die ich in jeden Urlaub mitnehme, weil ich noch nie dazu gekommen bin, sie zu lesen.

»Hast du wieder den Gregorovius dabei?«, fragte Antonia treffsicher.

»Ja, aber nur die Taschenbuchausgabe«, antwortete ich.

»Es ist nicht zu fassen!«, fand meine Frau. Womöglich missfiel es ihr, dass ich die edle Ganzleinen-Ausgabe zu Hause gelassen hatte.

»Und du«, schlug ich zurück. »Hast du auch deine *pasta*, die Nudeln, mitgenommen?«

»Wieso sollte ich denn Nudeln nach Sardinien mitnehmen?«

»Na ja, du nimmst ja bisweilen auch Spaghetti aus München nach Rom mit«, konnte ich mir nicht verkneifen.

»Das sind Dinkelnudeln aus biologischem Anbau, die bekomme ich in Rom nur schwer«, antwortete Antonia – als ob das eine Rechtfertigung wäre. Dinkelnudeln gegen Gregorovius!

Wir fuhren schweigend weiter. Die Fähre sollte am frühen Nachmittag von Civitavecchia aus ablegen, das ist nur eine knappe Autostunde nördlich von Rom. Wir waren zeitig losgekommen. Normalerweise ist es kein Problem, um diese Zeit über die Via Aurelia aus der Stadt zu fahren. An diesem Samstag aber schon. Wir steckten im Stau.

»Ausgerechnet heute«, stöhnte ich und trommelte mit den Fingern auf das Lenkrad.

»Sei doch nicht so nervös«, sagte Antonia.

»Ich bin nicht nervös.«

»Bist du schon.«

»Du musst es ja wissen.«

Bernadette und Nicolas riefen dazwischen, sie wollten nun eine Kassette hören.

»Welche denn?«, fragte ich.

»Pumuckl«, verlangte Nicolas.

»Nein, nicht schon wieder Pumuckl, lieber Bibi Blocksberg«, rief Bernadette. Im Nu lagen sich die beiden in den Haaren, auch wörtlich genommen.

»Stefan, sorg doch mal für Ordnung«, stöhnte Antonia.

Es war, trotz Klimaanlage, stickig im Wagen, und wir waren jetzt, Anfang Juli, alle erschöpft, von Schule und Arbeit und den vergangenen heißen Hochsommerwochen in unserem Palazzo in der römischen Innenstadt. Ich hatte überhaupt keine Lust auf eine lange Pumuckl-Bibi-Blocksberg-Debatte und griff daher zur Atomwaffe. Ich öffnete das Kassettenfach und drohte: »Einigt euch – oder wir hören Paolo Conte!«

Die hintere Reihe in unserem Passat erstarrte vor Schreck. Ich selbst mag den singenden, summenden, brummenden, trötenden und komponierenden Rechtsanwalt aus Asti ja sehr gerne, diesen ein wenig schrägen Jazzbarden mit der Whiskey-Stimme und dem Alter-Schwerenöter-Blick. Seine romantisch-dadaistischen Lieder wie »*Sotto le stelle del Jazz*« hatten mir geholfen, von Italien zu träumen, als ich noch in Deutschland lebte. Meine Kinder aber empfanden Paolo Contes Songs als entsetzlich – ja als albernes, amelodisches Liedgut einer unverständlichen Erwachsenenwelt.

»Tröööt, Tröööt!«, brüllten sie voll Abscheu, wenn ich Paolo Conte auflegen wollte.

Die Drohung damit wirkte auch diesmal. Bernadette und Nicolas einigten sich sofort auf Benjamin Blümchen. »Törööööö!«, dachte ich bei mir.

Als wir nach wenigen Umwegen an der richtigen Mole in Civitavecchia ankamen, waren erst einige

Hundert ebenfalls übervoll bepackte Autos da. Sie standen in ordentlichen Schlangen vor einer gigantischen, hochhaushohen Fähre, die bedrohlich ausgesehen hätte, wenn sie nicht mit beinahe ebenso großen Comic-Figuren bemalt gewesen wäre. Ein schwitzender, schnauzbärtiger Seemann mit bratpfannengroßen Pranken reichte uns gegen Vorzeigen der Reservierung unsere Tickets und prophezeite, wir würden in zwei Stunden einschiffen. Der Hafen war heiß. Das Meer spendete keinen Hauch einer Brise.

Endlich verschluckte uns das Schiff. Wir stiegen aus dem benzingeschwängerten Bauch über schmale Eisentreppen empor. Nicolas und Bernadette waren begeistert. Es gab ein Geschäft mit T-Shirts und Spielwaren, Restaurants und Bars und, auf dem Oberdeck, sogar einen runden Swimmingpool. Im brühwarmen Wasser planschten kleine Kinder wie Frösche in einem Tümpel. Die italienischen Großfamilien hatten bereits die meisten Tische um den Tümpel belegt, doch wir fanden auch noch ein Plätzchen. Dann kam der Fahrtwind, und es wurde richtig angenehm. Wir legten uns auf Liegestühle, stützten die Füße auf die Reling, lauschten der Gischt und stellten uns vor, wir seien Kreuzfahrtpassagiere. Die Fahrt dauerte acht Stunden. Wir sahen Delfine vor unserer Fähre springen und vertrieben uns die Zeit mit *pizzette* und *tramezzini* von der Bar, Lemon Soda und Cappuccino – okay, zwei, drei *prosecchi* waren auch dabei.

Glücklicherweise hatte ich Teile meiner Reisebibliothek an Deck mitgenommen und konnte mich so in die Sardinien-Lektüre stürzen. Normalerweise bereite ich unsere Urlaubsfahrten ja akribisch vor, wenn möglich gleich nach der Rückkehr aus den Vorjahresferien. Diesmal aber hatten wir uns erst spät für Sardinien entschieden. Außerdem hatten mich B und B, Benedikt und Berlusconi, der Papst und der Premierminister, in den letzten Monaten ziemlich in Atem gehalten. Silvio Berlusconi war im Frühjahr nach einem wilden Wahlkampf in Italien zum x-ten Mal Regierungschef geworden – und der bayerische Pontifex war meiner süddeutschen Zeitung ohnehin stets einen Artikel wert. Also hatte ich mich darauf beschränkt, zum Schrecken Antonias, allerlei Bücher über Sardinien zu kaufen und zu horten. Nun konnte ich endlich mit dem Lesen beginnen.

Obwohl ich Italien seit Schülertagen frenetisch bereiste und versuchte, auch in die entlegenen Winkel der Halbinsel und auf die vielen kleineren und größeren Inseln vorzustoßen, war ich noch nie auf Sardinien gelandet. Irgendwie hatte ich stets das Gefühl, diese weit draußen im Thyrrenischen Meer gelegene, vermeintlich kulturarme und banditenreiche Insel sei nicht so recht ein Teil Italiens, sondern eine archaische Welt für sich. Ein anderes Reiseland. Womit ich gar nicht so falsch lag. Denn archaisch blieb Sardinien in seinem Inneren bis vor wenigen Jahrzehnten – und teilweise ist es das noch heute.

An den 1850 Kilometer langen Küsten landeten dagegen immer neue Eroberer, schließlich ist Sardinien ein prima Stützpunkt im Meer. Bereits vor 3000 Jahren ruderten und segelten die Phönizier aus dem östlichen Mittelmeer heran. Sie gründeten Handelsposten und ganze Städte, etwa Karali, die heutige Inselhauptstadt Cagliari. Die Phönizier verdrängten die geheimnisvollen Nuraghier, die die Insel bis dahin beherrscht und mit ihren seltsamen, kegelförmigen Wehrtürmen, den Nuraghen, bebaut hatten.

Darüber las ich auf der Fähre und freute mich darauf, die auf Fotos so vorzeitlich-unheimlich wirkenden Türme und Turmgruppen kennenzulernen, von denen noch heute mehrere tausend in der Landschaft aufragen. Die Nuraghier wandten dem Meer schließlich den Rücken zu und zogen sich ins raue, unwegsame Inselinnere zurück. Seitdem herrschen auf der Insel zwei Kulturen. Die »entwickelte« Kultur der jeweiligen Eroberer an den Küsten und die »wilde« Hirtengesellschaft im bergigen Hinterland.

Auf die Phönizier folgten die Katharger aus Nordafrika. Sie mussten den Römern weichen. Die Söhne der Wölfin verschleppten Zehntausende Sarden als Sklaven aufs Festland und schickten im Gegenzug Kriminelle nach Sardinien. Obwohl die Römer 650 Jahre lang über die Insel herrschten, gelang es ihnen nicht, das Innere zu kontrollieren. Dort, in der Barbaria, der heutigen Barbagia, lebten die »Fellsarden«, wie die römischen Schriftsteller angegruselt schrieben. Diese kriegerischen Hirten stiegen häufig von ihren Bergen herab, um die Küstenzonen zu überfallen. Dem Brauch blieben sie treu, als später Vandalen, Byzantiner, Pisaner, Genueser, Spanier, Savoyer und der italienische Nationalstaat Sardinien übernahmen und teilweise hemmungslos ausbeuteten.

Ich dachte an all die Geschichte und Geschichten Sardiniens, während unser Schiff durchs Meer stampfte. Bernadette und Nicolas liefen immer mal wieder nach vorne Richtung Kommandobrücke, um nach Land zu spähen. Jedes Mal kamen sie zurück und murmelten: »Da ist noch nichts.« Nicolas nahm sogar sein blassrotes Kinder-Fernglas zu Hilfe, um wie ein kleiner Fregattenkapitän den Horizont abzusuchen. Auf einmal rief er: »Papa, da ist was.« Es dauerte noch eine Weile, bis auch ich in der Ferne, zwischen dem schwarzblauen Meer und dem abendblauen Himmel den zartblauen Streifen der gebirgigen Küste bemerkte.

Langsam liefen wir in die weite, friedliche Bucht von Olbia ein. Zu unserer Rechten ragte ein steiler, nackter, scheinbar unbesiedelter Gebirgskamm aus hellem Kalkstein wie der schuppige Rücken eines Ur-

Reptils aus dem Wasser. Ich schaute ihn mir mit Nicolas' Fernglas näher an.

»Wissen Sie, was das ist?«, fragte mich ein Römer im Lacoste-Polohemd, der neben mir an der Reling stand.

Ich schüttelte den Kopf.

»Das ist die Insel Tavolara. Das kleinste Königreich Europas.«

Nicolas und Bernadette schauten gespannt auf den Mann. Das klang nach einem spannenden Märchen. Doch diese Geschichte ist wirklich passiert:

Es war einmal ein Abenteurer mit Namen Giuseppe Bertoleoni. Der segelte Ende des 18. Jahrhunderts mit seiner Familie die kaum bewohnten Küsten Sardiniens entlang, um sich ein Inselchen zu suchen. Zunächst landeten sie auf der Isola Spargi des Maddalena-Archipels zwischen Sardinien und Korsika. Dann testeten sie die winzige Isola Mortório vor der heutigen Costa Smeralda. Doch Giuseppe suchte etwas Grandioseres für sich und seine Familie. Schließlich gingen sie auf der Isola Tavolara von Bord. Dort hatten einst Piraten und Langustenfänger geherrscht. Doch als Giuseppes Sippe kam, war die Insel verlassen – von geheimnisvollen Riesenratten und seltsamen Ziegen mit goldfarbenen Zähnen einmal abgesehen. So nahmen die Bertoleonis Tavolara in Besitz, bauten sich ein Haus, züchteten die Ziegen und wären wohl für immer im Dunkeln der Geschichte verschwunden, wenn nicht eines Tages im Jahr 1836 Carlo Alberto von Savoyen auf die Insel gefahren wäre.

Als der König von Sardinien-Piemont mit seinem Gefolge das wilde Tavolara betrat, um Ziegen zu jagen, kam ihm der Hirte Paolo Bertoleoni entgegen, der Sohn Giuseppes.

»Der König von Tavolara begrüßt den König von Sardinien und wünscht ihm einen angenehmen Aufenthalt in seinem Reich«, sagte Paolo stolz.

Carlo Alberto war amüsiert über den nassforschen Hirten und schenkte ihm spontan die Insel. So ging Paolo als erster der ruhmreichen Hirtenkönige von Tavolara in die Geschichte ein. Sogar Königin Victoria, die britische Monarchin, erkannte Ende des 19. Jahrhunderts das Inselkönigreich an. Ein Schiff ihrer Marine besuchte Tavolara und brachte Fotos der Familie Bertoleoni nach London mit. Eines der Bilder hängt bis heute im Museum des Buckingham-Palastes, wo sich Porträts der Königsfamilien aus aller Welt befinden.

»Unter dem Foto steht: Die königliche Familie von Tavolara, dem kleinsten Königreich der Welt«, versicherte uns der Römer an der Reling. Allerdings sei die Hauptlinie auf Tavolara 1993 mit König Carlo ausgestorben. Nun herrsche ein Nebenzweig – in erster Linie über die Touristen, die mit Ausflugsbooten herüberkommen, um die Gruft mit den Gräbern der Inselmonarchen zu besichtigen und in den beiden Restaurants der Familie Bertoleoni königlich zu speisen.

Unsere Kinder hörten gebannt zu. An Bernadettes versonnenem Gesichtsausdruck merkte ich, was sie nun dachte: Sollten wir uns nicht auch so eine unbewohnte Insel suchen und Könige werden? Prinzessin Bernadette von Tavolara – das klänge doch nach was! So ganz abwegig wäre das nicht, dachte ich mir. Auf Sardinien ist vieles möglich. Der italienische Milliardär und Politiker Silvio Berlusconi baute sich eine Märchenwelt namens »Villa Certosa« mit 14 000 Quadratmetern Wohnfläche, sechs Schwimmbädern, künstlichen Seen, einem 25 Meter hohen Wasserfall, einem Amphitheater – in dem der Meister selbst singt –, nachgebauten Nuraghen, einem Sicherheitsbunker, zwei Hubschrauberlandeplätzen und dem angeblich größten Kakteengarten der Welt. In der Villa erfreut Berlusconi seine Gäste gerne mit künstlichen Vulkanausbrüchen.

Auf der anderen, der Westseite Sardiniens hat sich ein weiterer Visionär einen ganz anderen Traum erfüllt. Salvatore Meloni, ein sardischer Unabhängigkeitskämpfer, kaperte dort vor ein paar Jahren an der Spitze einiger Rebellen eine sturmumtoste Felsinsel, die bislang Mal di Ventre, »Bauchweh«, hieß. Meloni und seine Männer rammten eine Flagge in den höchsten Hügel, tauften das Eiland Malu Entu und erklärten es zum unabhängigen Staat. Sie erklärten ihr Iglu-Zelt zum Regierungssitz und planten, darin zwei Frauen gebären zu lassen, damit die Nation ihre ersten Eingeborenen erhielte. Von Malu Entu aus wollte Meloni ganz Sardinien »befreien«. Die italienische Justiz beschlagnahmte daraufhin Malu Entu. Doch Staatschef Meloni will nicht aufgeben.

So hingen wir alle unseren Gedanken über dieses eigenwillige Sardinien nach, während die Fähre sich Olbia näherte.

Nicolas zupfte den Römer an seinem Polohemd und fragte: »Was ist eigentlich aus den Riesenratten und den Goldziegen geworden?«

Der Mann zwinkerte uns zu: »Tja, das ist nach wie vor ein Geheimnis, ein großes Geheimnis. Von den Ratten hat man bisher nur Skelette gefunden.«

»Schade«, seufzte Nicolas. »Aber die Goldziegen, die gibt es doch noch?«

»Ja, die gibt es bis heute. Sie sind zwar nicht aus Gold, aber ihre Zähne sind goldfarben.«

»Warum?«, fragte Nicolas.

»Manche Forscher sagen, die Kräuter der Insel färbten ihre Zähne. Aber das glaube ich nicht. Denn schon die Lämmer haben ein goldfarbenes Gebiss.«

»Weil sie Königsziegen sind?«

»Wahrscheinlich.«

In der folgenden Woche erforschten wir die Küste um Olbia. Ja, die Römer hatten uns nicht belogen. Die wilden Klippen und hellen Strände, die Fischschwärme und Seesterne im karibikwarmen Wasser, die Lagunen mit den Flamingos – das alles half uns, die Seelen baumeln zu lassen. Wir verbrachten Stunden mit Taucherbrille und Schnorchel im Wasser, sonnten uns wie die Mönchsrobben auf flachen Felsen, angelten, schwammen und verspeisten hauchdünnes, knuspriges Fladenbrot mit Olivenöl in den Lokalen am Strand.

Irgendwann erwachte unser Entdeckergeist wieder, und wir fuhren los, uns die Smaragdküste anzuschauen. Bis etwa 1960 war dieser Küstenstreifen im Nordosten mit seinen Inseln und tiefen Buchten, den rund geschliffenen Granitfelsen und dem smaragdgrünen Wasser unberührt. Während anderswo am Mittelmeer Betonschachtel auf Betonschachtel hochgezogen wurde, herrschte hier Mutter Natur. Bis der Ismaeliten-Prinz Agha Khan auf einer Kreuzfahrt vorbeischipperte und sein Herz an die herrliche Küste verlor – so will es jedenfalls die Legende. Agha Khan kaufte den Hirten das scheinbar wertlose, weil selbst für Schafe und Ziegen karge Land für wenig Geld ab und machte sich daran, ein Ferienparadies der anderen Art zu erbauen.

Das Ergebnis zieht bis heute Reiche und Prominente aus aller Welt an. Eingebettet zwischen Felsen und *macchia* liegen Luxushotels und Wohnanlagen im »neosardischen« Stil, einem Mix aus Toskana, Marokko und Santorin mit einem Schuss Positano. Das Ganze verzieren Bougainvilleen und Hibisken wie bunte Streusel auf einer Sahnetorte. Sauber ist dieses Paradies, gepflegt und perfekt organisiert. Schön und erholsam. Nur: Mit Sardinien und seiner uralten Hirtenkultur hat das kaum etwas zu tun. Eher wirkt es, als seien die Disney-Studios beauftragt worden, eine Mittelmeerkulisse aufzubauen.

Herzstück dieser Welt ist Porto Cervo, der »Hirschhafen«, ein falsches Fischerdorf, in dem mehr Cartier-Uhren, Armani-Hosen und Gucci-Brillen verkauft werden als Miesmuscheln und Zackenbarsche. Unten im Hafen liegen keine Kutter, sondern Katamarane der Krösusklasse. Allerdings schottet sich dieser Freizeitpark der Milliardäre keineswegs ab. Auch da ist Sardinien anders. Hinz und Kunz, Krethi und Plethi können vorbei an Booten und Prominenten streunen und hinauf in den Ort mit seinen Gässchen voller Luxusgeschäften bummeln – und sie tun es. So auch wir.

Natürlich wollte Nicolas zuerst an den Hafen, zu den »Riesenyachten«, wie er sagte. Da lagen sie, am Kai vertäut, Reling an Reling, so dicht beieinander, als wollten sie eine Ponton-Brücke bilden. Mahagoni, Leder, Edelstahl. Schwimmende Prachtstücke, mal nostalgisch, mal edelmaritim, mal hypertechnisch, mal protzig. Stets glänzend. Auf den Hecks standen ganze Couchgarnituren und Kristallglastische, an denen gut betuchte ältere Herren ihren Apero zelebrierten, umtummelt von kaum betuchten *signorine*, die wie ihre Töchter aussahen. Sie alle taten, als bemerkten sie die Gaffer nicht, die da, drei Meter vor ihnen, auf dem Kai standen und sie anglotzten. So auch wir.

Neben uns fuhr ein Lieferwagen vor. Zwei junge Männer sprangen heraus und schleppten Kartons mit dem Aufdruck »Dom Pérignon« auf eine Motoryacht. Auf dem Schiff daneben wirbelte eine Crew von acht jungen Leuten herum, alle in sandbraunen Khaki-Shorts und Polohemden uniformiert, passend zur Lackierung der Yacht. Mit Lederlappen polierten sie die blanken Messingbeschläge und Holzleisten eines Bootes noch blanker.

Nicolas war begeistert. »Schnell, der Foto, Papa, wo ist der Foto!«, schrie er. Dann lief er mit meiner Kamera von Boot zu Boot und knipste. Einmal stellte er sich auch auf eine Gangway. Niemand verscheuchte ihn.

»Wenn ich groß und Förster bin, kaufe ich uns auch so ein Boot«, versprach er mir. Die Försterei war für Nicolas ein äußerst florierendes Gewerbe, dessen Bäume in den Himmel wuchsen. »Welche Yacht würde dir gefallen, Papa?« Er führte mich zu zwei, drei Kandidaten, die nicht der Protz-, sondern der Edelmaritim-Klasse angehörten.

Ich war erleichtert. Nicolas hatte einen guten Geschmack. Als wir an einem Zeitungsladen vorbeikamen, kaufte er sich ein Yachtmagazin in der Dicke des römischen Telefonbuches. So ausgestattet, wagten wir uns auf die Piazza Cervo, um in einem der Terrassen-Cafés unseren *aperitivo* einzunehmen.

Der Hirschplatz ist ein Freilichtgehege, in dem exotische Geschöpfe namens Hautevolee, Schickeria und High Society bei der Brunft in ihrem Habitat aus Boutiquen, Schlemmerrestaurants und Cocktailbars beobachtet werden können. Das Schöne daran: Niemand wird schräg angesehen, wenn er sich in einer der Bars niederlässt, auch wenn er nur ein Kaufhaus-T-Shirt trägt und zwei Kinder mit eisverschmierten Hemden bei sich hat. Auch er, also ich, wird zuvorkommend bedient. Voraussetzung ist allerdings: Man schlürft den teuersten Cappuccino seines Lebens oder lässt sich ein kleines Bier für 16 Euro munden.

Dafür darf man dann aus seinem bequemen Korbsessel heraus diesen rundlichen, kleinen Herrn beobachten, der da drüben, an den Kniekehlen eines Models eingehakt, über die Piazza watschelt. Oder jene Gruppe von *ragazzi* und *ragazze* im Abi-Alter, die von Boutique zu Boutique flanieren und sichtlich Mühe haben, wenigstens einen Teil ihres Taschengeldes unter die Leute zu bringen. Schließlich gibt es hier schon Uhren für 10 000 Euro. Ihr Abendprogramm? Nach dem Einkauf und dem Apero geht es schlemmen – und dann vielleicht noch ins »Billionaire«, die exklusivste Disco der Küste, das Reich des Ex-Formel-1-Managers Flavio Briatore, in der sich auch ein Silvio Berlusconi gerne amüsiert. Hier allerdings kommen Krethi, Plethi und wir nicht mehr rein – nicht einmal ohne Kinder.

Nach Strand und Schickeria wollten wir auch das wahre Sardinien kennenlernen. Also fuhren wir in die Berge. Eine schmale Serpentinenstraße schlängelt sich von der Küste zu den Höhen des Monte Albo hinauf. Wir glaubten uns in den Dolomiten. Fast senkrecht steigen hier die Felswände über den Wiesen empor, auf denen einzelne Eichen und Nadelbäume wachsen. Hirtenland, Banditenland, in dem bis vor einigen Jahrzehnten nicht Staatsbeamte, sondern Familienclans herrschten und das Gesetz der *vindicau*, der Blutrache, galt. Die Orte dieser einsamen Gegend am Rande der Barbagia heißen Lula, Onani, Bitti oder Orune. Ich steuerte Orune an. Trotz der Höhe war es stechend heiß, und die Straße durch die karge Berglandschaft wurde immer kurvenreicher. Wir waren schon Stunden unterwegs. Die Kinder hatten, obwohl bravouröse Reisende, keine Lust mehr. Nicht einmal Bibi Blocksberg und Benjamin Blümchen vermochten sie zu besänftigen.

»Wir wollen ans Meer!«, forderten sie und schrien: »Was machen wir noch hier in den blöden Bergen?«

Doch ich wollte noch weiter. Denn in der Nähe von Orune sollte es, so hatte ich gelesen, ein 3000 Jahre altes Brunnenheiligtum der Nuragher geben. Wasser ist rar im Inneren Sardiniens. Daher war es den Nuraghern heilig. Nicolas und Bernadette aber konnten sich nicht mit einer Besichtigung anfreunden. »Nicht schon wieder altes Zeug«, stöhnten sie. Ich bin nicht stur. Nur gelegentlich. Und dieses Mal war ich es.

Endlich kam Orune in Sicht, ein abweisend aussehendes ehemaliges Banditennest auf dem Gipfel eines windigen Berges. Während wir uns näherten, blickte Antonia in unseren Reiseführer. »Als Heimat notorischer Messerstecher und Viehdiebe verschrien«, las sie vor. »Orune gilt selbst bei abgehärteten Barbagia-Hirten als ein Platz, an dem nur die Zähesten verharren.« Und: »Auch heute noch eine abgeschiedene Welt für sich, in die sich selbst mancher Sarde nicht hineintraut.« Antonia furchte ihre schöne Stirn: »Wirklich gut ausgewählt, Stefan! *Complimenti!*«

Ich schwieg, leicht verunsichert. Das Brunnenheiligtum musste irgendwo in der Umgebung liegen. Wir fuhren weiter und stießen auf einen verbeulten Wegweiser. Die Straße wurde immer schmaler, steiler, führte schließlich den Berg wieder hinab in die Einsamkeit. Kein Auto, kein Mensch, kein Tier war zu sehen, nur zwei Raubvögel, die über den Höhenzügen kreisten.

»Das finden wir nie«, protestierte Antonia. »Das hier kann nicht der richtige Weg sein.«

»Er muss es sein«, beharrte ich.

»Du musst es ja wissen! Aber was machen wir, wenn uns ein Reifen platzt?«

Antonia ist eine couragierte, unternehmungslustige Frau und eigentlich nicht zimperlich. Als wir uns als Studenten anfreundeten, hat sie mir zivilisationsweichem Knaben beigebracht, mit Zelt und Rucksack zu reisen. Sie zwang mich, irgendwo in der Wildnis zu campieren und auf einem Gaskocher in einem Aluminiumnapf Nudeln zu kochen, bis diese zu einem halbgaren Brei verklebten, den wir mit kalter *panna* übergossen und verzehrten. Bevor wir heirateten und unsere Kinder bekamen, brachte mich Antonia sogar dazu, Felle unter die Skier zu kleben und damit im tiefsten Winter zu unbewirtschafteten Hütten in den Hochalpen hinaufzusteigen, wo wir erst erfroren und dann im

Qualm der Kanonenöfen erstickten. Es war wohl ein Belastungstest. Ich bestand ihn mit Mühe. Zur Vergeltung überredete ich Antonia nach unserem Jura-Referendar-Examen, im Buschtaxi durch Kamerun zu reisen, in Hotels voller Kakerlaken zu nächtigen und am Tschad-See wild zu zelten. Kurzum: Antonia pflegt einiges auszuhalten. Umso rätselhafter war mir ihre Phobie, in Italien könnte uns ein Reifen platzen.

»Was machen wir dann?«, insistierte sie nun auf dem Sträßchen unterhalb von Orune.

»Dann ziehe ich halt den Reservereifen auf.«

»Duuuuu?«, spottete Antonia.

»Natürlich. Wer denn sonst?« Zugegeben, ich habe eine gewisse Abneigung gegen altes Wagenöl, Teerflecken und Dreck. Und ich wusste in jenem Moment auch nicht mehr, wann ich das letzte Mal erfolgreich einen Reifen gewechselt hatte. Aber wenn es sein musste, würde es klappen. Bestimmt.

Irgendwann tauchte am oberen Rand eines mit Niederwald und Buschwerk bewachsenen Steilhangs ein Natursteinhaus auf. Davor stand eine riesige Eiche, in deren Schatten roh gezimmerte Holzbänke aufgebaut waren. Ein paar junge Leute kamen auf uns zu. Sie seien eine Kooperative aus Orune, stellten sie sich vor, und bewirtschafteten dieses Brunnenheiligtum. Es war nun gegen Mittag und unglaublich warm. Unsere Gesichter glühten rot vor Hitze. Bernadette und Nicolas ließen sich erschöpft auf die Bänke sinken.

»Zum Brunnenheiligtum kommen Sie über diesen Pfad«, sagte eine junge Frau und deutete hinunter in die Büsche. »Aber ruhen Sie sich erst einmal mit den Kindern aus.«

Wir setzten uns erleichtert unter die Steineiche und ließen den Blick über Berge und Täler gleiten. Bald wurden wir schläfrig, nickten ein – und erwachten im Schlaraffenland. Die jungen Leute kamen mit Körben und Holzbrettchen voller warmem Fladenbrot, Wildschweinsalami, *pecorino,* mit saftigen dunkelroten Tomaten, grobkörnigem Salz, einer Karaffe Wasser und einer Karaffe Weißwein herbei. Sie stellten alles vor uns ab. In einem Napf war Honig. »Ihr müsst ihn zum *pecorino* probieren«, rieten sie uns.

Müde und hungrig, wie wir waren, machten wir uns darüber her. Nicolas verzehrte Brot um Brot mit Wildschweinsalami. Dann streckte er sich auf einer der Bänke aus, legte sich die Hände auf sein Bäuchlein und sagte: »Papa, ich habe selten so königlich gegessen.«

Unsere Gastgeber setzten sich zu uns. »Wisst ihr, für junge Leute wie uns gibt es nicht viel Arbeit auf Sardinien«, erzählten sie uns. »Viele wandern daher aus. Andere schließen sich wie wir zu Kooperativen zusammen. Dafür gibt es Steuervorteile vom Staat.«

Benommen vom Wein und von der Wärme kletterten wir dann den Pfad zum Brunnenheiligtum herunter. Auf einem Absatz des Hanges stießen wir auf ein giebelförmiges Bauwerk aus sorgsam ineinandergepassten Steinblöcken. Es war vor Urzeiten von einem Erdrutsch verschüttet und erst nach dem Krieg entdeckt und ausgegraben worden. Drinnen lag die Brunnenkammer mit dem Wasser aus dem Berg. Es war kalt und klar. Wir hielten unsere vom Gebüsch zerkratzten Arme hinein. Der Mittag brannte auf das stille Land. Mensch und Tier hatten sich vor der Hitze verkrochen. Wir kauerten auf der Erde und kühlten unser Blut im heiligen Wasser der Nuragher.

Wäre die Sonne nicht über den Himmel gewandert, wir hätten geglaubt, die Zeit sei eingeschlafen. Schließlich rissen wir uns los von diesem magischen Ort und stiegen empor zu unserer Steineiche. Die Leute von der Kooperative empfahlen uns einen *agriturismo,* den Freunde in der Nähe betrieben. Für uns war es ein

Volltreffer. Die Häuschen lagen in einem verträumten Olivenhain. Wir freundeten uns rasch mit den Betreibern an, einem Ehepaar Mitte 30 aus Oberitalien und einem jungen Sarden aus der Gegend.

Die drei hatten sich ebenfalls zu einer Kooperative zusammengetan. Francesco, der Sarde, brachte den Grund ein, die beiden Oberitaliener gaben das Geld. Alle drei arbeiteten von morgens bis abends. Wenn die Nacht hereinbrach, trafen wir uns am Schwimmbad und plauderten. Sie erklärten uns den Weg zu versteckten Wasserfällen, in denen wir baden konnten, zu kaum besuchten Nuraghen und abgelegenen Stränden, deren Sand aus reiskorngroßen leuchtenden Quarzsteinchen besteht.

Das Ehepaar aus Oberitalien erzählte uns, sie stammten aus dem Hinterland von Padua und hätten dort ein Geschäft betrieben. Doch das habe sie langsam ausgelaugt. Bei einem Urlaub hätten sie dann das Brunnenheiligtum hier im Inneren Sardiniens entdeckt, Francesco kennengelernt und sich spontan entschlossen, für immer zu bleiben. *»Non ce ne siamo mai pentiti«* – »Wir haben das nie bereut«, versicherten sie im seltsamen Rhythmus des Dialekts von Padua. In unseren Ohren klang es wie italienisches Schwyzerdütsch – und das mitten in den sardischen Bergen.

Eines Abends lud uns Francesco zu sich nach Hause ein. Er lebte in einem Steinhaus auf einer Bergkuppe. Wir tranken Weißwein auf der Terrasse und blickten über die Hügel Richtung Meer. Ein kühler Wind kam auf. Kein Auto war zu hören, kein anderes Haus zu sehen. Dann rief uns Francescos Frau ins Haus, eine makellos schöne Sardin mit feinen nordafrikanischen Gesichtszügen, die mitten in dieser Wildnis gekleidet war wie ein Mailänder Mannequin. Auf dem Arm hielt sie einen kleinen Jungen. Die beiden sahen aus wie die Madonna mit Kind.

Francesco brachte eine riesige Platte mit frisch gegrilltem Spanferkel herein. Es duftete nach Kruste und Macchia-Kräutern. Einige Freunde saßen mit am Tisch. Wir redeten über ihre Insel, über den Spagat zwischen Tradition und Moderne und über die rasende Geschwindigkeit, mit der Sardinien durch den Tourismus ins 21. Jahrhundert katapultiert worden war. Francesco erzählte von seinem Vater, der noch der alten Zeit entstammte. Der Vater habe ihm und seinen Brüdern als Jugendlichen immer wieder eingeschärft: »*Babbo* hat euch lieb. Egal, was ihr tut. Auch wenn ihr Scheiße baut. Sogar wenn ihr einen kaltmacht. Aber wenn ihr *froci* – schwul – werdet, dann bringt euch *babbo* um.« So sei es damals wirklich zugegangen, bekräftigte Francesco, als er unsere entsetzten Gesichter sah. Und das sei noch nicht lange her. Heute dagegen fielen die sardischen Eltern ins andere Extrem. »Von Sittenstrenge ist gar nichts mehr übrig geblieben. Selbst in den kleinen Dörfern auf dem Land lassen die Leute ihre jungen Töchter machen, was sie wollen. Das geht schon wieder zu weit.«

Den Tourismus-Boom auf Sardinien, von dem er mit seinem *agriturismo* ja selbst profitierte, betrachtete Francesco mit gemischten Gefühlen. »Natürlich kommt dadurch erst einmal viel Geld auf die Insel. Doch das schöpfen fast alles die Unternehmer vom Festland ab, denen die Urlaubszentren an der Küste gehören. Für uns Sarden bleiben nur die *briciole*, die Krümel.« Francescos großzügiges Gesicht wurde auf einmal finster. »Wir Sarden dürfen als Köche und Kellner arbeiten. Als Diener. Als Sklaven. Wir werden ausgebeutet. Wie immer in unserer Geschichte.«

Drei

Ende Juli kehrten wir aus Sardinien nach Rom zurück, als alle Römer in Urlaub fuhren. Wir trafen unsere Nachbarn aus unserem Palazzo, die verschiedenen Generationen der Sippschaft Cornetti, als sie in der Tiefgarage ihre Autos beluden. Wir verabschiedeten uns von den italienischen Freunden, die nun nach Sardinien fuhren, und von unserem alten Vermieter, Ercole Cornetti, der mit seiner Frau wie jedes Jahr den Sommer bei seinem Bruder in Argentinien verbrachte. Im Palazzo wurde es immer ruhiger und immer heißer. Und unser Hausmeisterehepaar, Filippo und Federica, wurde immer fröhlicher. Nun kam wieder ihre große Zeit, ohne die pausenlosen Bitten, Wünsche und Befehle des Cornetti-Clans. In den folgenden sechs Wochen galt es nur, ein bisschen die Blumen zu gießen, ab und an in gemessenem Tempo den Hof zu fegen und des Nachts vor Einbrechern auf der Hut zu sein. Aufgaben, die zu meistern waren. Filippo spazierte jetzt jeden Morgen kräftig pfeifend durch den Palazzo – ein untrügliches Zeichen: Es war wieder Hochsommer in Rom.

Für mich dagegen hatte damit bereits die neue Arbeitssaison begonnen. Im August sind viele Korrespondenten einer Tageszeitung im Urlaub, und diejenigen, die im Dienst sind, haben umso mehr zu tun. Nach den herrlichen Wochen in Sardinien fiel mir das besonders schwer. Unsere Wohnung in Prati hat keine Klimaanlage. Mein Studio mit den großen Scheiben heizt sich bereits vormittags auf an die 30 Grad auf. So saß ich wie in den vergangenen Jahren schwitzend am Computer und las, telefonierte, schrieb. Natürlich hatte ich gegenüber den Kollegen in der Zentrale in München einen Vorteil: Ich konnte barfuß und in Khaki-Shorts am Schreibtisch sitzen. Gut, dass wir keine Bildtelefone hatten, gut, dass mich die Kollegen nicht so sahen. Sonst wäre wohl das Vorurteil bestätigt worden, Rom-Korrespondent sei irgendwie nicht so richtig Arbeit, ein »Austragshäus'l«, wie unser Chefredakteur einmal sagte. *Dolce vita* und so. Dabei ist es wirklich nur ein Vorurteil. Das Leben als Rom-Korrespondent ist knochenhart, und das nicht nur wegen der sommerlichen Affenhitze. Nur: Wenn ich das in München anklingen lasse, meinen die Kollegen, ich mache Witze.

Zumindest waren Bernadette und Nicolas rührend besorgt um mich. Sie merkten, was ihr Vater da bei seinem rätselhaften Geschreibsel am Computer zusammenlitt. Immer mal wieder lugten sie vorsichtig bei mir zur Tür rein und fragten: »Wie geht's dir, Papa? Geht's dir auch gut?«

Wie in jedem Jahr zogen sie einen überschwappenden Plastikzuber mit kaltem Wasser herein und zerrten ihn unter meinen Schreibtisch. So konnte ich meine Füße kühlen. Bernadette versorgte mich außerdem alle paar Stunden mit Gläsern voll Apfelsaft und Fruchtschnitten. »Das tut dir gut, Papa«, meinte sie fürsorglich.

Ich plätscherte gerade mit den Zehen im Wasser und freute mich, einen Artikel über einen in Kalabrien gefassten Mafia-Boss beendet zu haben, als das Telefon klingelte. Es war die Panorama-Redaktion, die für die vermischten Geschichten aus aller Welt zuständig ist und wie alle ihre sommerlochleeren Seiten füllen musste.

»Wir planen eine Sommer-Serie«, drohte der Kollege. Das klang nach Arbeit.

»Sooo?«, sagte ich vorsichtig.

»Ja«, antwortete der Kollege. »Wir wollen, dass die Korrespondenten über das Nachtleben in ihren Städten berichten. Über irgendetwas Besonderes natürlich.«

Ich dachte nach. »Da gibt es ein Lokal in Trastevere, in dem die Kellner ihre Gäste auf das Unflätigste beschimpfen, im derbsten römischen Dialekt.«

»Klingt nett«, meinte der Kollege, »aber vielleicht fällt dir noch was Besseres ein. Ich melde mich wieder.«

Er meldete sich wieder. Diesmal schlug ich vor, etwas über das Nachtleben in Fregene zu machen. Fregene – das ist einer der Küstenvororte Roms, in dem einst die Dolce Vita tobte, Federico Fellini inbegriffen. Marlon Brando, Grace Kelly und Alain Delon verdrückten damals auf der Terrasse des legendären Restaurants »Mastino« Venusmuscheln und Goldbrassen, umschwärmt von den Paparazzi, die mit ihren Teleobjektiven wie große Stechmücken wirkten. Fregene prägte die Klatschseiten der Zeitungen, und die Klatschseiten prägten Fregene. Doch irgendwann ebbte die Party ab. In dem feiermüden Fischerdorf gingen die Rollläden der Sommervillen runter, der Stadtpark verwilderte – Fregene war out. Seit einigen Jahren beginnt sich nun wieder etwas zu regen. Erneut blüht ein süßes Leben auf. Die *bella gente*, die jungen Schönen der Stadt, fahren an den Sommerabenden die 25 Kilometer zu dem Seebad hinaus, um zu futtern, zu feiern und sich von der stickigen, stressigen Metropole zu erholen.

Ich schilderte das alles dem Kollegen am Telefon und ließ irgendwann den Ausdruck »*jeunesse dorée*« fallen.

Da fiel er mir sofort ins Wort: »*Jeunesse dorée*! Das klingt klasse! Das wollen wir haben! Das machen wir!«

So übergaben Antonia und ich unsere Kinder eines

Abends in die Obhut Federicas und fuhren gen Westen, dem Sonnenuntergang und der *jeunesse dorée* entgegen, um das römische Beach-Nightlife zu erkunden, streng dienstlich natürlich. Der Korrespondentenjob fordert einen nämlich Tag und Nacht – ich weiß schon, das wird in München wieder ganz anders gesehen.

Eine halbe Stunde vor Sonnenuntergang trafen wir in Fregene ein. Unser alter, stumpflackiger Passat wirkte ein wenig deplatziert zwischen den smarten Kleinwägen, den Mercedes-Coupés und Ferraris der Römer, die an der Straße parkten, die hinter den Strandbädern entlangführt. Leute waren kaum zu sehen. Die Sonne stand eine knappe Stunde über dem Horizont und beleuchtete die eingestaubten Oleander und Agaven und die Parkplätze mit ihren Sonnendächern aus windzerzausten Schilfmatten. Ein paar Schritte weiter Richtung Meer duckten sich die winzigen, ineinander verschachtelten Häuschen des Villaggio dei Pescatori, des einstigen Fischerdorfes, unter der Hitze. Aus den Innenhöfen und von den Terrassen drang Gemurmel, stieg der Duft von brutzelndem Fisch auf.

Die Römer haben die Fischerhäuser längst in Ferienhäuschen verwandelt, ohne den sympathisch-chaotischen Charakter dieses Stranddorfes zu verändern, das als Piratennest in einem Abenteuerfilm herhalten könnte. Wir schlenderten herum. Das war ja ganz nett hier, nur: Wo war die *movida*, von der uns die Römer erzählt hatten? Wo tobte das Nachtleben? Oder war es einfach nur viel zu früh dafür?

Wir fragten ein Pärchen, das sich aus einem neuen knallroten Fiat 500 mit Ledersitzen zwängte.

»Die *movida*?« Domitilla und Alessio lachten über unsere ratlosen Gesichter. »Die findet ihr nur ein paar Schritte weiter. Gleich dort drüben.« Domitilla deutete Richtung Meer. »Hört ihr nichts?«

Wir lauschten. Da waren die unvermeidlichen Zikaden, das Geplauder der Familien in den Ferienhäuschen ... Ach ja, wehte da nicht ein Hauch von Reggae durch den Abend? Domitilla winkte uns mit ihrer aristokratisch schmalen Hand mit den langen, lackierten Fingernägeln zu. »Kommt mit!«

Wir spazierten durch die Gassen des Fischerdorfes, erreichten einen Durchschlupf zwischen den Mauern zum Strand und befanden uns plötzlich ... in Goa? Auf Kuba? In Polynesien? Oder auf Sansibar?

Auf dem hellen, feinen Sandstrand war eine Bar aus dunklen Holzstämmen und mit Reetdach aufgebaut. Drum herum standen Strohschirme im Sand, auf kleinen Tischchen warteten Schalen mit Zitrusfrüchten und frischem Gemüse, in Hängematten und auf Alkovenbetten fläzten sich junge Leute in hellen, weiten Leinenkleidern. Im Rhythmus von Reggae-Musik tänzelten barfüßige Kellnerinnen zwischen den Duftwolken der Räucherstäbchen hindurch. Sie trugen eimergroße Kristallkelche, in denen Mojito schwappte. Die Barfuß-Mädchen stellten die Kelche auf die Tücher, die da am Boden ausgebreitet lagen. Drum herum saßen Grüppchen junger Römerinnen und Römer und klatschten genießerisch in die Hände. Dann begannen sie, ihren Gemeinschafts-Cocktail aus langen, dicken Strohhalmen zu saugen.

Wir setzten uns mit Domitilla und Alessio an ein niedriges Tischchen.

»Nehmt ihr auch einen Mojito?«, fragte uns Alessio.

Bald darauf brachte eine Kellnerin auch uns einen Kristalleimer. Als sie merkte, dass Antonia und ich Ausländer sind, erklärte sie: »Der Mojito ist das Flaggetränk im ›Singita‹. Er wird bei uns nicht mit Soda gemixt, sondern mit Mineralwasser. So wie ihn Hemingway auf Kuba trank.«

Na dann.

Der Beach-Club »Singita« sei DER Ort für den

Apero am Strand von Rom, schwärmte Domitilla. Hier gehe es nicht so krachig und schrill zu wie drüben in Ostia. Hier sei *benessere*, Wohlfühlen, angesagt. Dafür fahre das »Singita« allabendlich Artisten und Pantomime-Künstler, geigende Models, Yoga-Meister oder Sternendeuter auf. Wir würden schon sehen. Während in Antonia und mir der Mojito emporstieg, raunte Domitilla uns etwas von »Energiequellen« und »Reinigung für Körper und Geist« zu.

Ein leichter *maestrale*-Wind strich über das Meer, das sich in der untergehenden Sonne violett färbte. Die Barfuß-Mädchen zündeten Fackeln an. Die Sonnenscheibe verschmolz mit dem Meer. Die Gäste des »Singita« sangen gemeinsam *»O sole mio!«*. Das gehöre zum Ritual, erklärte Alessio.

Dann tauchten sie plötzlich auf, vor uns am Strand von Fregene, drei grazile, überlebensgroße, weiß geschminkte Gestalten. Wie schwerelos taumelten sie zu psychedelischer Musik zwischen den Gästen hindurch. Mit ihren Flügelschwingen und Chiffonkleidern wirkten sie wie weiße Fledermäuse – oder Engel. Nach etlichen Pirouetten um die Alkovenbetten und Fackeln herum verschwanden die Künstler auf ihren Stelzen in der Dunkelheit. Die Musik verklang. Wir schwiegen und lauschten den Wellen, die der *maestrale* ans Ufer trieb.

»Singita«, das Wort stammt aus einer afrikanischen Sprache und bedeutet »Wunder«. Ein passender Name.

»Rom ist jetzt so weit weg«, flüsterte Antonia.

Wir waren an diesem Abend nicht traurig darüber. Denn so sehr wir diese Stadt mögen, so gerne wir vor drei Jahren dorthin zogen – so sehr begannen wir, neben all dem Schönen und Beeindruckenden nun auch ihre Schattenseiten zu spüren: den Überlebenskampf der Römer in einer Metropole, die zu viel Geld für ihre Wohnungen abverlangt, aber nur geringe Löhne bietet, dazu die Hektik der Kapitale, der Verkehr, der Lärm. Schon die antiken Kaiser errichteten sich Refugien außerhalb der Stadt, Hadrian bei Tivoli, Nero in Anzio, Tiberius auf Capri. Der Dichter Horaz feierte auf seinem Gut in den Sabiner Bergen das Leben auf dem Lande: »Hier kannst du Becher labenden Weines im Schatten schlürfen ...« Schon damals war *benessere* angesagt. Die heutigen Römer sehnen sich genauso danach.

Denn Rom ist eine schwere Stadt. Das merkt man ihrem dunklen Lavapflaster, den wuchtigen Fassaden der Palazzi und den dicken Barockkuppeln an, die aussehen wie die Brüste indischer Göttinnen. Auch die römische Küche ist üppig, mit den im Ofen geschmorten Lammgerichten, den Kutteln und Ochsenschwänzen. Schwer ist sogar die Luft, die sommers wie winters feucht bis klebrig in den Gassen des *centro storico* hängt. Das alles gibt Rom Würde und eine behäbig-erhabene Schönheit. Doch es kann einen erdrücken, wenn man nicht aufpasst. Das Meer half uns oft, das bisschen Distanz zu gewinnen, das regelmäßig nötig ist, um Rom wieder wunderbar zu finden.

So flossen unsere Gedanken, so floss der Mojito. Auf einmal fanden wir uns auf der von Plastikplanen überdeckten Terrasse eines Fischrestaurants wieder. Dicht an dicht standen hier die einfachen Holztische mit den weißen Papierdecken. Das bleiche Neonlicht verströmte den Charme einer Werkhalle. Doch das alles nahmen wir gern in Kauf für die duftenden Miesmuscheln in Knoblauchsauce, die marinierten Tintenfische, Schwertfischröllchen, *linguine* mit Hummerstückchen und die zarten Bällchen aus gehacktem Zackenbarsch. Während wir noch davon aßen, erläuterte der Kellner bereits die *secondi*, die Hauptgerichte, mit einer Hingabe, als rezitiere er aus Dantes

Versen über das Paradies. Preise nannte er nicht. *Non si fa*, so etwas Vulgäres tut man hier nicht. Der eiskalte Vermentino half uns dabei, die irgendwann fällige Abrechnung cool zu ertragen.

Mittlerweile war es fast Mitternacht. Rom tanzte. Die *stabilimenti*, die Strandbäder, an denen untertags die Großmütter mit den *bambini* im Sand Kuchen backen, hatten sich in Freilicht-Discos verwandelt. Im »Gilda on the Beach« wiegten sich Frauen in kurzen Jeans zu Salsa-Klängen, eine Flasche Corona-Bier in der Hand. Im »Miraggio« spielte eine Band skurriler Altrocker Italo-Pop. Auf der Tanzfläche mischte sich die goldene Jugend mit der älteren Halbwelt. Ein platinblond gefärbter, zwergenhafter Mann Mitte 60 in glänzendem Nadelstreifenanzug, hochhackigen Lackschuhen und Sonnenbrille schob eine barocke Ex-schönheit im minimalistischen Paillettenkleid taktvoll über den Strand. Genau! Wie bei Fellini!

Antonia und ich zogen weiter. Schließlich sanken wir auf eines der Alkovenbetten am Meer. Rock und Salsa vermischten sich mit dem Plaudern der Wellen, Gedanken mit Träumen. Dann ging hinter dem Pinienwald, im fernen Rom, die Sonne auf.

Als wir wieder in unserem Palazzo eintrafen, empfingen uns Nicolas und Bernadette vorwurfsvoll. »Wo wart ihr denn so lange?«, riefen sie uns schon an der Tür zu.

Federica, die bei ihnen übernachtet hatte, bereitete gerade ihr Frühstück zu.

»Es gibt große Neuigkeiten«, sagte Nicolas und zog mich am Ärmel zu seinem Zimmer. »Schau mal in mein Aquarium!«

Ich blickte in das 60-Liter-Becken mit den Höhlensteinen, Wasserpflanzen, Neonfischen und Panzerwelsen.

Nicolas hatte das Aquarium vor zwei Jahren zum

Ausgleich für Bernadettes Meerschweinchen bekommen. Die Anfangszeit war hart, da meine Aquarianer-Erfahrungen Jahrzehnte zurücklagen. So hatten wir Verluste zu verzeichnen, schwere Verluste. Mal bekamen die Guppies weiße Punkte auf den Flossen und gingen ein. Mal verendeten die Süßwassergarnelen auf rätselhafte Weise. Mal türmte Nicolas' Lieblingsfisch, ein bärtiger Wels, den er liebevoll »Nuckelpinne« nannte, nachts aus dem Becken und vertrocknete auf dem Teppich. Nicolas legte die Gräber rund um das Rosenstöckchen auf unserer Terrasse an, samt kleinen Holzkreuzen aus Zahnstochern. Dann freundeten wir uns mit Tito an, einem Aquarienhändler, bekamen dank seiner Hausbesuche fachkundige Hilfe, lernten dazu über Wasserhärte, Futtermenge, Beleuchtungsdauer. Von da an wurden die Fische immer älter.

Nun, in diesem Sommer, hatten wir seit Monaten keinen Todesfall mehr zu beklagen. Das einzige Problem war die Wassertemperatur. Zwar sorgte die Aquariumheizung im Winter dafür, dass das Wasser stets eine behagliche Badetemperatur von 24, 25 Grad hatte, auch wenn wir in unserer Wohnung bei 16 Grad schlotterten. Im Sommer aber schwitzten wir bei 30 Grad in unserem Palazzo – und die Fische ebenso. Einen Aquariumkühler hatten wir nämlich nicht. Neons, Guppies und Nuckelpinne II. nahmen sich glücklicherweise ein Beispiel an uns und hielten durch. Doch was wollte mir Nicolas nun so eilig zeigen? Etwa wieder einen Todesfall? Ich blickte ins Becken und zählte die Bewohner durch. Alle da? Alle da!

Nicolas zupfte mich wieder am T-Shirt. »Das ist doch toll, Papa, oder?«

»Was meinst du denn? Ich kann gar nichts sehen!«

»Siehst du ihn nicht? Dahinten, in der Ecke am Filter!«

Tatsächlich. Zwischen Aquarium und Filterwand

kauerte ein winziger korallenroter Fisch mit schwarzen Knopfaugen. Offensichtlich hatte unser Plati-Pärchen ein Junges bekommen. Die größeren Mitbewohner streiften um es herum und versuchten nach ihm zu schnappen. Ich verschwieg Nicolas, dass Fische normalerweise mehrere Junge kriegen und die Geschwister des Kleinen wohl bereits verzehrt waren. Zum Glück besaßen wir einen kleinen Brutkasten, den man im Wasser schwimmen lassen konnte. Wir fingen den jungen Plati mit einem Netz und setzten ihn hinein. So war er vor den Nachstellungen seiner Eltern sicher. Nicolas war entzückt über seinen *pesciolino*, sein Fischchen, wie er ihn auf Italienisch nannte. Auch Federica, die Hausmeisterin, war begeistert. Der Nachwuchs sei der hohen Wassertemperatur zu verdanken, versicherte sie. Immerhin hätten ja auch die *porcellini*, unsere Meerschweinchen, einst im Hochsommer Junge bekommen. Und in dem süditalienischen Dorf, aus dem sie stamme, sei es in heißen Sommernächten ... Federica verstummte und blickte versonnen ins Aquarium. Ich fragte nicht weiter nach.

Bald darauf wurde es Zeit, Abschied zu nehmen. Antonia, Bernadette und Nicolas würden den August bei den Großeltern in München verbringen. Wir grillten am Abend vor ihrer Abreise auf unserem lauschigen Wohnzimmerbalkon, der auf den Innenhof unseres Palazzo hinausgeht. Die Engelstrompete in der Ecke hatte riesige weiße Blüten, die betörend dufteten. Mein Schwiegervater hatte mir die tropische Pflanze einst in München zur Geburt von Bernadette geschenkt. Ich weiß noch, wie er mit der kleinen Engelstrompete auf dem Gepäckträger bei unserem damaligen Garten in München angeradelt kam. Die Pflanze gedieh in den Sommern in Bayern prächtig. Natürlich nahm ich sie mit nach Rom. Dort aber blühte sie zu meiner Verblüffung keineswegs auf, sondern wurde von Schädlingen befallen. Nur durch den Einsatz eines Giftsprays, mit dem das Gartencenter um die Ecke dealte, konnte ich unseren »Engel«, wie wir sie nannten, retten. Allerdings durfte ich Antonia nichts davon sagen, die, aus tiefgrüner Familie stammend, keine Pestizide mag. So schlich ich mich ganz früh am Morgen mit Schutzbrille und Gummihandschuhen auf den Balkon, um den Schädlingen zu Leibe zu rücken. Vorsichtshalber deckte ich den Stall mit den Meerschweinchen ab und betete darum, dass weder Antonia aufwachen noch mich jemand von der Familie Cornetti sehen möge. Sie hätten mich sonst wohl für einen al-Qaida-Terroristen gehalten. Der Engel aber dankte mir meinen subversiven Einsatz und blühte, zu Antonias argloser Überraschung, wieder kräftig auf.

So konnten wir uns in dieser Nacht an seinen prächtigen Blüten freuen. Wir beobachteten unseren Gecko bei der Mückenjagd und sahen den Fledermäusen zu, die um die Kronen der Pinien schwirrten. Mir war ein wenig melancholisch zumute, weil ich nun zwei Wochen hier allein verbringen sollte. Als Auslandskorrespondent mit Büro im Haus hatte ich ja den Vorteil, meine Familie stets um mich zu wissen. Ich erfuhr live, und nicht erst wie andere Eltern beim Abendessen, was die Kinder nach der Schule erzählten. Ich konnte Bernadette schnell mal bei der Mathehausaufgabe helfen, wenn Antonia unterwegs war, oder Nicolas' Heft mit den neuen Fußball-Klebebildchen bewundern.

Natürlich ist es nicht immer lustig, aus dem Nebenzimmer Kinderkassetten plärren zu hören, wenn man gerade über einem Leitartikel zur interreligiösen Politik Papst Benedikts XVI. brütet. Aber das nahm ich gerne in Kauf. Ein älterer Kollege hatte mir zu Anfang meiner Redakteurszeit in München einmal erzählt, er habe seine Töchter kaum aufwachsen sehen, weil er fast sein ganzes Leben im Büro und auf Dienstreisen verbracht habe. Plötzlich seien die beiden Mädchen erwachsen gewesen. Das jedenfalls passiert mir nicht. Dafür bin ich dankbar. Umso weniger bin ich es allerdings gewohnt, meine Zeit, wie nun im August, alleine in der Wohnung zu verbringen.

Bernadette spürte, was ich dachte. »Papa, bist du traurig, weil wir morgen wegfahren?«, fragte sie.

»Ja, mein Liebling, das bin ich.«

»Aber du bist doch nicht allein«, tröstete sie mich. »Du kannst ja mit meinen Meerschweinchen reden.«

Susi, Mucki, Nelly und Giacomo alias Jakob Brödler, wie die vier *porcellini* heißen, waren zwar kein vollwertiger Ersatz für Antonia, Nicolas und Bernadette. Eine nette Gesellschaft aber waren sie schon. Bernadette instruierte mich genau, wie ich die vier täglich zu füttern und zu tränken, untertags in ihren Auslauf zu setzen und abends wieder in den Stall zurückzubringen hätte. Außerdem sollte ich den Stall täglich ausmisten und mich, regelmäßig!, mit den Meerschweinchen unterhalten.

»Meinst du, die verstehen mich?«, fragte ich meine Tochter.

»Natürlich«, sagte sie. »Ich rede doch auch immer mit ihnen. Die brauchen das.«

Es sollte diesmal nicht bei unseren *porcellini* und den Fischen von Nicolas bleiben. Im Bekanntenkreis hatte sich schnell herumgesprochen, dass ich im August in Rom ausharren würde. Welch ein Glücksfall! So durfte ich außerdem die schönhaarigen, aber phlegmatischen Meerschweinchen einer befreundeten Familie in Pflege nehmen. Da Giacomo sie nicht als Gäste akzeptierte, baute ich einen weiteren Stall auf dem Balkon auf. Giacomo vertraute mir dann in einem unserer August-Gespräche an, die beiden neuen Kollegen seien Langweiler.

Eine andere Familie gab mir dann noch ihren *grigetto*, den Hamster, in Pflege. »Es ist nur für ein paar Wochen«, meinten sie, als sie sich nach Sardinien verabschiedeten. Der Hamster, Rudolfo mit Namen, wollte natürlich auch in seinem eigenen Käfig bleiben. Giacomo würdigte ihn mit keinem Blick. Zum Glück war unser Vermieter Ercole Cornetti in Argentinien. Er fühlt sich von allen Kleinnagern an Ratten erinnert und hätte die Verwandlung seines Palazzo in einen Zoo sicher nicht goutiert.

Vier

Mittlerweile ist die erste einsame August-Woche fast vorbei. Die große internationale Autovermietung hat mir nach langwierigen Verhandlungen einen Ersatzwagen für meinen nachtblauen Panther gestellt. Der ist zwar nur ein taggraues Mäuschen, ein kleiner Fiat, aber immerhin: Er funktioniert. Tagsüber schreibe ich Artikel, abends fahre ich mit dem Mäuschen ans Meer zum Schwimmen. Am Freitagnachmittag quäkt in meinem Büro *il citofono*, die Sprechanlage, durch die alle Wohnungen der weit verzweigten Familie Cornetti im Palazzo mit der Hausmeisterwohnung verbunden sind. Als ich den Hörer von der Wand nehme, knackst es verdächtig. Wahrscheinlich wird man auch hier, wie überall in Italien, abgehört.

»*Dottor* Uuulrik«, höre ich die Stimme Filippos.

»*Si, sono io*« – »Ich bin es«, antworte ich, als könne es anders sein.

»*Dottore*, ich möchte Sie etwas fragen. Federica und ich wollen heute Abend im Hof neapolitanische Pizza backen. Hätten Sie Lust, mit uns zu essen?«

Natürlich habe ich Lust, zumal ich weiß, dass die beiden ausgezeichnet kochen. Wir verabreden uns für sieben Uhr. Ich freue mich darauf, wieder einmal in Ruhe mit Filippo und Federica zu plaudern, die uns seit unserer Ankunft in Rom schon in so vielen Lebenslagen beigestanden haben.

Allerdings werde ich dann heute Abend um mein Bad im Meer kommen. Die Sonne knallt seit Stunden auf meinen Schreibtisch, denn die Jalousien der Fenster sind kaputt. Und heute scheint es besonders heiß zu sein. Die Engelstrompete auf dem Balkon lässt alle Blätter und Blüten hängen. Die Meerschweinchen liegen scheintot in ihren Ställen. Der *grigetto* hat sich tief in seinem Bau verkrochen. Alle leiden. Ich leide auch. Ich trinke Wasser, arbeite, schwitze. Dann trinke ich wieder Wasser, arbeite und schwitze.

Um sechs Uhr halte ich es nicht länger aus. Ich lasse die Badewanne mit eiskaltem Wasser voll laufen und gleite ganz langsam hinein, schließlich muss man mit Mitte 40 jederzeit mit einem Herzinfarkt rechnen. Es ist schrecklich und schön zugleich. Ich fühle mich wie kochende Lava, die im Meer erstarrt. Ich schaue auf die Uhr. 15 Minuten will ich schon in dieser Arktis aushalten. Sauna umgekehrt sozusagen. Während ich noch überlege, ob das wohl gesund ist in meinem Alter, klingelt es heftig an der Haustür. Wer kann das sein? Ich bleibe im Wasser liegen.

Es klopft. Jemand schreit: »*Dottor* Uuulrik!«

Ich springe auf, wobei das Wasser ins Badezimmer schwappt, binde mir ein Handtuch um und laufe zur Tür.

Draußen wartet Federico, selbst bei dieser Hitze in makelloser Khakihose und frischem Polohemd. Er schaut mich entgeistert an, wie ich da stehe, tropfnass und vor Kälte schlotternd. »Entschuldigung, *dottore*«, stammelt er verlegen, als habe er mich gerade aus einem Schäferstündchen mit einem Eisbären gerissen.

Ich halte mein Handtuch fest, während das Wasser von mir herab auf den Boden tropft, und sehe Erklärungsbedarf. »Es ist wegen der Hitze«, murmele ich. »Ich habe mich in die eiskalte Badewanne gesetzt.«

Federico reißt seine dunkelbraunen Augen auf und sieht mich fassungslos an. Ein Schäferstündchen mit einem Eisbären, das würde ihm ja vielleicht noch eingehen. Aber freiwillig in eine eiskalte Badewanne ... Wo es ihm doch schon unbegreiflich ist, dass Deutsche bereits bei 20 Grad Wassertemperatur ins Meer gehen. »Ts! Ts! Ts!«, macht Filippo, und das sagt alles: Das ist nicht gesund, *dottore*, das macht man nicht, das ist pervers. Tatsächlich sagt er: »Federica und ich haben schon mit dem Pizzabacken begonnen. Wenn Sie Lust haben, herunterzukommen ... Vielleicht wollen Sie sich ja noch etwas anziehen.«

Ich ziehe mir eine dezidiert ordentliche Khakihose und ein betont gebügeltes Polohemd an. Die meisten Italiener sind, und das ist einer ihrer vielen Vorzüge, körperlich äußerst gepflegt, egal, in welchen sozialen Verhältnissen sie leben. Auch ihre Wohnungen sind stets geradezu peinlich reinlich. Wobei sich das peinlich auf uns *tedeschi*, uns Deutsche, bezieht, die in Italien zwar den Ruf großer Ordentlichkeit genießen, in der Praxis aber schwer enttäuschen. In unserer Wohnung etwa sieht es normalerweise aus, wie es in einer normalen deutschen Familie mit zwei kleineren Kindern eben so aussieht. Das behaupte ich jetzt einfach mal, gestützt auf allerlei Erfahrungen. In der Küche steht ein wenig Geschirr herum, in den Kinderzimmern führt nur noch ein schmaler Durchgang zu den Betten, und im Wohnzimmer hat Nicolas für gewöhnlich einen Teil seiner Playmobil-Landschaften aufgebaut. Ganz normal eben.

Für unsere italienischen Freunde aber grenzen wir damit ans Asoziale. Nicolas etwa erzählt immer wieder fassungslos, sein Freund Alessio dürfe nicht im Wohnzimmer mit Papierfliegern herumwerfen und müsse jeden Abend sein Kinderzimmer aufräumen. Alessios Eltern dagegen versichern, wenn sie uns besuchen, sie fänden es toll, wie viel Freiraum wir Bernadette und Nicolas in der Wohnung ließen. Sie lassen dabei vielsagende Blicke herumschweifen, die zeigen, dass sie das ganz und gar nicht toll finden. Besonders verstört es Italiener, wenn in deutschen Haushalten allerlei Schuhwerk im Eingangsbereich herumsteht.

»Das wäre in einer italienischen Familie, die etwas auf sich hält, undenkbar«, erklärte Federica anfangs einmal Antonia. »Bei uns gelten Schuhe als etwas Schmutziges, Unreines. Die versteckt man und hält sie Besuchern nicht unter die Nase.«

Irgendwie haben sie da ja recht, unsere italienischen Freunde. Schuldbewusst stelle ich also meine Flipflops in den Schrank, bevor ich mir meine saubersten, geradezu eleganten Leinen-Turnschuhe anziehe und hinunter in den Hof gehe. Es ist ein schöner, geräumiger Innenhof, umgeben von den Mauern des Palazzo. Schattige Zedern, Pinien und Palmen wachsen hier, ein Magnolienbaum, Lorbeerbüsche, Erdbeerbäumchen. Allein der Anblick kühlt und beruhigt – ein botanischer Garten mitten in der Stadt. Ein Teil des Palazzo ist auf Betonstelzen errichtet. Dadurch ist eine überdachte Terrasse entstanden, auf der Federica und Filippo alles hergerichtet haben: einen gedeckten Holztisch mit Bierbänken und einen weiteren Tisch, auf dem zwei Pizza-Grills stehen. Eine Schüssel mit Teig wartet daneben, und dann sind da noch Schalen mit Sardellen, Tomatenmark, Mozzarellastücken, Schinkenstreifen, Salami, Artischocken, Kapern, hart gekochten Eiern, Kartoffelscheiben, Champignons und vielem mehr. Auf dem Tisch stehen Flaschen mit Bier und Rotwein. Auf einem umgedrehten Topf flimmert ein Schwarz-Weiß-Fernseher. Zu allenfalls schemenhaft erkennbaren Bildern ertönt ein gleichmäßiges Rauschen. So was habe ich zuletzt 1990 auf einer Zugfahrt erster Klasse durch den Regenwald Kameruns gesehen.

Filippo fängt meinen erstaunten Blick auf. »Leider ist der Fernsehempfang hier nicht optimal«, sagt er. »Aber wir dachten uns, dass es so gemütlicher ist.«

Dann bereiten die beiden die knusprigsten *pizze* zu, die ich je gegessen habe. Filippo rechtfertigt sich dabei immer wieder, mit all dem Belag sei das natürlich nicht die echte neapolitanische Pizza. Aber er wisse ja, dass wir *tedeschi* es lieber etwas üppiger haben. Es wird ein toller Abend im Innenhof unseres sommerleeren Palazzo. Ich darf mich ein wenig am Pizzabacken versuchen, während mir Federica erläutert, heute sei ihr Hochzeitstag. Schuldbewusst, obwohl unschuldig, steige ich in unsere Wohnung empor und hole eine Flasche *spumante*, was unsere Stimmung weiter hebt.

Filippo und Federica erzählen mir Dinge aus dem Palazzo und von der Familie Cornetti, die man leider unmöglich weitererzählen kann. Dann berichten sie, wie sie sich einst in ihrem Heimatstädtchen im tiefen Süden von Neapel kennengelernt haben. Federica war damals 14, Filippo kaum älter.

»Es war Fasching, und der ganze Ort war auf der Straße«, erinnert sich Federica. »Ich war als Gewitterwolke verkleidet und Filippo als alter Mann, mit Zigarrenstummel und Schiebermütze. Da hat es gleich gefunkt zwischen uns.«

Nun wollen sie natürlich auch noch wissen, wie das war, als Antonia und ich zusammenkamen, und ich berichte von jenem schönen Sommertag im Juli 1985, als Boris Becker erstmals Wimbledon gewann. Aber Boris Becker sagt ihnen nichts. Irgendwann sind *spumante*, *birra* und *vino rosso* getrunken, und nun, dieses eine Mal in all unseren römischen Jahren, lässt Filippo das »*dottore*« oder »*dottor* Uuulrik« fallen und nennt mich einfach »Stefano«. Filippo hatte uns ganz am Anfang unserer römischen Zeit erzählt, im Palazzo würden ihn etliche Cornetti freundschaftlich duzen, ohne ihn jedoch auch freundschaftlich zu behandeln. Ein respektvoller Umgang sei ihm da lieber. So haben wir es untereinander stets beim »Sie« belassen, bei aller Freundschaft respektvoll.

Am nächsten Morgen wache ich mit einem brummenden Kopf und einem guten Gefühl auf. Ein völlig freies Wochenende liegt vor mir. Für Montag habe ich bereits einen Artikel für die Zeitung vorgeschrieben, so dass keine weiteren Aufträge zu erwarten sind. Ich gehe barfuß in die Küche, genieße die Kühle der Bodenfliesen an meiner Haut und mache mir erst einmal einen doppelten *caffè*, wie die Italiener den Espresso nennen. Damit setze ich mich auf unseren Balkon und unterhalte mich ein wenig mit Giacomo alias Jakob Brödler und den anderen Meerschweinchen.

Giacomo meint, wir seien gestern Abend ziemlich laut gewesen im Hof, und er habe schlecht einschlafen können. Ich verspreche ihm, das werde so schnell nicht wieder vorkommen. Dann überlege ich mir, was ich so anfangen will mit diesem freien Wochenende. Mein Projekt, alle 20 Regionen Italiens in einem Jahr zu bereisen, kommt mir wieder in den Sinn. Ich gehe ins Arbeitszimmer und gucke auf die große Italien-Karte, die dort an der Wand hängt. Welche Region ließe sich denn von Rom aus für ein Wochenende auf die Schnelle besuchen? Mein Blick fällt auf den Molise, die vielleicht unbekannteste Region des Landes und nur gut zwei Autostunden von Rom entfernt. Dort war ich noch nie, von einer Autobahnfahrt auf der *Strada del Sole*, die auch die Küste des Molise durchzieht, einmal abgesehen.

Nur: Was könnte ich im Molise machen? Ratlos blicke ich auf die Karte. Isernia und Campobasso heißen die Hauptorte, doch mit diesen Namen kann ich wenig anfangen. Immerhin habe ich schon jede Menge Menschen aus dem Molise getroffen. Fast alle römischen Taxifahrer scheinen von dort zu stammen. Fragt man sie nach ihrer Heimat, fangen sie an, von den herrlichen Hügeln, den fruchtbaren Ebenen und den volkreichen Städten zu schwärmen, wie das Heimwehkranke zu allen Zeiten tun. Fragt man sie dann, warum sie nach Rom gingen, murmeln sie etwas von »besseren Chancen« und »keine Arbeit im Molise«. In jedem Urlaub aber fahren sie garantiert dorthin zurück.

Irgendetwas muss also dran sein, am Molise. Nur was? Ich google ein wenig herum und lese über die Region: »In der Regel nimmt man im Alltag bescheidene Mahlzeiten ein.« Das klingt aber gar nicht gut! Und von den berühmtesten Söhnen und Töchtern des Molise, die da im Internet aufgeführt werden, ist mir niemand bekannt, von Antonio Di Pietro einmal abgesehen, jenem früheren Staatsanwalt, der mit seinen Ermittlungen Anfang der 90er Jahre das alte, korrupte Parteiensystem zum Einsturz brachte – und heute selbst Vorsitzender einer Partei ist. Doch um Di Pietro zu erleben, muss man nicht in den Molise, schließlich wirkt er als Politiker mitten in Rom. Immerhin, so lese ich weiter, gibt es im Molise Bären. Das wäre doch etwas. Die Landschaften sollen zu den unberührtesten Europas gehören. Auch nicht schlecht. Zudem gibt es allerlei alte Städtchen, Burgen, Kirchen und Klöster zu besichtigen, wie überall in Italien. Also auf in den Molise!

Ich fahre gerade auf der Autobahn Richtung Süden, als der Anruf aus München einschlägt.

»Hallo, Korrespondent, wir brauchen dringend noch ein großes Stück von Sonntag auf Montag. Also, marsch zurück an den Schreibtisch!« So lautet sinngemäß die Botschaft. Also muss ich doch am Sonntag arbeiten. Mir bleibt nur dieser Samstag.

Schweren Herzens streiche ich für diesmal den Molise samt seiner Braunbären und blicke auf die Karte.

Ich befinde mich mitten in Latium, der Region um Rom. Die gehört schließlich auch zu meinen 20 Besuchsgebieten. Und sie hat es in sich. Völlig zu Unrecht führt Latium einen touristischen Dornröschenschlaf. Das macht die Gegend umso attraktiver für alle, die das alte, ursprüngliche Italien noch in etwa so erleben wollen wie einst die Reisenden der Romantik im 19. Jahrhundert.

Von Brombeerranken und Gebüsch überwuchert, lassen sich hier in der Wildnis Etruskergräber, verfallene Schlösser und vergessene Römerbrücken entdecken. Geheimnisvolle Pfade schlängeln sich an heißen Schwefelquellen vorbei durch die Tuffsteinschluchten zwischen dem Bracciano-See und dem Bolsena-See. Abenteuerliche Serpentinenstraßen führen die Bergwelt am Rande der Abruzzen empor. Freundliche *alimentari*-Besitzer in den Dörfern belegen einem dicke *panini* für die Wanderung und entpuppen sich nebenbei im Gespräch als fanatische Lokalhistoriker.

In Bomarzo lockt ein barocker Monstergarten, in Ninfa ein verwunschenes Ruinendorf, in Ariccia die knusprigste *porchetta* weit und breit. In Nemi gibt es köstliche Walderdbeeren, in Fossanova eine anrührend schöne Abtei im reinsten Zisterzienserstil. Eine der eigentümlichsten und unbekanntesten Sehenswürdigkeiten aber liegt in Fumone, dem Kerker- und Sterbeort des Engelspapstes. Diesen Ort will ich mir schon seit langem anschauen. Und da ich auf der Karte sehe, dass es nicht mehr weit ist, biege ich an der nächsten Ausfahrt von der Autobahn Richtung Fumone ab.

Als ich den winzigen Ort erreiche, steigt eine Erinnerung in mir hoch. An einem Winterabend vor vielen Jahren bin ich einmal als Student in einem öffentlichen Bus an diesem Burgdorf vorbeigefahren. Zwischen Nebelschwaden und Schneegestöber wurden die düsteren Festungsmauern des Städtchens auf dem steilen Hügel sichtbar. Mysteriös, unheimlich und verlockend sah dieser Ort aus, doch zum Bleiben hatte ich keine Zeit. Neugierig las ich bei der Weiterfahrt in meinem Reisebuch nach, *Wanderjahre in Italien*, das Ferdinand Gregorovius im 19. Jahrhundert schrieb und das sich noch heute sehr gut liest. Gregorovius spricht von einem schwärzlichen, melancholischen Ort mit zersplitterten Türmen und zerfallenen Mauern und erklärt: »Es ist das alte Fumone, der Kerker Cölestins V.; hier starb er nach einer peinlichen Haft von zehn Monaten am 19. Mai 1296, im hohen Alter von 81 Jahren.« Es sei schwer, einen traurigeren Verbannungsort als Fumone zu finden.

Nun, im Licht des Augusts, hat Fumone nichts Trauriges mehr an sich. Längst sind die zerborstenen Türme und Mauern geflickt, die Palazzi renoviert, die steilen Gassen von Schmutz und Verfall befreit. Dennoch bin ich der einzige Fremde, der sich in der Hitze zur Festung emporschleppt, die auf der Spitze eines 800 Meter hohen Kegelberges liegt. Von den Türmen aus soll man einst, als es noch keinen Smog gab, im Norden die Kuppel des Petersdoms und im Süden den Vesuv gesehen haben. Dazu 40 Städte und Burgen im weiten Umkreis! Mit Rauchzeichen signalisierten damals die Wächter von den Türmen Fumones aus den Päpsten, wenn dem Kirchenstaat Gefahr drohte. *Fumo* bedeutet Rauch – so kam der Ort zu seinem Namen. Im Inneren seiner Burg ließen die Päpste ihre Feinde einkerkern und foltern. Fumone war gefürchtet, es galt als Todesgefängnis.

Durchs Tor geht es in einen engen, mit groben Steinen gepflasterten Hof und von dort hinein in das bald tausend Jahre alte Kastell mit seinen dicken, unregelmäßigen Mauern, Räumen und Verliesen. Zwei kichernde *signorine*, vielleicht knapp 20 Jahre alt, verkaufen die Eintrittskarten – ein netter Kontrast zu den Schauergeschichten, die diesen Ort umwabern. Die beiden bedeuten mir, die Führung gehe in einer halben Stunde los, und ohne Führung dürfe ich nicht in die Burg. »Ihnen könnte sonst etwas zustoßen, hier gibt es Gespenster.« Die beiden kichern wieder. Ich füge mich, setze mich im Hof auf einen Steinblock und versuche, nicht an die Hitze zu denken.

Hier also war Cölestin V. eingekerkert, einer der ungewöhnlichsten Päpste, dessen Geschichte wie ein Märchen klingt. Pietro de Morrone, wie er sich nannte, wuchs als eines von zwölf Kindern einer armen Bauernfamilie auf. Er ging schon als Kind ins Kloster, wurde Mönch und lebte als Einsiedler in den rauen Bergen der Abruzzen. Er nahm das Vorbild Jesus' sehr ernst. Armut, Demut, Bescheidenheit. Viele Menschen hielten den Eremiten bereits zu Lebzeiten für einen Heiligen. Kaum einer schien weniger geeignet zu sein, um die Kurie mit ihren damals so machtgierigen und korrupten Kardinälen aus einflussreichen Familien zu leiten. Pietro selbst wäre es nie eingefallen, Papst zu werden. Nachdem sich die großen römischen Kardinalsfamilien aber lange Zeit auf keinen Pontifex einigen konnten, wurde der Mann aus den Bergen auserwählt.

Verstört von dieser Aussicht, versuchte er zu fliehen, um schließlich nachzugeben. Demonstrativ zog er auf einem Esel in die Abruzzen-Hauptstadt Aquila ein, wo er im Juli 1294 als Cölestin V. zum Papst gekrönt wurde. Manche sahen den Beginn eines neuen, reineren Zeitalters heraufziehen. Doch schon nach fünf Monaten dankte Cölestin als erster und bis heute einziger Papst in der Geschichte ab. Er fühlte sich überfordert mit der Leitung der Kirche – und abgestoßen von den Intrigen in der Kurie. Viele Menschen verehrten aber weiterhin den »Engelspapst«, wie sie ihn später nannten. Sein Nachfolger, Bonifaz VIII., der aus der Gegend von Fumone stammte, fürchtete eine Kirchenspaltung. Er verfolgte Cölestin und ließ den alten Mann in der päpstlichen Feste Fumone einsperren.

Eine der jungen Frauen kommt in den Hof. »Die Führung kann beginnen«, sagt sie, als stehe eine ganze Gruppe Besucher vor ihr.

Dabei bin ich der einzige. Sie geht voran in die Burg hinein. Sofort lassen die kühle Luft, das gedämpfte Licht und die alten Fresken und Bilder an den Mauern die Sommerwelt draußen vergessen. Es riecht ein wenig modrig, nach alten Teppichen und Büchern. Meine junge Führerin mit dem frischen, braungebrannten Gesicht wirkt unwirklich in dieser Umgebung.

Maliziös grinsend klopft sie gegen eine Steinplatte in der Mauer und flüstert: »Dahinter könnte Gregor VIII. eingemörtelt sein, ein Gegenpapst aus dem zwölften Jahrhundert. Er wurde bei lebendigem Leibe eingemauert. Die Inschrift auf der Tafel deutet darauf hin, dass sich seine Leiche genau hier befindet.«

»Hat man das denn nicht untersucht?«

»Bislang noch nicht. Viele behaupten allerdings, dass Gregor heute noch durch dieses Kastell spukt.« Die *signorina* lächelt geheimnisvoll. »Es ist nicht der einzige *fantasma*, das einzige Gespenst, das wir hier haben.«

Kurz darauf zeigt sie mir die Zelle, in welcher der alte Cölestin eingesperrt war: ein düsterer, enger, winziger Winkel zwischen einem Turm und einer Mauer, zu klein zum Leben, zu groß zum Sterben. Mich schaudert bei der Vorstellung, wie der fromme Greis hier bei Kälte und Dunkelheit kniete und betete. Fast ein Jahr harrte er aus. Als er starb, soll ein leuchtendes Kreuz in der Luft über Fumone erschienen sein. Bald nach seinem Tod ließen ihn die Gegner von Bonifaz VIII. heiligsprechen. Später wurde die Leiche Cölestins untersucht.

Die Führerin erzählt, man habe ein Loch in seinem Schädel entdeckt, wie von einem Nagel. Wurde der Engelspapst also ermordet? Oder ist das nur eine Verschwörungstheorie? In einer Kapelle neben seiner Kerkerkammer sind zwei Reliquien von ihm aufbewahrt: ein Zahn und ein Teil seines Herzens.

Auch der nächste Besichtigungspunkt ist nicht geeignet, die düstere Stimmung aufzuhellen. Die *signorina* zeigt auf einen tiefen Schacht, den *Pozzo delle Vergini*, den Brunnen der Jungfrauen. »Im Mittelalter galt hier das *jus primae noctis*«, flüstert sie. »Die Burgherren behielten sich das Recht vor, die erste Nacht mit einer neuvermählten Frau aus ihrem Gebiet zu verbringen. Wenn die Braut keine Jungfrau mehr war, warf man sie in den Brunnen, auf dessen Boden scharfe Klingen aufgestellt waren.« Kein Wunder, wenn es in Fumone spukt. In den dunkelsten Nächten des Jahres sollen Schreie und Klagen durch die Gemächer klingen. Gespenstergeschichten, gewiss. Ganz real aber ist der Marchese Francesco Longhi, der in einer Holzkommode des Archivsaales ruht. Mein Burgfräulein öffnet die Kommode, ein Licht geht an und leuchtet in einen Glassarg. Darin liegt ein kleiner Junge, vollständig bekleidet, eine Wachsmaske auf dem Gesicht, ein bisschen Spielzeug zu seinen Füßen. Wie eine große Puppe sieht Francesco aus, doch sein Körper war einmal aus Fleisch und Blut. Sieben Töchter hatte seine Mutter, Emilia Caetani Longhi, zur Welt gebracht, bevor sie Francesco gebar.

»Als erstgeborener Sohn sollte er einmal alles erben«, erzählt die Führerin, »aber das passte seinen sieben Schwestern natürlich nicht.« Sie sollen ihrem verhassten Bruder immer wieder kleine Mengen Arsen oder, nach anderer Überlieferung, winzige Glassplitter ins Essen gemischt haben. Wie auch immer: Francesco siechte dahin und starb im Alter von nur fünf Jahren.

Seine verzweifelte Mutter ließ den kleinen Leichnam einbalsamieren. In Fumone erzählt man sich, der Geist der Emilia Caetani Longhi schleiche jede Nacht zu der Kommode, um ihr totes Kind in den Arm zu nehmen, zu wiegen und zu beweinen.

Ich bin heilfroh, als mir draußen wieder das Nachmittagslicht und die Sommerhitze entgegenschlagen. Die *signorina* erahnt, dass sie mir nun etwas Heiteres schuldig ist. Daher führt sie mich auf das Dach der Burg. Dort ist im 17. Jahrhundert zwischen Türmen, Wehrgängen und Mauern ein üppig bepflanzter hängender Garten angelegt worden. Hier herrschen wieder Luft und Licht, südlicher Himmel über grünem Hügelland. Ich blicke auf die bewegte Malerlandschaft mit ihren schmucken Städtchen und versuche, den toten Engelspapst, den eingemauerten Gegenpapst, die ermordeten Bräute und die Leiche des kleinen Francesco zu vergessen.

Fünf

Das Wochenende darauf will ich in Rom verbringen. Einfach mal ein bisschen durch die Stadt spazieren und die Seele im Tiber baumeln lassen, oder vielleicht besser am Tiber. Und vorher natürlich richtig ausschlafen, jetzt, da die Kinder in Deutschland sind. Als ich draußen die ersten Amseln höre, weiß ich, dass es so gegen fünf Uhr früh ist, und drehe mich wohlig um. Ein wenig später beginnt es munter zu plätschern, es ist die Bewässerungsanlage im Innenhof, die um halb sieben lossprudelt. Ich kann also noch etliche Stunden schlafen.

Leider klingelt es kurz darauf an der Tür. Filippo steht draußen – im Trainingsanzug. Das ist ungewöhnlich. Zwar hat er schon oft gedroht, mit dem Joggen zu beginnen, und dabei bedeutungsvoll auf sein Bäuchlein geklopft. Zwar hat ihn Federica immer wieder aufgezogen, er solle sich ein Beispiel an dem *dottore*, also an mir, nehmen – denn ich war zeitweise mehrmals in der Woche früh am Morgen drüben im Park der Villa Borghese laufen. Aber weder Federica noch ich noch Filippo selbst glaubten daran, dass der genießerische Hausmeister jemals schwitzend durch einen Stadtgarten traben würde. Umso mehr bin ich überrascht, als er nun in einem glänzenden roten Adidas-Imitat-Anzug vor unserer Wohnung herumtrippelt. Er wirkt erschreckend motiviert.

»*Dottor* Uuulrik, kommen Sie mit! *È una splendida giornata* – Es ist ein herrlicher Tag! Lassen Sie uns joggen gehen.«

Ich reibe mir den Schlaf aus den Augen. Das hätte sich Filippo früher nicht getraut, den *dottore* samstags früh aus dem Schlaf zu klingeln. Aber der freundliche, ein wenig scheue Respekt, mit dem er mich anfangs behandelte, ist längst großer Vertrautheit gewichen. Filippo und Federica haben uns, gleichwohl wir uns weiterhin siezen, in ihre Großfamilie aufgenommen. Das bedeutet: Sie haben das Recht, alles über uns, unsere Freunde und Verwandte zu wissen, jederzeit bei uns vorbeizuschauen und in den Wechselfällen des Daseins unsere Hilfe zu erhalten. Längst hat Filippo sein *motorino* auf unserem Garagenstellplatz untergebracht, und wenn wir verreist sind, quartiert Federica gerne Teile ihrer weitläufigen Verwandtschaft aus Süditalien bei uns ein. »Wenn Sie nichts dagegen haben, *dottore*, es ist ja nur für drei, vier Nächte.« Wer kann dazu schon nein sagen?

Dafür tun Filippo und Federica auch alles für uns: Sie füttern Jakob Brödler und seine Meerschweinchen-Damen, wenn wir im Urlaub sind, sie verraten uns, wo es in Rom die lautesten Silvesterkracher zu kaufen gibt, wobei sie hinzufügen, die Feuerwerke in der Hauptstadt seien nichts gegen das, was in ihrem süditalienischen Dorf abgeht. An hohen Feiertagen, etwa anlässlich der Befreiung Italiens vom Faschismus, bringt Filippo mit verschwörerischer Miene eine alte Bierflasche mit Fenchellikör vorbei. »Den wilden Fenchel hat meine Schwiegermutter persönlich in ihrem Dorf gesammelt. Und mein Schwiegervater hat dann Likör daraus gemacht. Schwarz natürlich«, flüstert er mir zu. Dabei zieht er ein derart feierliches Gesicht, als habe er mir gerade das Alchimisten-Geheimnis verraten, wie aus Dreck Gold gewonnen wird. Der milchig grünliche, betäubend nach Fenchel duftende Trank schmeckt jedenfalls köstlich.

Vor allem aber findet unser Hausmeisterehepaar,

dass wir ihren Rat in allen Lebenslagen verdienen – und dringend nötig haben. Nehmen wir etwa die Kübelpflanzen. Filippo ist der Meinung, ich sollte die von den Bäumen im Innenhof auf unsere Balkone gefallenen Piniennadeln dazu nutzen, mein Mimosenbäumchen, die Ligustersträucher, den Feigenkaktus, die Calla, den Rosmarin, den Jasmin und die Engelstrompete zu düngen. Ich dagegen will gelesen haben, die Nadeln übersäuerten den Boden und schadeten den Pflanzen. »Ts, ts, ts!«, schmettert Filippo solche Einwände eines hoffnungslosen Theoretikers jedes Mal ab. »Ich mache es doch selbst auch so.« Na also.

Federica ist da wesentlich strikter, und ihre Ratschläge ähneln stets Befehlen. Insubordination wird mit einem verächtlichen »*Boh!*« bestraft. Selber schuld. Das gilt vor allem für das weite Feld der Medizin, auf dem sich Federica bestens auskennt, da sie gelegentlich die Böden eines nahegelegenen Krankenhauses von Schmutz und Keimen befreit. Als ich neulich eine heftige Sinusitis hatte und kaum mehr aus den Augen schauen konnte, riet mir mein Arzt, ein Antibiotikum zu nehmen, da die Entzündung sonst nicht weggehe.

Federica war bestürzt, als sie das hörte: »Das machen Sie auf gar keinen Fall. Antibiotika helfen bei Nebenhöhlenentzündungen überhaupt nichts. Legen Sie sich ins Bett. Ich mache Ihnen einen Trunk. Dann geht es Ihnen morgen besser.«

Federica ging in die Küche und braute ihren Zaubertrank zusammen. Ich habe nie etwas Abscheulicheres gekostet. Das honigfarbene Gesöff schmeckte bitter und süß zugleich, außerdem war es klebrig und schaumig. Nur mit Mühe und dank meiner verstopften Nase konnte ich es herunterwürgen. Bernadette, die beim Zubereiten geholfen hatte, verriet mir später, Federica habe Bier, Honig, Fenchellikör, Zitronensaft, Peperoncino, eine Sardelle und einen kräftigen Schuss Grappa aufgekocht.

Der Trank zeigte Wirkung: Am nächsten Morgen ging es mir deutlich schlechter. Mein Kopf fühlte sich an wie ein aufgehender Hefekuchen in einer viel zu engen Backform. Womöglich lag es an der Sinusitis, womöglich auch am Zaubertrank. Federica schaute vorbei, um sich nach mir zu erkundigen, sah mich orientierungslos durch die Wohnung taumeln und nickte zufrieden: »Es geht Ihnen ja schon viel besser!«

Meine Bitte um einen Notarzt quittierte sie mit einem beleidigten »*Boh!*«. Dann versprach sie, gleich wiederzukommen. Kurz darauf erschien die Hausmeisterin mit einem mysteriösen Gerät. Es sah aus wie ein Mixer im Retrodesign, an den ein Hobbyerfinder grünliche Schläuche angeschlossen hatte. »Das ist ein Inhalator«, belehrte mich Federica. »Ich habe ihn aus unserem Keller geholt.« Das sah ich. Das Gerät war mit einer dicken Staubschicht belegt. Die Hausmeisterin drückte mir eine zerknüllte Medikamentenpackung in die Hand. »Davon nehmen Sie jetzt eine Tablette und lösen sie im Wasserbehälter des Inhalators auf. Dann inhalieren Sie!«

Ich schaute auf die Packung, sah das seit langem abgelaufene Verfallsdatum und sagte betont munter: »Vielen Dank, Federica. Dann werde ich heute Abend vor dem Schlafengehen inhalieren.«

»Oh, nein! Sie inhalieren jetzt!«, sagte die Hausmeisterin. Sie stellte sich neben mich, während ich die Tablette auflöste und den bald aufsteigenden Dampf einatmete. In solchen Momenten denke ich immer an die Pestepidemien im Dreißigjährigen Krieg und bin dankbar dafür, wie gut ich es doch mit meinen kleinen Nöten habe.

»Merken Sie was?«, fragte Federica. »Na also. Sie inhalieren jetzt drei Mal am Tag, eine Woche lang, dann haben Sie die Sinusitis los.«

Sobald die Hausmeisterin gegangen war, warf ich

die erste Tablette Antibiotikum ein. 48 Stunden später war meine Nebenhöhlenentzündung verschwunden. Ehrlich, wie ich bin, gestand ich Federica alles. Nie klang ihr »*Boh!*« verächtlicher.

Nun also steht Federicas Mann samstags um sieben vor meiner Wohnung und will joggen gehen. Eigentlich eine gute Idee. Es ist herrlich, am frühen Morgen, wenn Rom noch schläft, durch Prati zu laufen, auf dem Ponte Regina Margherita den Tiber zu überqueren, das weite Oval der Piazza del Popolo mit ihrem Obelisken und den beiden Zwillings-Barockkirchen zu betreten und dann, auf der anderen Seite, zur Terrasse des Pincio-Hügels emporzusteigen, wo die Villa Borghese mit ihren Marmorbüsten, Kieswegen, Parkanlagen, dem See, dem Zoo, den Wiesen und Wäldern beginnt. Wie gerne bin ich hier immer gelaufen, wie befriedigend war es, nach einer Stunde Joggen auf dem Pincio auszuruhen, am Kiosk ein Lemon Soda zu kaufen und über die Stadt zu blicken. Hier, in der Villa Borghese, wollte ich mich eigentlich auf meinen ersten Marathon vorbereiten und so einen alten, unerfüllten Traum doch noch wahr machen: 42 195 Meter zu laufen.

Die Idee dazu ist mir vergangenen März gekommen. Anlässlich der *Maratona di Roma* rief die Deutsche Schule ihre Schüler auf, in Begleitung eines Erwachsenen an einem Mini-Marathon über vier Kilometer teilzunehmen. Es war ein feuchter, milder Frühlingsmorgen, und der Dunst zeichnete die Kaiserforen und die protzige Steinschüssel des Kolosseums weich, als Bernadette und ich uns zum Start begaben. Die allgemeine Erregung eines großen Wettkampfes lag in der Luft. Startfieber. Abertausende von Läufern mit Nummernleibchen trabten auf der Stelle, dehnten noch einmal ihre Beinmuskeln, legten ihre langen Jogginghosen ab und warfen sie achtlos an den Straßenrand, um zu ihren Startgruppen zu gehen. Andere umarmten noch einmal ihre Kinder oder Ehepartner, wie Kämpfer beim Abschied in eine Schlacht. Aus Lautsprechern wurden Athleten und Zuschauer aufgeputscht. Dann fiel der Startschuss.

Block auf Block trampelten die Läufer los, eine davonstiebende Menge, wie Büffelherden in der Savanne. Vorne rannten die hageren *professionisti*, die Berufsläufer, mit ihren sehnigen Beinen, dann kamen die gut trainierten *dilettanti*, die Amateure, und schließlich das Fußvolk aller Gewichts- und Altersklassen – dabei sein ist alles.

Derweil hatten sich Tausende Kinder der römischen Schulen am Kolosseum aufgestellt. Kurz darauf ging der Mini-Marathon los. Auch Bernadette und ich liefen jetzt die Via dei Fori Imperiali, die Straße der Kaiserforen, entlang. Links und rechts von uns reckten sich weiße Marmorsäulen und braunrote Backsteinmauern aus dem Grund der Geschichte. Weiter vorn leuchteten der Kapitolshügel und die Trajanssäule im Morgenlicht. Die Zuschauer am Straßenrand riefen »*Bravi!*« und »*Forza!*«.

Ich blickte zur Seite. Bernadette lief im Gleichschritt neben mir. Ihre Backen waren gerötet, ihre langen kastanienbraunen Haare flatterten im Wind. Sie atmete tief und sah glücklich aus. Auch ich war glücklich. Da durfte ich nun Seite an Seite mit meiner Tochter den Rom-Marathon laufen, auch wenn es nur die Mini-Version war. Die Sonne hatte nun endgültig den Dunst vertrieben, sie wärmte unsere Arme und Beine. Das Laufen in der Masse der Menschen war so mühelos wie fliegen. Schon flitzten wir am Viktor-Emanuel-Denkmal entlang und über die Piazza Venezia. Feuerfarbene Renaissance-Palazzi, schwarzgrüne Pinien, Barockkirchen, Palmen, Brunnen, Arkaden, Cafés, jubelnde Menschen zogen wie in einer Traumfrequenz an uns vorbei. Nie hatte ich mich leichter gefühlt in Rom. Da beschloss ich Traumtänzer, im kommenden Jahr beim echten Rom-Marathon mitzulaufen.

Wie es meine Art ist, ging ich die Sache zunächst streng theoretisch an: Ich bestellte mir bei einer Internet-Buchhandlung das Marathon-Buch eines deutschen Laufgurus und arbeitete es mit Leuchtstiften durch. Das musste doch helfen, schließlich war der Mann mal Olympiasieger gewesen, wenn auch auf der Mittelstrecke. Dann holte ich meine alten Joggingschuhe aus dem Keller und begann nach langer Zeit wieder zu laufen – genauer, für den Marathon zu trainieren. Die Vorstellung, im kommenden Frühjahr am echten Rom-Marathon teilzunehmen, beflügelte mich. Ohne viel Überwindung stellte ich mir den Wecker ein gutes Stück früher als normal, um drüben in der Villa Borghese zu trainieren. Vier Mal die Woche, aus dem Stand. Das konnte nicht gutgehen. Und das ging auch nicht gut.

Anfangs nahm ich das leichte Stechen in den Fersen morgens beim Aufstehen nicht weiter ernst. Das würde ich schon weglaufen! Von wegen. Der Schmerz wurde stärker, ging auch beim Joggen nicht mehr weg. Ich recherchierte ein wenig im Internet, las etwas von einem »Fersensporn«, einer »dornartigen, verknöcherten Ausziehung des Fersenbeins, die sich durch Reizung entzünden kann«. Ich las weiter von »permanenter Verschlechterung« und »chronischem Verlauf« mit der Aussicht auf Schmerzen, die »messerstichartig, manchmal brennend und beinahe immer unerträglich sind«.

Das konnte doch nicht wahr sein! Nicht bei mir! Im Internet steht ja so allerlei, und vieles wird maßlos übertrieben. Also: weiterlaufen. Unter den, wie mir schien, bewundernden Blicken von Antonia, Bernadette und Nicolas schleppte ich mich immer noch jeden zweiten Morgen zum Joggen aus dem Haus. Schließlich ging ich zum Orthopäden. Er diagnostizierte, man ahnt es, einen Fersensporn. Dann spritzte er mir mit einer scheußlich dicken Hohlnadel Kortison tief hinein in die Fersen, bis zum Knochen. Richtig, das klingt nach Folter! Allerdings waren die Schmerzen kurz darauf erst einmal weg. Nur: Der Orthopäde verbot mir für die nächste Zeit das Joggen. Es fiel mir sehr schwer, zu gehorchen, aber ich tat es. Acht Wochen lief ich nun schon nicht mehr. Die Wirkung des Kortisons ließ dennoch irgendwann nach, und die Schmerzen bauten sich wieder auf.

»Ich würde ja gerne mit Ihnen kommen, Filippo«, sage ich daher zu unserem Hausmeister. »Aber ich darf nicht. Ich habe eine *spina calcarea*.«

Filippo zuckt schmerzhaft zusammen, er hat offenbar schon mal davon gehört. »Das ist ja schrecklich, *dottore*«, bedauert er mich. »Das muss ich gleich mal Federica erzählen. Die kann Ihnen gewiss helfen.«

Ich denke mit Schaudern an den Nebenhöhlentrunk und möchte mir gar nicht ausmalen, was sie mir gegen einen Fersensporn zusammenbrauen würde. Unter Salzsäure würde ich da nicht wegkommen. Also flöte ich: »*Grazie mille*, tausend Dank, aber das ist nicht nötig, Filippo. Ich werde mich ein bisschen schonen. Dann geht der Fersensporn schon wieder weg. Da wollen wir die gute Federica mal nicht damit belasten.«

»Wie Sie meinen«, sagt Filippo. Es klingt nicht überzeugt. Dann tänzelt er in seinem roten Trainingsanzug und seinen quietschneuen Joggingschuhen davon, zum Laufen im Park.

Ich blicke ihm neidisch nach. Auf dem Balkon klage ich Giacomo mein Leid. Er schaut mich mit seinen glänzenden, dunklen Meerschweinchen-Augen aufmerksam an und fiept. Ich weiß, was er sagen will: »Stefan, du solltest dir mal etwas gönnen. Warum gehst du nicht in das tolle neue Schwimmbad unten am Tiberufer?«

Giacomo hat recht. Das wäre mal eine Abwechslung zum Schwimmen im Meer. Im Gegensatz zu den alten Römern mit ihren Thermen haben die Neuzeit-Römer ja keine außergewöhnliche Badekultur. Gewiss, man kann in die Schwimmbäder der Luxushotels gehen – zu Luxuspreisen. Oder in die Sportclubs – gegen eine teure Monats- oder Jahresmitgliedschaft und Vorlage eines sportärztlichen Unbedenklichkeitszeugnisses. Welcher Arzt würde mir Fersensporn-geplagtem Wrack das schon ausstellen?

Dann gibt es noch ein nettes, altmodisches Freibad in der Nähe der Via Aurelia Antica, wo man ganz normal auf eine Stunde zum Schwimmen hingehen kann, wie in Deutschland. Na ja, fast ganz normal. Denn die Regeln sind, wie erstaunlich oft in Italien, äußerst streng. Oben ohne, also ohne Bademütze, geht schon mal gar nichts. Sodann sind ganz bestimmte Schwimmzeiten einzuhalten, nach deren Ablauf einen die dralle Bademeisterin energisch aus dem Wasser weist. Springen und Herumkreischen sind selbstverständlich verboten. Dafür wird das Wasser auf andere Weise kräftig aufgemischt: Regelmäßig, auch jetzt im August, fallen Gruppen italienischer Jugendlicher in das Schwimmbad ein, um zu trainieren.

Wie ich von Nicolas' und Bernadettes Freunden weiß, erwarten italienische Eltern, dass ihre Söhne und Töchter nicht nur irgendwie schwimmen lernen – nein, sie müssen es wenigstens zu Kampfschwimmern bringen. Im Schulsport und in den Schwimmclubs wird daher mit einer Härte geübt, an der jeder deutsche Sportwart der spätwilhelminischen Zeit seine Freude gehabt hätte. Da wird pausenlos im Höchsttempo gekrault, getaucht, Delfin, Rücken und Lagen trainiert, dass es nur so spritzt. Man meint, eine Herde

Orcas im Blutrausch habe sich ins Schwimmbad verirrt. Natürlich sind die *ragazzi* und *ragazze* nach der neusten Schwimmmode gekleidet, wohlgebräunt, schlank und perfekt durchtrainiert. Als, laut Antonia, eher hellhäutiger Mitteleuropäer Mitte 40 habe ich es da schwer, *bella figura* zu machen. Auch bin ich eher Genuss- als Kampfschwimmer. Und die ach so gesunde Mittelmeerküche sowie die fehlenden acht Wochen Joggen haben ihre Spuren an mir hinterlassen, recht deutliche Spuren sogar. Kurzum: Ich fühle mich ein wenig im Trainingsrückstand unter all diesen Astralwesen. Am Tiber kann es da nur besser sein.

Der sagenumwobene Fluss, auf dem einst Romulus und Remus in ihrem Weidenkörbchen trieben, ist in der Neuzeit ziemlich heruntergekommen. Das ist durchaus wörtlich zu nehmen. Um Rom vor Überschwemmungen zu schützen, verbannten die Römer ihren *Tevere* vor mehr als hundert Jahren in ein tiefes Bett und kehrten ihm den Rücken. Wer in Rom herumspaziert, erkennt den Fluss zunächst nur an den ausladenden Platanen, die die Kaimauern säumen. Erst wer ganz nah heranläuft, auf die Brücken geht oder die Lungotevere-Straßen entlangschlendert, erblickt das Wasser. Es schillert mal grünlich, mal umbrabraun und allemal wenig vertrauenerweckend. Vor vielen Jahrzehnten konnten die Römer hier noch baden. Heute wäre das womöglich lebensgefährlich. Umweltschützer unken, die Verhältnisse erinnerten an Kalkutta. Die Abwässer von 700 000 Menschen flössen ungeklärt in den Tiber. *Cloaka Maxima* eben.

Doch so schlimm, wie das klingt, riecht es gar nicht, denke ich mir, als ich auf dem Lungotevere Castello vor der Engelsburg stehe und über die Brüstung der Ufermauer aufs Wasser hinabschaue. Vier Männer eines Ruderclubs treiben ihr Sportboot mit kräftigen Paddelschlägen stromaufwärts. Möwen hüpfen auf den Steinen im seichten Wasser herum, auf der Suche nach Brotresten der Touristen und nach kleinen Fischen, die es im Tiber immer noch in rauen Mengen gibt.

Genau unter mir aber, auf der Uferbank, ist eine Badewelt aufgebaut, so proper und wohlgeordnet, als hätten sich da die Firmen Lego und Playmobil ausgetobt: Sie haben Unmengen hellgelben Sand angekarrt und sorgfältig ausgerecht, Kübel mit Palmen daraufgestellt, Liegestühle und Schirme aufgebaut. Es gibt ein kleines Café, Umkleidekabinen und, ja, ein richtiges Schwimmbad, nicht groß, aber hübsch. Das knallblaue Wasser lädt, im Gegensatz zum grünbraunen Tiber zwei Meter weiter, durchaus zum Baden ein.

Ich bin der erste Gast an diesem Morgen. Der übliche italienische Bademeister – athletisch, braungebrannt, rote Shorts, Sonnenbrille, Gel im pechschwarzen Haar – bedeutet mir, noch einen Moment zu warten, bevor ich mich in die Fluten stürze. Er entnimmt mit einem Reagenzglas eine Wasserprobe, gibt ein paar Tropfen einer Lösung dazu, schüttelt, wartet, hält das Ergebnis gegen das Licht, blickt auf eine Farbtabelle, nickt zufrieden und gibt mir den Wink, ich könne nun abtauchen.

»Was machen Sie denn da?«, frage ich.

»Ich prüfe die Wasserqualität. Das muss ich alle paar Stunden tun. Wir legen hier viel Wert auf Sauberkeit.«

Während er das sagt, legt drüben, im Tiber, gerade eine *nutria* mit ihren beiden Jungen vom Ufer ab und schwimmt nach draußen. Die Biberratten fühlen sich wohl im Tiber, obwohl sie eigentlich aus Südamerika stammen. Auch ich wassere jetzt endlich – im Schwimmbad. Es ist herrlich. Ich mache einen auf Toter Mann, schaue gen Himmel und erschrecke. Da! Über mir ist alles voller Engel! Ein Herzinfarkt im kalten Wasser?

Ich sehe genauer hin. Die Engel wirken groß und ziemlich handfest, gar nicht ätherisch, eher wie aus Marmor. Richtig, es sind die gefiederten Wächter der Engelsbrücke. Ein Stück weiter rechts oben, auf der Engelsburg, steckt der Erzengel Michael höchstselbst gerade sein Schwert in die Scheide.

Ich bin also noch nicht im Himmel, aber fast. Die morgendliche Augustsonne liebkost mein Gesicht, das Wasser umschmeichelt meinen Körper, so kann es bleiben. Ich werde den ganzen Tag hier verbringen. *Carpe diem.* Dann höre ich Stimmen und sehe zwölf Meter über mir die bekappten Köpfe von Menschen. Japaner sind dabei, rotgesichtige Engländer und auch zwei Bayern. Letzteres sehe ich nicht, aber ich höre es. »Da schau a mal her, des glaubst ned, da unten schwimmt a Röma!« Tatsächlich: Die Leute halten ihre Camcorder über die Brüstung und filmen ... mich! Ich kann mir die höhnischen Kommentare schon vorstellen, zu Hause in Rosenheim, Kioto und Manchester: »Ganz schön feist geworden, diese Römer!«

Daher stemme ich mich betont dynamisch aus dem Becken, trockne mich ab und ziehe mich unter den Blicken der Kameraaugen an. Spontan beschließe ich, etwas für meine Fitness zu tun. Joggen darf ich zwar nicht, aber ein großer Marsch am Tiber entlang ist bei dieser Hitze auch eine Leistung. So schlendere ich unten am Ufer flussabwärts. Drei Brücken weiter, am Ponte Mazzini, treffe ich auf zwei alte Bekannte. »*Bon di, Stä!*« – »Hallo, Stefan!«, rufen sie mir zu.

Ich kenne Serafino und Piergiorgio von einer Recherche für meine Zeitung über Hobbyfischer am Tiber. Die gibt es, und wie! Die beiden Römer verbringen jede freie Stunde hier, um mit ihren acht Meter langen Glasfiberangeln aus der Weltraumforschung Karpfen, Brachsen, Aale und Karauschen aus dem Fluss zu holen. Um mehr zu fangen, füttern sie die Fische mit einer Paste aus Teig und Mehlwürmern an. Nach dem Fang werfen sie die Tiere wieder in den Tiber.

»Um sie zu essen – dafür ist uns das Wasser dann doch zu dreckig«, findet der gemütliche Piergiorgio, der halbtags als Stadtgärtner arbeitet und wegen seiner Angelleidenschaft keine Zeit für eine Freundin hat.

»Wir fischen zum Vergnügen und nicht, wie unsere Vorfahren, um etwas zum Futtern zu haben«, sagt Serafino, ein sonnenverbrannter, drahtiger Mann, der mit seiner Zigarette im Mund aussieht wie Lucky Luke. Er hat eine Frau. »Aber sie ist eine *vedova bianca*, eine Strohwitwe. Weil ich ständig in Sachen Fisch unterwegs bin. Sie weiß, dass ich das brauche.«

In diesem Augenblick wird der gelbe Plastikstift, der auf dem Wasser treibt, nach unten gezogen. Es ist der Moment, auf den alle Fischer warten. Irgendein geheimnisvolles Tier hat sich den Köder geschnappt und so den Schwimmer unter Wasser gezogen. Serafino springt von seinem Hocker auf und haut die Angelrute an. Dann drückt er sie mir in die Hand. »Es dürfte ein guter Karpfen sein«, sagt er. »Und du darfst ihn herausholen.«

So ein Angebot darf man nicht ablehnen, nicht unter Fischern und schon gar nicht unter Tiberfischern. Vorsichtig nehme ich die lange Rute in die Hand und dirigiere den Fisch unter Serafinos aufgeregten Anweisungen Richtung Ufer.

»Schnur lassen, Schnur lassen«, ruft Lucky Luke, und: »Nein, lass ihn nicht da hinein ins Kraut (die Wasserpflanzen), da zerreißt er uns die Schnur.«

Nach einigen spannenden Minuten – es ist fast so dramatisch wie bei Hemingways altem Mann und dem Meer – ist der Fisch praktisch angelandet. Seine helle Bauchseite blinkt im seichten Wasser. »Ein schöner Kerl«, sagt Piergiorgio. Der Karpfen sieht in seinem goldgrün schimmernden Schuppenkleid kräftig und gesund aus, obwohl er doch aus dem Tiber kommt. Die Flossen sind makellos geformt, die Kiemen sauber, die Augen klar. Was er wohl wiegt? »Na, so zwei Kilo«, schätzt Piergiorgio. Da habe er schon Kapitaleres aus dem Tiber geholt. »Einmal habe ich hier in der Stadt einen Karpfen mit fünfzehn Kilo rausgezogen. Das war das Tollste, was ich je erlebt habe. Er hat eine halbe Stunde lang mit mir gekämpft und ausgesehen wie ein Krokodil!«

Nun wird es doch ziemlich stickig hier unten am Fluss zwischen den Tibermauern. Ich wünsche meinen Freunden Petri Heil, was sie nicht verstehen, und trolle mich. Ein Stück weiter erreiche ich die Isola Tiberina, die Tiberinsel. Meine Fersen schmerzen. Außerdem bin ich müde von der Stadt und der Hitze, daher suche ich mir einen schattigen Fleck. Zum Glück habe ich ein Buch mitgenommen, einen Roman. Zeno Cosini, *Ein Mann wird älter*. Nicht, dass das irgendetwas mit mir zu tun hätte. Im Gegenteil. Es ist doch immer wieder interessant, in ferne Welten einzutauchen.

Als ich aufwache, macht sich die Sonne irgendwo hinter dem Petersdom davon. Das Westufer des Tibers liegt schon im Schatten. Rund um die Tiberinsel wird es lebendig. Hier unten am Fluss, der den Großteil des Jahres über so verwaist ist, sind im Hochsommer Kneipen, Bistros, Schmuckstände und ein Freilichtkino aufgebaut. Halb Jahrmarkt, halb Biergarten. Die in der Stadt verbliebenen Römer und die Touristen treffen sich da allabendlich. Blaue Stunde in Rom. Ich setze mich an einen Tisch dicht am Fluss und bestelle mir ein Helles von einer bayerischen Brauerei. Nein, ich habe kein Heimweh nach Deutschland. Aber beim Bier hört die Italienliebe auf.

Allmählich wird es kühler. Ich beobachte zwei

Mäuschen, die einen Feigenbusch hinaufklettern, um von den violetten, aufgeplatzten, honigsüßen Früchten zu naschen. Aus der Nähe betrachtet, wirken sie richtig niedlich. Genüsslich bohren sie ihre Schnauzen in das klebrige Fruchtfleisch. Ich muss morgen Giacomo von ihnen erzählen.

»*Posso?*« – »Darf ich?«, fragt eine Frau in meinem Alter und deutet auf die freien Stühle am Tisch.

Ich nicke. »*Certo*« – »natürlich«.

Die meisten anderen Tische sind jetzt bereits belegt. Es dauert eine Weile, bis wir ins Gespräch kommen. Die Frau erzählt mir, sie sei die Tochter eines ungarischen Zirkusartisten und einer Römerin. Sie arbeite für eine Sprachenschule und unterrichte auch viele Deutsche. Wie mir das Leben in Rom gefalle?

Früher hätte ich wohl geantwortet: »Ganz wunderbar. Meine Familie und ich fühlen uns total wohl hier. Am liebsten würde ich auf immer hier bleiben.« Das stimmt ja auch jetzt noch, nach drei Jahren. Nur: Ich kann mir heute durchaus vorstellen, wieder von Rom Abschied zu nehmen. Nicht auf immer und ewig – das bloß nicht, das wäre für mich die Höchststrafe! –, aber doch für eine Weile.

Nein, es sind nicht die Mäuse hier, einen Meter neben unserem Tischchen, der Verkehr, die Hitze, die Diebe, der *scirocco*, korrupte Politiker, vulgäre Fernsehprogramme, die überteuerte Miete, die mangelhafte U-Bahn, der dreckige Tiber, die Schädlinge an meiner Engelstrompete, destruktive Bürokraten in Bank, Post und Einwohnermeldeamt, die Stunden aussichtsloser Parkplatzsuche, zusammenbrechende Internet-Leitungen, permanent heulende Alarmanlagen und all solche kleineren und größeren Widrigkeiten, auf die man in der einen oder anderen Form überall trifft. Es ist auch nicht das alles zusammen, jedenfalls nicht nur.

Die Frau, sie heißt Anica, schaut mich aufmerksam

an, nachdem ich ihr meine Eindrücke geschildert habe. »Was ist es dann?«

Es fällt mir nicht leicht, den Grund in Worte zu fassen. Also versuche ich es mit einem Bild. »Ihr habt im Italienischen ein schön lautmalerisches Wort: *appiccicoso*.« Klebrig, auch aufdringlich, bedeutet es. »So kommt mir Rom bisweilen vor.«

Ja, so war es. So ging es mir in meinem Leben jedes Mal, wenn ich für längere Zeit in dieser meiner Wahlstadt war. Während des Studiums, während der Referendarzeit und auch jetzt, im Berufsleben. Anfangs fühlte ich mich immer frei und wie berauscht von dieser mediterranen, geschichtsduftenden Luft, von all der Schönheit der Bauten, Menschen, Bäume, der überquellenden Zeitungskioske und der verführerischen Auslagen der *pasticcerie*. Rom war das Leben, reichhaltig, chaotisch, überquellend, ständig in Bewegung, voller Überraschungen. Ich brauchte nur hineinzulangen, um mich selbst quicklebendig zu fühlen. Da war dieses angenehme Kribbeln im Bauch, dieses leichte Vibrieren der Nerven, dieses Gefühl, zur richtigen Zeit am richtigen Ort zu sein und gleich alles Mögliche zu erleben. Loslaufen, wohlfühlen, das habe ich an so vielen Morgen empfunden, wenn ich aus einem römischen Hotel oder Wohnhaus auf die Straße trat.

»Und dann?«, fragt Anica mit der klaren, die Worte sehr präzise aussprechenden Stimme der Sprachlehrerin, die so anders klingt als das breit-verwaschene Straßenrömisch.

»Dann hat mich die Gewohnheit für die Schönheit abgestumpft. Ich kann mich nicht mehr jeden Tag an den Barockkuppeln berauschen. Oder an den kleinen Szenen auf den Straßenmärkten, zwischen Fischhändlern und Hausfrauen etwa. Oder an den Kellnern, die ein winziges Tässchen Espresso auf einem Tablett über die Straße balancieren, von ihrem Café zu einem guten Kunden im Büro gegenüber. Oft nehme ich all dies nicht mehr gebührend wahr. Auch die Luft kommt mir nicht mehr leicht, sondern schwer vor. Nach einem Gang über die gepflasterten Straßen der Innenstadt fühle ich mich eher klebrig als erfrischt. Und manchmal habe ich das Gefühl, als saugte mich Rom auf wie eine fleischfressende Pflanze.«

Anica nickt. »Ich glaube, das geht uns Römern auch immer wieder so. Rom ist eine schwere, mütterliche Stadt, sie empfängt einen wunderbar warm, sie nimmt einen bereitwillig auf, allerdings kann sie auch besitzergreifend, ja erdrückend sein.«

»Vielleicht ist es gerade das, was uns Ausländer zunächst so anzieht«, sage ich. »Dieses Gefühl, angekommen, heimgekommen zu sein, selbst wenn man das erste Mal an der Stazione Termini aus dem Zug steigt. Die offenen Arme der Piazza dei Cinquecento, der Piazza della Repubblica und später der Piazza Navona, des Campo de' Fiori und der Piazza Santa Maria in Trastevere, die einen empfangen, und natürlich die offenen Arme der Römer selbst. Dieses Gefühl: Rom mag mich, nimmt mich an. Es ist auch meine Stadt.«

»Das Gefühl der Enge kommt erst eine Weile später«, bestätigt Anica, die viele Wahlrömer kennt.

»Bei mir war es jedenfalls immer so. Auch jetzt. Nehmen wir die Vespa-Fahrer. Am Anfang fand ich ihre tollkühnen Ritte durchs Verkehrsgewusel faszinierend. Inzwischen wird mir eher bange, wenn sie mich als Autofahrer links und rechts überholen, um dann dicht vor mir vorbeizuziehen, wobei sie mich zur Vollbremsung zwingen und sich selbst in Gefahr bringen. Immer diese Angst, es werde irgendwann schiefgehen. Die Bilder von einem jungen Mädchen, das regungslos auf dem Asphalt liegt, das Gesicht rein und entspannt, wie im Schlaf. Die zerknautschte Vespa drei Meter weiter an einer Mauer. Dann der heranheulende Krankenwagen. An so etwas habe ich anfangs nicht gedacht.«

»Und wir Römer?« Anica mustert mich herausfordernd.

»Ihr macht es uns Fremden zunächst sehr leicht. Ihr begrüßt uns in den Restaurants und den kleinen Geschäften wie alte Freunde, ihr freut euch über jeden Brocken Italienisch, den wir herausbringen. Wenn wir länger in eurer Stadt verweilen, dann umgarnt ihr uns mit einem Netz aus Gefälligkeiten. Francesco, der Friseur, serviert mir einen *caffè* und ein warm duftendes *brioche* während des Haareschneidens. Federica, unsere Hausmeisterin, füttert die Meerschweinchenbabys, die während unseres Urlaubs geboren wurden, liebevoll mit der Pipette. Paola, die Mutter des besten Freundes meines Sohnes, nimmt Nicolas am Freitag nach der Schule zum Spielen mit und bringt ihn abends wieder zu uns nach Hause. Und Teodoro, unser Fischhändler, klingelt jeden Mittwoch gegen zwölf Uhr an der Tür, um uns einen Meeresleckerbissen zu präsentieren, den er extra für uns aufgehoben hat. ›*Vi faccio un prezzo speciale*‹ – ›Ich mach euch einen Sonderpreis‹, sagt er immer.«

Anica grinst. »Erst fandet ihr das nur toll, so römisch, und nun wird es euch manchmal ein bisschen viel.«

Ich fühle mich ertappt. Als *freddo*, als kühler Deutscher, den das südländisch-menschelnde Leben überfordert. Aber ganz so einfach ist es nicht. »Es gibt Tage, an denen ich das alles großartig finde. Vor allem, wenn ich nicht im Stress bin, wenn ich Zeit habe. Doch wehe, wenn ich mal zu einem anderen Friseur gehe, wenn ich Federicas Wochenendbesuch nicht in unserem Gästezimmer schlafen lassen will, wenn Nicolas am Freitag nach der Schule zu müde ist, um mit Paolas Sohn Alessio zu spielen, oder wenn ich Teodoro sagen muss, wir hätten heute keine Lust auf Fisch. *Non si fa.* Denn das stößt zurück, das verletzt. Also lassen wir es bleiben.«

Anica fasst meine Worte zusammen: »So ist es halt bei uns. Niemand fällt durchs Netz, aber zugleich kann sich auch niemand diesem Netz entziehen. Sehr italienisch eben.«

Ich blicke sie überrascht an. Ja, genau so empfinde ich das. »Und dann ist da noch etwas«, sage ich. »Eure Liebe zum Spektakel, zu Operettenszenen. Als Urlauber finden wir das toll, dieses permanente Volksschauspiel, auf allen Straßen, Plätzen, in Wartesälen und Café-Bars. Südländisches Temperament. *Opera buffa*, komische Oper. Im Alltag kann es dagegen ganz schön anstrengend sein.«

»Sie meinen dieses theatralische Herumgeschimpfe bei jeder banalen Meinungsverschiedenheit? Und diese gewisse Nachlässigkeit gegenüber allem und allen, was nicht zum eigenen Haus, zum eigenen Clan gehört?« Anica deutet zwei Tische weiter, wo ein Gast sein benutztes Tempotaschentuch achtlos in den Tiber wirft.

Ich nicke. »Vielleicht bin ich einfach zu sehr als Deutscher geprägt. Nur eines kann ich mir immer noch nicht recht erklären. Rom zieht mich einerseits an und stößt mich andererseits zurück, und das nicht einmal, sondern immer wieder und wahrscheinlich mein ganzes Leben lang. Auf den Zauber folgt die Entzauberung, und genauso umgekehrt.«

Anica legt mir tröstend die Hand auf den Arm. »Wissen Sie: Wenn jemand mehrere Jahre in dieser Stadt gelebt hat und danach immer noch alles nur romantisch und toll findet, dann hat er Rom nicht kennengelernt und nicht kapiert. Und dennoch: Wer Rom einmal geliebt hat, der wird es immer lieben. Denken

Sie an mich: Sie werden Rom vermissen, wenn Sie erst weg sind. Denn diese Stadt ist einmalig, Rom eben.«

Ich bleibe noch lange sitzen, nachdem Anica gegangen ist. Überall am Tiberufer sind die Lichter der Uferrestaurants und -kneipen angegangen. Der Fluss streicht schwarz und leise plaudernd um die Tiberinsel, wie seit Jahrtausenden. Der Himmel wechselt von Malvenrot zu Nachtblau. Zwei Bänkelsänger, ein alter Mann mit einer Ziehharmonika und ein Junge mit einer ramponierten Geige, stellen sich vor eine Trattoria und heben an: »*O sole mio!*«

In diesem Moment sehe ich meinen Kollegen und Freund Michael von einem der Nachbartische aufstehen. Wir begrüßen uns, und er bietet mir an, mich ein Stück weit nach Hause mitzunehmen, da er auch in Prati wohnt. Ich steige hinten auf seine Vespa auf, und wir brausen den Lungotevere entlang und die Via della Conciliazione hoch auf den Petersplatz zu. Der Fahrtwind kühlt uns das Gesicht, die Palazzi fliegen vorbei, die erleuchtete Kuppel des Petersdoms überstrahlt die Sommernacht. Einladend strecken uns die Kolonnaden des Bernini ihre Arme entgegen, und der Petersplatz nimmt uns auf. Hoch oben im Apostolischen Palast, in den Dachkammern über der Papstwohnung, brennt noch Licht. Zwei schwarz gekleidete Priester schreiten über die Piazza. Die beiden Brunnen des Carlo Maderno und des Carlo Fontana rauschen. Meine Zweifel verebben. Rom hat mich wieder verzaubert.

Sechs

Dann sind die drei Wochen um. Ich will nach München fliegen, um dort noch ein paar Tage bei meinen Eltern zu verbringen und anschließend mit Antonia und den Kindern nach Hause, nach Rom, zu fahren. Filippo wird sich derweil wieder um unsere Meerschweinchen, Fische und Balkonpflanzen kümmern, wie immer, wenn wir weg sind. Obwohl er sich genau auskennt, besteht er darauf, am Abend vorher zu einer Einweisung vorbeizukommen. Also erkläre ich ihm noch einmal, wann Nicolas' Fische Futtertabletten und wann Flockenfutter bekommen, welches Gemüse Giacomo und Co. gerne verputzen und warum die Engelstrompete jeden Tag mit kalkfreiem Wasser abgesprüht werden sollte. Filippo weiß das natürlich alles ganz genau. Dennoch sagt er bei jeder Erklärung: »Ah – interessant! *Allora facciamo così!* Also machen wir es so!« Es ist eines unserer kleinen Rituale. Ich bin sehr froh, dass Tiere und Pflanzen bei unserem Hausmeister in bewährten Händen sind. Da geht es uns besser als vielen anderen ausländischen Familien in Rom.

Filippo bietet mir auch an, mich am Freitagabend zum Flughafen Fiumicino hinauszufahren. Ich zahle ihm dann immer den normalen Preis einer Taxifahrt. Unser Hausmeister kennt allerlei Schleichwege durch die Stadt, und so kommen wir rasch am Flughafen an.

»Alitalia? Terminal A?«, fragt er.

»Nein, Terminal B, ich fliege mit einer deutschen Gesellschaft.«

Filippo grinst. »Sie trauen wohl unserer Alitalia nicht?«

»Keineswegs, ich fliege auf Alitalia«, übertreibe ich, um Filippo und mein Gastland nicht zu verletzen.

Tatsächlich habe ich mit der italienischen Airline eigentlich immer gute Erfahrungen gemacht. Jedenfalls blieb ich von all den Streiks, Flugausfällen und Gepäckverlusten, von denen Freunde und Kollegen so erzählten, bislang verschont. Auch die schicken Alitalia-Stewardessen in ihren sattgrünen Sakkos waren immer freundlich und hilfsbereit. Dennoch ziehe ich instinktiv eine deutsche Linie vor, man weiß ja nie. So habe ich auch diesmal eine private deutsche Airline ausgewählt, die mich gewiss pünktlich und sicher von Rom nach München bringen wird. Filippo und ich küssen uns zum Abschied auf beide Wangen, wie zwei alte Mafiosi. »*Buon viaggio, dottore!*«

»*Grazie e buon weekend*«, erwidere ich. Die Römer sagen tatsächlich »*buon weekend*«.

Dann stehe ich am Schalter der bekannten deutschen Airline, um mein Gepäck aufzugeben. Etwa 15 Leute warten vor mir. Der Flug soll gegen 20.00 Uhr abgehen, auf der Tafel ist jedoch 02.15 angegeben. Die Menschen in der Schlange scheinen das nicht zu bemerken, und auch ich nehme es nicht ernst. Wahrscheinlich ein Fehler in der Anzeigenelektronik. Am Schalter angekommen, fragt mich die Angestellte: »Sind Sie sicher, dass Sie für diesen Flug einchecken wollen? Wir haben einen Maschinenschaden, deshalb verspätet sich der Abflug. Sie haben gesehen, dass die Maschine erst um Viertel nach zwei abheben soll? Frühestens. Denn wegen des Nachtlandeverbots in München kann es auch später werden.«

Ich bin schockiert. Schließlich habe ich für Samstag schon etliche Termine ausgemacht. Außerdem will ich keinesfalls die ganze Nacht in Fiumicino rumhängen. Also frage ich nach einem Ersatzflug oder nach der Möglichkeit, umzubuchen.

»Da kann ich Ihnen leider nicht helfen«, sagt die Frau am Schalter. »Wir sind nur an die von Ihnen gebuchte Fluggesellschaft ausgeliehen. Die haben kein eigenes Personal hier am Flughafen. Da müssen Sie schon die Servicenummer in Deutschland anrufen.«

Schöne Bescherung. Da bucht man extra nicht Alitalia, sondern eine deutsche Airline, um dann doch mit italienischen Verhältnissen konfrontiert zu werden. Nachdem ich die Servicenummer gewählt habe, erlebe ich Ähnliches wie damals mit der großen internationalen Autovermietung am Strand von Marina di San Nicola. Die Nummer ist erst besetzt, erweist sich dann als falsch, und schließlich sagt mir ein freundlicher Mitarbeiter der Airline, um solche Reklamations- und Umbuchungsfälle würden sie sich nicht selbst kümmern, das mache die deutsche Muttergesellschaft. Ich merke, wie die Wut in mir hochschäumt, und unterdrücke das Bedürfnis, mein Handy auf den Boden zu schmettern. Man darf nicht ungerecht werden, das Telefon kann ja nichts dafür. Ich rufe also die Service-Nummer der Muttergesellschaft an. Die Auskunft ist diesmal kompetent, führt mich aber nicht weiter. Natürlich könne ich telefonisch umbuchen, sagt eine Dame, allerdings erst auf Sonntagnachmittag. Die anderen Flüge seien ausgebucht.

Verzweifelt checke ich doch bei meiner Airline ein. Die Abflugzeit ist mittlerweile auf 3.50 Uhr festgelegt. Eine schöne Zeit! »Da kann ich ja gleich wieder heimfahren und mich ins Bett legen«, sage ich zu der Stewardess am Schalter.

»Das würde ich nicht tun, denn es kann durchaus sein, dass die Abflugzeit während der Nacht wieder vorverlegt wird. Dann kommen Sie nicht mit.«

Immerhin überreicht mir die Stewardess als Versöhnungspräsent einen Voucher meiner Airline für ein Abendessen. Er gilt für ein ganz bestimmtes, gut verstecktes Selbstbedienungslokal, das ich erst nach einer Weile finde. Wenigstens vergeht so die Zeit. Ich zeige an der Essenstheke meinen Voucher und bitte um ein Steak mit Bohnen.

»Ihr Voucher deckt nur ein Nudelgericht ab«, sagt der Kellner verächtlich.

Dann eben *fettucine*. Zum Ausgleich gönne ich mir eine 0,375-Liter-Flasche eines sehr einfachen Weißweines aus den Castelli Romani. An der Kasse schaut die Kassiererin streng auf meinen Bon, dann auf mein Tablett und schließlich auf mich, als habe sie mich gerade beim illegalen Durchfressen ertappt. Ich halte ihrem inquisitorischen Blick stand.

»Ihr Bon deckt nur eine Null-Komma-zwei-Liter-Flasche Weißwein ab, nicht aber diese hier«, sagt sie. Italien kann so deutsch sein!

»Behalten Sie Ihren blöden Bon«, rufe ich und knalle den Voucher auf den Kassentisch. »Ich bringe jetzt alles zurück und suche mir das aus, was ich wirklich essen und trinken will. Dann zahle ich in bar. *Basta*!«

Ein Steak mit Bohnen und ein Fläschchen Rotwein später fühle ich mich besser. Jedenfalls gut genug, um mich mit meinem Handgepäck ans Gate zu begeben. Die Abflugzeit ist inzwischen auf 2.50 Uhr vorgezogen, na also! Ein Hoffnungsschimmer. Ich setze mich auf ein foltertaugliches Metallstühlchen mit Lehne in Lendenhöhe, strecke die Füße von mir und versuche zu schlummern. Allerdings schrecke ich immer wieder hoch, weil ich Angst habe, den Abflug zu verpassen. Kein Mensch würde mich hier wecken, das ist klar. Tatsächlich verschiebt sich die Abflugzeit im Laufe der Nacht immer wieder vor und zurück. Gegen 05.00 Uhr früh dürfen wir uns zum Einsteigen bereitmachen. Ich fröstele vor Müdigkeit, obwohl es August ist. Gegen 6.45 Uhr sind wir in München, um 8.30 Uhr bin ich bei meinen Eltern in Tutzing, ganze 14 Stunden, nachdem ich in unserem Palazzo in Rom aufgebrochen war. Das nächste Mal werde ich Alitalia buchen.

Die vier Tage in und um München herum sind kurz und hektisch. Natürlich wollen wir alle sehen, und natürlich geht das nicht. Immerhin feiern wir den Geburtstag meiner Mutter und den runden Geburtstag meiner Schwiegermutter vor. Wir verbringen mit den Geschwistern einen Sommernachts-Tanzabend bei strömendem Regen und Temperaturen um vier Grad auf einem Dampfer im Starnberger See, gehen mit Nicolas und dem Opa eine Fischzucht in Starnberg besuchen, wandern mit meinen Schwiegereltern und besuchen etliche Freunde in München.

Antonia kauft Bionudeln – zum Mitnehmen nach Rom. Außerdem fahren wir beide nach München in die Innenstadt, um einen Crosstrainer für mich zu kaufen. Das ist so etwas Ähnliches wie ein Fahrradtrainer, nur dass man auf zwei Schienen steht, die eine ellipsenförmige Bewegung machen, und mit den Händen zwei ebenfalls bewegliche Stangen hält. Die Bewegung erinnert ans Langlaufen, nur auf der Stelle und ohne Schnee.

Einer meiner Orthopäden in Rom hat mir ein solches Gerät empfohlen, weil es die Knochen schone und ich so trotz meines Fersensporns trainieren könne. Aus törichtem Geiz will ich das Gerät in München kaufen, weil die Marke, die mir vorschwebt, in Deutschland um einiges billiger kommt als in Italien. In einem Sportgeschäft der Innenstadt neben der Redaktion meiner Zeitung finden wir ein reduziertes Ausstellungsstück.

»Was, in Rom leben Sie!«, sagt der Fachverkäufer

mit leuchtenden Augen. »Richtig in Rom? Da geht's Ihnen aber gut.« Dann sagt er noch, wir könnten den Crosstrainer gleich mitnehmen.

Antonia fährt den Passat auf den Bürgersteig vor das Sportgeschäft, wie sie das eben aus Rom gewohnt ist. Die Passanten fluchen und machen einen Bogen über die Straße, während wir keuchend den komplett aufgebauten Crosstrainer durch das Geschäft nach draußen schleifen. Natürlich passt er nicht in den Kofferraum. Wir ziehen, drücken, fluchen, es hilft nichts. Schließlich zerlegen wir das Gerät teilweise auf dem Gehsteig, knien auf dem Boden und schrauben schimpfend daran herum. Zum Glück kommt keiner meiner Zeitungskollegen vorbei. Als wir den halb demontierten Crosstrainer im Wagen verstaut haben, nimmt er fast den gesamten Bereich von Kofferraum und Rücksitz ein. Wir werden die Kinder und das Gepäck irgendwie dazwischenschichten müssen. Wir drücken die Heckklappe mit Gewalt zu und rasen fix und fertig zum nächsten Kaffeetrinken bei alten Freunden.

Nach drei Jahren in Rom sehen wir unsere alte Heimat mit neuen, fast fremden Augen. Das gilt ganz besonders für Bernadette und Nicolas, die ja noch klein waren, als wir nach Italien gingen. Bernadette ist begeistert, wenn wir durch die Gartensiedlungen in Tutzing und München laufen.

»Schau doch mal, Papa, wie grün und sauber das hier alles ist«, ruft sie. »Das gibt es ja gar nicht. Nicht einmal Hundehaufen liegen auf dem Bürgersteig herum. Und die Autos. Sie glänzen und haben keine Dellen und fahren so vorsichtig, wie auf Eiern!« Am meisten haben es unserer Tochter aber die Thujenhecken um die Villen angetan, diese immergrünen Sichtschutzwände, die mir Antonia früher, als wir noch in München lebten, verboten hat, weil sie sie spießig findet. »Sind diese Hecken herrlich«, juchzt

Bernadette und deutet auf eine drei Meter hohe Thuja-Wand. »Die sehen so frisch und sauber und ordentlich aus. Ganz anders als die Hecken in Rom.«

Antonia und ich schauen uns an: Was haben wir unserem Kind da nur angetan, als wir es nach Rom verpflanzten?

Auch uns Erwachsenen fällt so einiges auf, was wir früher in München gar nicht bemerkt haben. Vor allem dieser wohlige Wohlstand der Leute, dieses *benessere*. Wenn wir jetzt, im August, durch die Wohnviertel schlendern, stoßen wir an jeder zweiten Ecke auf jemanden, der grillt, ein Straßenfest, ein Stadtteil-Happening. Die Leute sitzen unter Kastanien und Linden beisammen, lachen, trinken, feiern, tanzen. *La dolce vita* scheint eine Münchner Erfindung zu sein. Das werde ich beim nächsten Telefonat den Kollegen in der Zentrale hinreiben, wenn sie mal wieder feixen: »Hast du's gut in Rom.«

Und dann all diese Fun-Sportarten. Kein Moränenhügel um die Stadt, von dem aus nicht mit Drachen heruntergeflogen wird, kein Alpental, durch das nicht komplett durchgestylte Mountainbiker brausen. Auf einem geteerten Wiesenweg werden wir beinahe von einer Horde seltsamer Menschen überrannt, die eine Art Langlauf auf Rollskiern betreiben. Abends wird dann auf jeder Tenne getanzt, aus jedem Dirndl gejodelt, in jeder Fabrikhalle abgegroovt. An allen Laternenmasten fordern Plakate zu Über-15- oder Unter-80-Partys auf. »How to spend it« – »Wie hau' ich mein Geld raus« – dieser Titelspruch eines britischen Luxus-Magazins scheint die Bayern umzutreiben, allen Debatten über die Wirtschaftskrise zum Trotz.

Das ist natürlich nur ein sehr subjektiver Eindruck, mein Resümee von vier Tagen München nach drei Jahren Rom. Gewiss: Auch in Rom wird getanzt und gefeiert. Aber die große Mehrheit der Römer ist vor allem mit dem Überlebenskampf in der Großstadt beschäftigt. Welcher Freund hat einen Freund, der mit einem Gebrauchtwagenhändler verschwägert ist und den alten Fiat günstig gegen einen nicht ganz so alten eintauscht? Wo gibt es billige Kinderschuhe? Wie lässt sich die Operation der Oma in einer Privatklinik finanzieren, da sie im öffentlichen Gesundheitswesen erst nach ihrer Beerdigung mit einem OP-Termin rechnen könnte? Das Problem, wie man sein Geld unter die Leute bringt und sich am besten amüsiert, stellt sich für die allermeisten nicht. Auch wer einen Job hat, etwa als Lehrer, verdient in Italien deutlich weniger als in Deutschland, obwohl die Lebenshaltungskosten ähnlich hoch sind. Außer dem Geld fehlt natürlich auch noch die Zeit. Der italienische Automobilclub hat ausgerechnet, dass der Römer im Schnitt 500 Stunden pro Jahr in seinem Auto im Stadtverkehr verbringt, davon 250 Stunden im Stau. Da weiß man dann wieder als Münchner, was man an seiner U-Bahn hat.

Allerdings ist Italien nicht gleich Italien. Wer an der rotierenden Achse Turin-Mailand-Verona-Venedig wohnt, lebt in einer der reichsten Regionen Europas. Auch mit den Toskanern und Umbrern muss man kein Mitleid haben. Rom dagegen ist für etliche Norditaliener schon Afrika. Und niemand klagt so wütend oder wortreich über die Missstände in der Hauptstadt wie die Römer selbst. Solchen Nestbeschmutzern empfehle ich gerne, mal ein Wochenende in Neapel zu verbringen. Rom wird ihnen danach blitzsauber und preußisch diszipliniert vorkommen. Auch ein Aufenthalt im Bergdorf San Luca im Süden Kalabriens hilft ungemein, die Pracht der Kapitale wieder zu würdigen.

San Luca steht in Italien seit Jahrzehnten in dem Ruf, das finsterste Banditennest weit und breit zu sein. Dort, an den waldigen Abhängen des Aspromonte, des »rauen Berges«, soll der Staat längst abgedankt haben, stattdessen soll die Mafiaorganisation *'ndrangheta* regieren. Spätestens seit Maria Himmelfahrt des Jahres 2007 ist San Luca auch in Deutschland berüchtigt. Damals trugen Clans aus dem Dorf eine alte Blutfehde mitten in Duisburg vor dem »Ristorante Da Bruno« aus: Ein Killerkommando erschoss sechs Kalabresen. Ein Staatsanwalt aus Kalabrien sagte mir damals: »Die *'ndrangheta* ist die mächtigste und gefährlichste Mafia der Welt. Ihre Elite kommt aus San Luca. Dort lebt die Aristokratie der *'ndrangheta*, ihre *Royal Family* sozusagen.« Auf die Frage, ob er mir einen vertrauenswürdigen Ansprechpartner in San Luca nennen könne, schüttelte der erfahrene Anti-Mafia-Staatsanwalt nur müde den Kopf.

Triangolo della morte, Dreieck des Todes, wird die Gegend um San Luca und seine Nachbarorte Platì und Africo genannt. Morde und andere schwerste Verbrechen werden dort oft nicht einmal angezeigt. Kollegen in italienischen Zeitungen schreiben in schauderhaft klingenden Reportagen, man solle als Journalist in diese Orte besser nur unter Polizeischutz fahren. Ausgerechnet dorthin soll ich jetzt reisen – natürlich ohne Eskorte. Das Thema »italienische Mafia« bewegt, zu Recht, auch die deutschen Leser, und so ruft mich die Redaktion aus München an und erteilt mir, in etwa, folgenden Auftrag: »Hallo Rom-Korrespondent, jetzt lass mal deinen Cappuccino auf der Piazza Navona stehen und fahr ins Reich der *'ndrangheta*. Sieh dich im berüchtigten Dorf San Luca um, sprich mit den Clans und schreib uns eine spannende Geschichte über die schrecklichste Mafia der Welt.«

»*Va bene*«, seufze ich zögernd und verkneife mir die Bemerkung: »Vielleicht kann ich gleich noch den Oberboss in einem Käfig mitbringen, damit ihr ihn in München auf dem Marienplatz aufstellen könnt?«

San Luca schlägt wuchtig in unser Familienleben

ein. »Muss denn das wirklich sein?«, fragt Antonia, als wir in meinem Bürozimmer Familienrat abhalten. Sie wirft einen schrägen Blick auf die Italien-Landkarte an der Wand und sucht nach dem Aspromonte. »In San Luca, da gab es doch diese ganzen Entführungen. Und wurde nicht einem der Opfer das Ohr abgeschnitten?«

»Ja, ja, aber das ist lange her«, beschwichtige ich. »Das war in den siebziger und achtziger Jahren.«

Tatsächlich fingen die Clans aus Kalabrien damals in ganz Italien Millionäre zusammen, um sie in Höhlen, Erdlöcher und Ställe im Aspromonte zu sperren. Das Lösegeld investierte die 'ndrangheta in den internationalen Heroin- und Kokainhandel, den sie heute beherrscht.

»Was, Papa? Wem wurde das Ohr abgeschnitten?«, fragt Nicolas, dem selten etwas entgeht, was nicht für ihn bestimmt ist.

Ich versuche die Geschichte so feinfühlig wie möglich zu erzählen. »Also das war so: Da gab es einen sechzehn Jahre alten amerikanischen Jungen namens John Paul Getty junior. Sein Großvater war damals der reichste Mann der Welt. Der Junge wurde von der 'ndrangheta in Rom entführt und in Kalabrien versteckt. Weil sein Opa nicht zahlen wollte, ist die Sache mit dem Ohr passiert.«

Aber so leicht lässt sich Nicolas nicht abspeisen. »Was ist denn passiert mit dem Ohr, Papa? Erzähl genau!«

»Also gut: Die Entführer haben dem armen Jungen ein Ohr abgeschnitten und es an eine Zeitung in Rom geschickt. Dazu legten sie einen Brief, und darin haben sie geschrieben: ›Das ist Pauls Ohr. Wenn wir nicht binnen zehn Tagen Geld bekommen, folgt das zweite Ohr.‹«

Nicolas springt von seinem Sessel auf: »Und dann?«

»Dann hat der Opa drei Millionen Dollar gezahlt.

Paul wurde Gott sei Dank freigelassen und durfte nach Hause.«

»Ohne sein Ohr?«, fragt Nicolas. »Was hat er denn dann gemacht?«

»Das weiß ich nicht«, flunkere ich.

In Wahrheit soll Paul Getty junior gesagt haben: »Bedauerlicherweise kann ich künftig keine Sonnenbrillen mehr tragen.«

Bernadette, die dem Ganzen still zugehört hat, läuft jetzt auf mich zu, umarmt mich ganz fest und sagt: »Papa, du darfst nicht nach San Luca fahren! Ich lasse dich nicht mehr los!«

Auch Nicolas klammert sich an mich und legt schützend die Hände auf meine Ohren: »Bitte, Papa, bleib hier!«

Es dauert ein bisschen, bis ich meine Familie beruhigen kann. Ich erzähle ihr, dass die 'ndrangheta längst über die Entführungszeit hinausgewachsen ist. Dass sie Geschäfte im großen Stil macht, mit Waffen- und Drogenhandel, Subventionsbetrug und durch die Unterwanderung der Wirtschaft. Und dass sie nicht das geringste Interesse hat, durch eine Untat an einem ausländischen Journalisten unnötig Aufsehen zu erregen. So ist es ja auch. Insgeheim frage ich mich allerdings: Kann ich wirklich auf die Vernunft der Mafiosi bauen?

Jetzt stellt sich aber erst einmal ein anderes Problem. Ich will Kontakt zu einer der einschlägigen Familien in San Luca herstellen. Nur wie?

Da hilft mir Antonia. »Ercole Cornetti hat doch mal von einem alten Studienfreund erzählt, der Rechtsanwalt in Reggio Calabria wurde und noch immer dort arbeitet«, sagt sie. »Vielleicht hat der eine Idee.«

So klingele ich am folgenden Spätnachmittag oben im Palazzo an der Wohnung unseres betagten Vermieters Ercole Cornetti. Er schlurft an die Tür, bittet mich freundlich herein und führt mich am Arm in sein Wohnzimmer, das aussieht wie ein etwas zu voll gestellter Antiquitätenladen in der Via dei Coronari im *centro storico*. Sämtliche Hinterlassenschaften einer großen Familiengeschichte hat Ercole Cornetti hier um sich versammelt, Büsten und Stiche von seinen Vorfahren inklusive. Bei einem zuckrigen *caffè* auf dem Sofa hört er sich meine Bitte an.

»Ja, ja, ja, der gute alte Don Ricco, der *avvocato*, ich werde ihn anrufen.«

Binnen weniger Tage produziert die italienische Kontakte-Maschinerie ein Ergebnis. Don Ricco hat mit einem befreundeten Strafverteidiger in dem Städtchen Locri bei San Luca gesprochen, und der kannte wiederum einen Anwalt, der eine der Familien in San Luca betreut. Kurzum: Irgendwann habe ich eine Handynummer, und eine neutral klingende Frauenstimme fordert mich auf, ruhig vorbeizukommen und ihre Familie in San Luca zu besuchen. Man werde mit mir reden.

Halb neugierig, halb unruhig fliege ich eine Woche später von Rom nach Reggio Calabria. Wenn man sich Italien als gestiefeltes Bein vorstellt, liegt Reggio in etwa an der Spitze der großen Zehe und San Luca am Ansatz der kleinen Zehe. Ich nehme mir in Reggio ein Mietauto und fahre los. Im Hintergrund der Stadt sind die dunklen Höhen des Aspromonte zu erkennen. Dort herrscht die *'ndrangheta*. Doch ich bin jetzt guter Dinge. Wie oft habe ich mir schon gewünscht, einmal die *Strada Statale 106*, dieses abgelegene Küstensträßchen an der äußersten Spitze des Stiefels, entlangzufahren. Schon als Schüler bin ich mit dem Finger auf der Landkarte da herumgereist. Ich las die geheimnisvollen Namen der Orte wie Pentedáttilo und Brancaleone, stellte mir verrufene Sarazenen-Nester vor und träumte von Abenteuern.

Die Wirklichkeit ist nicht ganz so romantisch: Unter einem staubweißen Himmel ziehen sich nackte, verkarstete Hänge zum Meer hinab. Die Straße führt an toten Fabriken, grauen Betonskeletten, Häuserruinen und in die Landschaft geklatschten, verwahrlosten Ferienanlagen vorbei. Wenn nicht ab und an ein überfahrenes Tier am Straßenrand läge, könnte man sagen, hier sei definitiv der Hund begraben. Immerhin sorgt der Blick aufs Meer und den weiß-bläulich aus Sizilien aufragenden Vulkanberg Ätna für einen schönen Kontrast.

San Luca rückt näher. Ich biege von der Küstenstraße ins Landesinnere ab, Richtung Aspromonte. Kilometer um Kilometer fahre ich am Rande eines ausgetrockneten Flussbettes voller Geröll bergauf. Der Regen hat tückische Löcher in den Asphalt gespült, Markierungen und Randbefestigungen fehlen, dafür ist das ganze Land mit üppigem Grün geschmückt. Engelstrompeten recken ihre weißen Trichter zur Sonne, dottergelber Ginster blüht zwischen den Felsen. Zweimal klingelt mein Mobiltelefon.

Zuerst ist es Nicolas: »Papa, geht es dir gut?«, will er wissen. Dann sagt er: »Du, Papa, was ich dich noch fragen wollte: Hast du auch noch beide Ohren?« Er ist sehr beruhigt, als ich ihm versichere, ich sei noch komplett.

Beim zweiten Mal ist eine Frau aus der Familie am Apparat, die ich in San Luca treffen soll. »Sie kommen also?«, fragt sie mich.

»Ja, Signora«, antworte ich mit möglichst fester Stimme. Misstrauisch beäuge ich die wenigen Autos, die mir entgegenkommen. Immer wieder ertappe ich mich dabei, wie ich in den Rückspiegel gucke, um zu prüfen, ob mir jemand folgt. In Reportagen habe ich gelesen, die 'ndrangheta unterhalte ein Netz von Spähern. Jeder Fremde, der sich nähere, werde sofort den einschlägigen Familien gemeldet.

Vielleicht habe ich ein bisschen zu viel über San Luca gelesen und begegne den Dörflern mit üblen Vorurteilen. Sicher besteht nur eine kleine Minderheit aus Mafiosi. Der Rest sind arme Waldarbeiter, die mit ihren Familien ein hartes, aber ehrliches Leben am Aspromonte fristen, sofern sie nicht nach Deutschland ausgewandert sind. Kein Grund zur Beunruhigung also. Sage ich mir. Schließlich erreiche ich mein Ziel und sehe mich um. Das Ortsschild »*San Luca – Comune d'Europa*« ist nagelneu. Andere Straßenschilder sind dagegen von Schusslöchern durchsiebt, und die ausgebrannten Müllcontainer am Rande sehen aus, als seien sie Schießscheiben. Hier übt offenbar die Dorfjugend mit halbautomatischen Waffen. Ist ja schön, wenn die Kids nicht nur vor dem Fernseher sitzen, sondern draußen spielen.

Ich blicke auf San Luca: eine wirre Ansammlung hässlicher Häuser zieht sich oberhalb des wasserlosen Flussbettes die Ausläufer des Aspromonte hoch. Halb verfallene Gebäudeskelette aus Beton stehen neben eingestürzten alten Häusern. Von den Hängen quillt Müll herab. Die *'ndrangheta* hat ihre Milliarden offensichtlich nicht in das Programm »Unser Dorf soll schöner werden« investiert. Dafür, so haben mir Ermittler erzählt, soll das Innere mancher Häuser umso luxuriöser sein. Marmor im Bad, deutsche Luxusautos in der Garage. In den Kellern richten die Clans gern geheime Bunker für gesuchte Straftäter ein. Die Bunker sind mit allem ausgestattet, was ein Mafioso im Untergrund so braucht: Klimaanlage, Hollywood-Filme über die Mafia, automatische Waffen und Heiligenbildchen.

In solchen Verstecken werden uralte Aufnahmerituale zelebriert. Der Novize muss sich mit einem Messer in den Finger oder den Arm stechen und das Blut auf ein Bildchen des Erzengels Michael tropfen lassen. Das Bild wird angezündet, und der örtliche Boss spricht dem neuen Mafioso vor: »So wie die Flamme dieses Bild verbrennt, so werdet ihr verbrennen, wenn ihr euch mit Schande beschmutzt.« Der Bund mit der *'ndrangheta* ist damit auf Lebenszeit geschmiedet. Wer ihn bricht, wird vernichtet.

Ich fahre ins Zentrum und steige aus. Vor dem schäbigen Rathaus sitzen zwei Dutzend alte Männer beisammen. Ein Geistlicher aus der nahen Provinzhauptstadt Locri hat mir gesagt, die Menschen in San Luca seien äußerst intelligent. »Sie sind ein Volk extremer Kontraste, herzlich und gerissen, Engel und Teufel in einer Person.« Welche Seite werden sie mir zeigen? Zu meiner Überraschung sind sie sehr freundlich. Einige erzählen in gebrochenem Deutsch von ihren Arbeitsjahren in Wolfsburg und Stuttgart. Andere schimpfen auf den italienischen Staat, der sich nicht um Dörfer wie San Luca kümmere. »Wir sind total uns selbst überlassen«, knottert ein Alter mit makellos gebügeltem Hemd. »Die Politiker in Rom interessieren sich nicht für uns. Wenn es einen Mord gibt, werden Reden geschwungen, dass sich alles ändern müsse. Doch nach vierzehn Tagen ist das vergessen.« Das ist einerseits richtig. Andererseits ist es die typische Ausrede in Mafia-Dörfern: Weil der Staat nicht für uns sorgt, müssen wir die Dinge selbst in die Hand nehmen.

Am liebsten würde ich mit den Männern nur ein bisschen über Wolfsburg plaudern und dann in Freundschaft scheiden. Aber Job ist Job. Also spreche ich das Unwort aus: *'ndrangheta*. »Wie mächtig ist sie wirklich in San Luca?«, frage ich.

Es ist, als hätten die Alten mich plötzlich vergessen. Ein kollektiver Anfall von Alzheimer. Sie blicken durch mich hindurch oder wenden sich plaudernd einander zu. Ich frage nochmals.

Schließlich meint der Ex-Wolfsburger: »Ich bin alt, ich bekomme eh nichts mit.«

Sein Nebenmann fällt ein: »Wir haben es satt, ständig darauf angesprochen zu werden.«

Unauffällig, wie ich bin, mit Fotoapparat am Gürtel und Schreibkladde unterm Arm, streife ich durch die Gassen. Mann aus *Germania*. Im Rathaus stehen zwar alle Türen offen, doch es ist niemand da. Samstag. In rostigen Blechtöpfen vor den Häusern blühen rote Geranien. Die Luft riecht nach Staub und reifen Feigen. In einem Hof bellt ein Hund. Oben im Ort, im Schatten der melonengelben Barockkirche, sitzen wieder alte Männer, trinken Nastro-Azzurro-Bier aus kleinen Flaschen und spielen Karten. Ein paar *ragazzi* rasen auf ihren Mopeds die Gassen auf und ab, als würden sie dafür bezahlt. Die Staatsanwälte in Reggio Calabria argwöhnen, sie würden *pizzini*, kleine Zettel mit Botschaften, zwischen den Clans hin und her transportieren. Denn die Telefone in San Luca werden von der Justiz abgehört.

Doch wo sind die erwachsenen Männer im Arbeitsalter? In den Ermittlungsakten habe ich gelesen, dass viele Männer aus San Luca wegen der blutigen Familienfehden abtauchen. Des Nachts kommt es immer wieder zu Schießereien, und die *carabinieri* beobachten am Tag darauf, wie eine zerschossene Eingangstür durch eine gepanzerte Tür ausgetauscht wird.

Ich blicke auf die Uhr. Nun ist es Zeit, meine eigentliche Mission zu erfüllen. Ich soll die Familie eines Mannes treffen, den die Staatsanwälte in Italien und Deutschland für einen der Täter des Massakers von Duisburg halten. Diese Familie soll zu einem der beiden Clans gehören, die San Luca, das Herz der *'ndrangheta*, beherrschen. Die zwei Clans liefern sich seit langem eine blutrünstige Fehde um die Macht im Dorf. Die Familie ist nicht schwer zu finden. Jeder im Ort kann dem Fremden den Weg weisen. Auf der Straße fließt Spülwasser herab. An einer Ecke liegt ein angefressener Hundekadaver. Die Häuser der Familie sind unverputzt. Rohe Ziegelwände und nackte Betonbalkone, rostige Eisentore und verhangene Fenster schrecken mich ab. Davor wartet ein kleiner, älterer Mann in Jeans, mit grauen, gewellten Haaren. Er lächelt schüchtern, drückt mir dann kräftig die Hand. »Willkommen. Gehen wir ins Haus.«

»So gefährlich sieht der Familienboss gar nicht aus«, denke ich und folge ihm – nur wenig erleichtert. Nach dem Schritt über die Schwelle komme ich mir vor wie in einem anderen Film. Beeindruckten mich draußen die Schäbigkeit und der Verfall, so verblüfft mich hier drinnen die gutbürgerliche Wohnlichkeit. Ich sehe eine neue Einbauküche aus dunklem Holz, einen hübsch gekachelten Kamin, den blitzblanken gefliesten Boden, die melonenfarben getünchten Wände, Marien- und Familienbilder. Doch es ist kalt in diesem Raum.

Der Mann deutet entschuldigend auf seine schwarz gekleidete Frau, die gerade einige Holzscheite im Kamin anzündet, und behauptet: »Eine richtige Heizung können wir uns nicht leisten.«

Dann bittet er an den Esstisch. Zum Aufwärmen spricht er ein bisschen über Politik. Eine seiner Töchter setzt sich dazu. Die anderen beiden sind gerade weg, um ihren Bruder in der Untersuchungshaft zu besuchen. Das Feuer im Kamin beginnt zu knistern. Im Zimmer wird es wärmer und rauchiger. Der Vater kommt zur Sache: »Die Familienfehde von San Luca, von der die Staatsanwälte reden, ist eine Erfindung, eine Legende. Neunzig Prozent der Menschen hier in San Luca sind brave, gute Leute. Falls es hier Mafiosi geben sollte, darf man deswegen nicht das ganze Dorf kriminalisieren.«

Nun fällt seine Frau vom Kamin ein. Ihr Sohn, den

die Staatsanwälte für einen mehrfachen Mörder halten, sei ein *bravo ragazzo*, ein tüchtiger Junge. Er habe sich in Deutschland zum Pizzeria-Besitzer hochgearbeitet.

»Seine *pizze* waren ausgezeichnet«, versichert die lebhafte, adrette Schwester. »Mein Bruder war freundlich zu allen, er hat niemandem etwas zu Leide getan.«

Später setzt sich noch ein anderer Bruder hinzu und sagt über den Inhaftierten, den die Ermittler als einen eiskalten Killer beurteilen: »Er konnte kein Blut sehen. Wenn er sich beim Tomatenschneiden in den Finger stach, kippte er um, und wir mussten den Notarzt rufen.« Und so einer solle Menschen ermordet haben? Absurd, findet die Familie.

Dann schaltet sich wieder der Vater ein und schimpft auf übereifrige Staatsanwälte, die sich nur profilieren wollten. »Nehmen Sie die angebliche Fehde! Für uns existiert sie nicht. Wir sind mit der anderen Familie zwar nicht ganz eng befreundet, aber wir gehen durchaus freundschaftlich miteinander um. Wir plaudern sogar abends miteinander auf der *piazza*.«

»Sie haben also keine Angst um Ihr Leben in San Luca?«, frage ich ihn ungläubig.

Er sagt, bedroht fühle er sich allenfalls von der Justiz.

Mittlerweile fühle ich mich in dem behaglichen Wohnzimmer zwar nicht mehr beklommen, aber ich finde es sehr schwierig, mit dieser Familie eine Gesprächsbasis zu finden. Also stelle ich die Grundsatzfrage: »Aber die Mafia gibt es doch in Kalabrien?« Natürlich rechne ich nicht mit einer ehrlichen Antwort, doch bin ich gespannt, wie sich die Familie aus der Affäre zieht.

»Wahrscheinlich ist das mit der *'ndrangheta* übertrieben«, sagt die Schwester und blickt mich aus ihren grünen Augen schalkhaft an.

»Und das Kriminalitätsproblem in San Luca?«
»Gibt es nicht. Das ist alles Propaganda. Überall bringen sich gelegentlich Menschen um.«

Ich lasse nicht locker. »Aber in den Justizakten steht doch beschrieben, wie sich hier in San Luca ganze Familien einbunkern.«

Die junge Frau lacht. »Wir führen hier ein ganz normales Leben. Bringen unsere Kinder zur Schule, kochen, arbeiten – *le solite cose*, die üblichen Sachen.«

Ihr Vater nickt. »Wir sind eine ruhige Familie.«

Wer, wie ich, die ganzen Ermittlungsgeschichten über diese Familie im Kopf hat, mit vielen grausigen Einzelheiten, und dann Stunden mit diesen doch sehr freundlichen Menschen verbringt, der zweifelt am Ende, ob Weiß noch Weiß und Schwarz noch Schwarz ist. Ich werde zur *pasta* mit Gorgonzola-Sauce eingeladen, bekomme selbst gemachte Schweinesalami aufgeschnitten, werde den vielen kleinen Buben und Mädchen vorgestellt, die nun vom Kindergarten und der Schule nach Hause kommen. Sie sind die Kinder einer Großfamilie und müssen alle ohne ihre einsitzenden Väter aufwachsen.

Die junge Frau zeigt mir einen Stapel mit Briefen voller bunter Aufkleber. »Mein Mann und mein Schwager haben sie aus dem Gefängnis an die Kinder geschrieben, damit sie sich nicht so verlassen fühlen.« Dann blickt sie sich am Tisch um und sagt: »Wir haben keine Männer mehr in unserer Familie – außer meinem Vater und meinem Bruder. Hoffentlich bleiben sie uns. Aber da habe ich Zweifel.«

Vater und Tochter begleiten mich nach dem Gespräch hinaus zum Auto. Es ist inzwischen später Nachmittag. Mir kommt es irgendwie unwirklich vor, dass ich viele Stunden mit einer Familie geplaudert, gegessen, getrunken und auch gelacht habe, die von italienischen Polizisten, Staatsanwälten und Richtern einem todbringenden Verbrecherclan zugeordnet wird. Und ich weiß, dass sie mir an diesem Tag nicht nur *pasta* mit Gorgonzola-Sauce aufgetischt haben, sondern auch eine ganze Menge Wahrheiten der unwahrscheinlichen Art. Ich werde das Gefühl nicht los, in San Luca in der Höhle des Löwen gewesen zu sein, ohne es so richtig zu merken. Zugleich spüre ich, dass sich viele der Familien dort, in ihrer Abgeschiedenheit und Geächtetheit, eine eigene Welt erdacht haben, mit eigenen Gesetzen und sehr eigenen Vorstellungen von Unrecht und Gerechtigkeit, Böse und Gut.

Sieben

Am nächsten Morgen, auf dem Flughafen von Reggio Calabria, habe ich das erste Mal richtig Pech mit Alitalia. Mein Flug ist gestrichen, wegen eines Streiks des Bodenpersonals in Rom. Kurzentschlossen rufe ich in der Redaktion in München an und nehme mir zwei freie Tage. Dann miete ich mir ein Auto, um damit gemütlich von Reggio nach Rom zurückzufahren. So kann ich gleich noch einen Abstecher in die wildeste und abgelegenste Region Italiens machen, freue ich mich. Die Basilicata beginnt etwa in der Mitte der Sohle des Stiefels und zieht sich bis zum Knöchel hoch. Sie ist ein Eldorado für Reisende, die das unbekannte Italien jenseits von Pisa und Pizza erforschen wollen. So viel Zeit habe ich diesmal leider nicht, daher fahre ich gleich durch bis nach Matera. Nach mehr als 20 Jahren bin ich gespannt, die berühmte Höhlenstadt wiederzusehen.

Ich hatte die Stadt bereits einmal Mitte der 80er Jahre besucht. Damals verbrachte ich ein Semester als Sprachstudent in Rom und brach jedes Wochenende auf, um Italien zu erkunden. Ich liebte das Gewusel der Reisenden in der Vorhalle der *Stazione Termini* mit ihrem kühnen, wellenförmig geschwungenen Dach, den öligen Geruch auf den Bahnsteigen und die Durchsagen aus den Lautsprechern: »*Attenzione! Attenzione! L'espresso proveniente da Palermo e diretto a Firenze, Bologna, Milano è in arrivo sul binario dieci.*« Oder so ähnlich. Wo ich nicht überall hinfahren konnte. Nach Viterbo oder Neapel, Florenz, Perugia oder in die Abruzzen-Hauptstadt L'Aquila.

Am meisten aber machte es mir Spaß, mit den Regionalzügen übers Land zu bummeln. Mit den mal restlos überfüllten, mal menschenleeren und immer überheizten Regionalzügen dauerte es eine Ewigkeit, um zu den entlegeneren Orten zu kommen. Immer wieder galt es umzusteigen, Stunden an verschlafenen Bahnhöfen zu warten, in Pensionen zu übernachten, die ein Einzelzimmer für 9000 Lire anboten, Frühstück inklusive. Italien erschien mir auf diesen Reisen verwinkelt, geheimnisvoll und voller Überraschungen hinter jeder Eisenbahnkurve. Häufig wechselten die Mitreisenden, mal waren es krakeelende Soldaten auf der Heimfahrt, mal sizilianische Fischhändler auf dem Weg zu einer medizinischen Untersuchung, mal zu stark parfümierte Geschäftsmänner, mal schimpfende Mütter mit Kleinkindern, die ihre *cornetti* auf den Polstern verkrümelten. Ich hörte Dialekte, von denen ich nur einzelne Wortstämme verstand, und beantwortete immer wieder erstaunte Fragen, was ich als Deutscher denn hier in der tiefen italienischen Provinz mache.

An einem Winterabend gelangte ich nach Matera. Die Stadt liegt in einem baumlosen Tafelland aus Kalkgestein, in das die Bäche tiefe Schluchten gegraben haben. Die Abhänge sind von Karsthöhlen durchzogen, in denen schon in der Steinzeit Menschen hausten. Im Mittelalter bauten die Leute aus Matera die Kalkfelsen zu einer Höhlenstadt aus, die bis heute *sassi*, Steine, genannt wird. Sie erweiterten die Höhlen und verwendeten die herausgebrochenen Brocken, um Fassaden und Vorbauten zu errichten. Die Dächer der unteren Behausungen dienten den darüberliegenden als Fußböden. Gänge und Treppenwege zogen sich in den durchlöcherten Hängen bis zum Fuß der *gravina* hinab. So entstand ein Labyrinth aus bis zu zehn

Stockwerken übereinander geschachtelter Höhlenwohnungen, in denen Tausende Menschen lebten.

Ich kam im letzten Licht des Wintertages in der Oberstadt an und blickte auf die *sassi* herab. Noch nie hatte sich mir ein so bizarres Bild geboten. Die *sassi* wirkten wie eine Mischung aus Termitenhügel, verfallender marokkanischer Kasbah und biblischer Krippenlandschaft. Sie waren damals, Mitte der 80er Jahre, nahezu unbewohnt, eine Geisterstadt, die die Bürger in den neueren Vierteln mieden. Die Stadtverwaltung hatte über Jahrzehnte hinweg Neubauten um die *sassi* errichten lassen, um den Blick auf sie zu verstellen. Matera schämte sich damals seines faszinierenden Erbes, auf das es heute so stolz ist. Denn bis Mitte des 20. Jahrhunderts lebten hier in den Höhlen fast 20 000 Menschen in furchtbarer Armut! Eine »*vergogna nazionale*« sei das, schrieben die Zeitungen, eine nationale Schande. Der Staat handelte, ließ Neubauviertel emporziehen und siedelte die Menschen aus den *sassi* um. Das Zentrum Materas, die *sassi*, wurde über Jahrzehnte zu einem unheimlichen Niemandsland, in dem Kriminelle und Drogensüchtige Unterschlupf fanden.

An jenem Winterabend war das immer noch so. Auch viele der alten, freskengeschmückten Felskirchen waren unzugänglich. Während ich vorsichtig in den *sassi* herumstieg, lernte ich eine Gruppe junger Leute und ihren Betreuer kennen. Der Mann stellte sich als Priester vor, der ein Sozialprojekt betreibe. Genaueres sagte er nicht, vielleicht ging es um Drogenabhängige.

»Hätten Sie nicht Lust, mit uns eine der Höhlenkirchen zu besichtigen?«, fragte er mich.

Und ob ich Lust hatte. »Sehr gerne. Aber die sind doch alle verschüttet oder versperrt, oder?«

Der Priester schmunzelte. »Nicht für mich. Kommen Sie einfach mit.«

In einer Gasse schloss er eine Brettertür auf. Wir zwängten uns hinein. Es war stockdunkel, roch feucht und moosig. Die jungen Leute zündeten Kerzen an, und unsere Schatten flackerten über das Felsgewölbe. Bald hatten sich unsere Augen an das schwache Licht gewöhnt, wir sahen ernste, fein geschnittene Gesichter von Engeln und Heiligen, in verblasste Gewänder gehüllt, die sicher einmal purpurrot und kobaltblau geleuchtet hatten. Mancher Heiligenschein war vom Schwamm zerfressen, manches Fresko zerbröckelt. Fasziniert und beklommen blickte ich mich um.

Der Priester deutete auf eine Nische in der Felswand. »Greifen Sie da mal hinein und zeigen uns, was darin ist?«, forderte er mich auf.

Mir grauste, warum auch immer, aber ich wollte nicht als Feigling dastehen. Also tastete ich mit der Hand vorsichtig in die Vertiefung. Ich fühlte etwas Hartes, Raues, Rundliches, wie eine durchlöcherte Kugel aus Kalkstein, und zog es heraus. Kerzenlicht fiel darauf. Es war ein Totenschädel, schwärzlich angelaufen, mit Spinnweben in den Augenhöhlen. Ich schrie auf. Das Lachen der Gruppe hallte aus dem Gewölbe zurück.

»Wollen Sie mit uns den Abend verbringen?«, fragte mich der Priester, nachdem wir die unterirdische Kirche heil verlassen hatten. »Wir wollen in einer der verlassenen Wohnhöhlen in den *sassi* singen und beten.« Ich lehnte dankend ab und verabschiedete mich rasch.

Nun, zwei Jahrzehnte später, ist alles viel bequemer – aber auch nicht mehr so geheimnisvoll. Ich stelle mein Auto auf einem bewachten Parkplatz am Rande der *sassi* ab und folge einem der ausgeschilderten Rundwege. *Ragazzi* auf ihren *motorini* knattern heran und rufen: »Brauchen Sie einen Fremdenführer? Ich zeige Ihnen Dinge in den Höhlen, die noch niemand gesehen hat.«

Natürlich ist das geflunkert. Längst sind die *sassi* keine nationale Schande mehr, sondern eine der großen Attraktionen Süditaliens. Wo früher Eremiten-Mönche beteten und später Bauern und Hirten mit ihrem Vieh hausten, sehe ich nun behagliche, kleine Hotels, schicke Trattorien und Galerien. Architekten haben sich Büros in die Höhlen gebaut. Und wer besonders in sein will in Matera, der wohnt in den *sassi* – mit Zentralheizung, Designerbad und Flachbildfernseher. Die Gewölbewände sind sorgfältig verschlämmt, die abgestrahlten Steinböden mit Orientteppichen belegt. Schafe und Hühner haben Hausverbot. Einige der *sassi* aber sind als Heimatkundemuseen eingerichtet. In einer Höhlenwohnung steht noch das riesige Bett, in dem einst die ganze Familie schlief. Aus der Ecke meine ich das Scharren der Hühner zu hören und den warmen Atem der Kühe zu spüren. Wieder einmal bin ich fasziniert, wie radikal sich Italien in wenigen Jahrzehnten gewandelt hat.

Das spiegelt sich auch im Privatleben der Italiener wider, das viel komfortabler geworden ist, gesünder, sicherer, freier. Aber darüber ging auch etwas verloren – die Zeit im Kreis der Großfamilie und ihrer Freunde. Zwar nehmen die Menschen die Freizeit *in compagnia* noch immer ganz wichtig, aber wenn man sich dann tatsächlich treffen will, wird es auch in Rom manchmal schwierig. So suchen wir seit Wochen nach einem Termin, mal wieder gemütlich mit Sergio und Paola zu plauschen, während unsere Kinder mit ihrem Sohn Ale spielen können. Die drei wohnen unter uns, und so sollte es eigentlich nicht schwer sein, sich zu verabreden. Allein: Es ist in diesen Wochen wie verhext. Mal muss Sergio auf Dienstreise, mal ich. Mal muss Paola länger arbeiten, mal Antonia einen Abendtermin an der Deutschen Schule Rom wahrnehmen, mal ist eines der Kinder krank. Und dann sind da noch die vielen festen Aktivitäten, mit denen italienische Eltern gerne die Freizeit ihres oft einzigen Sprösslings füllen.

»*Ciao Stefano!* Wie war es im wilden Süden?«, begrüßt mich Paola und küsst mich erleichtert drei Mal auf die Backen, als ich ihr in der Garage begegne. Sie ist makellos geschminkt, und ihre Haare schwingen luftig um ihren Nacken, obwohl sie gerade von einem langen Arbeitstag in einer Arztpraxis am anderen Ende Roms zurückkommt und auf dem Rückweg noch die Familieneinkäufe im Panorama, einem riesigen Supermarkt, erledigt hat. Nun zerrt sie die Tüten aus ihrem Fiat Punto, sie ist spät dran.

»Es war schon spannend«, sage ich ihr, »aber das werde ich dir mal in Ruhe erzählen. Ale hat bestimmt Hunger.«

»Stimmt«, sagt Paola und wirft einen raschen Blick auf ihre Uhr. »Ein Grund mehr, dass wir uns an diesem Wochenende endlich wieder einmal in Ruhe treffen.«

»Unbedingt«, freue ich mich. »Wann passt es denn bei euch? Kommt doch am Samstagnachmittag zu uns, auf Kaffee und Kuchen.«

Paola überlegt. »Samstag ist leider ganz schwierig bei uns. Am Vormittag hat Ale Kommunionsunterricht in der Pfarrei, danach müssen wir schnell mit ihm an den Lago Bracciano fahren, weil er da am Nachmittag mit seinem neuen Optimisten bei einer Kinderregatta mitfährt. Ginge Sonntag bei euch auch?«

»Im Prinzip schon, falls ich nicht einen Artikel für die Montagszeitung schreiben muss. Das lässt sich vorher nicht sagen. Aber für Kaffee und Kuchen am Nachmittag sollte es schon reichen.«

Paola schlägt die Hände vors Gesicht. »*Caspita!* Verflixt noch mal! Am Sonntagnachmittag geht Ale ja jetzt immer reiten.«

»Ale reitet?«

»Ja!«, ruft Paola stolz. »Neuerdings. Genauso wie ich früher, als junges Mädchen. Also, was machen wir? Dürfen wir auch erst zum *aperitivo* zu euch kommen, nach dem Reiten? Wir bringen auch einen *spumante* mit!«

»*Senz'altro*, natürlich. So machen wir es.«

Am Sonntagabend ist es so mild, dass wir uns draußen auf unseren Wohnzimmerbalkon setzen. Bei *spumante* und *olive ascolane*, frittierten, mit Hackfleisch und Parmesan gefüllten Oliven, erzähle ich von Kalabrien, und Sergio berichtet, wie er während seines Militärdienstes als *carabiniere* in dem Dorf Platì am Aspromonte eingesetzt war, um dort inmitten der *'ndrangheta*-Clans Flagge für den Staat zu zeigen.

»*Mamma mia, mamma mia*«, sagt Sergio immer wieder und schüttelt seine rechte Hand, »das war eine Zeit. Ich als junges römisches Bürgersöhnchen in diesem Dorf da unten. Natürlich hatte ich Angst.«

Ale kennt die Geschichten und läuft mit Nicolas und Bernadette hinunter in den Hof, um Roller zu fahren. Wir hören ihre vergnügten Schreie heraufhallen.

»Dass Ale nicht schlapp ist, nach dem Reiten«, sagt Antonia.

»Ja, unglaublich, er ist einfach nicht müde zu kriegen«, seufzt Paola und gähnt verstohlen in ihre Hand. »Ich dagegen *sono molto stanca e distrutta*, ich bin todmüde und fix und fertig.«

»Ja, warum denn?«

Paola schmunzelt. »Na, ich bin heute auch mal wieder aufs Pferd gestiegen, zum ersten Mal seit etwa fünfundzwanzig Jahren.«

»Du bist geritten? Das ist ja toll, erzähl mal«, ruft Antonia. Sie beugt sich vor über den Tisch, und ich sehe an ihren glänzenden Augen, dass sie nun daran denkt, wie sie selbst einmal als Mädchen geritten ist.

»Ja, ich hatte es satt, immer nur die *ippomamma* zu geben«, sagt Paola.

»*Ippomamma*? Du bist doch keine Pferdemama!«, erwidere ich.

Paola lacht. »Nein, das nicht. *Ippomamme*, so nennen wir hier in Rom all die Mütter, die sommers wie winters, bei Hitze und Regen, am Rand der Reitplätze stehen, um ihren Kindern beim Unterricht zuzuschauen. Wir sind sozusagen das Pendant zu den Fußballvätern.«

»Ach so. Dann war Antonia auch schon mal *ippomamma*.« Bernadette hatte kurz nach unserer Ankunft in Rom auf einem kleinen Reiterhof dicht beim Vatikan auf einem Pony zu reiten begonnen. Doch dann wurde ihr Lehrer krank, und die Sache ist im Sande verlaufen. Bernadette erinnert uns aber immer mal daran, wie gerne sie wieder anfangen würde.

Nun bringt uns Paola auf den Geschmack. Sie erzählt von einem wunderbaren Reiterhof draußen zwischen Rom und Ostia, in Castel Fusano. Dort stünden grüne Schirmpinien und rauschende Pappeln, und der Wind trage den Geruch des Meeres herüber. Die Reitlehrerinnen seien ganz reizend, die Pferde sehr lieb und gut gepflegt.

»Na, und als Ale nicht mehr Fußball spielen wollte, habe ich ihn eben dort angemeldet. Und nun hab ich auch zu reiten angefangen.« Paola bekommt rote Backen wie ein junges Mädchen, nicht vom *spumante*, sie nippt nur daran, sondern vor Vergnügen.

»Ich sehe schon, bald werden wir ein Pferd kaufen«, stöhnt Sergio, der es lieber gesehen hätte, wenn Ale beim Fußballspielen geblieben wäre. Er selbst war einst ein begnadeter Fußballer, so sagt er, und wenn er mit 17 Jahren nicht diesen Muskelfaserriss gehabt hätte, wer weiß … »Mit Luca Toni hätte ich es durchaus aufnehmen können«, sagt er, und es ist nicht recht klar, ob er nur Spaß macht.

Nachdem wir uns gegen Mitternacht getrennt haben, Ale darf bei Nicolas im Zimmer zwischen Playmobil-Bergen weiterschlafen, sagt Antonia: »Klingt doch nett mit dem Reiten. Das schau ich mir mit Bernadette auch mal an.«

Ein paar Tage später meint Antonia, ich solle meinen Artikel mal ein bisschen schneller verfassen, dann könne ich den Kindern bei den Hausaufgaben helfen. »Ich muss mit Paola los, was einkaufen.«
Drei Stunden später kommen die beiden kichernd zurück. Sie haben große Taschen bei sich, mit einem Pferdeaufdruck. »Schau mal, was ich mir gekauft habe«, ruft Antonia und zieht nach und nach olivgrüne Reithosen, eine beigefarbene Fleecejacke, einen mit schwarzem Samt besetzten Helm, glänzende Stiefel und eine Gerte hervor. »Ich werde mit Paola wieder zu reiten beginnen.«
Seitdem ziehen die beiden mit Bernadette und Ale Sonntag für Sonntag los, um sich im Reitclub »La Pineta« von Castel Fusano auf die Pferde zu schwingen. Antonia kommt jedes Mal fix und fertig zurück, aber dezidiert glücklich. An ihrem staksigen Gang durch die Wohnung erkenne ich, wie sehr sie sich angestrengt hat. Natürlich würde ich wahnsinnig gerne mitfahren und zugucken, aber Antonia meint: »Da warten wir noch eine Weile, bis ich besser bin. Das ist mir jetzt zu peinlich.«
So habe ich mir angewöhnt, an den Sonntagen mit Sergio und Nicolas im Hof Fußball zu spielen. Wer weiß, ob nicht noch ein Luca Toni aus mir wird.

Acht

Eines Abends, als ich aus meinem Bürozimmer komme, wirkt Antonia irgendwie verändert. Nicht, dass mir etwas Bestimmtes auffiele, sie ist herzlich wie sonst auch und hört sich engelsgeduldig die Schilderung meiner Recherche vom Tage an. Es ist Ende September, ein milder Abend, wir sitzen unter der Engelstrompete draußen auf dem Balkon, die Kinder schlafen. Wir haben die Füße auf den Tisch gelegt und schlürfen einen eisgekühlten Weißwein. Eine Kerze flackert in einem Hauch von Nachtwind, aus dem Wohnzimmer plätschert Klaviermusik. Alles scheint zu passen. Aber irgendetwas stimmt nicht, das spüre ich nach so vielen Jahren Ehe. Nur was?

Einer der vielen Vorzüge Antonias ist es, dass sie nicht um den heißen Brei herumredet. Sie liebt es, die Dinge sehr klar anzusprechen, manchmal zum Schrecken italienischer Freunde, etwa, wenn sie sich unvermittelt nach deren Heirats- und Kinderplänen erkundigt. Umgekehrt akzeptiert sie genauso klare Fragen.

Also sage ich: »Jetzt erzähl mal! Was ist los mit dir?«

Antonia schweigt und starrt in die Kerzenflamme. »Na?«, sage ich aufmunternd.

Antonia schweigt immer noch. Ich habe nicht die blasseste Ahnung, was passiert sein könnte. Hat sich meine Frau in Silvio Berlusconi verliebt? Eher unwahrscheinlich. Einen Autounfall verursacht? Das hätte sie mir schon am Telefon erzählt. Stimmt gar irgendetwas mit den Kindern nicht? Ich bin wirklich beunruhigt.

»Ist etwas mit Bernadette oder Nicolas?«, frage ich. Da fängt Antonia an, in sich hineinzulachen. Sie schüttelt ihre gewellten, dunklen Haare. »Ach was. Es ist etwas ganz anderes. Ich sage nur ein Wort: *cena*.«

Für einen Unbedarften mag das ganz harmlos klingen. Das Wort *cena* wird im Wörterbuch schlicht und harmlos mit »Abendessen« übersetzt. Doch so einfach liegen die Dinge hier nicht. O nein! Ich weiß, was uns jetzt erwartet. Die nächsten Tage werden sehr ungemütlich werden.

In den besseren Kreisen Roms – und hierzu zählen sich die Deutschrömer gerne – bedeutet *cena* in etwa: große, feine, feierliche, vielgängige, elegante Krawatten-und-kleines-Schwarzes-Damasttischdecken-Silberbesteck-Kristallgläser-Abendessen-Einladung. Wobei Abendessen viel zu plebejisch klingt. Abendmahl trifft es besser. Doch dieser Begriff ist ja bereits liturgisch belegt. Kurzum: Die *cena* ist DIE Gelegenheit für einen gutbürgerlichen, wenn nicht aristokratischen römischen Haushalt, sich in all seiner *grandezza* einem Kreis erlesener Freunde und Bekannter zu präsentieren. Dabei kommt es für den Hausherren und die Hausdame darauf an, vollendete Formen mit natürlicher Ungezwungenheit zu verbinden und ihren Gästen wie nebenbei ein formidables Zwölf-Gänge-Menü zu präsentieren – natürlich ohne dabei die leisesten Anzeichen von Stress zu offenbaren. Man ahnt es: Die *cena* ist eine Herausforderung. Manche lieben sie, andere fürchten sie. Drum herum kommt man als Deutschrömer eher nicht.

Ich selbst habe meine ersten *cene* als Student und später als Rechtsreferendar auf Wahlstation in Rom erlebt. Freunde meiner Eltern, die später auch meine Freunde wurden, nahmen sich rührend meiner an und luden mich zur einen und anderen *cena* ein. Ich war schwer beeindruckt. Das Ehepaar lebte in einer riesigen, eleganten Wohnung in einer parkartigen Anlage samt Nachtwächterhäuschen in Rom. Im dunklen Marmorboden des *appartamento* spiegelten sich die Kerzenlichter, soweit er nicht mit wertvollen Perserteppichen bedeckt war. Die überbordenden Regale mit den Büchern, die der Hausherr teils selbst geschrieben hatte, reichten bis zu den gefühlt fünf Meter hohen, mit Stuck verzierten Decken. An anderen Wänden prangten farbenfreudige, moderne Ölgemälde. Ein dekorativer Pudel fläzte vor einem Sofa, zwei Kellner reichten Kristallflöten mit *spumante* und Lachshäppchen herum.

An der Tafel nahmen anderthalb Dutzend Gäste Platz, Diplomaten, Generäle, Historiker, Prälaten und Wirtschaftsmanager deutscher wie italienischer Provenienz, samt ihrer Gattinnen – die Prälaten einmal ausgenommen. Man sprach über Politik, Kant und die Kurie, und die Freunde meiner Eltern erwiesen sich als vollkommene Gastgeber, liebenswürdig, charmant, geistreich und souverän. Ich selbst fühlte mich völlig grün hinter den Ohren und befangen, aber auch verzaubert von dieser Welt. Irgendwann, so schwor ich mir, würde ich auch als Deutschrömer in Rom leben und eine *cena* geben.

Der erste Teil dieses Traums wurde wahr, der zweite zunächst einmal nicht. Das liegt zum einen an mir selbst. Größere Förmlichkeiten machen mich beklommen, und eine *cena* ohne größere Förmlichkeiten ist per definitionem ausgeschlossen. Zum anderen liegt es an Antonia. Sie hat zwar durchaus Freude an eleganten Abendveranstaltungen, aber mehr am Teilnehmen, weniger am Ausrichten. Antonia ist eine begeisterte Juristin, die in München als Richterin arbeitete und dies irgendwann, nach unserer Rückkehr aus dem Ausland, auch wieder tun wird. Sie ist hier in Rom auch eine einsatzfreudige, großmütige Familien-Managerin. Dennoch zieht sie die Codices der Küche vor. Der Schadensausgleich im Dreiecksverhältnis fasziniert sie mehr als die Zubereitung eines Pflaumensorbets, was nicht heißt, dass sie keine gute Köchin wäre. Der einfühlsame Leser merkt, ich bewege mich hier auf etwas heiklem Terrain, weshalb ich es kurz mache: Es gehört nicht zu Antonias geheimen Wunschträumen, wochenlang eine *cena* vorzubereiten. Da es mir ähnlich geht, haben wir in unseren ersten Jahren in Rom auch keine *cena* veranstaltet.

Allerdings waren wir zu diversen *cene* eingeladen. Einige waren stark ritualisiert, inklusive längerer Reden der Hausherren, bei denen die Gäste vor- oder vielmehr bloßgestellt wurden. Wir revanchierten uns dann lieber in einer Trattoria in Trastevere oder einem Lokal in Santa Severa am Meer. Oder wir luden zu einer ungezwungenen *merenda* zu uns nach Hause ein, im kleinen Kreis und mit italienischen Käse- und Schinken-Spezialitäten statt mit geschmortem Milchlamm in Olivenkruste und gedünstetem Knurrhahn am Fenchelbett. Manchmal hielten wir es wie in Studentenzeiten: Die Gäste brachten Pizza mit, wir stellten den Wein. Antonia und ich sagten uns, das sei viel natürlicher. Ein Hauch von schlechtem Gewissen freilich blieb. Würden wir uns so vor einer *cena* drücken dürfen?

Während meiner Reise nach Kalabrien geschah dann das Malheur. Eine deutschrömische Freundin schaute bei Antonia vorbei, sah sich in unserer Wohnung um, lobte den auberginefarbenen Marmorboden, die hohen Stuckdecken und die bildungstrunkenen Bücherregale. »Das ist doch die perfekte Umgebung für eine *cena*«, sagte sie, mit einem bedeutungsschweren Blick auf Antonia. Nach diesem verhängnisvollen Satz begann es in meiner Frau zu arbeiten. Das Ergebnis bekomme ich nun serviert, hier auf unserer nächtlichen Terrasse. Sie sagt nur ein Wort. Das C-Wort.

In den folgenden Tagen werden die Gespräche in unserem Haushalt in Prati monothematisch. Weder Bernadette oder Nicolas noch Antonia interessieren sich mehr für den Inhalt der Artikel, mit denen ich mich herumschlage, wie die China-Politik Papst Benedikts, Regionalwahlen in Norditalien oder die geplante Justizreform von Premierminister Silvio Berlusconi. Selbst mein Fersensporn, gewiss ein heißes Eisen, stößt auf kühles Desinteresse. Der ganze Palazzo, Filippo und Federica sowie die weitverzweigte Familie Cornetti eingeschlossen, scheint nur noch an eines zu denken: unsere *cena*.

Insbesondere Federica ist begeistert. Sie lässt durchblicken, sie empfinde es als eigentümlich bis asozial, dass wir nicht längst ein solches Dinner – sie sagt »Dienäää« – veranstaltet haben. Auch unsere Vermieter, der rüstig-greise Großvater Cornetti und seine Gattin mit den bläulich-weißen Haaren, wirken erleichtert, als wir ihnen endlich die Einladungskärtchen übergeben. Neben ihnen haben wir einen italienischen Journalisten, einen Kulturmanager, einen Künstler, zwei Diplomaten und einen Priester eingeladen, samt Gattinnen natürlich, den Priester ausgenommen, also eine irgendwie ähnliche Gesellschaft wie damals bei den Freunden meiner Eltern.

Nun gibt es kein Zurück mehr. Federica und Antonia stecken stundenlang die Köpfe zusammen und palavern die Speisefolge aus. Deutsch soll es schmecken, das erwartet Rom von unserem illustren Haushalt, aber auch italienisch, schließlich gilt es, unserem Gastland die Ehre zu erweisen. Also wird in Kochbüchern geblättert, in Erinnerungen gekramt, werden Menüfolgen aufgezeichnet und wieder verworfen. Unter nicht unerheblichen Mühen einigt sich das Festkomitee in Gestalt von Antonia und Federica am Ende auf die folgende Speisenfolge:

Grissini im Wildschweinsalami-Mantel und Olive Ascolane zum spumante aus der Franciacorta

. . .

Rucola auf Kartoffelsuppe alla Baviera, dazu ein Bocksbeutel, jawoll!

. . .

Frittierte Carciofi alla Romana alla Federica

. . .

Kalbsgulasch an der Karotte alla Mohr- oder Gelberübe am Couscous-Sorbet mit Morellino di Scansano, Riserva, Tenuta Mantelassi

. . .

Parmigiana, dito Federica, ein Auberginenauflauf

. . .

Halbgefrorenes von und zu der Kiwi hinter Kastanienmousse alla meine Mutter alla meine Schwiegermutter, Näheres später

. . .

Frutta

. . .

Caffè, vulgo Espresso

. . .

Grappa, Vin Santo e fratelli, dazu cantucci, also Mandelplätzchen

Das sind, bei gutem Willen, neun Gänge, also das absolute Mindestquorum für eine ordentliche *cena*. Klingt harmlos, ist es aber nicht. Der Ärger beginnt damit, dass Nicolas und ich den Kühlschrank öffnen und einige der Mini-Wildschweinsalamis verkosten, die dort bereits gehortet sind. Schließlich wollen wir wissen, was unseren Gästen da vorgesetzt wird. Antonia reagiert ungwohnt heftig darauf – mit einem Tobsuchtsanfall.

Sodann gilt es, Remo, den Fleischer unseres Vertrauens, davon zu überzeugen, keine zähe Restware, sondern feinstes Filet für das Gulasch rauszurücken. Bis Antonia das Kartoffelsuppenrezept ihres Münchner Bio-Ladens in alten Ordnern im Keller gefunden hat, vergeht auch einige Zeit. Dummerweise ist in der Bio-Anleitung von Crème fraîche die Rede, die in Rom zu Recht nicht aufzutreiben ist, schließlich sind wir nicht in Frankreich. Dafür stöbert Antonia in einem abgelegenen Supermarkt Frischkäse auf, besser als gar nichts. Die Zubereitung des Kiwi-Sorbets erfordert ein längeres Auslandstelefonat Antonias mit meiner Mutter – zum Glück haben wir eine Flatrate. Für die Kastanien-Mousse ist dagegen meine Schwiegermutter zuständig. »Nächsten Samstag fahren wir in die Albaner Berge, Esskastanien sammeln«, droht uns Antonia nach dem Gespräch. Zum Glück findet sie kurz darauf in unserem *alimentari* eine Fertig-Mousse.

Auch der Rest ist schnell erledigt. Da wir selbst zu wenig Silberbesteck haben, gabelt Federica die fehlenden Gedecke in der Nachbarschaft auf. Am Abend der Abende taucht unsere Hausmeisterin in einem eleganten auberginefarbenen Kostüm auf, das mindestens von Coco Chanel stammt. Filippo, der kellnern wird, hat einen dunklen Anzug angezogen. Ich selbst komme mir im offenen weißen Hemd und dunkelblauen Sakko zur Jeans wieder einmal grün hinter den Ohren vor, gut ein Vierteljahrhundert nach meiner ersten *cena*. Dennoch wird es ein sehr netter Abend. Wir reden über Politik, Kant und die Kurie, und Antonia und ich erweisen uns als vollkommene Gastgeber, liebenswürdig, charmant, geistreich und souverän. Beweise? Unsere

Gäste sind erst weit nach zwei Uhr gegangen – und damit ungeheuer spät im deutschrömischen Rom.

Die *cena* wäre also triumphal überstanden, und dieser Sieg muss gefeiert werden. Das sehen auch Bernadette und Nicolas so, die das Ereignis hinter zwei Sesseln im Dunkeln unseres Flurs versteckt verfolgt haben. Also nehmen wir uns vor, während der Herbstferien der Deutschen Schule Rom ein paar Tage in die Toskana zu fahren. Klingt ja nicht gerade originell. Florenz? Siena? Pisa? Die Hügel des Chianti? Oder gar Elba, diese grüne Insel, auf der zu Urlaubszeiten mehr der Dialekt Ludwig Thomas als das Idiom Dante Alighieris zu hören ist? Weit gefehlt. Uns zieht es in die Maremma, das Land am Meer im tiefen Süden der Toskana. Die Maremma ist heute zwar auch kein wirklicher Geheimtipp mehr, aber viel ruhiger und ursprünglicher als der Rest der ausgelatschtesten Region Italiens.

Als Bernadette und Nicolas das Stichwort Maremma hören, rufen sie aus einem Mund: »Wir wollen zu Paolo!«

Dagegen haben Antonia und ich nichts einzuwenden. So finden wir uns an einem frühen Morgen Ende Oktober im Hafen von Talamone ein, einem winzigen Städtchen am Südende des Maremma-Nationalparks. Die Sonne spitzt noch nicht über die Hügel, und wir frösteln in unseren Baumwollpullovern. Zum Glück hat bereits eine Bar offen. Wir stärken uns mit *cornetti con crema*, Cappuccino und heißem Kakao für die Seefahrt. Dann schlendern wir hinüber zum Kai. Nicolas läuft voraus. Er weiß von früheren Touren, wo die »Sirena« vertäut liegt. Auf dem Kutter erwartet uns Paolo *il Pescatore*, wie er sich nennt. Paolo ist ein Hüne in grünen Armeehosen, mit rotblonden Haaren und einem von Sonne und Salzluft gebeizten Gesicht, aus dem zwei stahlblaue Augen blitzen. Er reicht uns seine raue Fischerpranke und zieht uns an Deck. »*Benvenuti a bordo*«, begrüßt er uns. Dann klopft er Nicolas auf die Schulter: »Alles okay, alter Fischermann?«

Nicolas strahlt ihn an. Dann inspiziert unser Sohn den Kutter – die aufgehäuften Netze, die Gaffs, Angelrouten und Bottiche für die Fische an Deck, das Echolot, die Muscheln und getrockneten Seesterne in der Kajüte. »Schau mal, Papa ...«, schreit er immer wieder in den Morgenwind.

Nicolas ist in seinem Element. Schon das allererste Wort, das er als Kleinkind aussprach, war nicht »Mama«, »Babba« oder »Nulli«, sondern »Fhiff«. Er meinte »Fisch«, was wir daran erkannten, dass er heftig an einem seiner Plüschfische zerrte. Denn Nicolas wünschte sich nicht wie andere Kinder Teddybären, Häschen oder ein Äffchen. O nein. Wenn wir mit ihm in einem Spielwarengeschäft waren, interessierte er sich vor allem für Delfine und Orcas. Zur Not tat es auch eine Stoffkrabbe, die er ebenfalls »Fhiff« nannte. Als er laufen konnte, verlagerte Nicolas seine Neigung auf die echten Fische. »Babba, Fhiff!«, sagte er dann, schon sprachmächtiger, sobald wir beim Spazierengehen an einem Tümpel vorbeikamen. Für mich war das der Befehl, mit einem kleinen Netz im Wasser herumzustochern und wenigstens den Anschein zu erwecken, als wollte ich Fhiffe fangen. Noch ein wenig später begann Nicolas, mich an jedem Ferienmorgen mit dem Satz zu wecken: »Papa, wann gehen wir endlich fischen?« Daran hat sich bis heute nichts geändert. Deswegen sind wir auch hier, auf der »Sirena«.

Außer Paolo ist noch Hilde an Bord, seine Freundin. Wir umarmen uns zur Begrüßung. Dann klatscht sie in die Hände: »Servus mitananda! Mei is dees schee, aich wiada zu seng. Wia gäht's aich denn, do untn bei de Räma?«, fragt sie.

Hilde ist eine der wenigen unserer deutschen

Freunde und Bekannten, die uns nicht darum beneiden, in Rom zu leben. Sie kommt aus der Gegend des Chiemsees. Ihre blonden Haare hat sie zu zwei Pippi-Langstrumpf-Zöpfen geflochten. Mit ihrer herzlichen Fröhlichkeit verbreitet sie sofort gute Laune. »Mogst an Kaffää?«, fragt sie mich. »Möchtest du einen Espresso?«

Ich gebe ihre Sätze fortan der Einfachheit halber auf Hochdeutsch wieder. Sie greift nach der Thermoskanne auf dem Kajütentisch und schaut sich nach einem Becher um. »Mein Gott, hat der Paolo da wieder einen Saustall beinander«, seufzt sie in nicht ganz ernster Verzweiflung. »Dieser Paolo! Wenn du erst wüsstest, wie chaotisch hier alles war, bevor ich gekommen bin!«

Der wuchtige, charmante toskanische Seemann und die zierliche, flotte Bayerin sind ein gutes Paar, auch wenn sie sich ständig necken – »frotzeln«, wie man auf Bayerisch sagen würde. Die beiden haben sich kennengelernt, als Hilde auf einer Reise in der Toskana war. Offenbar hat es gleich am ersten Abend gefunkt. Seitdem pendelt Hilde zwischen dem Chiemgau und Talamone, und auch wenn sie sich über das Leben in dem Hafendorf und eine gewisse Unordnung bei der Haushalts- und Bootsführung ihres Freundes beklagt, weiß sie doch, was sie an ihrem Fischer hat.

»Paooolo, wo hast du denn wieder die Keksdose hingeräumt?«, schimpft sie.

Paolo grinst und zwinkert uns zu. »Ich verstehe zwar nicht, was sie sagt, aber ich weiß, was sie meint«, sagt er auf Italienisch.

Wir warten noch auf eine Gruppe Italiener, die sich ebenfalls für die Bootstour angemeldet hat. Paolo drückt uns Kladden mit Zeitungsausschnitten über ihn in die Hand. Er ist längst eine lokale Berühmtheit, selbst ausländische Fernsehsender haben über ihn berichtet. Schließlich gilt er als Vorkämpfer des *pescaturismo*, des Fischtourismus, der sich entfernt mit dem Urlaub auf dem Bauernhof vergleichen lässt. In Zeiten, da die Meere leerer und die Fänge schmaler werden, sind die kleinen Küstenfischer auf ein Zubrot angewiesen. Paolo kam Anfang der 90er Jahre auf die Idee, Urlauber auf seinem Kutter mitzunehmen und sie beim Fischen mitmachen zu lassen. So konnte er Geld verdienen und den Leuten zugleich etwas über das Meer, seine Bewohner, die Probleme der Überfischung und den Umweltschutz beibringen. »Ohne die Touristen hätte ich nicht die Kraft gehabt weiterzumachen«, sagt er.

Seine Idee schlug voll ein. Heute wird überall an den italienischen Küsten *pescaturismo* angeboten. Die Fischer nehmen ihre Gäste mit zu den Aalreusen der oberen Adria, zu Muschelbänken am apulischen Gargano, auf Thunfischjagden vor Sizilien und zu nächtlichen Angeltouren in Ligurien. Hunderttausende Landratten machen inzwischen jedes Jahr bei solchen Fischzügen mit. Paolo hofft, dass sie mehr als nur Goldbrassen und Tintenfische mit nach Hause nehmen. Sie sollen verstehen, wie gefährlich es ist, das Meer auszubeuten. »Man kann nicht nur nehmen, man muss auch geben. Doch bislang hat der Mensch vom Meer nur genommen«, sagt er. Bei diesem Thema kann sich Paolo, der sonst so besonnen wirkt, rasch in Rage reden. »Ich habe eine Passion für das Meer und kann nicht ertragen, wie es zerstört wird.«

Inzwischen ist die italienische Gruppe eingetroffen, ein halbes Dutzend junger Leute aus betuchtem Hause, die in einem ausgebauten Sarazenenturm im Maremma-Nationalpark ihren konfortablen Herbsturlaub verbringen. Wir hören sofort, dass sie aus Padua stammen, als sie an Bord hüpfen. Paolo löst die Taue. Er stößt die »Sirena« vom Kai ab und lässt den Motor an. Langsam tuckern wir an Fischerbooten und Motoryachten vorbei aus dem Hafen hinaus. Das Meer ist ruhig, die Sonne beginnt uns zu wärmen. Wir gleiten an den schmalen, umbrafarbenen Stränden und den von *macchia* und Schirmpinien überzogenen Hügeln des Maremma-Nationalparks entlang. Seemöwen begleiten uns in respektvollem Abstand.

Paolo zeigt uns, wo an den Felshängen die seltenen Zwergpalmen wachsen und wo im Frühjahr die Falken nisten. An einer gelben Boje stoppt er die »Sirena« und zieht sich einen orangefarbenen Gummioverall über. Dann greift er ins Wasser, zieht das Ende eines Netzes heraus und führt es über eine elektrisch betriebene Metallwinde ins Boot. Ruckelnd wird das mehrere Kilometer lange Netz aus dem Wasser geholt, und alle paar Meter zappelt ein nassschillernder Körper darin. Paolo löst mit seinen großen, geschickten Fingern die besten Fische und Krustentiere heraus und wirft sie in die mit Eiswasser gefüllten Bottiche. Die anderen lässt er mit dem Netz auf das Deck sinken. Dort warten Nicolas und Bernadette schon darauf, all die Seetiere aus den Maschen zu befreien und in die Zuber zu setzen. Ab und an werfen sie auch mal ein Fischlein ins Meer zurück, aus Mitleid.

Uns Städtern kommt es so vor, als ob der Fang überbordend ist. Im Netz hängen silbrige, ovale Goldbrassen, zappelnde *mazzancolle* – Riesengarnelen –, außerdem Scampi, Krabben, Seezungen, Seebarsche, Schattenfische, Rotbrassen, etliche Tintenfische und zwei Kraken. Paolo hat fast zu jedem Tier eine Geschichte zu erzählen, die Bernadette und Nicolas gierig aufsaugen.

»Paolo, was für ein Fisch ist denn das?«, schreit Nicolas, als ein besonders gruseliges Tier im Netz auftaucht, das aussieht wie ein Monsterfisch aus einem Walt-Disney-Film.

»*È uno scorfano*« – »Das ist ein Drachenkopf«, erklärt Paolo, während er den Fisch mit dem böse dreinblickenden, dicken Kopf und den abgespreizten Rückenstacheln vorsichtig aus seiner Verstrickung löst. »Der ist äußerst giftig. Mein Onkel, der auch Fischer war, ist am Stich eines Drachenkopfes gestorben. Aber zum Essen, etwa als Fischsuppe, ist er vorzüglich.«

»Der Onkel?«, fragt Nicolas entsetzt.

Paolo lacht. Dann zeigt er uns einen Fisch, der einer Traumphantasie entsprungen zu sein scheint. An seinem runden Körper hängen halbrunde, blau und gelb leuchtende Flügel. Am Bauch hat das Tier zwei Glieder, die wie Hühnerfüße aussehen. *Pesce civetta*, Eulenfisch, nennen ihn die Italiener, wegen seiner seltsamen Gestalt und der Schreie, die er an Land ausstößt. Behutsam setzt Paolo den Fisch zurück ins transparente Wasser, wo er langsam davongleitet.

Mittlerweile versuchen die beiden Kraken zu türmen, die in einem der Zuber mit dem Eiswasser gelandet sind. Gewandt wuchten sie sich über den Rand und hangeln sich mit Hilfe ihrer Saugnäpfe über die Bordplanken Richtung Reling. Paolo bittet Bernadette, sie wieder einzufangen. Zu meiner Überraschung packt sie ohne Scheu die glitschigen Kopffüßler mit ihren Fangarmen und setzt sie wieder in die Wasserbecken. Paolo erteilt uns nun Unterricht in Tintenfischkunde. Er zeigt den Kindern die beiden kräftigen Zähne eines Tintenfisches, die aussehen wie die Hälften eines Papageienschnabels. »Damit kann er einen Gummistiefel durchbeißen«, sagt Paolo. Wir gehen gebührend auf Abstand. Dann deutet der Fischer auf den feinen weißen Rand der Rückenflosse und meint, daran erkenne man die *maschi*, die Männchen. Früher hätten die Fischer der Gegend die Tintenfische so gefangen: »Sie hängten ein Weibchen an einen Haken und ließen es ins Wasser. Daraufhin stürzten sich die Männchen auf sie, um sie zu begatten. Einmal im Liebesrausch, ließen sie nicht mehr los. So konnten die Fischer sie aus dem Wasser ziehen.« Liebe macht eben blind.

Nicolas hört mit wissenschaftlichem Interesse zu und setzt gerade an, nach Details zu fragen. Ich kenne ihn. Deshalb bringe ich das Gespräch abrupt auf die interessante Meeresgrotte, die da in der Felsküste klafft.

Gott sei Dank hat Paolo auch dazu sofort eine Geschichte zu erzählen: »Hier hinein habe ich mich als Junge mit meinem Vater geflüchtet, wenn uns auf dem Meer ein Gewitter überrascht hat. Damals lebten auf dem Boden der Grotte jede Menge Langusten. Heute gibt es hier leider keine mehr.«

»Mei, der Paolo, was der wieder alles erzählt«, fällt ihm Hilde ins Wort, diesmal auf Italienisch. »Die Leute haben jetzt Hunger. Merkst du das denn nicht?«

Dankbar blicken die *ragazzi* aus Padua sie an. Und auch ich hätte, um ehrlich zu sein, nichts gegen den einen oder anderen gegrillten Fisch. Da das Netz mittlerweile eingeholt ist, hat auch Paolo ein Einsehen. Er wirft den Anker seines Kutters ins Wasser und fährt uns mit einem Schlauchboot an einen einsamen Strand des Maremma-Nationalparks. Während wir mit nackten Füßen im herbstwarmen Wasser waten, fängt Paolo an, die Tintenfische zu säubern und die Fische zu schuppen, fleißig unterstützt von Nicolas. Hilde schlägt sich derweil in die Büsche. Nach einer Weile hören wir sie rufen: »Jetzt könnt ihr kommen.«

Wir laufen einen Erdpfad hinauf und trauen unseren Augen nicht. Unter den Steineichen stehen Bänke und Tische. Dahinter ist eine Feldküche aufgebaut, in der Hilde mit Töpfen und Pfannen hantiert. Auf dem Tisch stehen Flaschen mit Wasser und Wein. Kurz darauf kommt Paolo mit den geputzten Fischen zu uns hochgestiegen. Es fängt an zu blubbern und zu brutzeln, und nach kurzer Zeit servieren uns die beiden ein richtiges Fischmenü. Es gibt eine Art Sushi, also rohe, zart und mild schmeckende Fischstückchen, dann *tagliatelle* mit Meeresfrüchten und danach gegrillte Seezungen und Goldbrassen. Wir fühlen uns wie im Schlaraffenland, trinken weißen Vermentino und roten Morellino.

»Alles aus biologischem Anbau«, versichert Hilde. »Seit ich da bin, ist alles auf Bio umgestellt. Der Paolo hat auf so was ja nie geachtet.«

Das ist allerdings nur die halbe Wahrheit. An Bio-Wein mag der Fischer in seiner Vor-Hilde-Zeit tatsächlich nie gedacht haben. Ansonsten lagen ihm Natur und Umwelt aber schon immer am Herzen. Schwer vom Essen und Wein lümmeln wir auf den Bänken und lauschen Paolo, der aus seinem Leben erzählt.

Es war einmal ein kleiner Junge, der lebte in dem Fischerdorf Talamone in der Maremma. Es war die Zeit, als die Maremma noch *amara* war, bitter und arm. Daher fuhr der Junge bereits im Alter von sieben Jahren aufs Meer hinaus, um seinem Vater beim Fischen zu helfen. Doch er tat das gerne. »Ich hatte schon als Kind diese *passione* fürs Fischen«, sagt Paolo. »Es gab ja auch nichts anderes, keinen Computer, keinen Fernseher.« Damals waren die Seegründe noch voller Meerestiere. »Wir fingen mit 30 Metern Netz so viel wie heute mit 1,5 Kilometern.« Manchmal fischte der Vater auch mit Dynamit, doch das hat Paolo nicht gefallen. In den 70er Jahren merkte er, wie die Fische weniger wurden. In den 80er Jahren sah er riesige Kutter, die von weit her kamen und mit feinmaschigen Schleppnetzen, an deren unterem Rand tonnenschwere Stahlketten hingen, den Meeresgrund abrasierten. »Alles – Gestein, Seegraswiesen, Fischlaich und Kleinfische – rissen sie mit. Und das bis in Ufernähe.«

Die meisten Menschen, die Touristen zumal, kapierten nicht, dass so das Meer zerstört wurde. »Wenn ein Panzer durch den Wald wütet, sieht das jeder«, klagt Paolo. »Aber was da am Meeresgrund passiert, bekommt keiner mit.«

Die alten Fischer, darunter Paolos Vater, verstanden es natürlich genau, aber sie hatten Angst, etwas dagegen zu tun. Denn die Raubfischer, die etwa aus Kalabrien und Sizilien kamen, konnten ungemütlich werden. »Da musste schon so ein Verrückter wie ich kommen«, sagt Paolo und lacht bitter auf. Dann verfällt er ins Schweigen.

»Was hast du denn gegen die Raubfischer gemacht?«, fragt Nicolas.

»Ich habe gekämpft«, antwortet Paolo. Er tat sich mit Umweltaktivisten zusammen und blockierte aus Protest den nahen Hafen Porto Santo Stefano. Er zeigte die Piratenfischer bei den Behörden an und verkleidete sich, als das wenig bewirkte, als Hafenpolizist, um nachts mit einem Schlauchboot die Schiffe mit den Schleppnetzen in der Küstenschutzzone zu stellen. Beliebt machte ihn das nicht bei den Schwarzfischern. »Die verstanden keine Scherze. Sie haben gedroht, mich umzulegen.«

In der Not kam Paolo die Idee mit dem *pescaturismo*. Je mehr Leute über das Desaster am Meeresgrund Bescheid wissen, desto eher lässt sich etwas dagegen tun, dachte er. Doch die Fischpiraterie ging weiter. »Also bin ich auf die Idee mit den Fischhäusern gekommen.«

»Was für Fischhäuser?«, schaltet sich Bernadette ein.

»Weißt du, Bernadette, auch die Fische brauchen Häuser, um vor Räubern in Sicherheit zu sein«, erklärt Paolo. Dann erzählt er, wie er Geld von Freunden, Bekannten und Geschäftsleuten sammelte und die

Behörden wegen der Genehmigungen bestürmte. Schließlich hatte er alles beisammen und konnte Hunderte durchlöcherte Betonklötze – jeder viereinhalb Tonnen schwer – im Küstenmeer der Toskana versenken. In diesen künstlichen Riffen können die Fische sich nun verstecken, besonders die jungen. Die Raubfischer haben keine Chance mehr, denn auf den Klötzen, deren Position geheim gehalten wird, ließ Paolo Eisenhaken anbringen. »Daran zerrissen die Schleppnetzfischer ihre Netze. Nach wenigen Tagen kamen sie nicht mehr.« Seither vermehren sich die Fische wieder, sagt Paolo. »Vielleicht wird das Meer der Maremma irgendwann wieder zum Paradies.«

»Was der Paolo nicht alles erzählt«, seufzt Hilde, die das alles schon oft gehört hat. »Die Leute haben doch jetzt Durst. Sie wollen *vin santo* trinken.« Dann holt sie aus ihrer Kombüse eine Flasche mit dem honiggelben, süß-fruchtigen Dessertwein der Toskana hervor.

Stunden später treffen wir dann alle wieder irgendwie in Talamone ein.

Neun

Nichts Böses ahnend kehren wir am Abend des folgenden Tages in unseren Palazzo in Prati zurück. Voll der Eindrücke gehen wir früh schlafen und träumen von Drachenköpfen, Knurrhähnen und Piratenfischern. Am nächsten Morgen weckt uns ein gellender Schrei. »Nein! Neeein! Neeeeeeeein!« Es ist Bernadette. Wie von einem Drachenkopf gestochen springen Antonia und ich aus dem Bett und laufen ins Wohnzimmer. Draußen, auf dem Balkon, steht Bernadette und zerwühlt sich mit ihren kleinen Händen die Haare.

Wir rennen hinaus, umarmen sie, stammeln: »Was ist los? Bernadette! Was ist passiert? Sag doch! Was hast du?«

»Die Meeris! Die Meeris! Oh, meine Meeris!«, flüstert unsere Tochter.

Auf dem Balkontisch steht noch ein Teller mit Gemüseresten. Offensichtlich hat Bernadette ihre vier Tiere gerade gefüttert. Der Stalldeckel ist offen. Mucki und Susi knabbern munter wie immer an Gurkenscheiben und Tomatenstücken. Giacomo und Nelly aber sehen herzerbärmlich aus. Sie liegen platt auf dem Streu des Stallbodens und zappeln hilflos mit den Hinterbeinen. Ihre Bäuche sind prall, aufgebläht und doppelt so dick wie normal, die Köpfchen sind zur Seite gekippt. Mit halb geschlossenen Augen blicken die Tiere uns an, stumpf, leidend, im Todeskampf. Wir sind entsetzt. Einmal, weil uns die Meerschweinchen in den drei Jahren allen ans Herz gewachsen sind, ganz besonders Giacomo und Nelly, die Mucki oder Susi hier auf unserem Balkon geboren hat. Vor allem aber, weil uns Bernadette so leid tut.

Sie war in all den Jahren eine rührende Meerschweinchen-Mama. Entgegen unserer Erwartung und Befürchtung ebbte ihre anfängliche Begeisterung für ihre Haustiere nie ab. Täglich ließ sie die Meerschweinchen in zwei Sandkastenschalen außerhalb des Stalls laufen. Immer wieder nahm sie eins der Tiere nach dem anderen auf den Arm, um sie zu streicheln, zu kämmen und mit ihnen in leisem, ruhigem Ton zu sprechen. Manchmal wurde Bernadette böse, wenn wir Gäste hatten und uns, ihrer Meinung nach, zu laut unterhielten. »Pssst, das stört die Meeris«, sagte sie dann. Und nun muss sie zusehen, wie die braunweiße Nelly und der schwarz-braun gefleckte Giacomo elend verenden. Wir stehen erst einmal hilflos dabei.

Bernadette hebt die beiden Tiere heraus, nimmt sie in ihre Arme. »Giacomo, Nelly, bitte, bitte, ihr dürft nicht sterben!«, flüstert sie immer wieder. Dabei streicht sie ihnen ganz sanft mit der Fingerkuppe über Kopf und Ohren. Sie weint nicht, sie schreit nicht, sie reißt sich zusammen, um ihre Meerschweinchen nicht zu erschrecken und ihnen so gut wie möglich beizustehen. Ich bin erschüttert, nicht so sehr wegen der Meerschweinchen, sondern wegen dieser tapferen Haltung Bernadettes. Und ich weiß, dass ich ihr nun helfen muss, irgendwie.

Wir alle haben keine Ahnung, was mit den Tieren los ist. Haben sie etwas Falsches gefressen? Wurden sie vergiftet? Wir sehen nur, dass sie nicht mehr lange leben werden. Es ist Sonntag. Was können wir tun? Ich renne in mein Arbeitszimmer, schalte den Computer ein, gebe bei Google »*veterinari*« und »*Roma*« ein, klicke mich durch zu unserem Wohngebiet und stoße auf eine Liste mit Ärzten und zwei Kliniken. Hektisch hacke ich die Nummern ins Telefon, höre scheinbar endlose Freizeichen, hacke weitere Nummern ein, höre Anrufbeantworter: »Sie können uns von Montag bis Freitag von neun bis siebzehn Uhr erreichen.« Schließlich meldet sich in einer der Tierkliniken eine Frauenstimme. Atemlos erzähle ich, was unseren *porcellini d'India* zugestoßen ist.

»Das klingt nicht gut«, sagt die Frau mitfühlend. »Im Augenblick kann ich Ihnen dummerweise nicht helfen. Wir haben zwar einen Wochenend-Notdienst. Die Spezialistin für Kleintiere ist aber erst am Nachmittag da. Kommen Sie sofort um drei Uhr vorbei, dann können wir sicher etwas machen.«

Ich laufe zurück auf den Balkon, sehe Bernadette an, sehe die Tiere an, und weiß: Die beiden Meerschweinchen werden nicht mehr so lange durchhalten. Was können wir noch tun?

Da kommt Antonia eine Idee. »Erinnerst du dich noch an *dottor* Finocchio?«

Klar erinnere ich mich. Wer könnte schon einen Tierarzt solchen Namens vergessen! *Finocchio* bedeutet »Fenchel«, was gut zu Kleinnagern passt, hat im Italienischen aber noch eine zweite Bedeutung, die hier nichts zur Sache tut. Den *dottore* hat uns einst eine Bekannte empfohlen. Er ist ein Spezialist für exotische Kleintiere – und Meerschweinchen gelten in Rom irgendwie als exotisch, weil die meisten Römer sie für Ratten halten und daher nie als Haustiere akzeptieren würden. So kam es, dass wir vor knapp drei Jahren zu *dottor* Finocchio gingen, um unseren wenige Wochen vorher geborenen Meerschweinchen-Hengst – oder wie man das nennt (Rüde? Rammler?) – Giacomo sterilisieren zu lassen. Denn Giacomo zeigte bald gesteigertes Interesse an Mutter, Schwester und Tante, und wir liefen Gefahr, immer mehr Schweinchen zu bekommen. *Dottor* Finocchio löste die delikate Aufgabe bravourös, und Giacomo überstand den Eingriff an Leib und Seele ohne größeren Schaden.

»Natürlich, *dottor* Finocchio!«, rufe ich. »Aber seine Praxis hat jetzt am Sonntag sicher zu!«

»Ich muss noch irgendwo seine Handynummer haben«, schreit Antonia, läuft in mein Arbeitszimmer und beginnt, unsere Aktenordner zu durchwühlen. Steuererklärungen, Verdienstbescheinigungen, Nebenkostenabrechnungen, Telecom Italia, Ullstein-Taschenbuchverlag, Krankenversicherung – alles jetzt nicht zu gebrauchen. Da: Rechnungen und Quittungen. Antonia überfliegt die Seiten. Espressomaschine, Kinderfahrrad, Autobatterie. »Ich hab's«, brüllt sie.

Triumphierend schwenkt sie einen weißen Zettel und gibt ihn mir. Darauf ist eine Handynummer notiert.

»*Pronto*«, meldet sich eine ruhige Männerstimme.

Ich atme auf. »*Pronto*. Ist dort *dottor* Finocchio?«

Er ist es. Und er sagt, dass er ohnehin in der Praxis sei, weil er einige schwere Fälle behandeln müsse. Wir sollten sofort vorbeikommen. Zwei Minuten später sitzen wir in unserem Auto. Bernadette hat die Meerschweinchen auf dem Arm, Nicolas sitzt neben ihr und versucht sie liebevoll zu trösten. Ich lese den Stadtplan, Antonia drückt das Gaspedal durch. Es geht um Leben und Tod.

Wir fetzen über den *Grande Raccordo Anulare*, die große Ringautobahn um Rom. *Dottor* Finocchios Praxis ist weit entfernt, am östlichen Stadtrand Roms, wo es Richtung Abruzzen geht. Zum Glück ist wenig Verkehr, und wir rasen voran. Nelly und Giacomo leiden, Bernadette leidet, wir alle leiden. Und hoffen. Und schweigen. Antonia, die normalerweise sehr um unseren verbeulten silbergrauen Passat besorgt ist, bremst mit quietschenden Reifen unmittelbar vor der Praxis. Das gibt einen Abrieb! Wenn ich das gemacht hätte!

Wir springen heraus, klingeln Sturm, und eine Sprechstundenhilfe in OP-Kleidung kommt heraus. Sie wirft einen Blick auf Giacomo und Nelly, nickt verständnisvoll, meint aber, wir müssten uns ein bisschen im Wartezimmer gedulden, der *dottore* sei gerade mit einem sehr schweren Fall beschäftigt. »Ein Leguan. Er fiebert!«

Zum Glück sind wir nicht allein im Wartezimmer. Geteiltes Leid ist schließlich halbes Leid. Auf den Plastikstühlchen an den Wänden sitzen die üblichen Herrchen und Frauchen, wie wir sie von unserem Sterilisations-Besuch vor drei Jahren kennen: Mensch mit Hund mit Halskrause, Mensch mit appetitloser Schildkröte in Plastikbox, Mensch mit räudigem Papagei im Käfig. Leidend. Alle leidend. Dann sind da noch zwei junge Burschen in schwarzen Motorradhosen, die ihre Lederjacken über die Stuhllehnen gehängt haben. Ihre Muskel-T-Shirts geben den Blick auf allerlei Tätowierungen auf Schultern und Nacken frei. Nase, Lippen und Ohren sind opulent gepierct, die Schädel weitgehend kahl rasiert. Mit einem Wort: Wild sehen sie aus, die beiden Herrchen. Da sitzen sie, haben die Köpfe aneinandergelehnt, halten Händchen und blicken melancholisch auf die Schachtel, die einer der beiden auf dem Schoß hält.

Bernadette schaut sie eine Weile halb erschreckt, halb fasziniert an, dann siegt die Neugierde: »Was habt ihr denn da in der Schachtel?«, fragt sie.

Die beiden Burschen schauen Bernadette an, schauen die Schachtel an, schauen sich an. Dann öffnet der eine die Box und holt ein großes schachtelfarbenes Chamäleon heraus. Langsam, Klammergriff auf Klammergriff, klettert das Tier auf dem Hard-Rock-T-Shirt nach oben, setzt sich auf die Schulter seines Herrchens und legt den Kopf gegen das gepiercte Ohr. Der Mann hält andächtig die Luft an.

»Die Ärmste hat eine Ovulations-Hemmung«, wispert der andere Bursche. Er meint das Chamäleon. Dann erklärt er uns, so ein Chamäleon lege ein Mal im Jahr ein Ei. Wenn das Ei nicht herauskomme, sei etwas nicht in Ordnung. Das leuchtet uns ein. »Nun hoffen wir, dass *dottor* Finocchio dem Tier etwas geben kann, damit das Ei endlich abgeht.«

Wir nicken andächtig. Dann erzählt Bernadette den beiden Muskelmännern von den Leiden ihrer Meerschweinchen. Auch sie nicken andächtig.

Schließlich sind wir an der Reihe. *Dottor* Finocchio persönlich öffnet die Tür und sagt: »Die Herrschaften mit den Nagern bitte.«

Bernadette antwortet: »Das sind keine Nager. Das sind Meerschweinchen!«

Dottor Finocchio erwidert galant: »Wie Sie meinen, *signorina*.«

Dann führt er uns in das Behandlungszimmer.

Auf dem Weg luge ich verstohlen in einen anderen Raum. Dort sitzt ein älteres Ehepaar vor einer Bahre, auf der ein Leguan liegt. Er sieht sehr blass aus.

Giacomo und Nelly werden nun auf einen Behandlungstisch gesetzt. Sie versuchen verzweifelt, sich auf die Beine zu stellen, aber sie schaffen es nicht. Resigniert lassen sie ihre aufgeblähten Bäuche sinken, zappeln kaum noch mit den Hinterbeinen. Die Anamnese verläuft ruhig und professionell. *Dottor* Finocchio stellt uns einige sachdienliche Fragen nach Ernährung und Krankheitsverlauf der Meerschweinchen und tastet sie vorsichtig am Bauch ab. Dann behorcht er sie mit einem Stethoskop.

Schließlich meint er – und ich glaube, einen ganz leichten Vorwurf in seiner Stimme zu hören: »Ihre Tiere sind stark gebläht und haben offenbar einen Darmverschluss. Womöglich haben sie etwas Giftiges gefressen. Aber das können wir jetzt nicht klären. Bei einem Hund würde ich sofort eine Notoperation machen, doch das würden die beiden nicht überleben.« Dann erklärt er uns, er werde den Meerschweinchen nun eine Spritze geben, die sie beruhige und die Verkrampfungen im Bauch löse. Außerdem werde er die Tiere unter eine Sauerstoffmaske setzen, um ihre Widerstandskraft zu stärken. »Ich kann Ihnen nicht versprechen, dass sie es schaffen. Aber ich werde alles versuchen.«

Anschließend bittet mich *dottor* Finocchio, ein eng bedrucktes Formular zu unterschreiben. Ich habe nicht die Nerven, jetzt alles durchzulesen, aber ich entnehme dem Papier, dass ich für alle Behandlungs- und Behandlungsfolgekosten aufkommen werde. Von Bestattungskosten ist nicht die Rede. Ich blicke *dottor* Finocchio an. Er meint, das Ganze werde sich höchstens im dreistelligen Euro-Bereich bewegen. Ich blicke Bernadette an. Sie schaut mir ernst und ruhig und vertrauensvoll in die Augen. Ich nehme den Stift und unterschreibe das Papier.

Dottor Finocchio nickt und nimmt Giacomo und Nelly auf den Arm. Bernadette bittet darum, sich noch von ihren beiden Meerschweinchen verabschieden zu dürfen. Sie drückt ihre Wange sachte an die beiden und spricht leise mit ihnen. Dabei wirkt sie so ruhig und gefasst und traurig, dass Antonia und ich fast die Fassung verlieren. Unsere Augen werden feucht, als *dottor* Finocchio eine Treppe hinab verschwindet. Wir wollen folgen, doch die OP-Schwester versperrt uns den Weg.

»Er geht auf die Intensivstation«, sagt sie. »Da können Sie nicht mit. Aber wir werden Sie ständig auf dem Laufenden halten.«

Ich hinterlasse meine Handynummer, und wir gehen. Schweigend fahren wir nach Hause. Wir schleichen durch die Wohnung und wissen nichts mit uns anzufangen. Wir warten. Nach zwei Stunden klingelt mein Handy. Es ist der *dottore*. Es gebe leichte Hoffnung, sagt er. Die Sauerstoff-Therapie spreche offenbar an. Vor allem Nelly wirke ein bisschen munterer. Sie habe auch schon zwei, drei Köttel gemacht. Giacomo dagegen sei noch nicht über den Berg. Ich berichte Bernadette das Bulletin. Sie schweigt und ballt ihre kleinen Hände zu Fäusten.

Am Spätnachmittag ruft *dottor* Finocchio wieder an. »Ich habe eine gute Nachricht. Die beiden werden es schaffen.«

»Sind Sie sicher?« Ich schreie vor Aufregung.

»Ja, jetzt bin ich sicher.«

Ich erzähle es Bernadette. Sie kommt zu mir, drückt meine Hand. Tränen kullern aus ihren Augen.

Am Abend des folgenden Tages können wir Giacomo und Nelly wieder abholen. Die beiden knabbern munter an etwas Heu, als ob nichts gewesen wäre. Sie sind wieder gesund. Das werden wir *dottor* Finocchio nie vergessen.

Zehn

Bei unserer *cena* ist es Antonia und mir wieder aufgefallen: Wir sind nicht wirklich ein eleganter Haushalt. Bei Einladungen in italienische Familien haben wir dagegen bemerkt: Niemals würde man dort, wie bei uns, durch die Dienstbotentüre eingelassen, nur weil das praktischer ist. Niemals würden auf dem ganzen Wohnzimmerboden Papierflugzeuge des Stammhalters herumliegen. Niemals wäre das Silberbesteck angelaufen. Und die moderne Sitzgarnitur, die nur für Gäste von ihrer Schutzfolie befreit wird, hat selbstverständlich keine Fusseln und Flecken.

Zwar macht unsere Wohnung in Prati durchaus etwas her – schon allein wegen des auberginefarbenen, weiß geäderten Marmorfußbodens, in dem sich an Winterabenden so schön die Kerzen spiegeln. Auch besitzen wir das eine oder andere edle Möbelstück aus der Familiengeschichte, einen Barockschrank etwa und eine Biedermeier-Glasvitrine. Beim moderneren Mobiliar dagegen ist noch etwas Luft nach oben drin. Das meiste haben wir über die Jahre in diversen europäischen Niederlassungen einer schwedischen Einrichtungskette zusammengekauft, etwa die leichten Korbsesselchen an unserem Esstisch, die eigentlich wie Gartenstühle aussehen. Die weißen Standardregale derselben Kette namens »Billy« stammen teilweise noch aus unserer Studentenzeit, was ihnen durchaus anzusehen ist.

Die Lampen? Nun ja ... Der Couchtisch? Wirkt

immerhin teurer als die 75 Euro, die er gekostet hat. Ein modernes Schmuckstück aber haben wir, und darauf sind wir stolz: eine kühn geschwungene Designercouch mit ausklappbaren Armlehnen einer bekannten deutschen Firma. Die edel-schlichte Form und der dezente, leicht ins Grau spielende sandfarbene Alcantara-Überzug verleihen unserer Wohnung etwas gepflegt Modernes, um nicht zu sagen konservativ Progressives – sehr passend für Leute, die bald nicht mehr Anfang 40 sind.

Einziger Nachteil: Man sieht den Armlehnen nicht an, dass sie ausklappen, wenn man sich darauf setzt. Das führte schon zu einigen spaßigen Szenen, und sogar zu einem Unglück. Als Nicolas noch ganz klein war, kletterte er auf die Armlehnen, kippte mit Schwung ab und knallte mit dem Kopf gegen die Stereoanlage. Ich habe nie zuvor und nie danach eine so große Beule gesehen und danke bis heute den Mächten, die uns vor Schlimmerem bewahrt haben. Mittlerweile sind uns die Tücken des Sofas natürlich vertraut, und wenn Gäste kommen, klappen wir die Seitenlehnen ohnehin auf. Doch auch dann ist allenfalls bei viel Zuneigung für vier Leute Platz. Das ist ein bisschen wenig, um den *aperitivo* vor der *cena* einzunehmen. So mussten wir mit allerlei zusätzlichen Schweden-Sitzen improvisieren und schworen uns, dies solle sich künftig ändern. Wir beschlossen, uns die gleiche Couch noch einmal zu kaufen. Allerdings in anderer Länge, um kreative Spannung zu erzeugen.

Bei einem Anruf im Möbelladen unseres Vertrauens im Landkreis Starnberg erfahren wir, dass die Designerfirma unsere Couch auslaufen lässt. »Wir können sie Ihnen nur noch bis Jahresende besorgen«, sagt der Verkäufer.

Da ist es bereits November. Rasch faxen wir unsere Bestellung nach Bayern. Doch nun stellt sich das nächste Problem. Wie kommt das sperrige Teil nach Rom? Der Möbelladen und die Designerfirma teilen uns unisono mit, leider nicht nach Italien liefern zu können. Was tun?

Ein Italiener würde nun versuchen, über Bekannte von Freunden von Freunden des Onkels der Nachbarin an eine Spedition ranzukommen, die die Couch bei Gelegenheit mitbringt. Natürlich sind wir mittlerweile italienisch genug, um sofort an diese Lösung zu denken. Waren da nicht die Besitzer einer größeren Spedition in Tutzing, die meine Großeltern ziemlich gut kannten? Allerdings sind die Großeltern leider schon lange tot. So bitten wir meine Eltern um Vermittlung – und siehe da, die Spedition muss kurz vor Weihnachten ohnehin einen Laster nach Italien schicken und erklärt sich bereit, die Couch für einen symbolischen Preis mit einzupacken. »Allerdings fährt unser Laster nicht bis Rom, sondern nur bis Senigallia in den Marken. Dort müssten Sie Ihre Couch abholen.«

Zu diesem Zeitpunkt habe ich mich längst in die Idee vernarrt, binnen eines Jahres alle 20 italienischen Regionen zu bereisen. Antonia hält das für »typisch für dich«. Anders als man denken sollte, meint sie das nicht als Kompliment. Schon den kleinen Abstecher in die Basilicata, der mich zwei Tage später aus Kalabrien nach Hause brachte, bezeichnete sie unsensibel als »Schmarrn« und »Vollständigkeitswahn«. Und das nur, weil ich wirklich ganz Italien kennenlernen möchte. Gegen die Fahrt in die Marken aber kann sie nichts einwenden, schließlich opfere ich mich dafür, unser Sofa dort abzuholen. Was kann ich schon dafür, dass der schnellste Weg von Rom nach Senigallia über die Abruzzen führt?

Dahin muss ich dieses Jahr ja auch noch. Was läge da näher, als auf dem Hinweg in den Abruzzen zu übernachten? Wir lassen uns aus Deutschland schnell noch die genauen Maße der Couch geben und messen dann in der Garage den Kofferraum unseres Passat Variant aus. Breite und Höhe des Sofas sind kein Problem, und die Länge ist auch keines, sofern wir richtig gemessen haben. Offenbar passt die Couch exakt hinein, und es sind sogar noch zwei Zentimeter Luft drin.

Vergnügt wie meistens, wenn es auf Reisen geht, fahre ich einige Zeit später den *Grande Raccordo* entlang und biege auf die Autobahn Richtung Abruzzen ab. Alle Welt weiß, dass Rom fast am Meer liegt. Weniger bekannt ist, dass es von der Stadt aus nur eine gute Stunde bis in ein Hochgebirge ist, das sich fast schon mit den Alpen messen kann und im Winter tiefverschneit ist. Ein Gebirge, in dem bis heute Wölfe und Bären leben. Hinter Tivoli führt die Abruzzen-Autobahn rasch in die Berge hinein.

Ich nehme meine Karte und sehe nach, wo ich übernachten könnte. Dabei bleibe ich an einem Ortsnamen im Süden des Gran-Sasso-Massivs hängen: Rocca Calascio. Wo habe ich das schon einmal gehört? Richtig. Ein italienischer Bekannter, der Vater einer Schulfreundin von Bernadette, hat mir einmal von einem zauberhaften *agriturismo* hoch oben in den Bergen berichtet. Einer seiner Studienfreunde, ein Naturwissenschaftler, sei vor etlichen Jahren mit seiner Frau aus dem Großstadtleben in Rom ausgestiegen. Die beiden haben sich einen verlassenen und verfallenen Weiler in den Abruzzen gekauft. Dort leben sie nun zusammen mit ihren vier Kindern und bauen die Ruinen allmählich zu Fremdenzimmern und Ferienwohnungen aus.

Das wollte ich mir immer mal ansehen. Daher verlasse ich bei L'Aquila die Autobahn und fahre über das Städtchen Barisciano weiter Richtung Rocca Calascio. Zunächst erreiche ich, am Fuß einer Bergwand, das Dorf Calascio. Danach hört die Teerstraße auf. Eine raue Piste windet sich in Serpentinen empor zum alten *borgo* von Rocca Calascio, der auf knapp 1500 Metern Höhe liegt. Das letzte Stück geht es nur noch zu Fuß weiter. Als ich ankomme, leuchten die mittelalterlichen Häuser aus unverputztem Naturstein noch in der Sonne. In einem Hof sitzen einige Leute beim Essen an einem rohen Holztisch. Gewundene Treppenwege und Trampelpfade führen zwischen den verschachtelten alten Gebäuden hindurch. Manche sind noch Ruinen, andere sorgfältig restauriert, innen mit rötlichen Terracotta-Fußböden, offenen Kaminen und dunklen Holzbalkendecken.

Ein paar Ferienwohnungen und -zimmer gibt es hier, eine Bar, eine Trattoria und einen Kunsthandwerkladen. Mit einem Raupenfahrzeug von der Größe eines besseren Rasenmähers werden die Koffer der Gäste durch die Gassen gefahren, denn für Autos ist es hier zu eng und zu steil. Ich steige langsam durch den *borgo* hinauf und erreiche ein kleines Stück oberhalb die Ruinen einer tausend Jahre alten Burg, der höchstgelegenen weit und breit. Um einen massigen Burgfried herum ziehen sich die Mauern, an den Ecken stehen vier trichterförmige Rundtürme. Die Burg ist halb verfallen, und ich klettere ein bisschen in den Ruinen herum. Nichts verstellt von hier oben den Blick.

Rundherum liegen endlose, buckelige Hochweiden, steinige Flanken und felsige Bergstöcke in der Abendeinsamkeit. Im letzten Licht leuchten die Gipfel des fast 3000 Meter hohen Gran Sasso und seiner Nachbarberge auf. Ganz in der Ferne sind andere Burgen und Dörfer zu erkennen, die kompakt wie tibetanische Klöster auf ihren Hochebenen kauern. Der Wind bügelt über die Grashänge, faucht durch die Scharten der Burgmauern, zerrt an meiner Jacke. Von hier aus lassen sich tagelange Wanderungen beginnen, bis hinein in den Campo Imperatore, das Kaiserfeld, eine bizarre, kahle, von Bergen umstellte Hochebene, auf der Schafherden, halb wilde Rinder und Pferde grasen. »Kleines Tibet« nennen die Abruzzesen diese Gegend.

Im Gewölbesaal der Trattoria ist es behaglich hell und warm. Es gibt Omelette mit Wildkräutern, *gnocchetti* mit Auberginen und Kichererbsen, im Wein geschmortes Lamm. Nachts, im Bett, ist nur der Wind zu hören. Morgens weckt mich das klare Licht der Höhe. Ich gehe an eines der kleinen Fenster und blicke hinaus. Wie aus einem Adlernest heraus blicke ich in die Bergwelt. Stille, Weite, Morgensonne. Dieser Ort scheint mich dazu aufzufordern, zu meditieren oder zu beten. Mich zu versenken, in den Augenblick. Nichts weist hier auf das 21. Jahrhundert und seine menschengemachte Welt hin.

Es ist wohl diese Atmosphäre, dieses Losgelöstsein von der Moderne und ihrer rasenden Zeit, was Paolo Baldi und Susanna Salviali bis heute hier hält. Im Jahr 1994 sind die beiden nach Rocca Calascio gezogen. »In Rom mit all seiner Hektik haben wir es einfach nicht mehr ausgehalten«, sagt Paolo.

Er suchte früher nach Klarheit und Unversehrtheit in der Sahara und in den frostigen Weiten zwischen Norwegen und dem Nordpol. Auch Susanna zog es als Globetrotterin in die Welt. Dann entdeckten die beiden Römer, dass sie gar nicht so weit fahren mussten. Die Wildnis lag fast um die Ecke von Kapitol und Petersdom, in Rocca Calascio. Der *borgo* war damals unbewohnt. Die letzten Bürger waren ein gutes Jahrhundert vorher ausgewandert, nach Amerika und Australien. Susanna und Paolo kauften sich erst einmal einen verfallenen Palazzo aus dem 14. Jahrhundert, zogen mit ihrem kleinen Sohn ein und bekamen drei weitere Kinder.

»Die Menschen unten im Ort Calascio hielten uns für *matti*, für Verrückte.«

»War es denn verrückt, euer Unternehmen Rocca Calascio?«, frage ich.

»Die Anfangszeit war tatsächlich hart«, geben die beiden zu. »Um Wasser zu bekommen, mussten wir erst einmal einen Brunnen instand setzen.«

Es gab keine Telefonleitung. Verpflegung musste mühsam von unten aus dem Ort heraufgeschafft werden, und im Winter war Rocca Calascio völlig eingeschneit. Mit der Zähigkeit von Pionieren erweckten Susanna und Paolo den *borgo* wieder zum Leben. Inzwischen ist hier an Wochenenden einiges los. Die Städter kommen herauf, um im Sommer zu wandern, Mountainbike zu fahren und zu reiten und im Winter auf Langlauf- und Skitouren zu gehen. Natürlich kommen sie wegen dem Blick und der Stille und der Meditation und den Bandnudeln mit Wildschwein-*sugo*. Ab und an klingt auch Orchestermusik durch den Berg-Weiler. Susanna und Paolo veranstalten nämlich klassische Konzerte. Außerdem organisieren sie Musikwettbewerbe der *borghi*, der vielen mittelalterlichen Dörfer Italiens, die fast schon vergessen waren, aber nun eine Renaissance erleben.

Ich nehme mir vor, hier einmal mit Antonia, Bernadette und Nicolas eine Bergwoche im Sommer zu verbringen, dann, wenn die Hochwiesen blühen, als hätte sie Monet gemalt, und der Mohn den Campo Imperatore färbt, als würde er bluten.

Allerdings war das Wandern *in famiglia* früher einfacher, als die Kinder noch zufrieden auf dem Rücken in der Kraxe saßen. Heute müssen wir ihnen einiges bieten, um sie aus der Stadt heraus in die Berge zu locken. Schließlich sind Bernadette und Nicolas schon zwei richtige römische *ragazzini*, die mir immer wieder sagen, sie würden am liebsten noch lange in Rom bleiben.

Nicolas kann sich gar nicht mehr genau an unser

Haus und den Garten in München erinnern. Er wird seine Kindheit später einmal ganz mit Rom verbinden, mit den Freunden aus der Nachbarschaft, mit denen er im Hof Fußball spielt, und mit den Kameraden in der Schule, mit denen er Klebe-Bildchen der italienischen Fußball-Liga tauscht. Bei Bernadette hat die Zeit der Klassen-Partys begonnen, der ersten Pop-CDs und der dezidierten Turnschuh-Wünsche. Sie liest Bücher mit Titeln wie *Die wilden Hühner und die Liebe*, und wenn ich sie frage, ob das denn schon etwas sei für ihr Alter, dann sagt sie nachsichtig: »Papa, die Zeiten haben sich halt geändert, seit du jung warst. Und hier in Rom beginnt ohnehin alles ein bisschen früher.«

Damit will mich meine Tochter offenbar beruhigen. Bernadette fühlt sich jedenfalls in ihrer Clique in der Klasse, in der mehr als die Hälfte der Kinder Italiener sind, so wohl, dass sie gar nicht an einen Abschied aus Rom denken möchte.

Ich bin ja froh, dass die Kinder sich richtig in Italien verwurzelt haben. So werden wir alle vier immer ganz besonders mit meinem Lieblingsland verbunden sein. Andererseits fühle ich mich aber auch verpflichtet, Nicolas und Bernadette darauf vorzubereiten, dass wir Rom irgendwann verlassen werden. Im Gegensatz zu etlichen Deutschrömern können und wollen Antonia und ich nicht für immer am Tiber bleiben. Antonia möchte irgendwann wieder in ihren Beruf zurückkehren, den sie mir zuliebe für unsere Auslandsjahre unterbrochen hat. Manches Mal stöhnt sie nach einem langen Tag, an dem sie die Kinder stundenlang in Rom herumgefahren, einen Großeinkauf im Panorama-Megamarkt an der Via Aurelia erledigt, uns alle mit Pasta bekocht, meine Artikel gegengelesen und Bernadette und Nicolas bei den Hausaufgaben überwacht hat: »Mein Gott, wie gerne säße ich mal wieder in Ruhe über meinen Akten.«

Dann sind da unsere Eltern, Geschwister und Freunde, die im Raum München leben und die wir derzeit nur ein-, zweimal im Jahr sehen. Aber jetzt schon wieder nach München – das wäre zu früh! Allein der Gedanke, eines Tages vom Tiber Abschied nehmen zu müssen, blitzt mir heftig und schmerzhaft wie ein Stromschlag durch den Kopf. Kann das sein? So konkret will ich mir das gar nicht vorstellen.

Über diesen Grübeleien wäre ich fast an der Autobahnausfahrt Senigallia vorbeigebraust. Ich habe noch drei Stunden Zeit bis zum Treffen mit den Spediteuren, daher fahre ich schnurstracks ans Meer. Jetzt, im Vorwinter, ist der breite, helle Sandstrand fast menschenleer. Etliche Hotels haben geschlossen, die Schirme, Liegestühle und Tretboote sind eingemottet. Kein Mensch schwimmt im Wasser. Viele finden winterliche Strände ja trist, geradezu deprimierend. Ich mag sie, vielleicht sogar noch lieber als die Sommerstrände. Völlig ungestört kann ich dann lange Spaziergänge machen, das Meer ist von einem volleren Blau als im Juli und August. Das angespülte Treibgut – eine alte Sandale, ein Plastikarmband, ein Tintenfischskelett – regt die Gedanken zu Tagträumen an.

Hier an der Adria sind Licht und Atmosphäre anders als drüben, am Thyrrhenischen Meer. Flach und gerade zieht sich die Küstenlinie hin. Wie es wohl wäre, an der slowenisch-italienischen Grenze loszuwandern und immer die Küste entlangzulaufen, um den ganzen Stiefel herum, das Adriatische, das Ionische und das Thyrrhenische Meer entlang, bis nach Ventimiglia an der französischen Grenze? Ohne Druck und Zeitbegrenzung? Ich werde es nicht erfahren. Das ist was fürs nächste Leben.

Wir treffen uns am Nachmittag an einer halb verwaisten Agip-Tankstelle außerhalb von Senigallia. Ich bin schon ein wenig früher dort und parke unseren Passat auf dem großen grauen Parkplatz. Bald darauf biegt ein Fernlaster mit deutschem Nummernschild in die Tankstelle ein, rollt auf mich zu. Zwei Männer springen heraus, sie haben es offensichtlich eilig. Sie lassen die Hebebühne herab, schleppen mein Sofa hinaus und tragen es die paar Meter zu unserem Passat. Der Himmel hat sich mittlerweile zugezogen. Drüben an den Zapfsäulen fährt langsam ein *carabinieri*-Auto vorbei. Die beiden Beamten lugen zu uns herüber, fahren weiter. Das Ganze kommt mir vor wie eine Filmszene. So in etwa könnte ein Kokain- oder Raubkunst-Deal über die Bühne gehen. Die heiße Ware ist in die Kissen des Sofas eingenäht. Jeder Beobachter meint, hier hole so ein trotteliger Deutscher mit seinem Passat ein viel zu großes Sofa ab. Und in Wirklichkeit ... ist es der Bote der *'ndrangheta*.

Ich tagträume schon wieder, war wohl zu lange am Strand. Dabei sollte ich mich lieber mit der Realität beschäftigen. Denn so sehr die Männer auch drücken, das Sofa passt nicht ganz in den Passat hinein. Die Oberkante der Rückenlehne ragt ein paar Zentimeter zu weit heraus, die Heckklappe lässt sich nicht schließen. Dabei hatten Antonia und ich doch alles ganz genau vermessen. Ich rücke meinen Fahrersitz noch ein bisschen weiter nach vorne, so dass sich meine Beine nun gewiss in den Pedalen verheddern werden und ich mit der Nase fast an der Windschutzscheibe klebe wie eine ältere Dame im Feierabendverkehr. Aber was bleibt mir anderes übrig?

Die Vorstellung, mit dem riesigen Sofa auf den Dachholmen des Autos in einer Winternacht durch die Abruzzen zu fahren, ist zu abschreckend. Schließlich reißen die Männer auch noch einen Teil der Schutzhülle von dem Sofa, und der Kofferraumdeckel springt ins Schloss. Behutsam schaukele ich unsere Designer-

Couch in den folgenden Stunden über die nachtdunklen Berge nach Hause, nach Rom – und ahne nicht, unter welch tragischen Umständen ich bald in die Abruzzen zurückkehren werde.

Elf

Antonia ist so begeistert von meiner Sofa-Mission und dem neuen Glanz in unserem Wohnzimmer, dass sie mir spontan zubilligt, am kommenden Wochenende in den Molise zu fahren. Nun, im zweiten Anlauf, will ich diese Region endlich kennenlernen. Ich fahre am Freitagabend los und will am Samstagabend zurückkommen. Antonia murmelt zwar wieder was von »Schnapsidee mit diesen Regionen«, aber da die Kinder bei Nachbarn eingeladen sind und sie selbst in Ruhe die Weihnachtspost erledigen möchte, lässt sie mich ziehen.

Sobald ich mit der Arbeit fertig bin, fahre ich los. Es ist erst Spätnachmittag, aber schon dunkel. Dummerweise hat es zu regnen angefangen – ach, was sage ich, die Sintflut ist losgebrochen! Binnen kürzester Zeit quellen die verstopften Abwasserkanäle über, und das Wasser schießt nur so aus den Gullydeckeln heraus. Die abschüssigen Straßen der Hügelstadt werden zu schlammbraunen Flüssen. Morgen wird die Stadtverwaltung wieder hoch und heilig versprechen, alle Kanäle reinigen zu lassen. Heute hilft das jedoch gar nichts.

Traditionsgemäß bricht der römische Stadtverkehr schon bei leichtem Regen zusammen. Die Sturzfluten an diesem Abend führen zur Paralyse. In eineinhalb Stunden komme ich genau 500 Meter voran. An einer Tiberbrücke haben sich Fahrzeuge aus mehreren Richtungen hoffnungslos verkeilt. Sporadisch fällt die eine oder die andere Schlange in ein Hupkonzert ein, wie von einem unsichtbaren Orchestermeister angeleitet. Das bringt zwar nichts, aber: »*Sfogarsi fa bene*«, wie der Römer sagt. »Es tut gut, Dampf abzulassen.«

Immerhin sind die beiden kurzberockten und langgestiefelten Verkäuferinnen eines Brautmodengeschäftes vor die Türe getreten, um sich im Schutz ihrer Markise an dem Chaos zu erfreuen. Die *signorine* begaffen die verkeilten Autos, die Autofahrer begaffen die *signorine*. Das fördert zwar nicht den Verkehrsfluss, aber es überbrückt die Wartezeit.

In diesem Augenblick ruft mich die Mutter einer Freundin von Bernadette auf dem Handy an. »Hör mal, mein Mann ist auf dem Weg zu einem Fußballspiel. Aber bei dem Wetter habe ich Zweifel, ob es stattfindet. Du bist doch Journalist, du musst das doch wissen. Kannst du das mal schnell googeln?«

Die Achtung für meinen nicht immer überschätzten Berufsstand hebt meine Laune. Natürlich will ich die Mama von Bernadettes Freundin nicht enttäuschen. Kann ich ihr sagen, dass der ebenso rasende wie coole Reporter gerade hilflos, ratlos und entnervt im Stau steckt? Und dass er kein google-fähiges Designerhandy der jüngsten Generation mit sich führt, sondern ein zerkratztes Uraltgerät, das nicht mal E-Mails empfangen kann? Man soll berechtigte Erwartungen nicht enttäuschen, also flunkere ich. »Du, ich stecke gerade in einer aufregenden Recherche und darf keine Sekunde verlieren. Schau doch am besten selbst im Internet nach. Gib bei Google den Namen des Vereins ein, dann kommst du rasch auf dessen Homepage. Da müssten Informationen über einen Spielabbruch zu finden sein.«

»Gute Idee, das mache ich gleich. Noch viel Erfolg bei der Arbeit!«

Es geht immer noch keinen Meter voran, und die

beiden Brautmoden-Bräute verziehen sich wieder in ihren beheizten Laden. Der Verkehrsfunk meldet, ein Stück weiter vorne auf meiner Straße sei eine Pinie auf einen Smart gekracht. Die Straße sei derzeit blockiert. Auch die Meldungen vom Lande klingen ungut: »In den Regionen Abruzzen und Molise kommt es zu schweren Verkehrsbehinderungen durch Murenabgänge, umgefallene Bäume und Überflutungen. Folgende Straßen sind gesperrt ...«

Ich gebe auf, wende in der nächsten Einfahrt und fahre zurück nach Hause. Schließlich leide ich an keinem Vollständigkeitswahn. Ich muss den Molise nun wirklich nicht gesehen haben. Die Gespräche mit den Taxifahrern aus der Region reichen völlig aus. Außerdem hat Bernadette den Molise gerade in ihrem Erdkundeunterricht durchgeackert, der an der Deutschen Schule Rom auf Italienisch gegeben wird. Die italienischen Lehrmethoden sind übrigens, für deutsche Begriffe, eher vorsintflutlich. Das arme Kind musste daher etliche völlig unbrauchbare Dinge über den Molise auswendig lernen, etwa, welche Feldfrüchte dort vor allem angebaut werden. Unsere Familie hat also schon genug getan für den Molise. Das muss für dieses Jahr reichen!

Zwei Stunden später bin ich wieder zu Hause. Hungrig, müde, frustriert. Antonia liegt dekorativ wie Kleopatra auf unserer neuen Couch, hört die Etüden von Chopin und schlürft ein Glas Sagrantino. Als sie mich sieht, zieht sie die Augenbrauen hoch: »War's schön im Molise?«

In den folgenden Tagen gießt es weiter. Es regnet und regnet und regnet. Die Vorstädte stehen unter Wasser, vom Tiber werden neue Pegel-Höchststände gemeldet, die Fernsehnachrichten in Deutschland zeigen: Land unter in Rom. Es hat auch sein Gutes, wenngleich nur für mich ganz persönlich. Nun sagen die Kollegen am Telefon nicht mehr: »Hast du's gut in Rom!«, sondern: »Euch geht's aber nass rein da unten.« Endlich erahnen sie, was ich in dieser Stadt durchmache. Zudem wollen sie wissen, ob der Papst schon auf die Kuppel des Petersdoms geflohen sei.

So weit ist es noch nicht. Aber fast. Längst hat der Tiber alles überflutet und mitgerissen, was auf den Uferbänken stand. Die Zelte von Obdachlosen, Fahrräder, die Dampferstege für die Touristen und allerlei am Ufer vertäute Boote, auch große Boote und sogar ein mehrstöckiges Ausflugsschiff. Die Boote trudelten flussabwärts und verfingen sich an den Pfeilern der Engelsbrücke. Dort bilden sie nun eine Barriere, an der sich kleinere Kähne, Treibholz, Autoreifen und allerlei Müll stauen. Der Druck auf die berühmte Brücke nimmt beständig zu, und die Behörden müssen sie sperren. Mehrere Tage und ganze Nächte lang versuchen die Rettungskräfte im Licht von Scheinwerfern, die Schiffe wegzuziehen, zu sprengen oder mit Kränen hochzulupfen, um die Brücke zu befreien.

Weiter unten, auf der Tiberinsel, muss ein Krankenhaus evakuiert werden, und auch einige Wohnhäuser in Flussnähe werden geräumt. Außerdem sucht die ganze Stadt nach einem Iren, der beim Hochwasser-Gucken in den Fluss gefallen und von seiner Verlobten verlustig gemeldet worden ist. Später wird seine Leiche in den Fluten gefunden. Es ist, als habe der gutmütige, mickrige, wasserarme Tiber, der normalerweise kleinlaut durch sein tiefes Gefängnisbett in Rom fließt, auf einmal Oberwasser bekommen. Nun wälzt er sich als ein schäumender, brodelnder, giftig-brauner Strom durch die Stadt. Er lässt sich nicht länger ignorieren. »Seht her, euer alter Flussgott ist gekommen, um sich für alle Schmach, die ihr ihm antut, zu rächen«, rauscht er den Römern zu.

Der Zivilschutz ruft die Bevölkerung auf, zu Hause zu bleiben und vor allem nicht aus Schaulust zu den Brücken zu fahren und die Rettungsarbeiten zu behindern. Dummerweise sind Antonia und ich ausgerechnet an diesem Abend zu einer *cena* im *centro storico* geladen, also auf der anderen Seite des Tibers. Es ist eine Einladung eines wichtigen Diplomaten, die wir schlecht absagen können. Sorgenvoll machen wir uns auf, den Elementen zu trotzen und eine Brücke zu finden, die sich passieren lässt. Als wir vor die Türe unseres Palazzo treten, treffen wir auf Filippo und Federica. Sie tragen Regencapes, haben sich Kameras umgehängt und wollen gerade in ihr Auto steigen. Ertappt. Die beiden gehen zum Tiber-Gaffen.

Verlegen wendet sich Filippo an uns: »*Buona sera*, wie geht es Ihnen? Wir beide wollen nur noch einen kleinen *giretto*, ein Ründchen, drehen.«

In der Nacht nimmt das Unwetter wieder volle Fahrt auf. Der Regen prasselt an unseren Schlafzimmerfenstern vorbei hinunter auf den Asphalt. Es blitzt und donnert unablässig, Stunde um Stunde. Ich liebe Gewitter. Vielleicht, weil sie mich an meine Kindheit am Starnberger See erinnern. An die Sommergewitter damals, zu Hause. Daher lasse ich beim Einschlafen noch eine Weile ein Fenster auf kipp, um den Elementen zu lauschen. Feuchte, kühle Luft strömt herein. Ich fühle mich glücklich und beschwingt, als ob meine Zukunft nun frisch gewaschen vor mir läge. Die Gedanken der vergangenen Nächte, wie lange wir wohl noch in Rom bleiben und wie es weitergeht, sind wie fortgespült. Die Kinder aber schlafen unruhig. Irgendwann kommt Nicolas zu uns ins Bett gekrochen, weil er schlecht geträumt hat.

Am Morgen ist Rom endgültig eine Wasserstadt. Straßen und Plätze sind zu Flüssen und Seen geworden, in denen tückische, ausgespülte Schlaglöcher auf die Autofahrer warten. Unser Freund Sergio setzt wie viele andere Römer tapfer seinen Sohn Ale vorne aufs *motorino*, um ihn zur Schule zu bringen. Die spinnen, die Römer, denke ich mir. Beim kleinsten Regen werden sie nervös und weigern sich, auch nur einen Schritt zu Fuß zu gehen. Wenn es aber aus Kübeln gießt, rücken sie mit der Vespa aus, ohne mit der Wimper zu zucken. Allerdings jammert ganz Rom, es sei die schlimmste Unwetterperiode seit Menschengedenken, mit den stärksten Niederschlägen seit Jahrzehnten und dem höchsten Tiber-Hochwasser der Nachkriegszeit. Wenn schon eine scheußliche Lage, dann soll sie wenigstens etwas ganz Besonderes sein – ein Spektakel!

Den Italienern liegen die ganz schwierigen Momente, sie sind Meister des Notstands. Den Deutschen liegen dagegen eher die Mühen der Ebene. So viel zur – stets riskanten – Völkerpsychologie.

Es ist noch nahezu dunkel, aber schon halb neun Uhr morgens. Bei Francesco, dem Friseur unseres Vertrauens an der Ecke, lockt ein heimeliges Licht im Salon. Die Tür steht sperrangelweit offen, denn es ist nicht wirklich kalt, und Francesco liebt frische Luft. Er steht draußen und raucht und telefoniert mit dem Handy und winkt mir zu und flirtet routinemäßig mit der netten Gemüsehändlerin nebenan. Ich gehe hinein. Im Salon riecht es nach *caffè*, denn Francesco hat vor kurzem eine Espresso-Maschine angeschafft, was sein Etablissement im Viertel noch beliebter macht.

Drinnen sitzen, oder besser fläzen, bereits zwei junge Frauen, die aussehen, als sollten sie gleich als Komparsen in einem Mozartfilm auftreten: spitze schwarze Samtschuhe, durchsichtige dunkle Strumpfhosen, schwarz-cremefarben gestreifte, kurze Taftröcke, helle Blusen und schwarze Strickjäckchen, dazu hoch auftoupierte Haare und makellos geschminkte Gesichter, so makellos, als gehörten sie Wachspuppen. Ich bin wieder mal überrascht, wie umwerfend sich Italiener zurechtmachen können, speziell Italienerinnen. Die beiden stolzieren nun lasziv kichernd in Francescos Salon herum und unterhalten sich im *romanaccio*, dem derben römischen Dialekt, was nicht so ganz zu ihrem feinen Äußeren passt.

Die eine spottet: »Weißt du, diese weißen Schuhe, die du dir gestern gekauft hast, die trägt man in London schon seit einem halben Jahrhundert.«

Die andere streckt ihr nur die Zunge heraus. Sie gleitet nun auf einen Friseurstuhl und lässt sich von Francesco ihre lockig fallenden, langen dunklen Haare noch etwas mehr auflockern. Mir ist nicht ganz klar, was da noch zu machen ist.

Francesco fängt meinen fragenden Blick auf und zwinkert mir zu: »Ich habe *questa bellissima signorina* bereits gestern frisiert. Nun sind ihre Haare ausreichend ausgehängt, und ich kann ihnen den letzten Kick geben. In zehn Minuten bin ich bei dir, *va bene*?«

Ich habe gar nichts dagegen, ein bisschen zu warten, denn Francescos kleiner Friseursalon bietet immer unterhaltsame Szenen aus dem Alltagstheater. Heute wird also ein Rokoko-Stück gegeben, das die beiden *signorine* bestreiten, die sich jetzt darüber auslassen, wer den weicheren Lockenfall hat. Nur der baumlange, hagere Francesco selbst wirkt mit seinen Turnschuhen, den verwaschenen Jeans und dem weißen Hemd etwas unpassend in dieser Szenerie, wie ein Storch unter Paradiesvögeln. Über den Spiegel grinst er mir immer wieder verstohlen und mit bedeutungsvollen Seitenblicken auf seine pittoresken Kundinnen zu, während er die beiden Mädchen gleichzeitig heftig umturtelt, ihnen Kusshändchen zuwirft und allerlei Komplimente macht.

Schließlich setzen sich die *bellezze* schwarze Charlie-Chaplin-Hütchen auf und zücken ihre Geldbörsen. Doch Francesco lehnt so galant wie entschieden eine Bezahlung ab. Er sagt, es sei ihm ein Vergnügen gewesen, was der Wahrheit entspricht. Dann hilft er den Mädchen in ihre eleganten Wetter-Capes, reicht ihnen die Schirme und entlässt sie mit weiteren Kusshändchen nach draußen.

Dort gießt es immer noch. Schade um die schönen Frisuren.

Ohne Schamfrist, wie ich sie wohl in Deutschland eingehalten hätte, frage ich Francesco neugierig, wer denn die beiden seien.

»Zwei Studentinnen, die heute an der Uni ihre *laurea*, ihren Abschluss, feiern. Nett die beiden, was?« Er macht eine Spannungspause. »Ich kenne sie seit einer ganzen Weile.«

Francesco ist immer in Bewegung und meist mit mehreren Sachen gleichzeitig beschäftigt, eine für die Römer typische und in ihrer chaotischen Stadt auch notwendige Verhaltensweise. Er greift zur Schere und schnippelt ein wenig an meinem Hinterkopf, dann klingelt sein Handy, er geht ran, spricht, springt mit zwei Sätzen zur Tür, guckt sorgenvoll auf den Regen, klappt das Handy wieder zusammen, läuft zurück zu mir und sagt: »Ich mache mir Sorgen um meinen Bruder. Der hat für zwei Mal neunzig Cent zwei Flüge von Fiumicino nach Frankfurt ergattert. Im Internet, da ist er ein echter Fuchs.« Er schnalzt anerkennend mit der Zunge. »Doch nun steckt er mit seiner Freundin wegen des Regens im Stau. Gerade hat er angerufen und mir das erzählt. Wahrscheinlich wird er seinen Flug verpassen.« Ich merke Francesco an, wie er mit seinem Bruder leidet. »Was will er denn in Frankfurt?«

»Nichts. Nichts Besonderes jedenfalls. Die Flüge sind halt so günstig.«

Nach und nach treffen Francescos Kollegen ein, der kleine, wuselige Amedeo, die hübsche, rehäugige Claudia, die gerne mal etwas geladen wirkt, als habe sie gerade zu Hause mit ihrem Freund gestritten, und die üppige, blond gefärbte Vittoria, die *fidanzata* des Aquarienhändlers unseres Vertrauens. Die ersten Kundinnen aus dem Viertel kommen herein, akkurat gekleidete Damen, die lautstark über das Wetter schimpfen, »*Mamma mia, che disastro!*«, und sich sorgenvoll mit den Händen an ihre Frisuren greifen. Francesco und Amedeo springen fürsorglich um sie herum, hüllen sie in eine schützende Wolke aus Aufmerksamkeit und lassen so das schlechte Wetter vergessen.

Zwischendrin klingelt immer wieder Francescos Handy, sein Bruder übermittelt neue Informationen aus dem Stau, der Regen draußen muss beobachtet, Vittoria mit einem Scherz bedacht werden. Dann schäkert Francesco wieder mit den Kundinnen, geht nochmals nach draußen, raucht rasch eine halbe Zigarette unter der Markise, kommt zurück, flirtet, rechnet ab, flirtet, holt eine andere Schere, zupft meinen Kittel zurecht, spritzt mich mit Wasser ab, spricht erneut in sein Handy ... Amüsant, gewiss. Dafür lebt man doch in Italien. Nur mit meinem Haarschnitt geht es nicht wirklich weiter. Ich merke an meinen wippenden Knien, wie ungeduldig ich werde. Termine, Telefonate, Artikel, die angegangen werden müssen. Der Deutsche in mir droht durchzubrechen. Francesco erkennt das zum Glück sofort, offeriert mir flugs einen *caffè* und bringt meinen Haarschnitt dann relativ zielstrebig zu Ende.

Zwölf

Wieder zu Hause am Computer, stelle ich entsetzt fest: Meine Internet-Verbindung funktioniert nicht mehr. Für einen Korrespondenten ist das mit das Schlimmste, was passieren kann. Natürlich haben vor mir Generationen von Korrespondenten ohne Internet vorzügliche Arbeit geleistet. Doch damals war es ziemlich egal, ob ein Auslandsbericht einen Tag früher oder später in der Redaktion eintraf. Heute dagegen konkurrieren die Zeitungen mit Fernsehen, Radio und Internet-Diensten, und der Korrespondent sollte möglichst in Echtzeit aus seinem Land berichten. Da jedoch die wenigsten Kollegen an mehreren Orten zugleich sein können, braucht der Korrespondent das Internet. Entsprechend nervös haste ich nun in meinem Büro herum, überprüfe sämtliche Kabelanschlüsse und das Modem. Es riecht verbrutzelt. Offenbar hat einer der Blitze mein wertvollstes Arbeitsgerät vernichtet!

Gott sei Dank gibt es Sergio, der im Erdgeschoss unseres Palazzo seinen Computer-Service betreibt. Er schaut gleich vorbei – was in Rom an einen *miracolo* grenzt. Er versichert mir, er könne helfen, meint aber, es werde wegen der Vorweihnachtszeit ein paar Tage dauern, bis er das passende Modem bekomme.

Zum Glück muss ich ohnehin noch auf eine Dienstreise. Diesmal soll es in den hohen Norden Italiens gehen, in den äußersten Winkel der Region Piemont, ins bergige Umland von Domodóssola. Der Ort ist in Italien vor allem deswegen bekannt, weil er beim Buchstabieren das »D« repräsentiert. »*D come Domodóssola*«, erklärt man am Telefon. Was will ich also dort, noch dazu im dunklen Dezember?

Als Auslandskorrespondent bin ich mit zwei einander entgegengesetzten Vorurteilen von Bekannten und Lesern konfrontiert. Die einen glauben, ein Korrespondent schreibe doch eh nur alles ab. Er sauge sich seine Artikel aus den Zeitungen, Fernsehsendungen und Internetseiten des Gastlandes zusammen, als Informations-Blutegel sozusagen. Die anderen denken, der Korrespondent recherchiere alles selbst. Er zähle bei einer Hochwasserkatastrophe höchstpersönlich die ersoffenen Tiere und kauere unter dem Bett, falls Premier Silvio Berlusconi einmal eine Affäre mit einer seiner hübschen, jungen Ministerinnen haben sollte, was ich natürlich nicht herbeischreiben will.

Die Wahrheit liegt irgendwo dazwischen. Selbstverständlich schöpfe ich als Korrespondent alle wichtigen Informationsquellen so rasch wie möglich aus. Wenn die seriösen Nachrichtenagenturen übereinstimmend melden, auf Sizilien sei der Mafia-Boss XY geschnappt worden, dann glaube ich das und fliege nicht extra nach Palermo, um nachzusehen, ob der *capo* wirklich in einer Zelle des Ucciardone-Gefängnisses sitzt (ich käme im Zweifel auch gar nicht hinein). An etlichen Arbeitstagen geht es für mich vor allem darum, mir zu überlegen, was für die Leser in Deutschland wissenswert sein könnte und was nicht, sowie darum, wichtige Ereignisse aus Italien so zu berichten, zu erklären und mit Hintergrundwissen anzureichern, dass sie auch jenen Menschen verständlich werden, die sich nicht tagtäglich mit den Kabalen der italienischen Innenpolitik beschäftigen.

Daneben steht dann die Eigenrecherche. Sie ist das Salz in der Korrespondentensuppe: hören, riechen, fühlen, schmecken. Mit den unterschiedlichsten Menschen reden und versuchen, ihre Motive zu verstehen, rausgehen aus dem Büro und immer wieder auch aus der Hauptstadt, aus Rom, hinein ins Land und ins reale Leben. Dabei erlebt man das eine Mal eine allseits bekannte Geschichte vor Ort nach, indem man etwa auf dem Höhepunkt der Abfallkrise durch das zugemüllte Neapel läuft und mit den Menschen spricht, die zwischen dem ganzen Unrat leben müssen. Das andere Mal recherchiert man eine Geschichte, über die noch nie oder kaum berichtet wurde. Die Anregung dazu kann aus einem Gespräch mit Freunden kommen, aus einer zufälligen Begegnung oder auch aus einer kleinen Zeitungsnotiz.

So stolperte ich beim Surfen im Internet einmal über eine kurze Meldung einer britischen Tageszeitung. Darin hieß es, ein Dorf namens Viganella in den italienischen Alpen wolle oben am Berg einen riesigen Spiegel aufstellen, um die Sonne hinunter in den Ort zu reflektieren. In den Wintermonaten liege Viganella wegen der umliegenden hohen Berge nämlich vollkommen im Schatten. Die Idee, die Sonne einzufangen, faszinierte mich sofort. Also suchte ich die Web-Seite von Viganella, fand die Telefonnummer der Gemeinde und rief den Bürgermeister Pierfranco Midali an. Nach dem Gespräch war ich überzeugt, eine »Geschichte« gefunden zu haben.

Viganella liegt in einem engen, düsteren Seitental, durch das der Sturzbach Ovesca rauscht. Die steilen Berghänge sind bis zu den Felsgraten hinauf mit Birken- und Buchenwäldern bewachsen. Hier unten im Talgrund wirken sie so dunkel und stumpf wie das Winterfell eines Braunbären. Ich passe auf, nicht auf dem Raureif auf der Straße ins Rutschen zu kommen, und schalte die Heizung im Auto höher. Sehnsüchtig blicke ich zu den Bergspitzen empor. Ja, da oben scheint die Sonne und lässt eine mit Schnee überzuckerte Felspyramide aufleuchten. Viganella selbst liegt völlig im Schatten.

Aus der Ferne wirken die Häuser des 200-Seelen-Dorfes wie in den Steilhang gestreute Gesteinsbrocken. Die Häuser sind mit buckeligen Dächern aus dunklem Granit bedeckt. Aus windschiefen Kaminen quillt weißgrauer Rauch. Kälte und Feuchtigkeit hängen in den Gassen. Schon nach wenigen Minuten werden meine Finger und Zehen klamm, und ich frage mich: »Warum haben die Menschen ausgerechnet hier, im Reich des Schattens, ein Dorf gebaut?« Jedenfalls verstehe ich, weshalb der Bürgermeister die Sonne fangen und hierherbringen will.

Auf einmal läuft ein kleiner, flinker Mann in einer blauen Steppjacke auf mich zu. Pierfranco Midali schüttelt mir die Hand und beginnt, wie ein Wasserfall auf mich einzureden: »Als ich 1999 zum Bürgermeister gewählt wurde, lag der Ort noch mehr oder weniger in Trümmern. Auf unserem Hauptplatz vor der Kirche standen eine Garage und ein Klohäuschen.«

Die alten Natursteinhäuser mit ihren hochragenden Holzbalkonen, Gewölben und Bogenfenstern moderten vor sich hin. Midali, der im Hauptberuf Zugführer ist, machte Dampf. Er ließ die barocke Kirche restaurieren, den Platz davor pflastern, die Palazzi restaurieren und die Marienfresken an den Hauswänden auffrischen. Kurzum: Er setzte sich zum Ziel, Viganella zum Juwel dieser wilden, halb verlassenen Gebirgsregion zu machen. Doch um zu funkeln, braucht ein Juwel das Licht – und das fehlt eben in Viganella. Midali herrscht über ein Reich, in dem die Sonne nicht mehr aufgeht. Für drei Monate nicht mehr oder, um genau zu sein, für 82 Tage. Damit darf Viganella sich rühmen, der dunkelste Ort Italiens zu sein.

Der Bürgermeister nimmt mich am Arm und deutet

auf einen Bergrücken: »Jedes Jahr am elften November, dem Fest des heiligen Martin, scheint die Sonne zum letzten Mal über diesen Berg. Danach wird es finster bei uns. Erst am zweiten Februar taucht die Sonne wieder auf. Am zweiten Februar! Sie verstehen?«

Ich verstehe nicht. Midali erklärt mir: »Der zweite Februar, da feiert man doch *La Candelora*, Maria Lichtmess! Ein seltsamer Zufall, nicht?«

Während er redet, hüpft Midali wie ein Kobold zwischen den Häusern von Viganella herum, um mir hier ein Fresko und da einen interessanten Balkon zu zeigen und von den großen Plänen zu erzählen, die er für seinen Ort hat.

»Da sagen immer alle, das Landleben hier müsse wunderbar stressfrei sein«, stöhnt seine Frau Paula, die dazugekommen ist. »Dabei treibt mich mein Mann in den Wahnsinn.«

Doch Midali hat einfach keine Zeit für ein normales Tempo. Nun ist er an der Kirche angelangt und zeigt auf die große Sonnenuhr an der Wand. Im Jahr 1999 hat er sie bei einem Freund in Auftrag gegeben, einem Architekten, der als Hobby Sonnenuhren entwirft. Als sie sich damals über die Pläne beugten, sagte der Bürgermeister dem Architekten: »Giacomo, du kannst dir den Teil für den Winter vollkommen sparen. Denn bei uns ist im Winter die Sonne eh nie zu sehen.«

»Mein Freund wollte das zuerst nicht glauben«, erzählt Midali. »Doch dann blickte er auf die steilen Hänge, wurde nachdenklich und meinte: ›Ich werde einen Weg finden, euch die Sonne zu schicken.‹ Und ich antwortete ihm: ›Wenn du so genial bist, dann werde ich als Bürgermeister alles daransetzen, dieses Projekt auch zu verwirklichen.‹«

Ich blicke mich im Schattenreich von Viganella um und frage skeptisch: »Und? Ist etwas daraus geworden?«

Der Bürgermeister mustert mich mit seinen hellgrünen Augen listig: »Das werden Sie gleich sehen.«

Er hat einen kleinen Versuch vorbereitet. Wir stehen auf der dunklen Piazza, und Midali deutet aufgeregt nach oben. »Sehen Sie! Da, da! Es funktioniert!«

Tatsächlich ist oben am Berg, etwa einen halben Kilometer über dem Ort, nun ein gleißender Punkt zu erkennen. Über die Piazza flackert ein Licht, scheu wie ein Waldgeist, es springt von der Kirchenfassade zur Platzmitte und hinüber zum Kriegerdenkmal. Midali brüllt irgendwelche Anweisungen in sein Handy. Damit dirigiert er einen Mitarbeiter, der oben am Berg einen etwa einen Quadratmeter großen Haushaltsspiegel ins Sonnenlicht hält. Triumphierend blickt er mich an: »Sehen Sie, es funktioniert. Und nun stellen Sie sich vor: 40 Quadratmeter Spiegel! Das wird ein Lichtspiel auf der Piazza!«

Midali und sein Architekt haben die technischen Pläne schon beieinander für die Mission, Licht ins Schattenreich von Viganella zu tragen. Ein Helikopter soll die Teile des Riesenspiegels aus rostfreiem Stahl auf den Berg transportieren, wo sie in 1050 Meter Höhe zusammengebaut werden. Ein Computer wird die Mechanik so steuern, dass der Spiegel stets dem Lauf der Sonne folgt und deren Strahlen auf den Dorfplatz reflektiert – selbst in den dunkelsten Zeiten des Jahres für sechs Stunden am Tag. »Dann werden die Leute sich auch im Winter auf der Piazza zum Ratschen treffen, und die Kinder werden dort in der Sonne spielen.« Seine Berggemeinschaft werde wieder aufleben, denn der Spiegel werde nicht nur das Licht, sondern auch 80 Prozent der Sonnenwärme nach unten schicken, erklärt er.

Mittlerweile sitzen wir in einer kleinen Gruppe im Hinterzimmer einer Bar bei einer Schüssel heißer *polenta*, Kaninchen und Pilzcreme. Ein rasser Roter wärmt uns auf. Da kommt der Lichtträger herein, der Mann mit dem Probespiegel vom Berg. Er schwitzt vom steilen Abstieg und vor Begeisterung über das Projekt.

»Was bedeutet es Ihnen denn?«, frage ich ihn.

»Ach, wissen Sie, schon als Schulkinder haben wir im Winter immer sehnsüchtig auf die Sonne gewartet. Alle zusammen beobachteten wir, wie ihr Licht ab Weihnachten Tag für Tag ein Stück weiter den Berg herabkam. Wir merkten uns die Punkte – die Bäume, die Felsen, den Wasserfall –, die sie schon erreichte, und in den späten Januartagen liefen wir ihr dann die Hänge hinauf entgegen.« Wenn das mit dem Spiegel etwas werde, müssten die Kinder von Viganella nicht mehr der Sonne hinterherhaschen.

Kurz darauf begleitet mich Midali zu zwei Damen, die im Dorf geboren wurden und hier ihr ganzes Leben verbracht haben. Maria und Angelica heißen sie. Beide sind an die 90 Jahre alt und wollen endlich ihre dunkle Vergangenheit hinter sich lassen.

»Jetzt im Winter trauen wir uns nicht mehr auf die schattige Piazza und verbringen den ganzen Tag mit Handarbeiten zu Hause«, jammert Maria und rückt näher an den Holzofen, der ihr kleines, aufgeräumtes Wohnzimmer wärmt.

»Sie sind also auch für den Spiegel des Bürgermeisters?«, frage ich sie.

»Ich versteh nichts davon«, sagt Maria. »Aber ich finde es wunderbar. Und ich hoffe, dass ich es noch erleben werde.«

Ihre Freundin Angelica ist da kämpferischer. Sie packt mich mit ihrer knochigen Hand fest am Arm, blickt mir tief in die Augen und versichert: »Ich werde dieses Licht auf der Piazza noch erleben. Vorher sterbe ich nicht!«

Zum Abschied vertraut mir Pierfranco Midali noch

einen seiner geheimsten Pläne an. Während wir uns umarmen, flüstert er mir ins Ohr: »Im Sommer wird der Spiegel tagsüber stillgelegt, sonst würden die Menschen ja von zwei Sonnen verwirrt. Doch in den Nächten will ich ihn einsetzen – um den Mond in unser Dorf zu holen.«

Ob Pierfranco Midali seine Lichtträume wahrmachen wird? Ich glaube schon. Bei meiner Arbeit in Italien habe ich mehrere Bürgermeister kennengelernt, die ähnlich ticken wie er. Auch sie versuchen mit phantasievollen Projekten, ihren uralten, vom Aussterben bedrohten Orten eine Zukunft zu schenken. So lässt der Bürgermeister des toskanischen Peccioli Hausmüll aus der ganzen Region, den sonst keiner will, in seine Gemeinde bringen und dort mit modernster Technik entsorgen. Mit den Millionen, die Peccioli an Gebühren kassiert, lässt er das Städtchen aufmöbeln und wieder attraktiv für seine Bürger machen. Im kalabrischen Cleto versucht ein junger, idealistischer Bürgermeister die Fassaden des Rathauses, der Schulen und anderer öffentlicher Gebäude als Werbeflächen an Konzerne zu vermieten, um mit dem Geld die zerfallenden Häuser zu sanieren und die nahezu ausgestorbene Altstadt wiederzubeleben.

»Magische Realisten« sind diese Bürgermeister für mich, weil sie ihre phantastisch klingenden Ideen mit Pragmatismus und Ausdauer in die Wirklichkeit umsetzen. Sie sind typisch für ein kreatives Italien, das bei all den politischen und wirtschaftlichen Problemen des Landes im Ausland gern übersehen wird.

Apropos Wirklichkeit: Wie ich später erfahren werde, schafft es Pierfranco Midali tatsächlich, das Licht zu fangen. Er findet Sponsoren, und sein Spiegel wird gebaut. Die Bürger von Viganella haben damit auch im Winter eine Piazza an der Sonne.

Bei der Abreise aus dem Piemont bringt mich wieder mal der Blick auf die Landkarte in Versuchung. Eigentlich wäre es von Domodóssola nicht mehr so weit ins Aostatal, die kleinste der 20 italienischen Regionen. Schon will ich Antonia anrufen, um ihr schonend beizubringen, meine Rückkehr nach Rom werde sich projektbedingt ein klein wenig verzögern. Dann siegt bei mir der Pragmatismus. Schließlich bin ich schon einmal durch diese alpine Region mit ihren vielen Burgen gefahren – auf einer Tour im grünen Wahlkampfbus des damaligen Spitzenkandidaten um das italienische Premiersamt, Walter Veltroni. Ich weiß noch, wie ich dabei seine Wahlrede in einem Theater schwänzte, um mir die hübsche Regionshauptstadt Aosta anzuschauen. Ein weiterer Kurzbesuch, nur um mein Jahresprogramm zu erfüllen, wäre eher sinnlos. Sehr zufrieden über meine Vernunft und gleichzeitig ein bisschen unzufrieden fahre ich schnurstracks zum Flughafen Mailand-Malpensa zurück.

Dreizehn

Leise rieselt ... nein, nicht der Schnee! Nicht in Rom! In der Stadt der Wölfin schneit es nur, wenn ein Papst stirbt, sagen die Römer, und selbst das ist noch übertrieben. Der letzte Schneefall ereignete sich irgendwann im verflossenen Jahrtausend. Was nicht heißt, dass die Römer kein Gespür für Schnee haben. Aber das entwickeln sie oben in den Abruzzen, beim Ski- und Schlittenfahren auf dem Campo Felice.

Also noch einmal: Leise rieselt ... die Schei ... Das reimt sich wenigstens und trifft die Sache auch inhaltlich. Jedenfalls in diesem Moment. Ich bin gerade in der Stadt unterwegs, um Weihnachtsgeschenke zu kaufen, und laufe am Tiber-Hochufer unter den Platanen entlang. In den Bäumen hängt noch das braune Herbstlaub, und zwischen den Blättern haben sich Abertausende Stare niedergelassen. Andere formieren sich am Spätnachmittagshimmel in riesigen Schwärmen zu bizarren schwarzen Figuren, zu Wolken, Pfeilen, Wirbeln, Wellen und sogar Ausrufezeichen, als würden da oben die Olympischen Spiele im Synchronfliegen ausgetragen. Kurz darauf sacken sie kollektiv ab, wie von einem Luftloch nach unten gerissen, und sinken wie eine schwarze Decke auf ihre Schlafbäume, die Pinien und Platanen Roms. Dabei zwitschern und kreischen sie so laut, dass die Stadt ihren eigenen Verkehrslärm nicht mehr hören kann. Und das will etwas heißen.

Für die Römer ist es jedenfalls ein eindrucksvolles

Spektakel in ihrer an Spektakeln ohnehin reichen Stadt. Die Forscher der Universität Sapienza haben bereits einige Erklärungen dazu geliefert. Demnach fliegen die *storni* ihre wunderbaren Formationen nicht aus ästhetischen Gründen, sondern um angreifende Raubvögel, Falken etwa, abzuhalten. Sie überwintern in Rom, weil es hier wegen der Klimaerwärmung mittlerweile mild genug ist und – siehe oben – fast nie schneit. Tagsüber ziehen die Stare zum Arbeiten hinaus auf die Felder, das heißt, sie machen sich über die verbliebenen Oliven und Weintrauben her, was ihren Stuhlgang fördert. Abends fliegen sie dann zurück in die Stadt, weil es da noch einmal ein paar Grad wärmer ist als auf dem Land.

So rieselt nun leise die Vogelscheiße, während ich den Lungotevere entlanggehe. Nach mehreren Kopftreffern bedecke ich mich mit einer Zeitung – notdürftig. Gewitztere Römer haben ihre Regenschirme dabei und spannen sie jetzt auf. Das schützt sie allerdings nicht davor, auf dem glitschigen grauschwarzen Belag auszurutschen, der sich auf dem Bürgersteig bildet. »*Merda*«, höre ich einen eleganten älteren Herrn fluchen, der gerade auf der *merda* ins Gleiten geraten ist. Für die Menschen, die ihre Autos am Lungotevere unter den Platanen geparkt haben, ist die Lage noch beschissener. Egal, ob alter Fiat oder neuer Ferrari, sie alle werden binnen Stunden mit Guano bedeckt, der langsam eintrocknet und dann nur schwer vom Lack zu entfernen ist. Noch schlimmer sieht es in den Parkanlagen aus, etwa auf der Piazza Cavour hinter dem Justizpalast. Hier wirken die Bänke, als würden sie zerfließen, und der Gestank verjagt noch den abgebrühtesten Vogelliebhaber.

Kopfrechnen soll ja gesund sein, und so mache ich mich an eine kleine Aufgabe: Vier Millionen Stare, so schätzen die Experten, überwintern derzeit in Rom.

40 Gramm Kot hinterlässt jeder Vogel am Tag. Das macht? Richtig. 160 000 Kilogramm am Tag, oder 4960 Tonnen allein im Weihnachtsmonat Dezember. Eine schöne Bescherung. Die Stadtverwaltung versucht daher, den Vögeln mit dem großen Lauschangriff beizukommen. Sie schickt Trupps von astronautenhaft vermummten Männern los, die riesige Megaphone mit sich herumschleppen, aus denen Schreck- und Fluchtschreie der Vögel dringen. Nach meinem Spaziergang am Lungotevere muss ich sagen: Die Ergebnisse überzeugen noch nicht.

Eine ausgiebige Dusche später finde ich mich mit meiner Familie im Parterre des Palazzo vor der Wohnung unseres Hausmeister-Ehepaares ein. Wieder neigt sich ein römisches Jahr dem Ende zu, und es gilt, die *auguri*, die Weihnachtsglückwünsche, zu überbringen. Das ist bereits ein Ritual. Filippo und Federica bitten uns formvollendet in ihr Wohnzimmer, das glänzt wie in der Putzmittelwerbung der frühen 60er Jahre. Der Tisch biegt sich unter Tellern und Schüsseln mit Käse- und Wursthappen, in Öl eingelegtem Gemüse und Pizzastücken.

»*Signora* Uuulrik, probieren Sie diesen Speck«, befiehlt Filippo und deutet auf eine Schale mit blassrosa Streifen. »Meine Mutter hat ihn selbst zubereitet. Das Schwein zieht jedes Jahr mein Onkel auf. Es hat ein ganzes Jahr Zeit, um zu wachsen, nicht nur die fünf, sechs Monate, wie die Schweine, die man beim Metzger kauft.«

Nicolas flüstert mir zu: »Das arme Schwein! Warum müssen wir es essen?«

Das Schöne ist, dass wir mit Filippo und Federica inzwischen zu vertraut sind, um Smalltalk machen zu müssen. So können wir über die Dinge sprechen, die uns wirklich beschäftigen. Über meinen Fersensporn zum Beispiel oder über die heraufziehende Grippewelle. Ich erzähle von meinem letzten Besuch bei unserem Hausarzt, einem sehr netten und kompetenten Deutschrömer, der seine Praxis in der Nähe des Vatikans hat. »Der *medico* hat mich darauf hingewiesen, es sei bemerkenswert, dass ich trotz Grippe und stark erhöhter weißer Blutkörperchen kein Fieber hätte. Das zeige, dass mein Körper alt würde. Daher hat er mir geraten, stets einen Hut und ein Unterhemd zu tragen, schließlich sei ich Mitte 40.«

»Tragen Sie denn bislang keine Unterhemden?«, fragt mich Federica erstaunt.

»Nein«, erwidere ich schuldbewusst.

»In unserem Dorf bei Neapel tragen alle Unterhemden, und zwar aus Wolle und langärmlig. Die Leute dort heizen ja ihre Häuser nicht und finden das auch noch gesund. Wenn sie uns dann hier in Rom besuchen, klagen sie immer, es sei so heiß in unserer Wohnung. Sie bekämen nicht genügend Sauerstoff und müssten ersticken.« Federica lacht. »Ich sage ihnen dann, sie sollten wenigstens eine ihrer fünf Kleiderschichten ausziehen. So gesund kann die Kälte in ihren Häusern übrigens nicht sein, sonst hätten meine Neffen und Nichten nicht ständig eine Bronchitis.«

Filippo macht unterdessen die zweite Flasche Prosecco auf. Er perlt fein und schmeckt trocken, *eccellente*. Ich sage es ihm. Filippo nickt. Der *tedesco* beginnt, etwas über die wichtigen Dinge zu lernen, denkt er und sagt: »Dabei ist er gar nicht teuer. Ich habe ihn in einem Supermarkt für zwei Euro noch was gekauft.«

Die Italiener schaffen es, billig und gut zugleich einzukaufen. Sie würden nie nur billig einkaufen. Deswegen halten sich schlechte Metzgereien, schlechte Gemüsestände und schlechte Restaurants auch nicht. Außer in Gebieten, in denen nahezu ausschließlich Touristen verkehren.

Mit all dem Prosecco im Blut gibt es erst recht keinen Grund mehr, nur höflich Konversation zu machen. Wir können den Dingen auf den Grund gehen, daher spricht Filippo ein Thema an, das ihn offenbar beschäftigt. Er legt mir behutsam die Hand auf die Schulter und sagt: »*Dottore*, Sie haben mir mal erzählt, dass Ihr Vertrag mit der Zeitung für Rom im kommenden Sommer ausläuft. Haben Sie mittlerweile verlängert?«

Wieder durchzuckt mich dieser Blitz, gefolgt von dem stechenden Schmerz, den ich schon auf der Fahrt durch die Marken verspürt habe. »Nein, ich habe noch nicht näher darüber mit der Redaktion in München gesprochen«, sage ich wahrheitsgemäß.

»Aber Sie bleiben doch hier, in unserem Palazzo?«, fragt Filippo.

»Ich denke schon«, antworte ich.

Bald darauf verabschieden wir uns. Wir umarmen uns, wünschen uns »*Auguri!*« und »*Buon Natale!*«. Mit einer gewissen Schwermut. Wir alle hoffen, dass wir nicht zum letzten Mal die Weihnachts-*auguri* ausgetauscht haben.

Oben in der Wohnung stellen mich Nicolas und Bernadette sofort zur Rede. Sie haben natürlich gespannt, dass da etwas im Busch ist. »Wir bleiben doch noch länger in Italien!«, fordert Nicolas.

Seine Schwester sieht mich ernst an und meint: »Papa, wir wollen nicht weg aus Rom.«

Später, als die Kinder im Bett sind, setzen Antonia und ich uns im Wohnzimmer zusammen. Wir haben Lust, ein Feuer im offenen Kamin anzuzünden, obwohl der Palazzo um diese Jahreszeit endlich gut geheizt ist. Wir setzen uns auf unseren beiden Designersofas gegenüber und beobachten, wie sich die Flammen in unserem auberginefarbenen, weiß geäderten Marmorfußboden spiegeln. Dieser Boden hätte mich anfangs fast dazu gebracht, die Wohnung nicht von *signor* Cornetti zu mieten. Mittlerweile ist er mir vertraut geworden.

»Was meinst du?«, sagt Antonia. »Sollen wir noch länger in Rom bleiben?«

»Das hängt nicht nur von uns ab«, antworte ich ihr.

»Warum rufst du dann nicht mal in der Zeitung an und sprichst mit der Chefredaktion?«

Ich nicke. Antonia hat recht. Ich muss mich endlich dem Problem stellen, dem Problem, dass unsere Zeit in Italien zu Ende gehen könnte.

Die Gespräche mit der Redaktion verlaufen, wie ich es erwartet habe. Man bedeutet mir, meine Italienliebe sei ja gut und schön und ich hätte sie ja in den vergangenen Jahren hinreichend ausleben dürfen. Eine Zeitung könne aber nicht nur an die persönlichen Vorlieben ihrer Korrespondenten denken, sie müsse auch Personalpolitik machen, daher erwarte sie von ihren Mitarbeitern eine gewisse Flexibilität.

Wer könnte dem widersprechen? Ich gebe, nach Rücksprache mit Antonia, zu verstehen, dass ich am liebsten in Rom bleiben würde, mich aber nicht daran klammere. Damit sind erst einmal alle Türen offen, von beiden Seiten.

Wir bleiben wie immer über den Jahreswechsel in Rom. Antonia und ich haben viel Zeit zum Reden, auch mit Bernadette und Nicolas. Wir haben es immer so gehalten, die beiden schon früh in unsere Pläne einzubinden. »Wisst ihr, wir sind nicht nur in Rom, weil es uns hier gut gefällt«, sage ich. »Die Zeitung bezahlt mich dafür, dass ich hier arbeite. Davon leben wir. Wenn die Zeitung nun möchte, dass wir woanders hingehen, kann ich nicht einfach sagen: Nein. Aber da ist noch lange nichts entschieden. Wenn es möglich ist, bleiben wir hier.«

Ich bin überrascht, wie gelassen Bernadette und Nicolas reagieren, jedenfalls im Moment.

»Wichtig ist vor allem, dass wir zusammenbleiben«, sagt Bernadette.

Nicolas nickt. Dann meint er: »Aber ich will nicht in ein Land, wo es Vogelspinnen gibt.«

Ich verspreche ihm, das zu verhindern.

Was auch immer geschehen wird: Wir haben die Jahre hier wirklich genutzt, Rom und die Römer kennenzulernen. Fast jedes Wochenende sind wir hinausgefahren, um die Umgebung zu erforschen. Längst kennen wir Latium besser als Bayern, wo Antonia und ich aufgewachsen sind und den Großteil unseres Lebens verbracht haben. Wir sind an dem Punkt angelangt, wo uns Rom entweder endgültig zur Heimat wird – oder wir gehen. Dennoch erschreckt mich diese Vorstellung. Spätestens seit meiner Abi-Reise nach Rom habe ich davon geträumt, hier zu leben. Nach langen Umwegen hat es endlich geklappt.

Und nun? Es folgen weitere Gespräche mit der Zentrale in München. Irgendwann kommt die Frage auf, ob ich mir auch vorstellen könne, nach Paris zu gehen. Als Frankreich-Korrespondent.

Da mich immer Italien fasziniert hat, hatte ich nie Zeit, frankophil zu werden. Ich kenne Frankreich und Paris nur flüchtig, von einzelnen Urlaubsreisen. Antonia hat immerhin mal ein Semester an der Sorbonne studiert. Aber das ist auch schon eine ganze Weile her. Frankreich wäre daher eher Neuland für uns, was die Sache besonders reizvoll macht.

Damit ist das Thema erst einmal erledigt. Der Ball liegt jetzt im Feld der Redaktion. Auch wenn ich schon mal heimlich einen Stapel Frankreich-Bücher bestelle, sicher ist sicher. Als Filippo die Postpakete heraufschleppt, schaut mich Antonia kopfschüttelnd an und sagt nur: »Typisch!«

Wir lassen Frankreich vorerst ruhen und wenden uns wieder Italien zu. Rom versinkt auch im Januar im

Regen, und die geschichtsbewussten Römer versichern uns, einen derart nassen Jahresanfang hätten sie noch nie erlebt, jedenfalls nicht in den letzten Jahrtausenden.

So sitze ich in meinem Büro, starre durchs Fenster auf die Regenwolken und sage mir: Das soll Italien sein? Dann schaue ich zur Wand, an der eine geografische Karte des Landes hängt. Die Regionen sind durch grüne Grenzlinien markiert. Zehn davon habe ich nun bereist seit vergangenem Juli, wenn wir den Molise und das Aostatal dazurechnen, was nur ein klein wenig gemogelt ist. Bleiben also weitere zehn Regionen für die kommenden sechs Monate. Da fügt es sich gut, dass wir Ende Januar zum Skifahren nach Südtirol wollen, also in den nördlichen Teil der Region Trentino-Alto Adige.

Wir fahren seit Jahren jeden Winter eine Woche dorthin, nach St. Ulrich, das auf Italienisch Ortisei heißt. Besonders Bernadette und Nicolas drängen darauf. Sie sagen, die Woche in St. Ulrich sei für sie die schönste des Jahres. Irgendwie fühlen sie sich dort wie in ihrer Heimat, in München.

»Südtirol ist ja eigentlich nicht Italien, sondern Bayern«, findet Nicolas.

Ich sage ihm dann: »Bub, da musst du vorsichtig sein, das hören weder die Südtiroler noch die Italiener noch die Österreicher gerne. Irgendwie hast du ja recht, aber wir sollten das nicht an die große Glocke hängen.«

Warum sich unsere Kinder in St. Ulrich wie in Bayern wähnen? Es mag an den Bergen liegen, an den Almhütten, den deftigen Gerichten oder den frischen Semmeln. Jedenfalls beladen wir auch diesen Winter wieder unser Auto mit Anoraks, Skischuhen und Schneebrillen aus dem Keller, um eines frühen Morgens nach Norden aufzubrechen. Es ist eine lange

Fahrt von Roma nach Ortisei, in derselben Zeit könnten wir nach New York fliegen.

Am Nachmittag kommen wir endlich in St. Ulrich an. Wir bewundern die bizarren, gletscherblauen Eisskulpturen, die die Einheimischen mit Sprühwasser im Flussbett schaffen, und fahren dann zu unserer Wohnung hinauf, die wir seit Jahren für die Skiwoche mieten. Unser Vermieter heißt so, wie fast alle hier in St. Ulrich mit Familiennamen heißen, wie, das sei an dieser Stelle nicht verraten. Wir begrüßen uns als alte Bekannte, und er erzählt uns den neuesten Tratsch aus dem Ort. Dann klagt er, St. Ulrich werde von albanischen Kellnern und Küchenhilfen überrannt. Außerdem würden die Albaner bei der Vergabe von Sozialwohnungen gegenüber Einheimischen bevorzugt. Er habe ja nichts gegen Albaner.

»Aber ich versichere dir: In fünfzehn Jahren werden wir hier in St. Ulrich einen albanischen Bürgermeister haben.« Dabei schaut unser Vermieter, als kündige er gerade die definitive Landung von Marsmännchen an. Und als mache er mich persönlich dafür verantwortlich. »Du bist doch von der Zeitung!«

Was sagt man da, wenn man gerade einen Artikel über Ausländerfeindlichkeit in Italien geschrieben hat?

St. Ulrich und das umliegende Grödnertal haben den Spagat geschafft. Sie geben sich dem Tourismus hin und bewahren gleichzeitig ihre ladinische Identität. Natürlich gibt es hier Hotels, in denen die Astlöcher allzu aufdringlich aus der Holzbalkendecke jodeln. Aber alles in allem geht das Grödnertal doch selbstbewusst und würdevoll mit dem Fremdenverkehr um. Die Orte leben von den Skifahrern, sind aber nicht zu reinen Ski-Ressorts verkommen. Und die Ladiner, dieses romanische Volk mit seiner eigenen Sprache, wirken keinesfalls so, als ließen sie sich von ihren Gästen die Seele rauben.

Vielleicht fühlen sich Bernadette und Nicolas deshalb so wohl hier. Von den Fenstern des Wohnzimmers blicken wir auf den verschneiten Ort mit der Pfarrkirche, die dahinter aufsteigende Seiser-Alm und, Richtung Wolkenstein, den hoch aufragenden, von der Natur bizarr gemeißelten Muschelkalkturm namens Langkofel. Wir schlafen hier in den Betten mit den federprallen Plumeaus tiefer als sonst je im Jahr. Am frühen Morgen stapfen Bernadette, Nicolas und ich hinunter in den Ort, um frische Brezn und Semmeln, Tiroler Speck und Bauerneier zu kaufen. Die Ladenbesitzer kennen uns noch von den Vorjahren und beschenken die Kinder mit Gummibärchen. Dann holen wir im Kramerladen am Kirchplatz den *Corriere della Sera* und die *Süddeutsche Zeitung*, und ich freue mich darauf, die Blätter einmal nicht als Journalist, sondern als Urlauber zu lesen.

Bald darauf sitzen wir in Skiunterwäsche beim Frühstück. Bernadette und Nicolas verputzen ihre knusprigen Brezn mit Butter und Honig und erklären uns: »Wenn wir groß sind, dann wandern wir nach Südtirol aus.«

Eine Woche Skifahren vergeht entsetzlich schnell, vor allem, wenn man sich wohl fühlt. Im Grödnertal kommt zu den weitläufigen Pisten noch eine der schönsten Berglandschaften der Welt hinzu. Der Blick auf den Langkofel, die Sella-Gruppe und hinüber zum Rosengarten, der Farbmix aus königsblauem Himmel, weißen Schneehängen, grauem Fels und dunkelgrünen Föhren und Fichten überwältigt mich immer wieder, obwohl ich die Gegend seit meiner Kindheit kenne.

Mittags essen wir in der Odles-Hütte, einer kleinen, behaglichen Einkehr, die in einer geschützten Mulde auf dem Skiberg Col Raiser liegt, zu Füßen der Geißler-Gruppe. Bei gutem Wetter essen wir unsere Spinat- und Speckknödel, die Gulaschsuppe und den Kaiserschmarrn draußen auf der Holzterrasse, bei Schneetreiben müssen wir früh kommen, um noch einen Platz in der kleinen Stube zu ergattern.

An der Tür kommt uns schon am ersten Tag Erich entgegen und umarmt uns wie alte Freunde, schließlich sind wir inzwischen im vierten Jahr hier. »Wisst ihr schon, dass ich im Sommer Großvater geworden bin?«, fragt Erich und deutet mit gemütlichem Stolz auf ein Baby, das wohlig aus seinem Schneeanzug lugt.

Es verschlägt mir die Sprache. Der Wirt mit seinen verstrubbelten braunen Haaren und den von der Bergluft geröteten Backen ist Anfang 40 und damit zwei, drei Jahre jünger als ich! Und Großvater! Ich schließe messerscharf: Also könnte ich auch schon Großvater sein! Locker! Vor Schreck bestelle ich mir erst einmal ein Hefe-Weißbier, was ich mir im übrigen Italien und in Rom stets verkneife, weil ich es dort irgendwie unpassend finde. Aber hierher nach Gröden passt das schon, auch wenn Südtirol nicht wirklich zu Bayern gehört.

Erich merkt, wie verblüfft ich über seine Neuigkeit bin. »Weißt du, ich hab' ja selber früh angefangen mit dem Kinderkriegen«, sagt er im leichten Singsang der Ladiner. »Bei uns hier ist das halt so.«

Er schmunzelt und zwinkert uns zu. Dann muss er weiter, um Bestellungen aufzunehmen. Seine Hütte brummt, doch Erich wirkt nie gestresst, obwohl er selbst fünf Kinder hat und neben der Hütte einen größeren Bauernhof bei Santa Cristina bewirtschaften muss. Ihm macht seine Arbeit eben Freude.

In der Odles-Hütte lernen wir immer wieder neue Leute kennen, denn an den Holztischen rückt man zusammen. Heute sitzen zwei junge Frauen mit einem Freund von Erich an unserem Tisch. Sie tragen erstaunlicherweise keine Skikleidung, sondern modische Jeans und Stiefel und helle, flauschige Wollpullover mit breiten Rollkrägen, aus denen sie wie Eisprinzessinnen herausgucken. Wie sie hier, mitten im Pistengebiet, wohl hereingeschneit sind? Die beiden erzählen, sie seien mit der Seilbahn heraufgefahren, um Erichs Hütte kennenzulernen. Sie sprechen ein gutes Italienisch, allerdings mit einem Akzent, den ich nicht einordnen kann.

»Was glaubt ihr, wo wir herkommen?«, fragen sie sichtlich amüsiert.

Padua ist es nicht, so viel hören wir. Aber was dann? »Frankreich?«

Die beiden schütteln kichernd den Kopf. »Ich bin Russin«, sagt die eine, »und meine Freundin hier kommt aus Rumänien.«

»Woher könnt ihr so gut Italienisch?«

»Wir leben hier«, sagt die Russin, die offensichtlich die Anführerin ist. »Ich führe eine *vinoteca* in Sankt Ulrich. Meine Freundin arbeitet bei mir mit.«

Eine Russin und eine Rumänin, die im ladinischen Teil Italiens eine *vinoteca* betreiben, in der wahrscheinlich vor allem Deutsche und Holländer einkaufen – die Globalisierung ist voll in den Dolomiten angekommen.

»Aber versteht ihr denn überhaupt etwas von Wein?«, rutscht es mir heraus. Irgendwie hat sich bei mir das Vorurteil gehalten, der ostische Mensch trinke vor allem Kartoffelschnaps.

»Ich bin Sommelière«, erklärt mir die Russin nachsichtig. »Ich habe das studiert.«

Touché.

»Der Rotwein hier bei Erich ist übrigens klasse«, fällt jetzt die Rumänin ein. Sie lässt den dunklen Lagrain kennerhaft in ihrem Glas kreisen, prüft das Bukett, trinkt. »Wir haben jetzt schon drei verschiedene Sorten probiert. Sind alle wirklich gut trinkbar.«

Die beiden kichern wieder. »Langsam sollten wir

vielleicht aufhören«, meint die Russin. »Sonst sind wir heute Nachmittag in der *vinoteca* nicht fit.«

Sie verabschieden sich mit Küsschen von Erichs Freund, winken uns zu, greifen zu ihren Hochglanz-Anoraks mit Fellkrägelchen und rauschen in den Schnee hinaus.

Vierzehn

Wenn es mittwochvormittags an der Tür klingelt, muss das Teodoro sein. Denn Teodoro kommt immer mittwochvormittags, seitdem wir vor mehr als drei Jahren in unseren Palazzo in Prati eingezogen sind. Ich drücke auf den Summer, gehe ins Treppenhaus und sehe, wie unser *pescivendolo*, unser Fischhändler, mit seinem schweren Weidenkorb die Treppe heraufkeucht.

»*Buon giorno, Teodoro*«, rufe ich ihm aufmunternd entgegen.

»*Bon di, dottur*«, gibt Teodoro schwer schnaubend zurück. Auf dem Absatz vor unserer Wohnung nimmt er den Zigarrenstummel aus dem Mund und lacht mich erschöpft und freundlich an. Wenn das Leben schon schwer ist, muss man es wenigstens leichtnehmen, scheint sein Lächeln auszudrücken.

»*Si può?*«, »Darf ich herein?«, fragt er wie immer an unserer offenen Wohnungstür. Dann schlurft er mit seinem großen Korb durch den Flur in die Küche. Ich bereite schon einmal seinen *caffè* vor, wie jeden Mittwoch, während er den Korb auf den Boden stellt, Zeitungen und Eisstückchen auf die Seite räumt und seine Ware zurechtlegt.

Tabak- und Fischgeruch durchziehen nun unsere Küche, dicht und schwer wie Nebel. Dabei bringt Teodoro nicht nur Goldbrassen, Seezungen, Scampi, Tintenfische und Miesmuscheln mit, sondern auch immer wieder frische Storys aus seinem Leben und dem italienischen Volksleben.

»Wissen Sie was, *dottur*«, beginnt er diesmal, »als ich heute Morgen im Zug saß, waren bei mir zwei Verkäuferinnen im Abteil. Wir waren uns ja so was von einig: *Son ladri, son tutti ladri!* Es sind alles Diebe!« Er zieht die buschigen Augenbrauen zusammen und fletscht die Relikte seiner Zähne. Dann beginnt er ausgiebig, Beschimpfungen dieser *ladri* vor sich hinzugrummeln.

»Aber wen meinen Sie denn, Teodoro?«, frage ich, während ich den obligaten Haufen Zucker in seinen *caffè* schaufele.

»Na, die *ladri*«, knurrt Teodoro. »Die Politiker natürlich. *Son tutti ladri!*«

Er macht mit den Armen eine weit ausgreifende Bewegung, die keine Widerrede zulässt. Dann schmipft er, Italien leiste sich mehr Abgeordnete als die Vereinigten Staaten, und der italienische Präsident koste die Steuerzahler weitaus mehr Geld als die Königin von England. »Trotz alledem werden wir auch noch schlecht regiert! Das solltest du mal in deiner Zeitung schreiben!« Wenn Teodoro erregt ist, dann duzt er mich.

Als Journalist angesprochen, fühle ich mich verpflichtet zu differenzieren. »Aber es sind doch nicht alle *ladri*, Teodoro. Es gibt etliche Abgeordnete, die gut arbeiten, vernünftige Gesetze machen und einen stattlichen Teil ihrer Tantiemen für die Gehälter ihrer Mitarbeiter und ihre Partei ausgeben.«

Das kommt nicht so gut an. Teodoro entsteigt ein verächtliches Knurren. »*Boh! Sono tutti ladri. Tutti.*« *Basta* sagt er nicht. Aber er denkt es.

Dann erzählt er mir, er gehe schon lange nicht mehr wählen. »Ich gebe meine Stimme keiner Partei!« Das haben sie jetzt davon.

Teodoro ist übrigens kein Einzelfall. Die allermeisten Italiener sind äußerst schlecht auf ihre Politiker zu sprechen, viel schlechter etwa als die Deutschen.

Je nach Luftdruck, Feuchtigkeit, Sonnenstand und diversen anderen schwer wägbaren Faktoren kann Teodoro auch sehr aufgeräumt sein und komische Dinge erzählen. Diesmal ist es wohl der zuckersüße *caffè*, der ihn auf andere Gedanken bringt. »Wissen Sie, was mir heute noch passiert ist, *dottur*? Ich steige am Bahnhof in Rom in den Bus, setze mich hin, stelle meinen Korb neben mich, decke die Zeitungen darüber, damit es nicht so nach Fisch riecht, und döse kurz ein. Da sind diese Banditen einfach abgehauen!«

»Die Politiker?«, frage ich verwirrt.

»Ach was, *dottur*. Ich meine doch diese Banditen da.« Er deutet auf seinen Korb. Da sitzen auf Fischen, Muscheln und Eisstückchen zwei quicklebendige dunkelviolette Hummer. Sie schwenken ihre langen Fühler, stemmen ihre feingliedrigen Beine gegen die Fische und die Muscheln und versuchen, aus dem Korb zu krabbeln.

»Jedenfalls gab es im Bus plötzlich ein Riesengeschrei«, erzählt Teodoro weiter. »Die Leute sind hysterisch geworden, haben sich nach vorne und hinten gedrückt. Zwei Damen sind sogar auf die Sitze gestiegen.«

»Was haben Sie da gemacht, Teodoro?«

»Ich hab meine Hummer wieder eingefangen und bin an der nächsten Haltestelle ausgestiegen.« Teodoro klatscht mir vor Vergnügen auf den Arm. »Sie hätten die Gesichter sehen müssen! Besonders die der beiden *signore*! Vor ein paar Jahren ist mir übrigens was Ähnliches passiert. Damals ist mir im Bus ein fetter Aal durchgegangen. Da haben die Leute gekreischt: ›Hilfe! Hilfe! Eine Schlange!‹«

Teodoro schüttelt sich vor Freude. Dann fragt er, ob ich die Hummer kaufen wolle. »*Ti faccio un prezzo speciale*« – »Ich mach dir einen Sonderpreis.« Die Hummer kämen frisch von den felsigen Gründen vor der Insel Ponza.

Nun esse ich Meeresfrüchte für mein Leben gern. Und fangfrische Hummer aus Ponza zum Freundschaftspreis von Teodoro – das ist ein Angebot, das ich nicht ablehnen kann.

In diesem Moment kommt Antonia nach Hause. Auch sie liebt Hummer, seit wir diese als Jungverliebte in einer marokkanischen Hafenkaschemme köstlichst zubereitet bekommen haben. Allerdings ist Antonia bei uns auch fürs Praktische zuständig. Daher sagt sie: »Aber Stefan, wie sollen wir die denn töten?«

»Das ist ganz einfach, *signora*«, behauptet Teodoro. »Sie nehmen ein scharfes Messer und schneiden ihm damit den Kopf ab. Dann stirbt er schnell.«

»Kommt überhaupt nicht in Frage, das ist ja Tierquälerei«, rufe ich entsetzt.

Schließlich habe ich mal den bayerischen Fischereischein gemacht, die zweitschwierigste Prüfung meines Lebens, knapp hinter dem Assessorexamen. Für die Fischereiprüfung lernte ich, wie Tiere möglichst schmerzlos zu töten sind. Kopfabschneiden gehörte nicht zu den empfohlenen Methoden. Allerdings haben meine Fischlehrer mir damals nichts über humanes Hummerkillen beigebracht. Denn Hummer fängt man im Lech, Ammersee und anderen bayerischen Gewässern eher selten. So muss ich nun in der Küche mit Teodoro erfahren, dass es Situationen im Leben gibt, in denen einem selbst der bayerische Fischereischein nicht weiterhilft.

Glücklicherweise kann ich in dieser Notlage auf meine Familiengeschichte zurückgreifen. Ich erinnere mich an meine Kindheit, als meine Großmutter und meine Mutter bei runden Geburtstagen und an Weihnachten Hummer kochten. Wie machten die das noch mal? Richtig: Sie bereiteten in einem riesigen Topf einen Sud aus Wasser, Weißwein, Dill, Kümmel und Salz vor, brachten ihn zum Kochen und warfen dann die

Hummer hinein. Wenn ich mich genau erinnere, hielten sie zunächst nur den Kopf des Hummers für ein paar Sekunden ins brodelnde Wasser, bevor sie ihn ganz hineingleiten ließen. Ich höre noch die Stimme von Ama, so nannte ich meine Großmutter, in meinem Kopf nachhallen: »So stirbt er sofort und leidet nicht.«

Also sage ich jetzt streng zu Teodoro: »Die Hummer müssen in sprudelnd kochendes Wasser. Und zwar einzeln, und zunächst nur mit dem Kopf. So sterben sie schnell und leiden nicht.«

Teodoro erstarrt und schaut mich an, erst fassungslos, dann ärgerlich. Da will diese Landratte von einem *tedesco* doch tatsächlich ihm, dem *pescivendolo* aus uralter Fischerfamilie, erzählen, wie man einen Hummer tötet! Tatsächlich sagt er: »*Dottur*, das dürfen Sie auf gar keinen Fall machen. Denn so wird der Hummer zäh. Das wäre doch jammerschade.«

»Lieber ein zäher Hummer als ein leidender Hummer«, sage ich und wärme mich in Antonias zustimmendem Blick.

»*Boh*, leidender Hummer!«, seufzt Teodoro und denkt sich: »Landratte, Weichei«. Dann sagt er: »Zugegeben, es gibt unter meinen Kundinnen in Rom einige, die es auch so machen. Allerdings muss ICH die Hummer dort immer ins kochende Wasser tauchen, weil sich die *signore* davor gruseln. Das ist hier zum Glück nicht nötig. Denn SIE sind ja da, *dottur*.«

Zwei Tage später fängt mich Filippo, der Hausmeister, in der Eingangshalle unseres Palazzo ab. »*Dottor* Uuulrik, wie haben Ihnen die Hummer geschmeckt? Waren sie auch nicht zäh?«

In unserem Viertel und speziell in unserem Palazzo spricht sich jede Lebensregung in Windeseile herum, vor allem unter den Hausmeistern. »Die Hummer waren vorzüglich – und außergewöhnlich zart«, sage ich. Und das entspricht völlig der Wahrheit.

Filippo schaut ein wenig ungläubig. Diese Süditaliener stecken doch alle unter einer Decke. Dann setzt er sein feierlichstes Gesicht auf und sagt: »Einen Moment, *dottor* Uuulrik, ich hätte da noch was für Sie.« Damit drückt er mir ein kleines Briefkuvert in die Hand.

Neugierig, wie Journalisten sein müssen, reiße ich es sofort auf. Es ist eine Einladung. Zum Geburtstag. Zu Filippos 60. Geburtstag. Und diese Einladung geht an uns, an »*Dottor Ulrik con Signora e Bernadette e Nicolas*«. Ich bin gerührt. Filippo lädt uns zu seinem 60sten in sein Dorf im Süden von Neapel ein.

Ich umarme ihn und sage: »Natürlich werden wir kommen.«

Antonia erkundigt sich bei Federica, was wir Filippo schenken könnten.

»Ein Parfum oder einen Pullover, so was in der Preisklasse«, antwortet Federica erstaunlich direkt.

»Dann nehmen wir ein Parfum«, entscheidet Antonia.

»Aber vielleicht nicht dasjenige, das der *dottore* verwendet. Es wäre für Filippo zu herb«, gibt Federica zu bedenken. Wir sollten eher was in Richtung Lacoste nehmen.

Antonia kauft etwas in Richtung Lacoste, einen möglichst großen Flakon, und bittet den Verkäufer, ihn mit meterweise Zellophan, Schleifchen und Aufklebern möglichst bombastisch zu verpacken. So, wie es eben in Italien üblich ist.

Derart gerüstet fahren wir an einem Samstagmorgen Ende Februar los. Federica und Filippo sind schon Tage zuvor aufgebrochen, um alles zu organisieren und insbesondere die Köstlichkeiten für das Buffet zuzubereiten. Filippo hat mir einiges über seinen Heimatort in der Region Campagna erzählt. Das Landstädtchen liegt irgendwo in den Hügeln zwischen Neapel und Salerno. Unser Hausmeister legt allerdings großen Wert auf die Tatsache, dass das Dorf nicht zur Provinz Neapel, sondern zur Provinz Salerno gehört. Von ihm weiß ich auch, dass in seinem Ort das tollste Silvesterfeuerwerk, der fröhlichste Fasching und das ergreifendste Patronatsfest ganz Süditaliens gefeiert wird, mindestens. Das lässt ja einiges für seine Geburtstagsparty erwarten.

Da die Feier erst am späteren Abend beginnen soll, wollen wir vier *tedeschi* uns erst einmal Salerno ansehen. Wir parken in einer labyrinthartigen, düsteren Tiefgarage im Zentrum. Ein zwielichtig wirkender Wächter fordert uns auf, doch den Schlüssel im Zündschloss stecken zu lassen. »So können wir besser rangieren.«

Wir plaudern ein bisschen mit dem vermeintlichen Galgenvogel, um ein Vertrauensverhältnis aufzubauen, was in Italien, jedenfalls südlich von Rom, noch immer die beste Diebstahlversicherung ist. Bernadette hat dennoch schwere Bedenken. Ich setze dagegen auf die Ehrlichkeit der salernitaner Tiefgaragenwärter und, vielleicht noch mehr, auf die Unattraktivität unseres alten Passat. An unser Gepäck und mein Notebook im Kofferraum will ich lieber nicht denken. Doch ich werde nicht enttäuscht.

Überhaupt ist Salerno eine angenehme Überraschung. Obwohl die Stadt von Weltkriegs-Bombardierungen, Überschwemmungen, Erdbeben und einer massenhaften Zuwanderung aus dem *Mezzogiorno* schwer gebeutelt wurde, hat sie sich zu einem attraktiven Ort entwickelt. Der prächtige, lange Lungomare, die lebendige Fußgängerzone in der Altstadt voller netter Bars und Geschäfte, der glänzend restaurierte romanische Dom – Salerno beweist, dass Süditalien keineswegs einfach mit Misswirtschaft, Unterentwicklung und Verfall gleichgesetzt werden darf. Wie die Stadt zeigt, kommt es extrem auf die Kommunalpolitiker an. Das nahe Neapel könnte sich da ein Beispiel nehmen.

Filippo ruft mehrfach auf meinem Handy an, um uns noch diverse Telefonnummern zu geben, unter denen wir ihn erreichen können, falls es bei den vier Nummern, die er uns bereits in Rom aufgeschrieben hat, nicht klappen sollte. Bernadette bekommt für die Party noch einen schicken schwarzen Pulli gekauft, und von da an ist sie sehr gut auf Salerno zu sprechen. Dann brechen wir wieder auf. Antonia sitzt am Steuer, wie meistens. Sie behauptet, das schone ihre Nerven. An meine Nerven denkt sie nicht. Allerdings muss ich zugeben, dass sie all die Jahre in Italien unfallfrei gefahren ist, auch im Stadtverkehr von Rom. Das hätte selbst ich nicht besser machen können!

Als wir auf einer Autobahn zu Filippos Dorf fahren, blinkt uns von hinten ein Wagen an. Wir reagieren nicht. Der Wagen zieht auf gleiche Höhe, und der Beifahrer hält uns ein Dokument an die Scheibe, das wohl einen Polizeiausweis darstellen soll. Doch die beiden Typen in dem Wagen sind in Zivil, und auf dem Dach ist kein Blaulicht zu erkennen. Antonia und ich verständigen uns, nicht zu reagieren. Nun überholt uns der Wagen, zieht an uns vorbei und fährt in eine Parkbucht. Die Typen bedeuten uns mit lebhaften Gesten, dort ebenfalls einzubiegen und anzuhalten. Wir fahren vorbei. Sie folgen uns, blinken uns immer wieder an, schalten gar ihr Fernlicht ein. Nach einigen Minuten geben sie auf. Wahrscheinlich waren es Gauner, die sich als Zivilpolizisten ausgeben wollten, um uns für einen angeblichen Verkehrsverstoß abzukassieren.

Schließlich kommen wir in Filippos Heimatort an. Wir fahren durch ein wildes Siedlungsgewirr aus schmalen, zwei- bis dreistöckigen Häusern, manche heruntergekommen, andere schön hergerichtet. Dazwischen liegen Gemüsegärten mit Wellblechverschlägen, wachsen Orangen- und Zitronenbäume. Das ganze Ensemble wird von einem chaotischen Netz aus Telefon- und Stromleitungen überspannt und wirkt auf mich irgendwie balkanisch.

Wir rufen Filippo an, und bald kommt er mit seinem Golf angebraust, um uns abzuholen. Er führt uns zunächst zu Federicas Eltern. Sie wohnen im fünften Stock eines modernen Hauses. Wir werden auf den schmalen Balkon geführt, um den Blick zu genießen auf Gemüsebeete, Pferdekoppeln, Baracken und weit verstreute Häusergruppen, die zu Filippos Dorf gehören. Rundherum ragen ziemlich hohe, glatzköpfige Berge auf.

»Die waren alle mal mit schönen Kastanienwäldern bewachsen«, sagt Filippo. »Aber die Hirten haben sie heimlich abgebrannt, um Weideland für ihre Schafe zu gewinnen.« Dann deutet er auf ein völlig zerfallenes Haus unter uns. »Das hat mal jemandem gehört, der sein ganzes Geld verspielt hat.«

Nach dieser Ortsbesichtigung aus der Höhe werden wir wieder in die Wohnung gebeten. Alles ist geradezu aseptisch sauber, kein Stäubchen befleckt die Böden aus Linoleum und gemusterten Fliesen, die dunklen Holzmöbel, die Kunstblumen in den Vasen. Wir werden auch in den *salone* geführt, das Wohnzimmer, und bewundern den üppig verzierten Buffetschrank, den großen Esstisch mit den feierlichen Lehnstühlen und natürlich den bunten Kronleuchter. Der *salone* dient – das ist landestypisch – eher zum Vorzeigen als zum Bewohnen und wird nur zu außergewöhnlichen Anlässen genutzt.

»Gehen wir lieber in die Küche, da ist es gemütlicher«, sagt Federicas Mutter.

Selten haben wir einen Raum gesehen, der deutschen Vorstellungen von Gemütlichkeit weniger entspricht: grauer Linoleumboden, weiße Resopalschränke, nackte Wände ohne jeden Schmuck, ein karger Tisch in der Mitte und eine grelle Neonröhre an der Decke, die den Raum so vollständig ausleuchtet, dass nicht einmal ein Elefant einen Schatten werfen würde. Dass es hier dennoch gemütlich wird, sagt alles aus über die umwerfend herzliche Großfamilie von Federica und Filippo. Jeder quasselt mit jedem, und sie binden uns so nett und selbstverständlich ein, dass wir nicht die geringste Integrationsschwierigkeit haben. Besonders Filippos Schwiegervater hat es uns angetan, ein kleiner, völlig kahlköpfiger, runder und rüstiger Mann um die 80, der Mitte der 50er Jahre mal auf Arbeit in Baden-Württemberg war und immer noch recht gut Deutsch spricht.

»Sie werde trinke heute Abend meine Wein, die selbst gebräute«, verspricht er uns. »Sie werde staune.«

Erst einmal bekommen wir aber *caffè* und die Kinder Süßigkeiten. Dann brechen alle urplötzlich auf. Draußen ist es dunkel geworden. Filippo eskortiert uns *tedeschi* aus dem Gewirr von Häusern und Kleingärten hinaus. Er fährt mit uns ins Grüne zu einem Restaurant-Pavillon mit verschiedenen Sälen und einem angeschlossenen kleinen Hotel. Hier feiern die Menschen aus Filippos Dorf an den Wochenenden ihre Hochzeiten, Taufen und runden Geburtstage. Auch das ist typisch für Italien. Überall im Land gibt es diese etwas steril wirkenden, riesigen Lokalitäten am Ortsrand für *matrimoni e ricevimenti*, Hochzeiten und Empfänge, wie es auf den Werbetafeln am Straßenrand gerne heißt. Als wir ankommen, geht ein Sturzregen nieder.

Wir bekommen ein Zimmer mit vier Betten im Hotel zugewiesen. Die Betten sind feucht, das Zimmer ist kalt. Bis zum Start von Filippos Geburtstagsfete sind es noch zwei Stunden. Daher legen wir uns erst einmal zu viert in ein Doppelbett, um uns gegenseitig aufzuwärmen.

Um halb neun geht's los. Gespannt betreten wir einen turnhallengroßen Saal mit vielen runden Tischen. Auf den Tischen liegen Papiertischdecken und Plastikbesteck, in der Mitte stehen 1,5-Liter-Plastikflaschen mit Cola und Wasser. Die obligaten Neonröhren sind hier in Kronleuchtern versteckt, was das grelle Licht allerdings nicht wärmer macht. Wir sind mit die ersten Gäste. Deshalb hat Filippo noch Zeit, uns das Buffet zu präsentieren, mit all den Schlemmereien, die sein Dorf hergibt: krustige, duftende *porchetta*, Hühnchensalat, Sülze mit Sellerie, Thunfischtorte, Pizza-Stücke, Salzgebäck, Eierkuchen, Wildschweinsalami, Mozzarella, verschiedene Schinken, *ricotta* ... In den Schüsseln und Platten stecken beschriftete Fähnchen. Schließlich sollen die Gäste auch wissen, was sie verspeisen.

Filippo blickt zufrieden auf das Werk. »Alles ist selbstgemacht«, sagt er. Die Süßspeisen würden später aufgetischt. Darunter werde auch Federicas berühmter *babà* sein, ein feucht-fröhlicher, von Rum durchtränkter Hefeteigkuchen.

In Windeseile füllt sich nun der gewaltige Saal mit den Verwandten und Freunden Filippos. Um uns wimmelt es von kleinen, untersetzten Süditalienern mit bäuerlichen Gesichtern, die bombastisch verpackte Geschenke vor sich hertragen. Die *signore* sind mindestens ebenso spektakulär verpackt. Federica etwa trägt mit ihren 52 Jahren einen knallengen goldfarbenen Hosenanzug im Schlangenlederdesign mit äußerst hochhackigen Stiefeln. Die *signori* sind dagegen eher schlicht gekleidet, in Hemd und Pulli. Die Geschenke werden auf einem Extratisch zur allgemeinen Bewunderung ausgestellt. Auf einer der Geburtstagskarten wird über Sex im Alter gewitzelt. Federica räumt sie sogleich diskret, aber energisch weg.

Dann essen alle mit einer Hingabe, als hätten sie drei Monate gefastet, was man den meisten gar nicht ansieht. Wir sitzen mit Filippos Schwiegervater an einem Tisch. Natürlich loben wir jetzt den rassigen Rotwein, dem man zwar den Eigenausbau anmerkt, der Antonia und mir aber gut schmeckt. Beim Wein spielt es bekanntlich eine große Rolle, in welcher Atmosphäre man ihn trinkt.

Filippos *suocero*, sein Schwiegervater, ist begeistert, dass wir seinen Wein loben.

»Ich baue ihn auf meinem eigenen Stück Land an«, erzählt er, »und zwar drei Rebsorten, darunter auch Barbera. Der ist gar nicht so einfach, aber wir haben ja viel Sonne.« Das mit dem Wein habe er sich nach und nach selber beigebracht, durch Probieren und Abschauen bei den anderen. »Inzwischen produziere ich drei *quintali* im Jahr.« Das sind dreihundert Liter. Ein Gutteil davon dürfte an diesem Abend weggegangen sein.

Mittlerweile liegt Musik in der Luft. Sie kommt aus einer Ecke des Saales, in der der *complesso* aufgebaut ist, die Anlage. Ein fülliger Entertainer und dessen Bruder haben dort zwei Laptops und ein Mikrofon installiert. Sie laden nun abwechselnd italienische Schlager und neapolitanische Lieder in Karaoke-Version herunter und singen dazu, laut und ergreifend. Filippo und Federica eröffnen den Tanz, wir anderen stoßen dazu. Bernadette und Nicolas mischen sich unter die anderen Kinder und tollen auf der Tanzfläche herum. Nur der *suocero* bleibt sitzen und verkostet weiter seinen Wein. Ein paar Gläschen später steht er auf.

Filippo tanzt an mich heran und flüstert mir zu: »Passen Sie auf, *dottore*, gleich werden Sie was erleben. Mein *suocero* ist ein ganz besonderer Sänger.«

Tatsächlich steht sein Schwiegervater nun vorne am Mikro. Der korpulente 80-Jährige wiegt sich in den

Hüften und schmettert mit dem Volumen und der Theatralik eines Operntenors neapolitanische Weisen in den Saal. Die Gesellschaft tobt, zum Missvergnügen der beiden Profi-Entertainer. Sie schauen dem *suocero* über die Schulter und reden ihm unablässig in seinen Gesang drein. Als der Schwiegervater unter brausendem Beifall die Bühne verlässt, meint einer der beiden gönnerhaft: »Die Stimme hat er ja – aber mit den Tempi hat er so seine Probleme!«

Natürlich ist irgendwann auch Filippo an der Reihe. Der zierliche Jubilar hat zwar nicht den Klangkörper seines *suocero*, dafür gibt er aber ein besonders aufregendes Lied zum Besten. »Das hat der Sohn von Toto Riina komponiert«, wispert er mir danach mit Verschwörermiene zu.

Oha! Toto Riina, auch unter dem Spitznamen *la belva*, die Bestie, bekannt, war einmal der Boss der Bosse der sizilianischen Mafia. Er soll persönlich Dutzende Morde begangen und die Ermordung der legendären Untersuchungsrichter Giovanni Falcone und Paolo Borsellino angeordnet haben. Im Jahr 1993 wurde er in Palermo verhaftet, und seitdem sitzt er im Gefängnis. Dass er gesungen hat, gilt als ausgeschlossen.

Auch ich singe an diesem Abend nicht. Diverse Versuche, mich zum Vortrag bayerischer Volkslieder zu nötigen, wehre ich mit der Notlüge ab, dazu bräuchte ich ein *corno delle Alpi*. Dafür tritt zu späterer Stunde eine fünf Jahre kleine Großnichte von Filippo auf. Maria-Lisa ist vor Müdigkeit bleich wie eine Wassernixe. Mit riesigen Augen guckt sie in den Saal und singt mit ihrem zarten Stimmchen ein rührendes Abschiedslied. Danach gehen zumindest die *tedeschi* ins Bett. Die harten Typen feiern weiter bis zum Morgengrauen.

Am Vormittag wachen Antonia und ich ganz ohne Kopfschmerzen auf, was enorm für den Wein des *suo-*

cero spricht. Filippo lädt uns zu einem Frühstück in der ersten *pasticceria* am Platze ein. Wir parken unser bereits gepacktes Auto in einer der nicht unfinsteren Gassen des Ortes. Diesmal mache auch ich mir Sorgen um Gepäck und Computer. Filippo versteht sofort.

»*Un'attimo, dottore*«, ruft er und rennt über die Gasse. Schräg gegenüber hat ein Wettbüro den dunklen Schlund seines Eingangs geöffnet. Davor lümmeln zwei Kerle, denen ich allein nicht mal am helllichten Tag begegnen möchte. Filippo verständigt sich mit ihnen durch ein paar Blicke und Gesten. Dann kommt er zurück, legt seine rechte Hand auf die Brust und sagt: »*Dottore*, jetzt können Sie Ihr Auto sogar aufgesperrt lassen und den Geldbeutel auf den Sitz legen – es kann überhaupt nichts passieren.«

Ich weiß, dass er recht hat. Nicht, dass Filippo ... Aber er kennt halt die entscheidenden Leute in seinem Ort. *Gli amici degli amici.*

Das Frühstück mit neapolitanischem Backwerk ist süß und kalorienreich, und ich verzichte darauf, es in Stunden auf dem Crosstrainer umzurechnen.

Als ich bezahlen will, wird Filippo äußerst energisch: »In meinem Dorf bezahle ich. Wenn wir mal nach München kommen, dann dürfen Sie bezahlen, *dottore*.«

Nach einer ausufernden Verabschiedung und der gegenseitigen Versicherung, welche Ehre und welches Vergnügen wir uns bereitet haben, fahren wir nach Hause.

Am nächsten Morgen klingelt Filippo an der Tür unserer Wohnung in Rom. Er drückt mir eine Weinflasche ohne Etikett in die Hand und sagt: »Mit den besten Grüßen vom *suocero*.«

Fünfzehn

Padre Pio gehört zu den wenigen Menschen, die sich der Bilokation erfreuen. Nein, das bedeutet nicht, dass er zwei Toiletten besaß. Das wäre für einen Kapuzinermönch auch etwas übertrieben. Bilokation bezeichnet vielmehr die Fähigkeit eines Menschen, an zwei verschiedenen Orten gleichzeitig anwesend zu sein. Das könnten natürlich auch zwei Toiletten sein, wobei bislang kein solcher Fall verbürgt ist. Ein anderes Beispiel? In einer düsteren Novembernacht des Jahres 1917 wollte sich der italienische Generalstabschef Graf Luigi Cadorna das Leben nehmen, nachdem seine Soldaten in der Schlacht von Caporetto, im heutigen Slowenien, den Truppen Österreich-Ungarns unterlegen waren. Der General ging in sein Zimmer, befahl, niemanden hereinzulassen, und richtete seine Pistole gegen den Kopf.

In diesem Moment roch er Veilchenduft und sah einen Ordensbruder, der sagte: »Ach, General, warum wollen Sie eine solch dumme Sache machen?«

Der Ordensbruder, der Cadorna vor dem Selbstmord bewahrte, war Padre Pio. Doch Padre Pio befand sich zur selben Zeit auch in seinem Kloster im fernen Apulien. Die Erklärung? Bilokation.

Streng genommen müsste man im Falle Padre Pios sogar von Multi- oder gar Omnilokation reden. Jedenfalls heute, rund vier Jahrzehnte nach seinem Tod. Denn der Kapuziner mit dem weißgrauen Vollbart, der dicken Nase und dem Schmerzensblick ist in Italien omnipräsent, ganz besonders im *mezzogiorno*. Wer etwa die Autobahn von Reggio Calabria nach Rom hochfährt, der sieht das Gesicht von Padre Pio an jedem zweiten Lastwagen prangen – na gut, an jedem dritten. Und wer sich ein wenig umschaut, der entdeckt in sämtlichen *alimentari* der Halbinsel ein Foto des Ordensmannes. Auch in Rom haben es die Taxifahrer irgendwo in Sichtweite kleben. Selbst in Francescos zeitgeistigem Friseursalon blickt Padre Pio in den Raum und muss die nicht immer züchtigen Hüfthosen der Friseusen und ihrer Kundinnen ertragen.

Ob schamhaft oder frivol, ungläubig oder gläubig, jung oder alt – (fast) alle Italiener lieben Padre Pio. Was fanden etwa die italienischen Elitepolizisten, als sie in der Nähe der sizilianischen Stadt Corleone ein Steinhäuschen stürmten, in dem sich der Boss der Bosse Bernardo Provenzano, der Nachfolger Toto Riinas, versteckt hielt? Natürlich Padre Pio. Er hing als Bild an der Wand des Super-Mafioso.

Der Kapuziner wird in Italien noch inbrünstiger verehrt als die Jungfrau Maria. Das will etwas heißen im Land der ungezählten Marienkirchen und Marienfresken. Der Wallfahrtsort San Giovanni Rotondo, an dem der Pater die meiste Zeit seines Lebens wirkte, ist zu einer Art Padre-Pio-Disneyland geworden. Sieben Millionen Menschen pilgern in guten Pio-Jahren dorthin, das entspricht nahezu der Einwohnerzahl New Yorks, Kinder und Greise eingeschlossen. Ich sollte auch mal dorthin fahren.

Den Anlass bieten die Pläne, die Leiche des Paters zu exhumieren, zu restaurieren und auszustopfen. Wie bei jeder großen Infrastrukturmaßnahme in Italien formiert sich sofort eine kämpferische Opposition. Es kommt zu Demos und Prozessen und einer aufgeregten Diskussion in allen Medien. Ist die Renovierung des toten Padre Pio nun ein Akt der Verehrung oder doch eher ein Sakrileg?

Wie auch immer: Für mich ist das Ganze eine schöne Gelegenheit, in die Region Apulien zu fahren, die Nummer 13 auf meiner Liste.

So fahre ich irgendwann die flache nördliche Küste des Gargano entlang, bis kurz hinter Rodi Garganico. Hier beginnt ein winziges, einsames Sträßchen, das sich in unzähligen Windungen durch die Foresta Umbra schlängelt, einen Nationalpark im Inneren des Gargano. Der prächtige Mischwald aus jahrhundertealten Bäumen erinnert mich an deutsche Märchen. Irgendwo hier drinnen müssen Hänsel und Gretel, das Rumpelstilzchen und der Froschkönig leben. Die Buchen treiben frische hellgrüne Blätter aus, im Geäst besingen unzählige Vögel den Frühling, auf einer Lichtung verharrt ein Reh und sprengt dann ins Unterholz davon. Der Waldboden aber, auf den jetzt noch viel Sonnenlicht fällt, ist mit Blumen übersät. Dann kommt San Giovanni Rotondo in Sicht. Vor 1916, als Padre Pio kam, war das ein bettelarmes Hirten- und Bauernstädtchen. Heute besitzt San Giovanni Rotondo mehr als 500 Restaurants, Hotels und Bars und eine vom Star-Architekten Renzo Piano entworfene Mega-Pilgerkirche. Unter den 27 000 Einwohnern herrscht dank Padre Pio Vollbeschäftigung, ein rares Phänomen im südlichen Italien.

Ich fahre in einen wild verbauten Ort am Rande eines steilen Berges, der wirkt wie ein kalifornisches Kaff im Goldrausch. Manchen bescheidenen Häusern sieht man noch die frühere Armut an, doch daneben protzen Pilgerhotels im Hollywood-Stil. Wegweiser deuten zum »Check Point« für die Reisebusse. Auf dem Weg in mein Hotel werde ich fast von einer Ambulanz gerammt. »Padre Pio« steht groß auf dem Wagen. Kurz darauf empfängt mich Padre Pio als lebensgroße Statue vor meinem Hollywood-Hotel, er begrüßt mich nochmals in mehrfacher Ausführung in der Lobby und natürlich auch auf T-Shirts, Stiften und Schlüsselanhängern im hoteleigenen Padre-Pio-Devotionalienladen.

Ein wenig erschlagen checke ich ein und freue mich, dem Heiligen wenigstens in meinem Zimmer für ein halbes Stündchen zu entkommen. Als der Hoteldiener mir die Tür aufsperrt, lacht Padre Pio zur Begrüßung von einem Bild über dem Bett. Ich schalte den Fernseher ein, um medial zu flüchten. Es läuft – ich hätte es ahnen müssen – Tele Radio Padre Pio, ein Sender, der von früh bis spät über den Kapuziner berichtet und die Welt aus seinem Blickwinkel deutet.

Der Verzweiflung nahe laufe ich in die Lobby. Dort treffe ich den Sohn des Hotelbesitzers, der mir ein bisschen was über den Ort erzählen will. Stattdessen spricht er über Padre Pio. »Sie werden es nicht glauben, aber Padre Pio hat einst höchstpersönlich meiner Großmutter geraten, ein Hotel zu bauen. Das geschah, bevor der Pater so berühmt wurde. Meine Oma fragte ihn erstaunt, was für Gäste denn in einen abgelegenen Bauernort wie San Giovanni Rotondo kommen sollten. Da antwortete Padre Pio, sie solle gefälligst Vertrauen haben und das Hotel bauen. Die Gäste würden dann schon kommen.«

Die Gäste kamen. Und zwar so viele, dass das alte Hotel sie nicht mehr fassen konnte und die Familie vor ein paar Jahren die Hollywood-Herberge eröffnete. Der Besitzersohn bot mir an, mich hinauf zum Kloster zu fahren, als ich nach einem Taxi fragte. Natürlich hätte ich auch hochwandern können. Doch mein Fersensporn schmerzt gerade besonders stark. Noch hat Padre Pio da kein Heilungswunder bewirkt, im Gegenteil. Womöglich will er mir den Wert des Leidens lehren.

Oben angekommen, bedanke ich mich. »Das war wirklich *molto gentile*, sehr nett, von Ihnen, mich hierherzufahren.«

Er antwortet: »Padre Pio hat uns ein gutes Herz gegeben.«

Ich wage mich sofort in die alte, kleine Klosterkirche, in der der Heilige einst wirkte. Dort ist – hinter kugelsicherem Panzerglas – der Beichtstuhl aufgestellt, in dem Padre Pio den Sünden seiner oft weiblichen Anhänger lauschte. Im rechten Seitenschiff reckt sich eine sehr kleine, sehr alte Frau auf die Zehenspitzen, um die blutenden Hände eines bronzenen Padre Pio zu berühren. Dann küsst sie ihre Hände und stößt verzückte Laute aus, wie in Ekstase. »Jeder kann sagen: Padre Pio gehört mir«, steht auf dem Sockel der Statue.

Ein paar Schritte weiter ist ein hölzerner Briefkasten angebracht, mitten in der Kirche, in den man Botschaften an den Verstorbenen werfen kann. Eine langbeinige Schöne in engen, transparenten weißen Hosen und Stöckelschuhen hat sich auf den Briefkasten gestützt und schreibt mit entrücktem Gesichtsausdruck ein Kärtchen an Padre Pio. Vorne, an der Altarwand, prangt ein Mosaik. Darauf ist ein rosafarben gekleideter Engel zu sehen, der Padre Pio einen Blumenkranz überreicht.

Ich selbst bin katholisch, stamme aber aus dem Land der Reformation und bin mit einer protestantischen Ehefrau, zwei protestantischen Kindern und einer vatikankritischen Zeitung als Arbeitgeber gesegnet, was mich nicht hindert, Papst und katholische Kirche, diversen Zweifeln zum Trotz, immer mal wieder zu verteidigen. Als Alpenvorland-Bayer sind mir barocke Formen, Marienkult, Heiligenverehrung, Prozessionen, Wallfahrten und Pferdeweihen vertraut. Andechs, Marktl, Altötting – alles kein Problem! Was aber hier in San Giovanni abgeht, ist auch für mich

»a bisserl vui«, um es auf Bayrisch zu sagen, »ein bisschen viel«.

Ich pilgere mich in die Krypta vor, wo der Körper des Heiligen normalerweise bestattet liegt. Dort werden die Gläubigen aufgefordert, Geld und Blumen nicht auf den Sarg, sondern in die dafür vorgesehenen Behälter zu werfen, und vor allem: »*Si prega di non sostare!*« Es wird allen Ernstes darum gebeten, nicht unnötig lange am Sarg herumzutrödeln, schließlich wollen die nachkommenden Millionen auch noch etwas sehen.

Doch an diesem Tag ist das Grab leer. Der schwere Granitstein ist zur Seite gerückt, und darunter klafft eine leere Grube im Boden. Einige Frauen stehen schluchzend davor. Die Szene erinnert an etwas … richtig! Das Evangelium, die Auferstehung Christi! Nur dass der Körper von Padre Pio nicht auferstanden ist, sondern in einem laborartig eingerichteten Raum hinter einer verschlossenen, schweren Holztüre liegt. Dort wollen ihn Spezialisten so präparieren, dass er, Jahrzehnte nach seinem Tod im Jahr 1968, den Menschen gezeigt werden kann. Allzu viel Arbeit werden die Experten nicht haben. Zwar sei der obere Teil des Schädels skelettiert, aber »das Kinn ist perfekt«, befand der Ortsbischof bei der Exhumierung. Die Hände des Heiligen mit den Fingernägeln sähen sogar so gepflegt aus, als hätten sie gerade eine Maniküre erhalten.

Einige Pilger drängen sich vor dieser Tür, hinter der die Arbeiten an Padre Pio ablaufen. Sie berühren die Tür verzückt, fotografieren sie mit ihren Mobiltelefonen. Die Krypta ist von Wispern, Weinen und dem Murmeln von Gebeten erfüllt. Was wird hier erst los sein, wenn Padre Pio ausgestellt ist?

»Ich werde als Toter noch mehr Aufsehen denn als Lebender erregen«, hat Padre Pio einst prophezeit. Er sollte auch damit recht behalten. Dabei war sein Leben schon spektakulär genug. Im Jahr 1887 wurde er unter dem Echtnamen Francesco Forgione in Pietrelcina, einem Dorf bei Neapel, geboren. Im Kloster von San Giovanni hängen Bilder seiner Eltern und des kargen Häuschens, in dem der Junge aufwuchs. Ein anderes Foto zeigt eine Holzbrücke über einen Bach, die der kränkliche Francesco oft überquerte. Dabei flüsterten Stimmen aus den umstehenden Steineichen: »Seht! Der kleine Heilige!« Später, so schilderte es seine Mutter, malträtierte sich Francesco mit schweren Eisenketten. »Ich muss mich so schlagen, wie die Juden Jesus geschlagen haben«, meinte er dazu.

Der verhaltensauffällige Junge trat früh in den Kapuzinerorden ein. Von da an häuften sich wundersame Berichte. So bezeugte ein Mitbruder: »Ich wohnte Ekstasen und teuflischen Verführungen bei.« Im Jahr 1916 zog Francesco, der sich inzwischen Padre Pio nannte, ins Kloster von San Giovanni Rotondo. Schon Jahre zuvor will er Wunden an jenen Stellen erlitten haben, an denen Jesus gepeinigt wurde. Ab dem Jahr 1918 trug er ständig die Stigmata – blutende Wunden an Brust, Händen und Füßen. Seitdem strömten die Menschen nach San Giovanni, erst aus Italien, dann aus der ganzen Welt. Alle wollten den Gezeichneten sehen, berühren, sprechen. »Ich habe keine freie Minute«, schrieb Padre Pio. »Unzählige Menschen aller Schichten und beiderlei Geschlechts kommen zur heiligen Beichte hierher.«

Alsbald sagten die Leute dem kleine Padre mit dem Rauschebart und den feurigen dunklen Augen viele wundersame Dinge nach: Er heilte unheilbar Kranke, sagte die Zukunft voraus, veränderte das Wetter, blickte in die Seelen, verströmte Veilchenduft und wurde auf dem Petersplatz in Rom sowie im Kloster von San Giovanni zur selben Zeit gesehen. Dem Vatikan war das alles lange suspekt, Papst Johannes XXIII.

hielt Padre Pio für einen Scharlatan, der »unanständige Beziehungen mit Frauen« pflege. Doch in diesem Fall siegte die Volkskirche über die Amtskirche. Im Jahr 2002 sprach Johannes Paul II. den Kapuzinermönch heilig.

Im Kloster komme ich Padre Pio näher, als ich mir das je vorgestellt hätte. Verdutzt stehe ich vor der »Zelle Nummer eins«, in welcher der Bruder Nummer eins lebte. Über der Tür steht: »Das Kreuz ist immer bereit und erwartet dich überall.« Sicherheitshalber ist die Zelle mit Plexiglas verschlossen. Die wichtigsten Gegenstände darin sind wiederum in Schreinen aus Plexiglas aufbewahrt, etwa die Pantoffeln, die der Heilige trug. Im ganzen Kloster sind all die Dinge wie Museumsstücke ausgestellt, die den Heiligen einst umgaben: blutige Tücher, Kräuterbonbons, Haarbüschel, Seifen, Korkenzieher, Löffel, ein Kamm und Nasentropfen – alles genau beschriftet und mit Beglaubigungen versehen. In einer Monstranz werden Pflasterstücke aufbewahrt, die Padre Pio benutzte, und in einem Rahmen hinter Glas auf rotem Samt harren Reste des Fliegengitters der Verehrung, das einst die Zelle des Heiligen vor Moskitos schützte. Am wunderlichsten erscheint mir aber ein Glasschrein, in dem Mörtelbrocken und eine herausgebrochene Steckdose zu sehen sind. Diese Steckdose habe Padre Pio in seiner Zelle benutzt, steht dazu zu lesen. O Wunder!

Mich wundert langsam gar nichts mehr. Ich beobachte eine Horde aufgeregt herumwuselnder Damen in beigefarbenen Windjacken und mit süditalienischem Akzent, die, sich bekreuzigend, betend und unablässig fotografierend, von Ausstellungsstück zu Ausstellungsstück ziehen. Eine alte Frau wirft sich ächzend vor den Nasentropfen und Halsbonbons Padre Pios zu Boden.

Mir ist plötzlich nach frischer Luft, und ich renne hinaus. Unterhalb des Klosters gerate ich auf eine dreieckige Piazza, die von Geschäften und Verkaufsbuden eingerahmt ist. Hier sitze ich endgültig in der Falle. Padre Pio hat mich umzingelt. Er leuchtet von Lampenschirmen, segnet von Weihwasserbehältern, Feuerzeugen, Federmäppchen und Thermometern, lässt sich in Schneekugeln berieseln und marschiert in unzähligen Figürchen verschiedener Größe auf, made in China versteht sich. Mit fünf Euro wäre ich dabei, aber für eine edlere Version in Großbronze und garantiert made in Italy könnte ich auch locker mein Monatsgehalt dreingeben. Ich sollte mal wieder mit meinem Chefredakteur über eine Gehaltserhöhung reden.

Dann sind da noch Miniatur-Ledersesselchen mit Padre-Pio-Bildchen in der Rückenlehne, Kerzenständer, Padre Pio im Sitzen, im Stehen und schlafend, in Mönchskutte und Priesterornat, mit gnädigen Halbhandschuhen an den Händen und mit reichlich blutenden Wundmalen. Ich liebäugle kurz damit, meiner protestantischen Familie einen Padre Pio in weißem Marmor auf einer korinthischen Säule mitzubringen, aber dann wähle ich lieber eine preiswerte Variante, eine Karte mit dem sinnigen Satz des Heiligen: »Bete und hoffe und reg dich nicht auf, denn Aufregung nutzt nichts.«

Wenn er recht hat ...

Mittelschwer traumatisiert vom hyperpräsenten Heiligen spreche ich beim Chefredakteur von Tele Radio Padre Pio vor. Er erzählt mir ausführlich von den Padre-Pio-Gebetsgruppen in aller Welt. »Allein in Argentinien gibt es achtundsechzig, in Island achtundfünfzig, auf Sizilien dreihundertsechzig – und im afrikanischen Benin haben wir mehr Gebetsgruppen als in Österreich.«

Ich frage den Pius-Chefredakteur, wie er sich die unglaubliche Attraktivität des Kapuzinermönchs erkläre.

Er antwortet: »Das hat zwei Gründe: Die Menschen des Volksglaubens zieht er durch die übernatürlichen Erscheinungen an, durch die Stigmata und durch die Wunder, die er wirkte. Aber er fasziniert auch die Intellektuellen, die seine gesammelten Briefe lesen.«

Ich erinnere mich, in den Geschäften Kassetten mit vier Bänden Pius-Briefen zum Preis von 66 Euro gesehen zu haben – ein Schnäppchen! Darin finden sich Stellen wie diese: »Oh wie lieblich war doch heute Morgen die Unterredung mit dem Paradies! ... Das Herz Jesu und das meine ... verschmolzen miteinander. Es gab nicht mehr zwei Herzen, die schlugen, sondern nur noch ein einziges. Mein Herz war verschwunden, so wie sich ein Wassertropfen im Meer verliert.«

Ich sehe die Intellektuellen vor mir, wie sie diese Stellen fasziniert verschlingen. Dann frage ich den Chefredakteur, ob all die ausgestellten Padre-Pio-Devotionalien, die blutigen Tücher, Nasentropfen und Steckdosen, nicht ein bisschen eigentümlich seien vor dem Hintergrund des christlichen Glaubens. »Hat nicht Jesus gesagt, selig seien die, die nicht sehen und doch glauben?«

Der Fernsehchef lächelt nachsichtig, er hat den Einwand schon öfters gehört. »Das Christentum beruht darauf, dass Gott Fleisch wurde«, sagt er. »Jesus zeigte sich nach der Auferstehung den Jüngern. Er ließ den ungläubigen Thomas die Finger in seine Wunden legen.« Nicht jeder sei wie der heilige Paulus, über den der Glaube wie ein Blitz gekommen sei. »Paulus reichte die Erkenntnis. Andere brauchen sichtbare Zeichen.«

Auch ich habe ja klammheimlich auf ein Zeichen gehofft, vor allem in Sachen Fersensporn. Nicht, dass ich besonders heftig an Wunderheilungen glaube, aber man weiß ja nie. Doch als ich nun hinunter zum Hotel laufen will, schmerzen meine Füße besonders. So weit werden sie mich heute nicht mehr tragen, also steige ich in ein Taxi. Drinnen sitzt der alte Matteo, der mir sofort stolz einen Stapel mit Fotokärtchen reicht. Sie zeigen Matteo als jungen Mann im Mai 1954 am Steuer seines Wagens. Neben ihm sitzt Padre Pio. Offenbar entkomme ich ihm heute einfach nicht. Ich blicke fragend auf Matteo.

»Damals konnten sich die Kapuziner noch keine tollen Autos leisten«, lästert der Alte. »Daher habe ich den Heiligen gefahren.«

»Wie war er denn so, ich meine als Mensch?«, frage ich neugierig.

»*Buono* – gut«, brummelt Matteo. »Aber streng! Sehr streng! Dreimal hat er mich aus dem Beichtstuhl gejagt.«

»Warum denn das, um Himmels willen?«

Matteo wirft, während er den Berg heruntertuckert, theatralisch die Hände in die Höhe: »*Le donne* – die Frauen! Sie wissen schon!«

Ich rate ihm, das sei kein Grund, gleich einen Unfall zu bauen, und bitte ihn, doch wieder die Hände ans Lenkrad zu legen, *per carità*.

Da grinst mich Matteo an und sagt, er könne gar keinen Unfall bauen. »Denn Padre Pio hat ein großes Herz. Er beschützt mich. Ohne ihn wäre ich längst tödlich verunglückt.«

Ich denke mir: »So wie er Auto fährt ... ja ... es klingt glaubwürdig.« Als ich aussteige, sind meine Fersenschmerzen fast verschwunden. Mehr und mehr gefällt mir dieser Padre Pio.

Es sind vielleicht die schönsten Momente in meinem Korrespondentenleben: wenn ich eine knallharte, emotional aufwühlende, die Ewigkeit streifende Recherche wie die beim Kapuzinerpater heil hinter mich gebracht, genügend Eindrücke im Kopf und Gesprächsnotizen im Block für einen runden Artikel habe und nun noch etwas Zeit bleibt, auf ungeradem Weg nach Hause zu fahren und noch etwas mehr von Italien kennenzulernen. So nicke ich an einem regnerisch-stürmischen März-Morgen noch einmal jovial dem Bronze-Pio am Hoteleingang zu und fahre dann aus San Giovanni Rotondo hinaus.

Es geht Richtung Meer, die lange, schmale, unglaublich kurvenreiche Küstenstraße entlang. Die Wolken kriechen die Steilhänge hinab, ab und an nieselt der Regen auf nackte Wiesenhänge über dem Wasser, die aussehen wie in Irland. Immer wieder ziehen sich Reihen schwarzer Baumskelette die Berge hoch – Relikte der Waldbrände vom vergangenen Sommer. Viele der Feuer haben Brandstifter gelegt, um Bau- und Weideland zu schaffen und das Naturparadies Gargano zu zerstören. Auch das ist Italien, leider.

Kurz vor dem Hafenort Peschici biege ich von der Straße ab und fahre hinab zum Wasser. Dort, auf einer windzerzausten Mini-Halbinsel, ragt ein seltsames Bauwerk ins Wasser: Allerlei Treibgut, Stangen, Äste, Bretter und Seile sind zu einem riesigen wirren Geflecht zusammengefügt, das aussieht, als habe sich da eine Monsterspinne ihr Netz gebaut. Ein schmaler Lattensteg verbindet das Ungetüm mit dem Festland. Der Sinn des Ganzen erschließt sich nicht, jedenfalls nicht auf den ersten Blick. Doch ich kenne diese merkwürdigen Artefakte von früheren Reisen ins Delta des Flusses Po. Daher weiß ich, dass ich ein prächtiges Exemplar eines *trabucco* vor mir habe, einer traditionellen Fischfang-Maschine. Von dem Gestänge aus wird mit einer Winde ein großflächiges Senknetz ins Meer hinabgelassen und nach einer Weile wieder heraufgezogen. Im Boden des Netzes sammeln sich die Fische. Manche Exemplare am Po sind sogar mit einem kleinen Motor versehen, der das Netz automatisch sinken lässt und wieder hochholt.

Gleich hinter dem *trabucco* liegt ein an den Boden geducktes Gebäude mit Holzveranda, das aussieht wie eine Piratenkaschemme. Es wirkt verlassen, leider, denn hier soll ein gutes Fischrestaurant untergebracht sein. Ich gehe zum Eingang. Die Türe ist offen. In der niedrigen, dunklen Wirtsstube sitzen zwei Kinder an einem Tisch und machen Hausaufgaben. In der Küche höre ich Geklapper. Gäste sind keine zu sehen. Ich setze mich an einen groben Holztisch und warte, bis eine Frau hereinschlurft und mich fragt, ob ich etwas essen möchte. Ich nicke. Sie schaltet den Fernseher ein und bringt etwas Brot und eine Karaffe mit Weißwein.

Während sie in der Küche hantiert, stelle ich den Fernseher leise. Die Kinder blicken erstaunt von ihren Hausaufgaben auf, sagen aber nichts. Nun höre ich wieder den Wind an den Wänden rütteln und den Regen gegen die Fenster klopfen. Dann bringt die Frau einige dampfende Schüsseln mit Miesmuscheln, frittierten Tintenfischen, gebackenen Fischchen, gegrillten Scampi und Ähnlichem herein. Ich nehme einen Schluck Weißwein, lege mir die Serviette auf den Schoß und denke ... Richtig. Hab ich's gut. Nur – wie lange noch?

Zu Hause in Rom kommen die Karten mit den Padre-Pio-Sinnsprüchen als Mitbringsel nicht so gut an, wie ich es von einer spirituell aufgeschlossenen Familie hätte erwarten können. »Du hättest besser Süßigkeiten mitgebracht«, sind sich Antonia, Nicolas und Bernadette einig. Ziemlich weltlich, die Guten.

Dann erzählt mir Antonia, die Sekretärin des Chefredakteurs habe angerufen, er wolle mich in einer wichtigen Sache sprechen. Ich sprinte – Fersensporn hin, Schmerzen her – durchs Wohnzimmer in mein

Büro und rufe im Hauptquartier an, dem Redaktionssitz meiner Zeitung in München. An der verdächtigen Stille im Wohnzimmer merke ich, dass Antonia, Bernadette und Nicolas lauschen. Zehn Minuten später komme ich heraus. Ich fühle mich im Besitz einer großen Neuigkeit.

»Wir gehen nach Paris.«

Bernadette zeigt sich überraschenderweise sofort begeistert. Sie hat einmal bei einem Urlaub in Italien am Schwimmbecken eine Pariser Familie mit Töchtern in ihrem Alter kennengelernt. Seither schwärmt sie offenbar von Paris, was mir gar nicht bewusst war. »Ja, wir gehen nach Paris«, ruft sie. »Dann können mich meine Freundinnen aus Rom besuchen, und ich werde ihnen den Eiffelturm zeigen.« Dann ruft sie mir zu: »Paris ist okay, Papa, aber jetzt muss ich Hausaufgaben machen.« Sie läuft in ihr Zimmer. Kinder können ganz schön pragmatisch sein.

Nicolas fragt, ob er in Paris ein größeres Aquarium, eine Tischtennisplatte und ein Bayern-Trikot von Luca Toni bekomme, sonst gehe er eher nicht mit.

Antonia ist erst einmal überrascht, weil bei unseren Überlegungen, wie es nach Rom einmal weitergehen soll für uns, Paris zwar auch vorkam, aber doch nur als eine sehr ferne Möglichkeit. Dann murmelt sie: »Mein Gott, wer hätte gedacht, dass ich in meinem Leben noch einmal nach Paris ziehen werde.« Sie lässt sich in einen Sessel sinken und schließt die Augen. Ich sage nichts, denn ich spüre: Sie träumt jetzt von ihrer Studentenzeit, als sie ein halbes Jahr in Paris an der Sorbonne verbrachte und dort sehr glücklich war. Nach einer Weile springt Antonia auf und sagt: »Warte mal, ich muss etwas suchen.«

Ich höre, wie sie eine der schweren Schubladen unserer Kommode im Schlafzimmer aufzieht und darin herumsucht. Dann kommt sie zurückgelaufen, schwenkt ein leicht vergilbtes, größeres Buch in der Hand. Ich schaue genauer hin. Es ist ihr altes Paris-Fotoalbum. Wir setzen uns auf unser neu erworbenes Designersofa und schwelgen in Bildern vom Montmartre, den Champs-Élysées und den Seine-Kais.

»Schau, da bin ich gerne in der Mittagspause in der Sonne gesessen und habe französische Romane gelesen«, sagt sie und deutet auf eine lauschige Grünanlage mit einer Bank. »Das ist an der Spitze der Île de la Cité. Das muss ich dir unbedingt zeigen. Es wird dir gefallen.«

Auch mich packt jetzt die Begeisterung bei dem Gedanken, in Paris zu leben und Frankreich vom Mittelmeer bis zum Ärmelkanal, von der Bretagne bis zu den Alpen zu bereisen. Frankreich ist ähnlich vielfältig wie Italien. Vor dem Französischen habe ich aber schon großen Respekt, schließlich habe ich mein früher ganz passables Schulfranzösisch in all den Jahren in Italien vergessen.

Antonia liest wieder mal in meinen Gedanken – ist schon erschreckend, wie Frauen das so machen. »Ehrlich gesagt graust es mir aber ein bisschen davor, wieder mit dem Französischlernen zu beginnen«, sagt sie. »Wir konnten es ja früher beide recht gut, aber in all den Jahren in Italien haben wir es doch ziemlich vergessen.«

Vielleicht liegt es gar nicht am Gedankenlesen, denke ich mir. Vielleicht denkt man nur einfach synchron, wenn man so lange zusammen ist. Wir schweigen eine Weile, blicken aus dem Fenster meines Büros auf die feuerfarbenen Fassaden der Palazzi von Prati, die jetzt, im klaren Märzabend-Licht, prächtig leuchten. Ich habe das Fenster offen und höre draußen die Stimmen von Federica und Filippo. Ich lehne mich hinaus. Unten auf der Straße laufen sie vorbei, Arm in Arm, plaudernd. Es ist wieder mal blaue Stunde in

Rom. Wer möchte da an Abschied denken? Ein Schwall von Wehmut flutet durch meinen Bauch, Paris rückt wieder in die Ferne, und ich denke auf einmal: »Ich will hier nicht weg.«

»*Buona sera*«, rufe ich den beiden unten auf der Straße zu.

Filippo legt den Kopf in den Nacken, winkt mit einem Arm und brüllt zurück: »*Buona sera, signor* Uuulrik!« Werden wir uns in Paris auch einmal so zu Hause fühlen?

Sechzehn

Nun haben wir ein »Problem«. Einerseits werden wir noch viele weitere Monate hier in Rom sein, denn als Umzugstermin habe ich mit der Redaktion den 1. August vereinbart. Antonia und ich möchten, dass unsere Kinder sich bis dahin hier daheim fühlen und wir alle unsere Stadt in Italien richtig genießen. Andererseits wirft Paris einen riesigen Schatten voraus. Ich selber erweitere meine vor einigen Monaten angelegte Mini-Frankreich-Bibliothek durch Internet-Bestellungen beträchtlich – zum Entsetzen Antonias, der die voluminösen braunen Kartons aus Deutschland nicht verborgen bleiben, die Filippo alle paar Tage vor unserer Tür abstellt.

Unter unserem Couchtisch aus Glas leuchtet nun nicht mehr ein blauer Bildband mit dem Titel *Italia Mare*, sondern ein roter mit der Aufschrift *Toujours Paris*. Und wenn ich in einer Arbeitspause in unserem Schlafzimmer auf dem Cross-Trainer laufe, höre ich dazu nicht mehr das Abba-Musical, die Beatles oder Beach Boys, sondern Sprach-CDs mit Französisch-Lektionen. Das bleibt den Kindern nicht verborgen, und die lernen bekanntlich schnell. »*Je m'appelle Bernadette* – stimmt das so?«, überrascht mich meine Tochter beim Abendessen. »Ich freue mich schon so, wenn wir in Paris für mich schöne Sachen einkaufen gehen!«

»Woher weißt du denn, dass man in Paris so gut einkaufen kann?«, frage ich erstaunt.

»Ich habe eben räschaschirrt«, antwortet Bernadette, »bei meinen Freundinnen in der Schule. Da waren welche schon mal in Paris, und die waren begeistert!«

Auch Antonia recherchiert im Bekanntenkreis der Deutschen Schule Rom. Einige Eltern und Lehrer haben schon in Paris gewohnt. »Hm, ich bin etwas verwirrt. Es sind nicht alle nur enthusiastisch wie Bernadettes Freundinnen«, erzählt uns Antonia, während wir gerade auf unserem Balkon *polpette* von Remo, dem Metzger unseres Vertrauens, verspeisen. »Manche sagen auch, die Pariser wären im Vergleich zu den Römern eher kühl, und manchmal sogar richtig arrogant, vor allem gegenüber Ausländern, die nicht perfekt Französisch sprechen.«

Ähnliches habe ich in den Erfahrungsbüchern von Ausländern in Paris gelesen, die ich mir bestellt habe. Kurz darauf telefoniere ich mit Freunden in München, die ausgesprochen »parisophil« sind. Es gibt mir schon zu denken, als sie sagen: »Hoffentlich werdet ihr euch wohl fühlen in Paris. Die Stadt ist toll, und wir werden euch gerne dort besuchen. Aber Paris ist zugleich auch riesengroß. Da ist es nicht so schnuckelig wie in euerem gemütlichen Rom!«

Immer wieder ertappe ich nun Antonia, wie sie den Wetterbericht in der Zeitung studiert und dabei etwas von »neun Grad in Paris«, »Regen« und »Westdrift« vor sich hin murmelt. Dann lese ich die E-Mail eines in Paris lebenden Bekannten, der mich in Sachen Wohnungssuche warnt: »Generell gilt hier, dass es in ganz vielen Häusern Probleme mit der Feuchtigkeit gibt.« Hm! Ich beschließe, erst mal nur noch Bildbände über Südfrankreich zu bestellen, um die Umzugsmoral in unserer Familie zu stärken.

Als ich ein prächtiges Buch über die Provence durchblättere, schaut mir Nicolas über die Schulter, deutet auf blühende Hügel und romantische Natursteinhäuschen und sagt: »Du, Papa, da ist es ja genauso schön wie in der Toskana.« Wenn das kein gutes Vorzeichen ist!

»In jedem Fall hat die Sache ein Gutes«, sagt Antonia unvermittelt eines Morgens, als sie gerade in der Küche das Frischgemüse für die Meerschweinchen schnipselt.
»Wovon sprichst du, Schatz?«, forsche ich nach.
»Natürlich von unserem Umzug! Also, es ist wirklich besser, dass wir innerhalb von Europa umziehen und nicht zum Beispiel nach Washington, was ja auch mal bei uns zur Debatte stand.«
»Du meinst wegen der Küche, dem Essen?«
»Nein, nein, wegen der Meerschweinchen!«
»Wieso denn wegen der Meerschweinchen?«
»Weil für die der Umzug nach Frankreich viel harmonischer wird.«
Nun war Antonia ursprünglich nicht diejenige in der Familie, die auf die Anschaffung von Haustieren drängte. »Da bleibt die ganze Arbeit nur an mir hängen«, meinte sie prophetisch, als Bernadette Meerschweinchen haben wollte. Antonia sollte weitgehend recht behalten. Doch im Rahmen der »ganzen Arbeit« sind ihr Giacomo, Nelly, Susi und Mucki ans Herz gewachsen. So sehr, dass sie mich manchmal nachts weckt und sagt: »Falls du noch mal aufstehst, könntest du draußen auf dem Balkon nachschauen, ob der Meerschweinchenkäfig gut abgedeckt ist?«
Natürlich stehe ich nachts um zwei nicht einfach so »noch mal auf«, aber für die Meerschweinchen mache ich es dann doch.
Etwas verwundert frage ich Antonia nun, warum Frankreich für unsere Kleintierherde harmonischer werden sollte als Washington. Immerhin essen die Franzosen sogar Froschschenkel. Doch Antonia er-

zählt mir, sie habe ein bisschen im Internet recherchiert. »Da habe ich gelesen, dass es zwar leicht ist, ein Pferd von Europa in die USA mitzunehmen – auswandernde Meerschweinchen aber haben es sehr schwer.«

»Sag nur, es steht etwas über die Emigration von Meerschweinchen nach Amerika im Internet?«

»Ich habe sogar einen Erfahrungsbericht von Leuten gefunden, die ein Meerschwein von Italien in die USA mitgenommen haben. Das ging nur mit einer einzigen Fluggesellschaft und auf einer ganz bestimmten Route. Außerdem braucht man mehrere komplizierte veterinärärztliche Bescheinigungen. Das wäre hier mit der italienischen Bürokratie ein Alptraum geworden!«

Antonia rollt vielsagend mit den Augen, und wir beide müssen an unsere Wohnsitzanmeldung in Rom denken, bei der wir schließlich im Behördendschungel gescheitert sind.

»Und dann«, Antonia schaut, als habe sie gerade auf eine Knoblauchzehe gebissen, »verlangen die, dass die Meerschweinchen in einer Box im Gepäckraum reisen. Dabei reagieren die Tiere doch so sensibel auf Stress. Denk nur an den armen Giacomo. Der hätte einen Herzinfarkt bekommen!«

Ich nicke mitfühlend, denke aber, dass sich Antonia um mich ruhig auch mal so sorgen könnte wie um Giacomo. Schließlich reagiere ich mindestens so sensibel auf Stress wie er!

Es ist jetzt Anfang April, und natürlich kommt mal wieder alles zusammen. Es kommt immer alles zusammen. Rom versinkt in einem betörenden Frühjahrstaumel voll Blütenduft und Amselgezwitscher. Am Wochenende fahren wir mit unseren herzlichen, offenen italienischen Freunden Sergio und Paola sowie ihrem Sohn Ale nach Santa Severa, unseren Lieblingsort am Meer, essen in der Sonne Fisch und waten barfuß auf feinem Sand durchs seichte Wasser. Alle Italiener sind nett zu uns, und niemand ist arrogant, wenn wir mal einen falschen Konjunktiv benutzen.

Die Wetternachrichten aus Paris lassen mich dagegen frösteln. Und der Bekannte aus der Riesenstadt an der Seine mailt mir, das Haus, das mir von den Unterlagen her am besten gefällt, erhalte »kaum direkte Sonneneinstrahlung«. Im Klartext: Es ist ein schattiges Loch. »Das würde für mich auch den relativ niedrigen Mietpreis befriedigend erklären«, schreibt der Bekannte.

Das würde schon reichen, um die Gedanken an den Abschied aus Italien schwer zu machen. Doch nun soll ich auch noch auf Dienstreise gehen, und zwar ausgerechnet an die ligurische Riviera, nach Portofino, einem bezaubernd gelegenen, überaus charmanten ehemaligen Fischerort, an dem heute Schauspieler, Fußballer, Silvio Berlusconi und andere Milliardäre Fantasiepreise für die alten Häuser und Wohnungen bezahlen. Nicht, dass mich das postfischerliche Jetset-Leben in Portofino beeindrucken würde. O nein, damit kann man mich nicht ködern, mich nicht! Aber der Anblick der schmalen, bunten Fischerhäuser in ihrer fjordartigen, kleinen Hafenbucht, der dahinter aufsteigenden flauschig grünen Berge, dieses ganze Küstenensemble aus Felsen, winzigen Stränden, duftender *macchia*, nostalgischen Grandhotels, weißen Yachten, farbigen Fischerkähnen, blaugrünem Meer und azurblauem Himmel, aus Oleander und Zypressen, Möwen, Sonne, lauen Winden, *fritto misto*, Campari Soda und *belle ragazze* ist doch herzzerreißend schön. Ein Kondensat mediterran-italienischer Paradiesvorstellungen. Ausgerechnet da muss ich jetzt hin! Wie gesagt: Es kommt immer alles zusammen!

Ich mag ja rohen Gemütern ein wenig larmoyant erscheinen, aber ist es nicht grausam, mitten in meinem Italien-Abschieds-Blues an einen derart phantastischen Ort reisen zu müssen – nur um dann bald *Addio Italia, Arrivederci Roma* zu sagen? *È duro!* Das ist hart! Aber es hilft nichts. Pflicht ist Pflicht. Ich muss nach Portofino.

Normalerweise meide ich Einladungsreisen mindestens so wie Dosenprosecco. Als Korrespondent bekommt man solche Fahrten häufiger angeboten. Da will ein Süßweinproduzent seine Produkte auf der Insel Pantelleria präsentieren. Da lockt eine Provinz im Veneto mit ihren Palladio-Villen. Da lädt ein umbrisches Städtchen zum Theaterfestival. Alles nette Angebote. Doch dann steckt man mehrere Tage in einem Pulk gieriger Journalisten fest – also unter seinesgleichen, wird vom Frühstück bis zum Schlummertrunk rundumbetreut, mit edlen Spirituosen und Leckerbissen verwöhnt und mit kulturellen Genüssen vollgestopft. Bei der Abreise fühlt man sich dann tonnenschwer in der Pflicht, etwas Nettes über das Wirken des Veranstalters zu schreiben.

Das klingt gar nicht so schrecklich? Mag sein. Aber so wunderbar solche Verwöhnaktionen auch sein mögen, ein Journalist darf sich nie kaufen und von spendiertem Spumante den Kopf verdrehen lassen. Sonst verlässt er den Rahmen seriöser Berichterstattung, die der Leser einer Tageszeitung erwarten darf. Von Marketing, auch von verstecktem, sollte ein Korrespondent die Finger lassen. Denn das ist schlicht und ergreifend ein anderer Beruf.

Dunkel erinnere ich mich meiner ersten Dienstreise überhaupt. Damals hatte ich gerade als Volontär im Reiseteil meiner Zeitung angefangen, und der Ressortleiter wollte mir Greenhorn etwas gönnen. So schickte er mich mit einer halben Kompanie Reisejournalisten auf eine journalistische Kaffeefahrt ins niederösterreichische Mostviertel. Nur dass es statt Kaffee von früh bis spät Alkoholisches gab. Nach drei Tagen war ich, im Unterschied zu den erprobten Kollegen, am Ende. Ich schwor mir, an keiner derartigen Reise mehr teilzunehmen.

Doch dann rief mich vor ein paar Tagen eine deutsche Werbeagentur an. Sie organisiere im Auftrag einer internationalen Farbenfirma eine Pressereise nach Portofino. Als ich flunkerte, ich sei Abstinenzler, meinte die Angestellte der Agentur entrüstet: »Es geht hier nicht um eine journalistische Kaffeefahrt!« Frauen können also doch Gedanken lesen. »Wir wollen Ihnen und drei, vier streng ausgewählten Kollegen aus verschiedenen Ländern ein einzigartiges Projekt vorstellen. Es ist alles strikt seriös!«

»Worum würde es sich denn handeln?«, frage ich misstrauisch.

»Nun, die internationale Farbenfirma, für die wir arbeiten, und die Gemeinde Portofino wollen diesen einmaligen uralten Fischerort wieder genau so erstehen lassen, wie er einmal war. In den vergangenen Jahrzehnten ist vieles verschandelt worden, manche Häuser wurden zu schrill renoviert und in Farben getüncht, die sie nie hatten. Nun soll das Dorf, bis zum letzten Fensterladen, seine authentischen Töne zurückbekommen. Dafür wurde lange recherchiert und in Archiven geforscht. Jetzt ist der detaillierte Farbplan für Portofino fertig. Wir wollen Ihnen das Projekt vorstellen.«

So viel Aufwand für ein ehemaliges ligurisches Fischerdorf, das klang nach magischen Realisten und gefiel mir. Also sagte ich zu und tat mir den Tort an, nach Portofino zu fahren.

Es kommt noch schlimmer, als ich befürchtet habe. Kaum bin ich in Rapallo dem Nachtzug aus Rom entstiegen, schon werde ich in ein nostalgisches Traumhotel am Meer gebracht. Hier stimmt alles. Der duftende mediterrane Park, das Fin-de-Siècle-Flair, die unaufdringlich-perfekten Bediensteten in ihren Uniformen, das geräumige, elegante, aber nicht protzige Zimmer und der kleine Balkon mit dem gewölbten schmiedeeisernen Gitter hoch oben über den Gärten, der Uferpromenade und dem Meer. Fackelschein, ferne Stimmen, Zikaden. Ich öffne die Flügeltüren meines Zimmers ganz weit und lasse die milde, salzige Nachtluft herein. Dann zünde ich eine Kerze auf dem Tischchen auf dem Balkon an, hole mir ein Bier aus dem Kühlschrank und setze mich in einen der Korbsessel. Aus der samtigen Nacht über dem tintenschwarzen Meer leuchten die Positionslampen der Fischerboote hervor, unwirklich schön, wie eine Operettenkulisse. Lange bleibe ich sitzen, merke nicht, wie auf die elfte die zwölfte Stunde folgt und darauf die erste des neuen Tages. Ich denke mich weit zurück.

Damals, als kleiner Junge, habe ich mit meinen Eltern nur zwei Kilometer von hier, in Santa Margherita, meinen ersten Urlaub am Meer verbracht. Es waren die schönsten Tage meiner Kindheit. Damals wurde etwas in die Festplatte meiner Seele programmiert, was mich immer wieder nach Italien zog und mich auch in Zukunft, das weiß ich genau, immer wieder hierher zurückkehren lässt.

Irgendwann schlafe ich ein und träume von einem Schneesturm in Paris, der die Stadt bis fast hinauf zur Spitze des Eiffelturms begräbt. Antonia, Bernadette, Nicolas und ich haben uns dorthin geflüchtet und halten uns bibbernd vor Kälte aneinander fest. Dann hört es auf zu schneien, der Himmel wird blau, und auf einmal lässt die Sonne die Schneedecke glitzern wie Millionen Brillanten. Aus dem funkelnden Weiß leuchten Türme und Kuppeln empor, wir raten und tippen auf Sacré Cœur, Notre-Dame, den Invalidendom. Bernadette streckt die Hand in die Luft hinaus und ruft: »Paris ist so schööön!«

Am nächsten Tag beginnt die knallharte Portofino-Recherche. Meine internationalen Kollegen und ich werden an Deck eines Motorbootes verfrachtet und die zerklüftete Küste entlanggefahren. Obwohl erst Anfang April, ist es bereits erstaunlich heiß. Ich steige aufs Oberdeck, wo sich bereits zwei Kolleginnen aus unserer Gruppe breitgemacht haben. Die beiden stammen aus Frankreich. Wir kommen auf Italienisch ins Gespräch. Während wir an Santa Margherita und Paraggi vorbeigleiten, bekomme ich den Eindruck, dass die Franzosen vielleicht doch nicht so kühl sind, wie es unsere römischen Freunde behaupten. Jedenfalls nicht die Französinnen, und das ist ja schon mal die halbe Miete.

Dann biegen wir um einen Felsvorsprung – und er liegt plötzlich vor uns, der Adonis unter den Fischerorten! Ochsenblutrote, umbrabraune, zitronengelbe, malven- und orangefarbene drei- bis fünfstöckige Fischerhäuser säumen die Meeresbucht, als bildeten sie die bunte Bordüre eines blauen Teppichs. Auch wer noch nie in seinem Leben hier war, wird diesen Anblick vertraut finden, denn in aller Welt hängen Bilder von Portofino. Unzählige Restaurants tragen seinen Namen – und natürlich haben die Amerikaner den Ort in Übersee nachgebaut. Doch an das Original kommt das alles nicht heran. Denn hier sehen wir nicht nur Portofino, wir riechen auch seinen Duft von Meerwasser und *macchia* mit leichter Fischnote, wir spüren seinen lauen Wind im Gesicht und hören, wie die Kellner die Tische auf der Mole zurechtrücken. Wir stehen an Deck und staunen. Portofino ist vollkommen! Was will man da noch ändern?

»Gewiss, wenn Sie mit dem Boot anfahren, wirkt alles herrlich«, gibt uns Dario recht, unser Begleiter von der Farbenfirma. »Aber wenn Sie die Fassaden aus der Nähe betrachten, sieht es anders aus!«

Wir springen von Deck und lassen uns zeigen, wo Adonis Schwächen hat, wo er schlecht geliftet ist, wo grell geschminkt, wo runzelig, wo speckig. Während wir an Bars, Boutiquen und den Staffeleien der Hobbymaler vorbei den Kai entlangschlendern, mustert Dario die farbenfrohe Front aus schmalen, hohen Häusern mit dem missbilligenden Blick eines Schönheitschirurgen. »Schauen Sie hier, wie der Mörtel bröckelt! Und dort, dieser bleigrüne Rauputz, wie unästhetisch! Oder da oben, die Keramikkacheln an der Fassade und erst diese quietschgelbe Wand! Das alles hat nichts mit Portofino zu tun!«

Ich mache pflichtschuldig ein betretenes Gesicht, werfe die Arme in gespielter Verzweiflung in die Luft und seufze: »Wie konnte es nur so weit kommen!«

Doch Dario ist nicht zum Spaßen zumute. »Seit Jahrzehnten bastelt hier jeder an seinem Haus herum«, schimpft er. »Und manche Eigentümer lassen alles vergammeln. Dabei könnten sie zum Preis einer Monatsmiete, die sie kassieren, alles schön renovieren.«

Wahrscheinlich hat Dario recht. Schließlich gilt Portofino als teuerstes Pflaster Italiens. Das liegt nicht nur an seiner Schönheit, sondern auch an der Promi-Dichte. Von Guy de Maupassant bis Madonna, von Kaiser Wilhelm II. bis Silvio Berlusconi zieht es seit hundert Jahren die Mächtigen, Berühmten und Schönreichen hierher, um den famosen Zwerghafen zwischen den immergrünen Hängen in seiner blauen Bucht zu bestaunen. Humphrey Bogart, Sophia Loren, Clark Gable und Grace Kelly schlürften auf der *piazzetta* ihren Apero, und wer Glück hat, kann heutzutage die Königin Rania von Jordanien, Robert De Niro oder wenigstens Lothar Matthäus beim Eisessen bestaunen. Sie alle scheinen die ästhetischen Sünden an den alten Fischerhäusern nicht zu stören.

Dario dagegen kennt keine Gnade. »Der ganze Ort

braucht eine Farbkur! Was nicht authentisch ist, muss weg!«, sagt er in einem schneidigen Ton, der Kaiser Wilhelm gefallen hätte. Es fehlt nur noch, dass Dario die Hacken zusammenknallt und brüllt: »Fischerhäuser! Stillgestanden!«

Ich bin mal wieder überrascht, wie radikal konsequent, ja perfektionistisch Italiener sein können. Das gilt besonders für magische Realisten.

»Hier geht es übrigens nicht um *l'art pour l'art*«, erklärt uns Dario, »nicht um eine ästhetische Spielerei. Vielmehr machen die Farben den Reiz vieler italienischer Orte aus. Denken Sie an die bunten Häuser auf Burano, an die weißen Dörfer Apuliens oder die feuerfarbenen Gassen Roms.« Seine Firma habe auch schon Farbpläne für Städte wie Turin, Prato oder Rom erstellt.

»Und was bringen diese Pläne?«, fragt eine der Französinnen.

»Die Kommunen verpflichten die Eigentümer, sich bei Renovierungen an eine bestimmte Farbpalette zu halten. Sonst könnte ja jemand daherkommen und seinen Palazzo neben dem Kolosseum knallblau anpinseln.«

»Ihr Farbplan für Portofino ist also gar kein Pilotprojekt?«, hakt die Französin nach.

»O doch«, triumphiert Dario. »Denn hier haben wir nicht nur allgemein die Farben eines Ortes festgelegt, sondern jedem einzelnen Haus seinen historischen Teint zugeordnet.«

»Wie haben Sie das gemacht?«, will ich wissen.

»Wir haben monatelang wie Detektive gearbeitet. Wir wühlten in Archiven, schauten uns alte Gemälde und Fotos an, sprachen mit den Einheimischen. Außerdem arbeitete sich ein Architekt an den Fassaden Schicht um Schicht zu den Ursprungsfarben vor. Er machte Laboranalysen und lief bei jedem Licht und

Wetter von Haus zu Haus, um die richtige Tönung zu bestimmen.«

Italiener haben eine wohl angeborene Freude an der Ästhetik, die man dem ganzen Land ansieht, von den liebevoll bepflanzten Balkonen bis hin zum modischen Schaulaufen der *ragazze* am Strand. Dieser Sinn für Farben, Formen und Frisuren wirkt auf unsere Freunde aus Deutschland manchmal selbstverliebt, eitel, oberflächlich. Doch ich glaube inzwischen: Er ist weit mehr – Spiegel der Seele, Ausdruck der Lebenslust und Freude an der Schönheit. Auch deswegen zieht es so viele Nordlichter in den Süden, auch deswegen ist Italien, trotz all seiner Missstände, ein besonders lebens- und liebenswertes Land.

Später sitzen wir in einer Trattoria von Portofino und lassen uns *trofie al pesto* schmecken, eine ligurische Spezialität. Mittlerweile hat sich Massimo, der Architekt und Farbendetektiv, zu uns gesellt. Er erzählt, dass die Häuser von Portofino ursprünglich weiß waren. »Doch im Lauf der Jahrhunderte wurden sie immer bunter. Schließlich kamen noch *Trompe-l'œil*-Malereien dazu, aufgemalte Balustraden und Fensterumrahmungen, Vögel oder Pflanzenornamente.«

»Eigentlich seltsam, so viel Aufwand in einem Fischerdorf«, wundere ich mich.

»Die bunten Anstriche hatten ihren Sinn«, erwidert Massimo. »Die Fischer von Portofino waren oft ein Jahr lang auf großen Kuttern auf See. Wenn sie endlich über das Meer heimkamen, wollten sie ihr Haus schon von weitem erkennen.«

»Aber warum die aufgemalten Vögel, Pflanzen und Balustraden? Die konnte man doch von weitem gar nicht erkennen«, sage ich.

Massimo grinst. »Natürlich ging es auch darum, *bella figura* zu machen und den Nachbarn zu übertrumpfen. Dabei achteten die Eigentümer aber stets darauf, ein harmonisches Ortsbild zu bewahren. Im Gegensatz zu heute.«

»Eigentlich erstaunlich, dass diese Seeleute früher so einen guten Geschmack hatten«, meint eine der Französinnen.

Massimo schnalzt anerkennend mit der Zunge: »Tja, diese Fischer hatten noch Stil.«

Siebzehn

»Nun sind wir schon so lange in Rom und waren noch nie bei einem Fußballspiel«, sagt Nicolas und schaut mich mit seinen runden, hellen blauen Augen ganz, ganz traurig an. Ob er weiß, dass ich ihm in solchen Momenten nichts abschlagen kann?

Wie auch immer. Jedenfalls hat er recht. Obwohl wir viele Ausflüge machen, sind wir nie ins Stadion gegangen, auch weil unsere römischen Freunde uns warnten, da gebe es zu viel Gewalt, da könne man mit Kindern gar nicht mehr hin. Die Fernsehbilder von den Krawallen am Rande italienischer Spiele, bei denen es sogar Tote gab, taten ein Übriges. Das alles sage ich jetzt Nicolas, der mir ruhig zuhört und dann antwortet: »Du brauchst keine Angst zu haben, Papa. Ich komme ja mit!«

Nicolas ist das Kompetenzzentrum unserer Familie, wenn es um Fußball geht. Schon als ganz kleiner Junge, zu unserer Anfangszeit in Rom, begleitete ihn Antonia zum Training in einem Verein, der *Associazione Sportiva San Pancrazio*, beim Park der Villa Pamphili. Hier lernte Antonia in stundenlangen Gesprächen mit den anderen Fußballmüttern Italienisch, oder besser Römisch, das sie mittlerweile beneidenswert gut beherrscht. Nicolas stürzte sich damals bereits beherzt ins Getümmel der meist älteren italienischen Buben, auch wenn er den direkten Kontakt mit dem Ball noch scheute. Mittlerweile spielt er nachmittags mit seinen Klassenkameraden auf dem Sportplatz der Deutschen Schule Rom – und weicht keinem Ball mehr aus. Sonntagnachmittags bestaune ich dann seine Fortschritte am Strand von Santa Severa.

Nicolas lebt zwar, seit er sich erinnern kann, in Rom, ist aber strammer Bayern-Fan. »Schließlich stamme ich aus München«, meint er bestimmt.

Mein Freund und Kollege Klaus aus der Redaktion in München besucht uns ab und an in Rom und deckt Nicolas mit Bayern-Devotionalien ein, vom Federmäppchen bis zum Maskottchen und Trikot. Nicolas ist dann immer ganz aus dem Häuschen und fragt mich, ob die Allianz-Arena wirklich rot aufleuchtet, wenn die Bayern ein Tor schießen. Seine italienischen Freunde in der Schule glauben ihm das nämlich nicht.

Der größte Kummer unseres Sohnes ist es, dass an den italienischen Kiosken keine Sammelalben mit Fußball-Klebebildchen der Bundesliga gedealt werden. Er muss deshalb mit dem *Calcio Italiano* der Serie A und B vorliebnehmen. So habe ich wenigstens immer etwas, das ich ihm von Dienstreisen mitbringen kann: kleine Briefchen mit je fünf Fußballer-Bildern, in Italien *figurine* genannt. Nicolas klebt diese Panini-Bildchen sorgfältig ein, die Dubletten tauscht er mit seinen Freunden. Dadurch kennt er sich mittlerweile mit Mannschaften wie *Vicenza Calcio* oder *Unione Calcio Albinoleffe* aus, von denen ich bislang noch nie etwas gehört habe, geschweige denn etwas hören wollte. Seine besondere Sammelleidenschaft gilt der *AS Roma*. Er hat bereits die Bilder des Vereinswappens, des Mannschaftsfotos, des Trainers und von zwölf Spielern gesammelt und liegt damit deutlich vor seinen Kumpeln in Front. Die Freunde aber waren schon mal im Stadion – im Gegensatz zu Nicolas. Klar, dass das nicht so bleiben kann.

Ich besinne mich also auf eine Tugend meines Berufes, die Recherche. Ausgiebig höre ich mich im Freundeskreis um, wer kompetent genug sein könnte, um mit uns zu einem möglichst ungefährlichen Heimspiel der *AS Roma* zu gehen. Schließlich stoße ich auf einen netten jungen Kollegen, der selbst gut Fußball spielt, immer wieder ins Stadion geht und häufig über Fußball schreibt. Wie es der Zufall will, heißt er ebenfalls Nicolas. Zur Unterscheidung nennen wir ihn »Nicolas den Älteren«. Er kommt wie wir aus München, ist allerdings »Sechziger-Fan« – also Anhänger des TSV 1860 München, des alten Stadtrivalen des FC Bayern. Aber das brauchen wir ja Nicolas dem Jüngeren nicht zu verraten.

Ein paar Tage nach unserem ersten Sondierungsgespräch ruft mich Nicolas der Ältere an und sagt: »Stefan, ich habe die Partie, die wir suchen. In einer Woche spielt *Roma* im Olympiastadion gegen *Cagliari*. Da geht kaum einer hin, und die *tifosi*, die Fans der beiden Mannschaften, sind auch nicht besonders verfeindet.«

Das beruhigt mich. Wenn *AS Roma* gegen *Napoli* oder gar den Lokalrivalen *Lazio* spielt, kann es sehr hoch, zu hoch hergehen. *Cagliari Calcio* gilt unter *Roma*-Fans dagegen wohl nicht als satisfaktionsfähig – obwohl der Club aus Sardinien schon einmal den *scudetto*, den Meistertitel, gewonnen hat. Doch das ist ein halbes Menschenleben her.

Also *Roma* gegen *Cagliari*. Nun gilt es, die Karten zu besorgen. Das ist, wie jeder offizielle Vorgang in Italien, höllisch kompliziert. Einfach so vor dem Spiel an ein Kassenhäuschen beim Stadion gehen und die *biglietti* kaufen? O nein! Ich fahre also ein paar Tage vorher mit dem Bus hinunter zur Piazza Colonna, einem der prunkvollsten Plätze des *centro storico*, in dessen Mitte die antike Triumphsäule des römischen Kaisers Mark Aurel steht. Auf der Nordseite der Piazza befindet sich der Palazzo Chigi, der Sitz des Premierministers. Genau gegenüber liegt ein weitaus wichtigeres Gebäude, jedenfalls für viele Römer, der *AS Roma Store* in Warenhausgröße mit seinen mehr als tausend verschiedenen Artikeln für den Fan. Hier gibt es die Karten für das Spiel. Aber nicht sofort. Ich muss mich erst an einem Schalter im ersten Stock anstellen. Dort sitzt ein Mann, der aussieht, als habe er viel Zeit seines Lebens in der Fan-Kurve der *AS Roma* verbracht und dabei noch mehr Feuerwerkskörper und Nebelkerzen abbekommen. Doch er erweist sich als so freundlich, genau und kompetent wie ein deutscher Beamter aus dem Kreisverwaltungsreferat.

Der Mann mit dem Nebelkerzengesicht prüft die Pässe von Nicolas, Bernadette, Antonia und mir. Er macht sich Kopien, schreibt die Namen heraus, stellt zahlreiche sachdienliche Fragen, verzichtet aber erstaunlicherweise darauf, die polizeilichen Führungszeugnisse meiner Vorfahren einzufordern. Am Spätnachmittag darf ich wiederkommen und die *biglietti* abholen. Auf den Karten ist die Wölfin mit Romulus und Remus zu sehen. Außerdem sind jeweils unser Name und – wie im Theater – der genaue Sitzplatz aufgedruckt. »Eingang 23 – Treppe 23AS – Reihe 72 – Platz 4 S« steht auf meiner Karte. Sogar mein Name ist richtig geschrieben, Stefan ohne »o« und Ulrich ohne »k« am Ende.

Die ganze Registrierungsprozedur ist keine Schikane, das ist mir klar, sondern dient der Sicherheit im Stadion. Randalierer sollen schnell identifiziert werden können.

Am Tag des Spiels machen wir uns in wohlig-aufgeregter Stimmung zum Olympiastadion auf. Nicolas hat seinen Bayern-Schal umgeschlungen. Das Stadion liegt jenseits des Tibers in der nordwestlichen Ecke der Stadt, unterhalb der grünen Hänge des Monte Mario. Auf der Brücke Duca D'Aosta treffen wir Nicolas den

Älteren. In den Shops am Rande der Brücke werden phantasievolle Fanartikel angeboten, etwa Schals mit Schmähschriften gegen den Lokalrivalen. *Lazio merda* und so. Das bleibt jetzt aber unübersetzt.

Hinter der Brücke stoßen wir auf einen Platz mit einem 36 Meter hohen Obelisken aus weißem Carrara-Marmor. *Mussolini Dux* steht in riesigen Lettern darauf. Der Obelisk wurde gerade restauriert und die Schrift mitnichten beseitigt.

Die Italiener pflegen einen, nun ja, recht unbefangenen Umgang mit ihrer Vergangenheit. Als Deutscher kann es einem sonderbar vorkommen, an vielen Palazzi Roms faschistische Rutenbündel und ähnliche Symbole zu sehen. Predappio, der Geburts- und Begräbnisort des brutalen, seinen Imperiumsträumen nachjagenden Diktators Benito Mussolini, ist offen zu einem Wallfahrtzentrum für alte und junge Kameraden des *Duce* geworden. In den Läden werden Mussolini-Bilder im Silberrahmen, *Duce*-Weine, aber auch Hitlers Buch *Mein Kampf* und Hakenkreuzbinden verkauft. An vielen Kiosken in Italien findet man Schwarz-Weiß-Poster, die den *Duce* mit grimmigem Blick und Stahlhelm zeigen. Seine schmollmundige, nicht unattraktive Enkelin Alessandra ist eine akzeptierte Politikerin, die nichts auf ihren Opa kommen lässt.

Wenn ich meine italienischen Freunde auf all das anspreche, antworten sie, Mussolini sei eben nicht so schlimm wie Adolf Hitler gewesen, was ohne Zweifel stimmt. Auch sagen sie, in Rom seien doch auf Schritt und Tritt Relikte von Gewaltherrschern zu sehen, und niemandem komme es in den Sinn, die Spuren Kaiser Neros oder gewisser gottloser Päpste zu tilgen.

Wie auch immer: Kaum wo wirkt der *Duce* präsenter als auf dem *Foro Italico*, dem Sportkomplex um das Olympiastadion. Die Aufmarschallee zwischen dem Obelisken und dem Stadion ist mit faschistischen Mosaiken gepflastert. Wir laufen im Pulk der Fußballfans über Bilder, die den faschistischen Marsch auf Rom verherrlichen, auf denen Dutzende Male das Wort *Duce* steht oder »*Molti nemici – Molto onore*«, »Viel Feind – viel Ehr«.

»Wer war denn dieser *Duce*?«, will Bernadette wissen, und so lassen sich die Mosaike für ein bisschen Geschichtsunterricht nutzen. Außer uns beachtet niemand diese Zeichen der Vergangenheit. Kurz darauf passieren wir die eher symbolische Sicherheitskontrolle. »Da hätte ich ohne weiteres einen Böller mitnehmen können«, findet Nicolas. Wir suchen unsere Plätze und sehen den Pakistani zu, die *Caffè Borghetti* in Plastikfläschchen verkaufen, einen Espressolikör, den *signor* Borghetti 1860 erfand, in dem Jahr, in dem Italien geeint wurde.

Ich blicke mich im Stadion um. Ich bin zum ersten Mal hier, aber irgendwie kommt mir alles bekannt vor. Von Spielberichten der Serie A im Fernsehen, gewiss. Aber da ist noch etwas. Eine Erinnerung. Ich schließe die Augen, blende die sich warm schreienden *Roma*-Fans aus. Nun kommen die Bilder hoch: Franz Beckenbauer, der mutterseelenallein, wie versunken in sich selbst, über den Rasen schreitet, so ernst, gesammelt und bedeutungsschwer, wie sich manche Männer gerieren, wenn sie zum ersten Mal Vater geworden sind. Das war in der Nacht des 8. Juli 1990. Deutschland war durch einen 1 : 0-Sieg über die argentinische Mannschaft mit Diego Maradona Weltmeister geworden. Teamchef Beckenbauer, der Spielführer der Weltmeistermannschaft von 1974, musste das erst einmal fassen. Dieses Bild von seinem nachdenklichen Triumph ist mir in Erinnerung geblieben. Hierher, auf diesen Rasen, gehört es.

Die Arena der Olympischen Spiele von 1960 wurde für die Fußballweltmeisterschaft 1990 komplett erneuert. Das ringartige, halb durchsichtige, weiß leuchtende Dach lässt das *Stadio Olimpico* von weitem wie den Rettungsring eines Riesen aussehen. Mir gefällt es. Nicolas und Bernadette sind sowieso hingerissen, von den Eindrücken, die nun auf sie niederprasseln. Die Lieder, die Schreie, die Fahnen, die einlaufenden Spieler, der Torjubel, an diesem Sonntag auf beiden Seiten.

Zu Beginn geht es gleich schaurig-schön los. Durch das Stadion braust die Vereinshymne, gesungen von Antonello Venditti: »*Roma, Roma, Roma,* du einzige große Liebe ...«

»Mein Gott, so ergreifend hätte ich mir ein Fußballspiel nicht vorgestellt«, schreit mir Antonia ins Ohr. »Schau mal da!«, ruft sie und zeigt auf die kleinen Jungen, die sich mit den Spielern auf dem Rasen aufgestellt haben und zur Hymne die rechte Hand aufs Herz legen.

Die *Roma*-Fans verwandeln ihre Südkurve derweil in ein orangefarben-bordeauxrotes Fahnenmeer. Eigentlich lauten die Vereinsfarben der *AS Roma* ja *giallo-rosso*, Gelb-Rot, tatsächlich aber sind sie Orangefarben-Bordeauxrot. Natürlich hat Nicolas auch eine *Roma*-Fahne dabei. Nur passt sie im Ton nicht ganz zu seinem grellroten Bayern-Schal.

Die Südkurve wiegt sich nun im Rhythmus der Hymne in den Rausch, »*Roma, Roma, Roma* ...«, das ganze Stadion singt mit. Das ganze Stadion? Nein. Eine winzige Gruppe unbeugsamer Sarden schweigt tapfer gegen die Übermacht der Römer an und wagt es sogar, ab und zu dazwischenzupfeifen. Die 200, 300 Cagliari-Fans sind in der ansonsten menschenleeren Gegenkurve untergebracht, wie Sträflinge in Isolationshaft. Ihr kompakter Block in der Mitte der Kurve ist von einem Kordon aus Stadionpolizisten mit neongelben Schutzwesten umgeben. Immer mal wieder versuchen die *Cagliari-tifosi* einen Ausbruch. Die neongelbe Mauer buchtet sich dann aus, zerreißt auch einmal. Doch sogleich werden die Flüchtlinge wieder eingefangen und in ihren Block zurückgeschubst. Es wirkt wie ein Spiel, doch es ist schon zu viel passiert in den italienischen Stadien, als dass sich die Ordnungshüter irgendeine Nachlässigkeit leisten würden. So bleiben die Sarden gefangen.

Nach einer Weile führt Cagliari auf einmal mit 2 : 1, und die sardischen *tifosi* sind ein paar Minuten lang lauter als die schockierten *Roma*-Fans. Die netten Anhänger des Clubs der Wölfin vor uns, mit denen wir gerade noch geratscht haben, verwandeln sich in tobsüchtige Krieger. Sie springen von ihren Plastikschalensitzen hoch, halten sich die Hände wie Megaphone vor den Mund und beschimpfen die eigenen *Roma*-Spieler: »*Coglioni!*« – »*Figli di puttane!!*« – »*Va fan culo!!!*« Das muss jetzt leider wieder alles unübersetzt bleiben. Und die rassistischen Sprüche, die danach folgen, sollte man nicht mal auf Italienisch wiedergeben.

Wenige Minuten vor dem Ende hat die Glücksgöttin Fortuna ein Einsehen. *Roma* siegt doch noch mit 3 : 2. Die Südkurve tobt, während es im *Cagliari*-Häufchen nun ganz still geworden ist.

»Die Armen!«, ruft Bernadette. »Jetzt sind sie extra aus Sardinien hierhergekommen, erst führen sie, und danach verlieren sie so blöd, und nun müssen sie traurig nach Hause fahren. Und dann sind sie auch noch so wenige. Das ist doch ungerecht.«

Die *tifosi* aus Cagliari tun uns allen ein bisschen leid. Doch bald lassen wir uns von den *Roma*-Fans mitreißen. »Wisst ihr, irgendwie sind wir ja auch Römer«, sagt Nicolas mit listigem Blick. »Also haben wir mit gewonnen.«

Dann bricht nochmals ein ohrenbetäubender Jubel aus. Auf den Anzeigetafeln ist zu lesen, dass der Lokalrivale *Lazio* haushoch verloren hat. Die wieder zahm gewordenen *tifosi* vor uns schwenken vergnügt ihre »*Lazio merda*«-Schale. Aus den Stadionlautsprechern tost die zweite Hymne der *AS Roma*. Da die *Cagliari*-Fans schon abgeführt sind, wahrscheinlich zu den Löwen im Kolosseum, singen diesmal alle mit: »*Grazie Roma*, du lässt uns weinen und uns umarmen. *Grazie Roma* ...«

Als wir zu Fuß nach Hause laufen, hören wir Martinshörner aufheulen. Polizeimotorräder jagen wie apokalyptische Reiter durch die Stadt. Sie eskortieren drei Busse, in denen die geschlagenen *Cagliari*-Fans hocken.

Den folgenden Sonntag vertrödeln wir in unserem Palazzo. Es ist ein leicht bewölkter Frühlingstag kurz vor Ostern, draußen schlagen bereits die Akazien aus. Untertags schreibe ich etwas über die jüngsten Auftritte des Ministerpräsidenten bei mehreren internationalen Gipfeltreffen – Geschichten über Silvio Berlusconi nimmt die Redaktion immer gerne, genauso wie Geschichten über die Mafia. Ich muss stets aufpassen, mich nicht zu sehr davon bestimmen zu lassen.

Am späteren Abend, die Kinder und Antonia sind ins Bett gegangen, sitze ich in meinem Arbeitszimmer und schreibe Tagebuch. Früher habe ich das regelmäßig gemacht, besonders ausführlich auf meinen Reisen in Italien und bei meinen Aufenthalten in Rom. In letzter Zeit schreibe ich nur noch sporadisch, leider, denn es ist eine gute Methode, der Zeit etwas Bleibendes abzutrotzen – und seien es mit Kugelschreiber beschriebene Seiten oder eine am Computer erstellte Word-Datei.

Ich ziehe Bilanz über unsere Zeit in Rom, halte fest, welche Erwartungen sich erfüllt haben und welche nicht und wie sich meine Einstellung zu Italien gewandelt hat. Realistischer ist sie geworden, weniger schwärmerisch, zugleich aber auch fundierter. Ich weiß jetzt, was es heißt, Italien nicht nur zu bereisen, sondern dort zu leben, mit all den Widrigkeiten des Alltags. Und ich weiß, dass Italien alle diese Widrigkeiten wert ist. Mein Traum, meine Italien-Sehnsucht, hat die Berührung mit der Realität überstanden, das tröstet mich sehr. Wenn es nach mir ginge, würde ich für immer in Italien bleiben, aber es geht nicht nur nach mir.

Meine Redaktion wünscht, dass ich nun aus Frankreich berichte. Antonia möchte spätestens in ein paar Jahren nach München zurück. Und die Kinder sagen in regelmäßigen Abständen, dass sie irgendwann wieder nach Deutschland wollen, auch wenn sie sich darunter im Laufe der Zeit immer weniger vorstellen können. Für mich kann es nur noch darum gehen, mir eine Italien-Perspektive für die Zukunft zu erhalten – und die kann nach Lage der Dinge nur Ferienhaus lauten.

Dann schreibe ich über meine Erwartungen an Frankreich, die so ganz anders sind als die an Italien. Frankreich erwarte ich mit professioneller Neugierde, nicht mehr und nicht weniger, bislang zumindest. Aber wer weiß, wie alles werden wird, wenn wir erst einmal dort sind.

Während ich so sinniere in der nachtstillen Wohnung, den Geräuschen von der Straße lauschend und meinen Gedanken nachhorchend, senkt sich der Pegel in der Flasche mit *Morellino*-Rotwein auf meinem Schreibtisch immer mehr. Gegen ein Uhr nachts bin ich so müde, dass die Buchstaben auf dem Bildschirm vor meinen Augen verschwimmen. Ich speichere meinen Text ab, gehe ins Bett und schlafe wie betäubt ein. Ich träume davon, dass ich einen Artikel schreiben muss, über die Aussicht von der Spitze des Eiffelturms. Ich laufe eine endlose eiserne Treppenspirale empor. Auf kleinen Plasmaschirmen am Seitengeländer wird mir angezeigt, wie viele Meter ich noch hochzusteigen habe. Je schneller ich laufe, umso mehr reckt sich der Eiffelturm in die Höhe, umso mehr Meter habe ich noch zu bewältigen. 127, 159, 300, 324 ... Das ist schlimmer als das Schicksal des Sisyphos. Frustriert lasse ich mich in einen tieferen, traumlosen Schlaf sinken.

Jemand rüttelt mich an der Schulter. »Stefan! Spürst du das auch?«, ruft eine bekannte Stimme. Es ist Antonia. Ich setze mich abrupt auf und merke, wie das Bett schwankt, als sei es ein Kutter auf hoher See. Dann sehe ich, dass nicht nur das Bett schwankt, sondern das ganze Zimmer. Die Ulmer Aussteuerkommode meiner Ururgroßmutter gleitet hin und her wie eine Schiffsschaukel. Und die Jugendstillampe von Antonias Großmutter schwingt an unserer Decke, als schaukele darauf Mister Nilsson, der Affe von Pippi Langstrumpf.

»Was ist das?«, flüstert Antonia.

»Ich weiß nicht«, wispere ich zurück.

Habe ich so viel Rotwein getrunken, dass nun alles schwankt? Eher nicht. Also muss es ein Erdbeben sein. Allerdings haben Erdbeben in Rom seit Menschengedenken keinen größeren Schaden angerichtet. Im Jahre fünf nach Christus soll eine Tiberbrücke eingestürzt sein, das war's dann auch. Der Gedanke beruhigt mich. Das Schaukeln hört auf. Ich lasse mich zurücksinken und schlafe sofort wieder ein.

Diesmal träume ich von einer Journalistenkollegin, die in derselben Straße wie wir in Prati wohnt. Sie ruft mich an und sagt, wir müssten sofort in die Abruzzen aufbrechen. Dort habe es ein verheerendes Erdbeben gegeben, und unsere Zeitungen wollten große Reportagen darüber haben. Ich empfinde das im Traum als viel zu aktionistisch und denke mir: Sie kann ruhig fahren. Ich bleibe hier in Rom. So interessant ist dieses kleine Beben wirklich nicht gewesen.

Achtzehn

Der Wecker klingelt, wie immer unter der Woche, um 06.45 Uhr. Normalerweise bleiben Antonia und ich noch eine Viertelstunde liegen, bis die Glocken der nahen Kirche zu läuten beginnen. Doch an diesem Tag springe ich sofort aus dem Bett, von einer seltsamen Unruhe getrieben. Im Bad treffe ich bereits auf Bernadette.

»Papa, hast du den Sturm heute Nacht gemerkt?«, fragt sie. »Der war so stark, dass mein ganzes Zimmer gewackelt hat.«

Da fällt mir sofort wieder das Erdbeben ein. Ich laufe barfuß in mein Arbeitszimmer, schalte den Computer an, wähle mich ins Internet ein und steuere die Seite der italienischen Nachrichtenagentur Ansa an. »*Terremoto in Abruzzo – almeno nove morti*«, lautet die Schlagzeile. Ohne mich anzuziehen oder zu frühstücken überfliege ich die Meldungen der Agenturen und Zeitungs-Webseiten. Das Geschaukel heute Nacht war tatsächlich ein schweres Erdbeben, das ganz Mittelitalien durchgerüttelt hat. Das Epizentrum lag in L'Aquila, der Regionalhauptstadt der Abruzzen. Hier scheinen auch einige Häuser eingestürzt zu sein. Ich schreibe eine E-Mail an die Außenpolitik-Redaktion meiner Zeitung in München und will gerade in die Küche gehen, um mir einen *caffè* zu machen, als das Telefon klingelt. An der Nummer auf dem Display erkenne ich, dass es die Zentrale ist – zur Vor-Frühstücks-Stunde und damit zu einer völlig unjournalistischen Zeit.

Am Apparat ist einer der beiden Chefs vom Newsdesk, einer Art Schaltzentrale der Zeitung. Solche Newsdesks gab es bis vor wenigen Jahren bei deutschen Zeitungen noch gar nicht. Die Blätter wurden trotzdem gefüllt. Mittlerweile sind die Newsdesks ein *must* für jedes Presseerzeugnis, das nicht völlig hinter dem Mond erscheinen will. Das Newsdesk ist auf geheimnisvolle Weise zu einer unerlässlichen Einrichtung geworden, und ich rätsele, wie in den alten, newsdesklosen Zeiten überhaupt Nachrichten entstehen konnten.

Nicht zuletzt das Newsdesk beweist kraft seiner Existenz, dass wir, die Journalisten, auf der Höhe der Zeit sind, *always* rundum-informiert, *toujours* einsatzbereit und *giorno e notte* auf dem Sprung. Weil die Newsdesk-Leute so schrecklich wichtig sind, sind sie auch immer furchtbar früh auf den Beinen. Das verändert das Leben in den Zeitungen, vielleicht zum Vorteil der Leser, gewiss aber zum Nachteil der Korrespondenten.

»Morgen«, sagt der Newsdesk-Nachthabende, Pardon – Wachhabende, »ich rufe an wegen dem Erdbeben. Da solltest du vielleicht hinfahren.«

Die Newsdesk-Leute sind in der Regel knapp am Telefon, weil sie so wichtig sind und daher sehr wenig Zeit haben. Zudem meinen sie, dass ihnen stets die Chefredakteure im Nacken sitzen, was ihrem Verhalten *always* etwas Gehetztes gibt.

»*Buon giorno*«, antworte ich mit gespielt wohligem Gähnen – das erwartet man nun mal in München vom Italien-Korrespondenten. »Meinst du, ich sollte wirklich in die Abruzzen fahren? Solche Erdbeben sind in Italien ziemlich häufig. Und alle Informationen bekomme ich hier in Rom leichter als vor Ort in L'Aquila.«

»Ja, schon«, antwortet der Nachthabende. »Aber

wenn ich so die Agenturmeldungen lese, dann ist das wirklich ein sehr schweres Erdbeben. Und das in unserem Nachbarland.« Der Newsdeskler unterschlägt Österreich kurzerhand, was ihm zu dieser frühen Stunde verziehen sei. »Das interessiert die Leute doch. Außerdem steigen die Opferzahlen bei Erdbeben erfahrungsgemäß im Laufe des ersten Tages stark an. Wahrscheinlich ist in den Abruzzen alles viel schlimmer, als wir es uns jetzt vorstellen.«

»Okay, ich fahre«, antworte ich etwas unwillig. Nach vielen Jahren bei der Zeitung weiß ich, wann Widerstand zwecklos ist.

Bald wird sich herausstellen, dass der Newsdesk-Nachthabende in München die Lage besser eingeschätzt hat als ich in Rom. Das Erdbeben wirkte verheerend, und es war daher absolut richtig, mich sofort in Marsch zu setzen. Alles womöglich Spöttische, das ich gerade über das Newsdesk geschrieben haben könnte, sei somit förmlich widerrufen.

Wohl jeder Journalist kennt diese Momente, es sei denn, er arbeitet beim Hundertjährigen Kalender. Eben war noch alles ruhig, Routine. Und dann stürzt plötzlich die Welt zusammen. Binnen Minuten gilt es, an tausend Dinge zu denken, loszurasen, ein kompliziertes Ereignis zu kapieren, mit möglichst vielen Menschen zu sprechen und in atemberaubender Zeit vor Redaktionsschluss einen langen, anschaulichen, farbigen und pointierten, informativen und geistreichen Artikel zu verfassen.

Doch diesmal ist mein Problem vor allem ein ganz anderes: Ich weiß, dass es in den Abruzzen Tote gegeben hat, ich weiß, dass ich Menschen sehen werde, die verzweifelt nach ihren Angehörigen graben. Wie soll ich da einfach meine Arbeit machen? Welche Bedeutung hat da ein Redaktionsschluss? Muss, soll, darf man überhaupt über das Elend der Menschen in solchen Katastrophengebieten berichten? Ich tröste mich damit, dass ja nur durch die Medienberichte die Hilfsbereitschaft in aller Welt mobilisiert wird. So war es beim Tsunami in Asien, so wird es jetzt in den Abruzzen sein.

Ich bitte als Erstes Antonia, mir bei meiner Mietwagenfiliale in der Nähe ein Auto zu bestellen. Wir selbst haben nur einen Wagen, und den braucht meine Frau in Rom, um die Kinder von der Schule abzuholen, zum Fußball und Reiten zu bringen, beim Klarinette-Unterricht abzuliefern, zum Kindergeburtstag zu begleiten und so fort. Natürlich gerät Antonia bei der Mietwagenfirma in eine Telefonschleife. Schließlich bricht sie ab und ruft mir zu, ich solle mein Zeug packen, sie fahre derweil los, um mein Auto persönlich zu bestellen. In solchen Momenten zeigt sich, dass ich mit Antonia Pferde stehlen kann. Und das ist für einen Nichtreiter wie mich immer mal wieder unerlässlich.

Ich schaue nervös auf die Uhr. Es ist jetzt 8.15 Uhr. Vor 9.00 Uhr werde ich nicht loskommen und zwei bis drei Stunden später in den Abruzzen sein. Dann muss ich mich ins Zentrum des Erdbebengebietes durchschlagen.

In Windeseile reiße ich meinen Handkoffer aus einem Schrank, werfe Kleidung, Waschzeug, Abruzzen-Reiseführer, Schreibutensilien, Sonnenbrille, das Aufladegerät fürs Handy und einen kleinen Fotoapparat hinein. Dann kippe ich in der Küche einen doppelten *caffè* hinunter, bevor ich in mein Arbeitszimmer renne, um die neusten Agenturmeldungen zum Erdbeben und eine Karte mit den am schlimmsten betroffenen Orten auszudrucken.

Mittlerweile ist Antonia zurück und wir rasen hinunter zu unserem Wagen, mit dem sie mich zur Autovermietung fährt. Da die Angestellten mich kennen und Antonia schon einen Wagen vorbestellt hat, geht alles, für italienische Verhältnisse, schnell. Schon nach zehn Minuten Formalia ruft die nette Angestellte in der Garage an, um meinen Fiat Punto heraufholen zu lassen. Ich eile nach draußen. Antonia drückt mir mein Gepäck in die Hand, wünscht mir alles Gute und fährt davon. Da stehe ich nun. Ich starre in den römischen Berufsverkehr und warte auf mein Mietauto – das nicht kommt. Die Zeit verrinnt, und ich fühle mich wie in diesen Träumen, in denen ich etwas ganz Wichtiges in ganz kurzer Zeit erledigen muss, aber auf alle möglichen Hindernisse treffe und keinen Schritt vorankomme.

Also beschwere ich mich bei der charmanten Angestellten: Sie ruft nochmals in der Garage an und tröstet mich, der Wagen werde gleich gebracht. Zehn Minuten später stürme ich wutentbrannt in die Garage. Ein Mann im Blaumann schaut gerade einem Fiat Punto beim Duschen in der Waschanlage zu. Wie sich herausstellt, ist es MEIN Fiat Punto.

Ich schnauze den Blaumann an: »Ich brauche den Wagen ganz schnell, sofort. Und es ist mir völlig egal, ob er schmutzig ist oder nicht!«

Doch so ein Verhalten kommt nicht gut an in Rom. Der Blaumann bescheidet mich, seine Firma liefere ausschließlich frisch gewaschene und geföhnte Mietautos an ihre Kunden aus. Dies gelte auch für meinen Fall.

Endlich kann ich in den funkelnagelsauberen Fiat Punto steigen und losfahren. Als ich Richtung Autobahnring brause, klingelt mein Handy. Es ist die Kollegin, von der ich heute Nacht geträumt habe. Sie bittet mich, sie in die Abruzzen mitzunehmen.

»Kannst du in fünf Minuten vor deiner Haustür sein?«, frage ich.

»Ja.«

»Okay. Ich drehe um und hole dich ab.«

Zwanzig Minuten später jagen wir über den *Grande Raccordo*, den Autobahnring von Rom. Wie durch ein Wunder ist er nicht verstopft. Meine Kollegin nimmt die zahlreichen Anrufe aus unseren Zeitungszentralen entgegen, ich fahre, während wir im Radio die Nachrichten hören. Die Bilanz des Erdbebens wird von Minute zu Minute verheerender, die Zahl der Toten steigt – 299 werden am Ende gezählt. Die Autobahn von Rom in die Abruzzen sei gesperrt, meldet ein Sender. Wir fahren trotzdem weiter, erreichen die Autobahn nach L'Aquila, passieren die Mautstelle. Nie habe ich diese Autobahn leerer erlebt. Normalerweise fahren sehr viele Pendler auf dieser Straße zwischen der Kapitale und der etwa hundert Kilometer entfernten Abruzzenhauptstadt. Jetzt ist kaum ein Pkw unterwegs. Dafür überholen wir auf der rechten Fahrbahn lange Kolonnen mit Rettungsfahrzeugen. Polizei. *Carabinieri*. Feuerwehr. Militär. Zivilschutz. An einer Ausfahrt 25 Kilometer vor L'Aquila haben *carabinieri* die Fahrbahn gesperrt. Wir zeigen unsere Presseausweise und werden eindringlich gebeten, abzufahren und die Landstraße nach L'Aquila zu nehmen.

Von Erdbebenschäden ist nichts zu sehen. Die Landschaft ist wunderschön, die Bäume schlagen gerade aus, die Büsche blühen, die Vögel zwitschern, der Himmel spannt sich blau und weit über die Hügel und die schneebedeckten Gipfel der Abruzzen. Auf uns wirkt diese Frühlingsidylle aber eher verstörend, bei all den Todesnachrichten, die aus dem Autoradio plärren. Dann sehen wir erste eingestürzte Mauern, Risse in Häusern, und schon sind wir mitten in L'Aquila. Dank unserer Presseausweise passieren wir eine weitere Polizeisperre und halten auf einem Parkplatz am Rand der Altstadt. Eine Freiwilligenorganisation hat hier eine Erste-Hilfe-Station aufgebaut, um verletzte Einwohner L'Aquilas zu betreuen. Wir sprechen eine der Helferinnen an: Teresa – so stellt sie sich vor. Auf einem Stadtplan zeigt sie uns die besonders vom Erdbeben heimgesuchten Straßen. Vor allem die Altstadt um die Piazza Duomo herum sei völlig zerstört.

Wir laufen los und dringen zum *centro storico* vor, der in den vergangenen Jahren schön restaurierten Altstadt von L'Aquila. Rot-weiß-rote Plastikbänder sperren die Zugangsgassen ab. Wir gehen hindurch. Dahinter öffnet sich eine Geisterstadt. In den Seitenstraßen ist kein Mensch zu sehen. Die Häuser sehen aus wie nach einem Flächenbombardement. Dächer sind eingestürzt, Fassaden zerfetzt, als habe sie die Hand eines Monsters aufgerissen, ganze Gebäude sind nach hinten abgekippt, wie Spielzeug, das ein Riese zur Seite geschoben hat. Teile der Dächer und Mauern hängen bedrohlich über uns. Vor unseren Füßen türmen sich meterhohe Schutthaufen. Wir laufen in der Mitte der Gasse, um nicht von herabfallenden Trümmern getroffen zu werden. Von den Zimmerdecken der aufgerissenen Häuser läuft Wasser herab, in einer Ruine surrt der Propeller einer Klimaanlage.

Dann sehen wir drei Frauen, die auf der dreieckigen Piazza della Prefettura herumirren. »Wir haben die Nacht hier draußen verbracht«, erzählen sie uns stockend, »hier waren wir einigermaßen sicher.« Auf die Frage nach ihrem Haus deuten sie auf einen eingestürzten Ziegelbau. »Das war unser Haus!«

»Wo werden Sie heute Nacht schlafen?«, frage ich.

»Wir wissen es nicht. Es ist zu früh, sich darum zu kümmern.«

Dann erreichen wir eine breitere Straße, die zum Hauptplatz von L'Aquila führt. Menschen mit bleichen Gesichtern und leerem Blick kommen uns entgegen. Menschen, die gestern Nacht noch Bürger dieser Stadt waren, mit Plänen, Wünschen, Hoffnungen, und die sich nun als Obdachlose zwischen ihren zerstörten Häusern wiederfinden. Ein junger Mann trägt einen Drahtkäfig mit einem Hamster in seinen Händen. Soldaten im Kampfanzug streifen durch die Straßen und versuchen, die gefährlichsten Stellen abzusichern. Immer wieder schleppen die Rettungskräfte Bahren mit Leichen aus dem Gewirr von Betonstücken, Dachziegeln, Holzbalken und Mörtel heraus. Wir stehen daneben, schockiert und hilflos, und fühlen uns auch noch verpflichtet, die Menschen mit unseren Reporterfragen anzusprechen.

»Das sind die scheußlichsten Momente des Journalistenberufs«, sagt meine Kollegin.

Ich nicke. Wir schämen uns sehr für unsere Fragen. Am liebsten würden wir Block und Bleistift liegen lassen und mithelfen. Doch das erlauben uns die Rettungskräfte gar nicht. Uns entlastet wieder der Gedanke, dass es eben unsere Arbeit ist, die Menschen in Deutschland über die Katastrophe zu informieren. Ganz vorsichtig stellen wir unsere Fragen. Erstaunlicherweise geben uns die Menschen meist bereitwillig Auskunft.

»Unheilvolle Vorzeichen hat es seit langem gegeben«, erzählt Davide, ein Informatikstudent, der uns auf dem Corso Federico II. entgegenhastet. »Schon seit einer Woche habe ich immer wieder kleinere Erdbeben gespürt, und das hat mir schon Angst gemacht.«

»Warum bist du dann nicht aus der Stadt weggegangen?«

»Ach, weißt du, schwächere Erdbeben sind hier fast schon an der Tagesordnung. Bei uns an der Uni war das kein Thema.«

In der vergangenen Nacht wurde Davide dann jedoch durch einige entsetzliche Stöße aus dem Schlaf gerissen. »Mein ganzes Bett schaukelte hin und her, und meine Bücher fielen aus den Regalen. Dann brachen Putzstücke von der Decke auf mich herab. Es war stockdunkel, gab keinen Strom mehr. Da hab ich nicht mehr nachgedacht und bin im Schlafanzug auf die Straße gerannt.«

Davide und viele andere Bewohner der Altstadt flüchteten auf die Piazza del Duomo. Hier, in der guten Stube der Abruzzen-Hauptstadt, lärmt normalerweise das Leben. Jetzt, am Mittag nach dem Beben, sind nur leise Stimmen zu hören, gedämpft wie in einem Krankenhaus. Auf dem Kopfsteinpflaster lagern erschöpfte Menschen, auf Decken, von Koffern, Taschen und Tüten mit ihren Habseligkeiten umgeben. Sie wirken ausgelaugt und desorientiert, wissen neun Stunden nach den mörderischen Erdstößen noch nicht, wohin sie gehen sollen. An einem der Brunnen sitzen zwei Dutzend Greisinnen in Rollstühlen im Freien.

»Das hier ist meine Tante, sie ist fünfundneunzig Jahre alt«, sagt eine *signora* und deutet auf eine zusammengesunkene Frau, die von zwei Krankenschwestern gewickelt wird. »Hier gleich um die Ecke liegt ein Altersheim. Es drohte heute Nacht einzustürzen. Daher mussten alle Bewohner hierher auf die Piazza gebracht werden. Das war hart für sie, denn es war sehr kalt. Aber sie haben alle überlebt.«

Jetzt tuscheln einige der Greisinnen geradezu miteinander, wärmen ihre Körper in der Sonne und scheinen keine Eile zu haben, in ein Krankenhaus gebracht zu werden.

Auf dem Parkplatz kommt uns Teresa entgegen, die Helferin. Sie fragt uns: »Waren Sie in der Via Sant' Andrea, bei den beiden zerstörten Häusern? Wissen Sie, ob dort Menschen gefunden wurden?«

»Wir waren dort, aber da haben die Rettungskräfte noch gesucht. Wir wissen nicht, ob sie jemanden gefunden haben. Kennen Sie jemanden, der dort wohnte?«

Die Frau blickt uns aus tränenlos traurigen Augen

an. »Meine Eltern und meine ganze Familie haben in diesen Häusern gelebt. Jetzt sind nur noch ich und mein Ehemann übrig.«

Das sind so Momente, in denen einem der Boden unter den Füßen wegrutscht, auch wenn man als Journalist schon einiges an Elend erlebt hat. Meine Kollegin und ich möchten dableiben und zusammen mit dieser Frau bangen, hoffen, trauern. Wir fragen sie, ob wir sie irgendwie unterstützen können. Sie schüttelt den Kopf. In unserer Hilflosigkeit geben wir ihr unsere Fleecejacken. Sie umarmt uns beim Abschied und beginnt zu weinen.

Fassungslos fahren wir aus der Stadt heraus. Die noch befahrbaren Straßen in L'Aquila sind verstopft, und wir kommen nur langsam voran. Etwa 20 Kilometer auswärts, an der Straße nach Rieti, stoßen wir auf ein geöffnetes Hotel-Restaurant. Viele Menschen drängen sich in der Bar und im Speisesaal. Ein Fernseher plärrt Hiobsbotschaften von der Erdbebenfront heraus. Die Leute trinken und essen, gestikulieren, reden, als wollten sie sich betäuben angesichts des Elends, das da über ihre Region hereingebrochen ist.

Die Wirtsfamilie ist reizend. Sie räumt einen Tisch vor dem Fernseher frei und gibt uns eine Verlängerungsschnur. Es ist schon nach zwei Uhr. Ich setze mich neben meine Kollegin an den Tisch, und wir beginnen in die Tastaturen zu hacken. Die Wirtsleute stellen uns zwei Teller mit *gnocchi* und Tomaten-*sugo* hin. Wir gabeln die Teigklößchen in uns hinein, während wir weiterschreiben. Die Minuten verrinnen. Ich fühle mich wie in Trance, wie früher bei sehr langem Joggen. Schritt für Schritt, Wort für Wort, arbeite ich mich voran. Zweimal beginnt unser Tisch zu wackeln, im Gebälk über uns knackst es, die Leute springen auf, laufen nach draußen. Meine Kollegin und ich schreiben weiter. Mittlerweile haben die Leute am Nachbartisch den Fernseher auf einen Fußballsender umgeschaltet. In ohrenbetäubender Lautstärke werden die Spiele vom Wochenende analysiert.

Ich nehme all das kaum wahr. Als ich gegen vier Uhr fertig bin, will ich mich mit meinem Modem ins Internet einwählen, doch das Netz ist total überlastet. Schließlich gelingt es mir, die Redaktion wenigstens per Handy zu erreichen. Wie in guten alten Zeiten gebe ich meinen Text telefonisch durch. Die Redakteurin auf der Reportageseite schafft es in Windeseile, ihn zu redigieren und passend für die Seite einzurichten.

Der Wirtssohn blickt in mein erhitztes Gesicht und sagt: »Da haben Sie sich aber einen Beruf ausgesucht!« Später gesteht er mir, er wolle auch einmal Journalist werden.

Dann brechen die Müdigkeit, die Erschöpfung und das Entsetzen über die Erlebnisse in L'Aquila über mich herein. Ich merke, wie meine Hände zittern. Vorsichtig fahren wir nach Rom zurück, da wir in den Abruzzen wegen Einsturzgefahr kein Hotel finden. In aller Frühe am nächsten Morgen fahren wir zurück in das Katastrophengebiet. In und um L'Aquila strömen unzählige Freiwillige aus ganz Italien zusammen. Fußballvereine bieten an, die Einnahmen der nächsten Spiele zu spenden, Politiker offerieren Teile ihrer Tantiemen, Schulen sammeln Lebensmittel. Die Regierung und die Opposition, die sich sonst in Italien bösartig bekriegen, ziehen auf einmal an einem Strang. Das ganze Land kennt keine Rechten und Linken, Sizilianer und Venezianer, Katholiken und Laizisten mehr, sondern nur noch Italiener. Jetzt, in der Stunde der Katastrophe, strafen die Italiener all jene Lügen, die kritisieren, sie kümmerten sich nur um das Wohl ihrer Familien, ihrer Clans und vergäßen darüber das Allgemeinwohl. Ganz Italien ist nun in L'Aquila, zumindest mit dem Herzen. Dieses Erlebnis beeindruckt mich tief.

Wenn ich manchmal in den vergangenen Monaten mit dem Land und seinen Problemen, seiner lähmenden Duldsamkeit und Reformunfähigkeit haderte, so fühle ich mich nun wieder versöhnt mit »meinem Italien«. Die Kraft, Entschlossenheit und Würde, mit denen die Menschen hier auf die Katastrophe reagieren, soll ihnen erst einmal jemand nachmachen.

So verlief mein zweiter Besuch in diesen zwölf Monaten in den Abruzzen. Was aus dem *agriturismo* in Rocca Calascio geworden ist, wage ich zuerst noch gar nicht nachzufragen. Dann sehe ich auf der Webseite des *Rifugio della Rocca* nach. »Unser *Rifugio* im kleinen Tibet von Europa hat das Erdbeben gut überstanden«, steht da. »Danke an alle, die sich nach uns erkundigt haben.«

Beim Staatsbegräbnis auf einem zugigen Kasernengelände von L'Aquila – die Kirchen sind alle zerstört – erinnert Kardinalstaatssekretär Tarcisio Bertone an den Aufschrei von Jesus am Kreuz: »Mein Gott, mein Gott, warum hast du mich verlassen?«

Auch ich frage mich, warum Gott, oder das Schicksal, oder die Natur, dies alles den Menschen in den Abruzzen angetan hat.

Neunzehn

Kurz darauf schickt die Deutsche Schule Rom ihre Kinder in den Osterurlaub. Wir haben keine Lust, die Frühlingswoche in unserer Wohnung zu verbringen, daher stehen wir am Karsamstag früh auf und fahren nach Norden. Die Täler und Hügel an der Strecke sind von einem Schleier zarten Grüns überzogen, der stündlich satter und dichter wird. Nach einem kalten, regenreichen Winter explodiert die Natur in der Frühlingssonne. Oben in den Hügeln Venetiens zwischen den Karnischen Alpen und der Küstenebene scheinen die zartvioletten Blütentrauben der Glyzinien wahre Blühorgien zu feiern. Die Apfelbäume knallen uns ihre dicken weiß-rosafarbenen Knospen entgegen. Die Wiesen sind mit sattgelbem Löwenzahn übersät, und in den Gärten blühen die dunkelblauen Traubenhyazinthen. Wir fahren staunend durch die paradiesische Landschaft mit ihren verstreuten, properen Gehöften, die aussehen, als seien sie einem Spielzeugkatalog entwachsen.

»Mann, ist das schön hier«, seufzt Bernadette. »Papa, müssen wir wirklich weg aus Italien?«

Unser *agriturismo* liegt inmitten dieser Bilderbuchhügel, umgeben von Wein- und Apfelgärten, auf einem Hügelrücken über der Ebene von Treviso. Die Wirtsfamilie empfängt uns herzlich, serviert uns selbst gekelterten Prosecco und Apfelsaft unter dem Khakibaum im Hof.

Ostern, *Pasqua*, ist in Italien ein Tag der Familie. Im

Zentrum steht ein x-gängiger *pranzo*, ein opulentes Mittagessen, das sich bis in den Abend hinein ziehen kann. Da ich mir so etwas zwar auch gerne leisten würde, figürlich aber nicht erlauben darf, und da die Kinder nicht so gerne fünf Stunden zu Tisch sitzen, verbummeln wir den Tag in den mittelalterlichen, von Burgen gekrönten Hügelorten der Umgebung, in Bassano del Grappa und Asolo. Die gespenstischen Erinnerungen an die Abruzzen werden von den heiteren Bildern dieses Ostertages in meine Träume abgedrängt.

Am Abend überlegen Antonia und ich auf der Terrasse unseres *agriturismo* bei einem Glas Prosecco, was wir an *Pasquetta*, dem Ostermontag, anfangen könnten. *Pasquetta* gehört bei den Italienern traditionell den Freunden. Man trifft sich *in compagnia*, in großer Gesellschaft, fährt ein Stündchen hinaus ins Grüne und trippelt dort circa sieben Minuten auf einem Feldweg herum, die *signore* natürlich in knappesten Röcken oder hautengen Jeans und High Heels, die kaum Bewegungsfreiheit lassen. Das Ganze wird als *camminata*, als Wanderung, abgebucht und mit einer orgiastischen Brotzeit samt Wein und Tiramisu gefeiert.

Dummerweise regnet es meistens an *Pasquetta*, aber das schert die zu anderen Zeiten keinesfalls wetterfesten Italiener nicht. Niemand käme auf die Idee, die *camminata* samt *merenda*, Brotzeit, auf den sonnigen Ostersonntag vorzuziehen, nur weil für *Pasquetta* ein Orkantief angesagt ist. O nein! Der Ostersonntag dient dem großen Fressen im Haus der Familie, der Ostermontag dem großen Fressen im Freien mit Freunden, und damit *basta*!

Da wir hier in der Gegend von Treviso keine Freunde haben, beschließen wir, einen längeren Ausflug zu machen. Ich habe am Abend vorher in meinem Reiseführer eine Geschichte über einen Ort im Friaul gelesen. Venzone, ein mit 3000 Einwohnern eher kleines Städtchen in den Ausläufern der Alpen am Tagliamento-Fluss, wurde beim Erdbeben vom Mai 1976 zerstört. Zunächst sah es so aus, als könnte der historische Grenzfestungsort des venezianischen Reiches nie wieder aufgebaut werden. Dank dem magischen Realismus der Bürger gelang es jedoch in vielen Jahren, den ganzen Ort unter strikter Beachtung des Denkmalschutzes neu zu errichten.

Als Journalist neige ich dazu, Verknüpfungen herzustellen – zum Leidwesen von Antonia sogar im Urlaub. Venzone, das sich wie ein Phönix aus seinen Trümmern erhebt, das ist doch ein ermutigendes Beispiel für die Menschen in den Abruzzen, denke ich mir. Außerdem gehört Friaul – Julisch-Venetien – zu den Regionen, die mir noch in meiner Jahressammlung fehlen. Also – nichts wie hin!

»Wie weit ist das denn?«, fragt Bernadette.

»Eineinhalb Stunden dürften es im äußersten Extremfall schon werden«, sage ich.

Dabei könnte mich ein Blick auf die Landkarte lehren, dass eineinhalb Stunden nie und nimmer ausreichen. Schließlich besteche ich Antonia und die Kinder mit dem Vorschlag, am nächsten Tag könnten sie allein bestimmen, was gemacht wird, und sei es, horribile dictu, dass wir den ganzen Tag auf unserem *agriturismo* vergammeln. Antonia und Bernadette lenken daraufhin ein.

Doch Nicolas gibt nicht nach. »Ich will nicht den ganzen Ostereiertag im Auto sitzen«, knottert er.

Ich weiß auch nicht, woher der Bub diese Sturheit hat. In meiner Not besteche ich Nicolas mit dem Versprechen, ihm zehn Päckchen mit *figurine* zu kaufen. Das mag zwar pädagogisch fragwürdig sein, aber es wirkt.

Wir brechen also in halbwegs österlicher Stimmung auf. Natürlich dauert die Fahrt viel länger als eineinhalb Stunden. Natürlich ist es für Mitte April mit 27 Grad außergewöhnlich heiß. Natürlich sind die Straßen verstopft, weil die ganzen Italiener unbedingt mit ihren *amici* zum *Pasquetta*-Wandern fahren müssen. Wir sehen sie an allen möglichen und unmöglichen Stellen parken und picknicken, in Vorgärten, auf Deichen, an Bahndämmen, in den Parks der Palladio-Villen und sogar auf Verkehrsinseln.

Die Landstraße zwischen Treviso und Udine stellt sich als Schneise durch einen endlosen Gewerbe- und Siedlungsbrei heraus. So viele moderne Fabrikgebäude, Outlet-Center und Autohäuser habe ich noch nirgendwo auf der Welt gesehen. Antonia und ich verstehen nun besser, warum Italien trotz Sizilien, Kalabrien und der Basilicata, trotz Mafia, Müll und der Bürokratie in Rom zu den wichtigsten Wirtschaftsnationen der Erde gehört. Hier, an der Achse zwischen Turin, Mailand, Verona, Venedig und Triest, produzieren unzählige mittelständische Firmen den Reichtum des Landes. Schön sehen sie nicht aus, die wild in die Poebene gebauten Verwaltungsgebäude und Fabrikhallen. Aber Wohlstand hat seinen Preis.

Wir kriechen auf dieser Industrieachse, von Verkehrsrondell zu Verkehrsampel und umgekehrt, voran. Die Temperatur in unserem Passat steigt und mit ihr der Revolutionsindex. Ich versichere Antonia und Bernadette wahrheitswidrig, dass ich diese langwierige Fahrt nicht voraussehen konnte. Gleichzeitig steigere ich die Zahl der *figurine*-Päckchen für Nicolas. Vor allem aber versuche ich, meine kleine Reisegruppe zu überzeugen, dass Umdrehen unter unserer Würde wäre. Nach drei Stunden kommen wir in Venzone an.

Nicolas wirft einen Blick aus dem Fenster und sagt: »So, Papa, aber jetzt will ich wieder heimfahren.« Er weigert sich auszusteigen und lässt sich nur unter Hinweis auf weitere *figurine* erweichen.

Missmutig marschiert meine Familie schließlich mit mir durch eines der Stadttore in Venzone ein.

Natürlich merken Antonia und ich sofort, dass hier etwas nicht stimmt. Venzone ist zu schön, um wahr zu sein. Die soliden Bürgerhäuser mit ihren Fassaden in Pastelltönen und braunen, grünen, taubengrauen und umbrafarbenen Holzläden sind so perfekt restauriert, dass sie nicht kitschig wirken, aber zugleich aussehen, als habe es hier nie ein Erdbeben gegeben. Auch die mittelalterliche Stadtmauer mit ihren 14 Türmen ist wieder auferstanden. Ihre hellgrauen Steine hatten noch nicht die Zeit, Flechten und Moos anzusetzen.

Auf der Piazza mit dem rekonstruierten gotischen *Palazzo Comunale* haben die Cafés ihre Tische in die Frühjahrssonne gestellt. Ein buntes Volk genießt den *Pasquetta*-Nachmittag: An unserem Nebentisch diskutieren zwei italienische Studenten mit tätowierten Armen, kahlrasierten Köpfen und durchlöcherten Jeans über Friedrich Nietzsches Band »*Die fröhliche Wissenschaft*«. Sie wirken sehr beeindruckt von ihrer Intellektualität. Am nächsten Tisch schlürfen drei Greisinnen aus dem benachbarten Altersheim ihren *caffè*. Ein paar Schritte weiter genießen es einige frühe Touristen aus Germanien, endlich wieder kurze Hosen und Gesundheitssandalen ausführen zu können.

»Wo ist denn nun dein Erdbeben?«, fragt Nicolas gelangweilt. Tatsächlich ist von der Katastrophe nichts mehr zu sehen. Friedlicher und beschaulicher als Venzone kann ein Dorf kaum wirken. In den Gärten blühen die Apfelbäume, von den Höhen der Alpengipfel glitzern Schneefelder herab.

»Das ist ja eine Traumgegend«, seufzt Antonia. »Da versteht man, dass die Menschen nach dem Erdbeben nicht wegziehen wollten.«

Dann entdecken wir die Schwarz-Weiß-Fotos in der *loggia* des *Palazzo Comunale*. Sie zeigen Venzone vor dem 6. Mai 1976 – und kurz danach, ein erschütterndes Bild. Es erinnert an Kriegsfotos. Neun von zehn Häusern wurden damals stark beschädigt oder völlig zerstört, die Stadtmauern eingerüttelt, die Kirchen auseinandergerissen. Die Trümmer begruben 47 Bürger des Ortes. Während wir weitergehen, legt sich die Geschichte wie ein Schatten über den idyllischen Ort. Hier und dort erkennen wir jetzt die Spuren der Katastrophe. Am romanischen Hauptportal des Doms zieht sich ein Riss durch den Heiligenschein des Stier-Reliefs, das den Evangelisten Lukas symbolisiert. In einer Seitenkapelle steht eine moderne Plastik aus rötlichem, harzig duftendem Holz. Männer, Frauen und Kinder bilden einen Kreis, stellen sich auf die Zehenspitzen und recken die Arme zum Himmel – ein einziger Schrei um Hilfe. An der Rückwand des Doms stoßen wir auf eine Fotodokumentation. Sie zeigt Felder, aus denen Reihen von Steinen wie Salatköpfe herauswachsen. Abertausende Werksteine des Doms wurden damals aus den Trümmern geborgen und analysiert. An welcher Stelle saßen sie im Mauerwerk? Welche Funktion hatten sie im Apsisbogen? Die Architekten und Restaurateure gingen wie Detektive allen Indizien nach. Am Ende gelang es ihnen, 8000 Steine an ihrer alten Stelle einzusetzen, ein Gedulds-Puzzle, das nur die Liebe der Italiener zu ihrer Geschichte zustande bringen konnte.

»Hoffentlich bekommen die Leute in den Abruzzen alles so schön aufgebaut wie hier«, sagt Bernadette auf der Rückfahrt.

Diesmal wählen wir die Küstenautobahn und sind deutlich schneller wieder auf unserem *agriturismo*. Den kommenden Tag bestimmen, wie versprochen, Antonia und die Kinder. Wir spielen Tischtennis und radeln durch die Prosecco-Hügel. Die folgenden Tage fahren wir nach Venedig und zu den Inseln in der Lagune. Antonia und ich dosieren die Besichtigungen, daher sind die Kinder richtig begeistert von der Wasserstadt.

»Ich hätte nie gedacht, dass Venedig so schön ist«, ruft Bernadette, während wir auf einem der Boote den Canale della Giudecca entlangfahren.

Nicolas hat allerdings etwas auszusetzen: »Wieso gibt es in Venedig auch feste Straßen?«, murrt er. »Du hast doch gesagt, dass hier alle Straßen aus Wasser sind!«

Viele Bootsfahrten und ein Flaschenschiff aus Murano-Glas später ist auch Nicolas zufrieden. Nun, gegen Ende unserer Ferienwoche, sehe ich den Zeitpunkt für einen weiteren Vorstoß gekommen. Von Treviso ist es nicht so weit bis in die Lombardei, und ausgerechnet dieses Land zwischen Lago Maggiore, Po und Gardasee fehlt noch in meiner Sammlung. Wir sitzen also im Frühstückssaal unseres *agriturismo*, genießen *lo strudel* der Wirtin, spüren die Wärme des Kaminfeuers in unserem Rücken und blicken aus den Panoramafenstern auf die Obst- und Rebhügel, von denen die Morgensonne gerade den Nebel schleckt.

»Was machen wir heute?«, fragt Antonia.

»Pingpong spielen«, rufen Bernadette und Nicolas.

»Aber doch nicht den ganzen Tag«, sagt Antonia.

»Wir könnten die Kinder noch eine Weile spielen lassen und dann einen Ausflug machen, in die Lombardei vielleicht?«, frage ich beiläufig.

Dummerweise ist Antonia kaum zu manipulieren. Außerdem kennt sie mich erschreckend gut.

»In die Lombardei?«, ruft sie und lässt ihre Gabel auf den Apfelstrudel fallen. »Das ist doch wahnsinnig weit! Da willst du doch nur wegen deinem Regionen-Spleen hin!«

Auch ich kenne Antonia gut genug, um zu wissen,

dass leugnen zwecklos ist.»Und wenn schon! Wäre das so schlimm? Jetzt haben wir doch einige gemütliche Tage verbracht, so wie ihr sie euch ausgesucht habt. Da können wir jetzt auch mal einen halben Tag in die Lombardei fahren.«

Antonia hat ein gutes Herz. Und da ich alles in allem im Alltag pflegeleicht bin, gesteht sie mir die eine oder andere Extravaganz zu – wenn es um Italien geht. »Na gut, wenn es dich freut«, brummelt sie.

»Wir wollen aber nicht so lange Auto fahren wie ins Erdbebendorf«, fallen Bernadette und Nicolas ein.

»Das brauchen wir auch nicht, wenn wir uns einen Ort gleich hinter der Grenze des Veneto aussuchen. Sirmione zum Beispiel. Das kenne ich, weil ich da als Kind mit meinen Eltern mal war. Es ist wunderschön, besonders die Wasserburg«, sage ich.

»Wo liegt das denn genau?«, fragt Antonia.

»An einem schönen, großen See«, sage ich vorsichtig.

»Am GAAARDASEEE?«, schreit Antonia.

Ich nicke betreten. Natürlich weiß ich, dass der Traumurlaubs-See der Deutschen eine *No-Go-Area* für meine Frau ist, so wie für andere Menschen bestimmte Ecken in Harlem und der Bronx. Aus unerfindlichen Gründen hat sich Antonia ein Bild vom Gardasee gemacht, das eher einem Teufelsmoor gleicht als dem schönsten Gewässer der Südalpen. Soweit ich das recherchieren konnte, spielen da irgendwelche unguten Eindrücke während einer Fahrradtour in ihren Teenagerjahren eine Rolle sowie die Neigung in Antonias nonkonformistischem Elternhaus, gewisse Vorurteile selbstbewusst zu pflegen. Jedenfalls ist der Gardasee für sie ein schmutzstarrender, von Algen durchseuchter, halb verlandeter Tümpel, auf dem sich unzählige Surfer und Wasserskifahrer über den Haufen fahren, während an den zugeparkten Ufern rülpsende Touristen auf weißen Plastikstühlen in übertueren Cafés schwitzen, Weißbier in sich hineinschütten und sich von vulgär gekleideten Kellnerinnen aufgewärmte *Wurstel con* Dosen-*crauti* auftischen lassen. Aus allen Lautsprechern dröhnt abwechselnd bayerische Marschmusik und »Azzurro« von Adriano Celentano.

So sieht er aus, der Gardasee in Antonias Welt – als sei er einer Parodie von Gerhard Polt entsprungen. Ich kann ja verstehen, dass sie an so einen Ort nicht hinmag, schon gar nicht im Urlaub. Andererseits weiß ich von schönen Kindheitserinnerungen her, dass der real existierende Gardasee ganz anders sein kann. Natürlich gab es dort auch mal rülpsende Touristen, *Wurstel con crauti* und, im flachen Süden, ein Problem mit der Wasserqualität. Aber es überwogen doch die herrlich weite, mal dunkelblaue, mal saphirgrüne Seefläche, die subtropische Pflanzenwelt vor hochalpinen Bergriesen und die romantischen Hafenorte mit ihren Wasserkastellen. Allein: Es ist mir nie gelungen, Antonia zu überzeugen, das alles mit eigenen Augen zu sehen. Obwohl wir unzählige Urlaube in allen Ecken Italiens verbrachten, bestand sie stets darauf, einen Bogen um den Gardasee zu machen. So würde es, dachte sie, auch bleiben.

So kann Frau sich täuschen. Denn diesmal schlagen sich unsere Kinder auf meine Seite.

»Au ja, der Gardasee«, ruft Bernadette. »Davon haben mir meine Freundinnen schon viel erzählt. Da muss es wunderschön sein.«

»Ich will die Wasserburg sehen und im Burggraben fischen«, fällt Nicolas ein.

Ich mustere Antonia und sehe, wie die Argumente in ihr ringen wie Luftmassen vor dem reinigenden Gewitter. Ich könnte nun argumentieren, sie solle unseren Kindern den Spaß gönnen, aber das wäre zu einfach. Also lasse ich dieses Schwert stecken und greife zum Florett.

»Wie wäre es, wenn du dem Gardasee eine Chance gibst? Wenn er dir wirklich nicht gefällt, verspreche ich dir, dass wir nie wieder dorthin fahren.«

»Also schön«, seufzt Antonia. »Es ist ja nur für einen Tag. Und wir können früh wieder heimkehren.«

Wie gut, dass ich eine vernünftige Frau habe, die keinen Vorurteilen folgt.

Da wir ein großes Stück die Autobahn nehmen können, vergeht die Fahrt schneller, als Antonia erwartet hätte. Ein psychologisches Plus, denke ich mir. Bald passieren wir die Schilder, die das Ende des *Veneto* und den Beginn der *Lombardia* anzeigen.

»Jetzt können wir ja umdrehen«, meint Antonia, im Spaß.

Da es ein Wochentag ist und die Osterferien zu Ende gehen, ist am Gardasee wenig los. So fahren wir ohne Stau die Landzunge entlang, an deren Ende Sirmione liegt. Hätte ich bei Fleurop die Dekoration für diesen Tag bestellt, es könnte nicht prächtiger aussehen. Überall blühen Büsche und Bäume, Magnolien, Blauregen, Akazien, Kirschen. Die Luft ist schwer von Düften. Vor Sirmione halten wir auf dem halb leeren Parkplatz, schlendern am See entlang zur Scaligerburg mit ihren Türmen, Zinnen, Zugbrücken und Wasserhöfen, wandeln unter Olivenbäumen, beobachten Schwärme von Fischen im kristallklaren Wasser, spähen zwischen den Hecken hindurch auf alte Villen in gepflegt-verwilderten Parks. Es ist nicht zu heiß und nicht zu kalt. Ein paar Wölkchen umkreisen den letzten Schnee des Winters auf dem Monte Baldo. Ein paar stille Segelboote betupfen die Fläche des Sees. Dann gehen wir zurück in den Ort. An den Eisdielen und in den Boutiquen wird mehr Qualität als Nepp geboten, die italienischen Stimmen überwiegen die ausländischen, und es ist, als habe ein geheimnisvoller Regisseur alle »*Wurstel con crauti*«-Schilder abgenommen.

Stattdessen bekommen wir in einer Trattoria mit Garten italienischsprachige Speisekarten in die Hand gedrückt. Nicht einmal bayerisches Weißbier gibt es hier. Wir essen gut und preiswert, trinken einen anständigen lokalen Weißwein, lauschen vergebens nach Blasmusik.

Antonia ringt um Fassung. »Ich hätte nie gedacht, dass es hier so schön ist«, murmelt sie. »Das Essen ist ja völlig in Ordnung.« »Schau mal, das Wasser wirkt überhaupt nicht verdreckt.« »Und komisch, die Küsten sind gar nicht verbaut.«

Wir bleiben mehrere Stunden am Gardasee, sonnen uns auf den warmen Brettern eines Steges, beobachten die Eidechsen auf den Felsen, schnuppern an Rosen und ersteigen die Wehrgänge der Scaligerburg. Erst als es dunkel wird, machen wir uns auf den Heimweg.

»Warum haben wir eigentlich noch nie am Gardasee Ferien gemacht?«, fragt mich Bernadette vorwurfsvoll.

»Also wirklich, Stefan! Wir sollten endlich einmal Urlaub am Gardasee machen«, sagt Antonia und stupst mich komplizenhaft in die Seite.

Zwanzig

Es wird gerne betont, Benedikt XVI. sei der erste deutsche Papst seit einem halben Jahrtausend. Als ob dies das Besondere wäre. Viel erwähnenswerter ist doch: Benedikt ist der erste bayerische Gebirgsschütze auf dem Petrusstuhl. Nicht einmal Petrus war bayerischer Gebirgsschütze! Das wird oft verschwiegen. Dabei geht es hier nicht um eine historische Fußnote, sondern um einen Fakt mit Konsequenzen, vor allem für die Römer.

An einem unschuldigen Samstagmorgen im Frühling tritt Tito, der Aquarienhändler unseres Vertrauens, der vor einiger Zeit dank seines Hausbesuches bei uns die Fische von Nicolas gerettet hat, mit einem Tässchen *caffè* auf seinen Küchenbalkon, um zu sehen, was da unten auf der Straße für ein Krach herrscht. Dumpfe Töne hatten ihn aus einem süßen Morgentraum gerissen. Er meinte Trommeln und Posaunen zu hören. Das Jüngste Gericht? Ein Militärputsch? Oder gar ein Germaneneinfall?

Die Barbaren haben die Ewige Stadt ja immer mal wieder auseinandergenommen. Der *Sacco di Roma* etwa, die Plünderung durch deutsche Landsknechte am 6. Mai 1527, ist den Römern bis heute ungut in Erinnerung geblieben. Damals soll man vor lauter herumliegenden Leichen das Straßenpflaster nicht mehr gesehen haben.

Natürlich denkt Tito jetzt nicht konkret an den *Sacco di Roma*, aber im kollektiven Unterbewusstsein der Römer hallt immer noch etwas davon nach. Als Tito auf die Straße hinabblickt, fällt ihm vor Schreck fast die Espressotasse herunter. Tatsächlich. Da unten ziehen Dutzende wilde Gestalten vorbei. Sie sind in Joppen aus grobem Tuch gekleidet, die mit ihren Kordeln, blinkenden Knöpfen und Orden entfernt an Uniformjacken erinnern. Dazu tragen die verwegen aussehenden Männer mit ihren bauschigen Vollbärten seltsame Hosen aus derbem Leder, die unter dem Knie enden und in grobe Strümpfe übergehen. Tito entsinnt sich dunkel, als Tourist auf dem Münchner Oktoberfest solche Hosen schon mal gesehen zu haben. Bei der Erinnerung wird ihm flau im Magen, denn der Römer Tito tat es damals den Barbaren gleich und trank aus gläsernen, mit einem Henkel versehenen Eimern massenweise Bier. Vier Tage lang. Damals hat er auch diese wunderlichen Filzhütchen gesehen, die die Fremdlinge da unten auf dem Kopf haben, geschmückt mit pinselartigen Borsten, Federn, Blumen und anderem Tand.

Die Männer haben allerlei messingfarbene Blasinstrumente dabei, mit denen sie den Radau veranstalten, der Tito geweckt hat. Es klingt nach Militär, nach Marschmusik. Unser Aquarienhändler blickt den wilden Kerlen ungläubig nach, wie sie strammen Schrittes Richtung Vatikan verschwinden. Ist der Papst in Gefahr? Beim *Sacco di Roma* musste Clemens VII. durch einen gedeckten Gang, den *passetto*, in die Engelsburg fliehen, während sich seine Schweizer Gardisten der Übermacht stellten und von den Landsknechten massakrieren ließen.

Verwirrt trinkt Tito seinen *caffè* aus und geht zurück in seine Wohnung. Ein paar Tage später wird er mir von seinem Erlebnis erzählen. Ich werde ihm dann erklären, dass die wilden Männer Gebirgsschützen waren, *tiratori di montagna*, und dass Papst Benedikt XVI. selbst zu der bunten Truppe gehört, und zwar als

Ehrenoffizier der Tegernseer Gebirgsschützenkompanie. Da schüttelt unser römischer Freund den Kopf und denkt sich: »Die spinnen, die Barbaren.«

An jenem Samstagmorgen, als Tito so krachledern geweckt wurde, warten Antonia, Bernadette, Nicolas und ich bereits auf dem Petersplatz auf den Einzug der Gebirgsschützen. Wir haben uns feingemacht für diesen Tag. Antonia sieht sehr elegant aus in ihrem schmalen blauen Leinenkleid und ihrem weißen Blazer – und wirkt mit ihren grünen Augen und ihren dichten, dunklen Haaren wie eine Römerin. Eigentlich bin ich ja nicht für einen Familienausflug, sondern zum Arbeiten hierhergekommen. Schließlich will meine süddeutsche Zeitung einen farbigen Bericht haben, wenn 500 bayerische Gebirgsschützen aus 47 Kompanien auf Rom-Wallfahrt sind und beim Papst aufmarschieren. Doch dann bestand Nicolas darauf, die »Gebirgsschießer« zu sehen, und so entschieden wir, gemeinsam hinzugehen.

Auf dem Petersplatz herrscht der übliche Frühjahrsmorgenrummel. Die Stimmen der Pilger übertönen das Plätschern der beiden Brunnen, die Kolonnaden des Bernini umarmen halb zärtlich, halb schützend die Menge. Oben auf dem Gianicolohügel stehen die Schirmpinien Wache, gegenüber im Apostolischen Palast sind wohl gerade die Haushälterinnen des Papstes beim Morgenputz, und vor uns ragt die Kuppel des Petersdoms weißgrau und heiter in den Äther, als steinerne Krone der katholischen Weltkirche. Die Sonne wärmt unsere Gesichter und lässt Rom jung und erhaben, frisch und feierlich zugleich aufleuchten.

Solche Stunden sind es, in denen die Römer zu Recht behaupten, sie lebten in der schönsten Stadt der Welt. Alles sieht aus wie auf den Ostersonntag-Fernsehbildern, wenn der Papst von der Loggia des Petersdoms den Segen *urbi et orbi* erteilt und die Kamera über die ganze Stadt schwenkt. Nur der Himmel ist heute anders. Er leuchtet nicht bloß blau, sondern, dank einiger flauschiger Wolken, weiß-blau, als hätten ihn die bayerischen Gebirgsschützen so bestellt.

Während wir warten, begegnen wir dem deutschen Botschafter beim Vatikan, den ich von den Empfängen in seiner Residenz her kenne. Er scherzt mit Bernadette und Nicolas, und die beiden fragen mich nachher, ob das ein »Pominänta« sei. Es soll nicht ihr einziger an diesem Tag bleiben. Mittlerweile ertönt Marschmusik. Dann sehen wir sie auf den Petersplatz einziehen, die wilden Männer, die Tito so verschreckt haben. Neben den Schützen mit ihren Fahnen, Trommeln und Blasinstrumenten laufen die Marketenderinnen. So werden die Frauen genannt, die die Schützen einst auf ihren Feldzügen versorgten. Die nichtbayerischen Pilger auf dem Platz verfolgen teils verstört, teils verzückt den exotischen Aufmarsch. Mit solchen Bildern für ihre Fotohandys und Kameras hätten sie nicht gerechnet, jedenfalls nicht hier im Herzen Roms.

Dann zieht die bunte Truppe in den Petersdom ein. Dank meines Vatikan-Presseausweises flutschen wir mit, ohne uns in der langen Schlange der Pilger und Touristen anstellen zu müssen, die sich vor der Sicherheitsschleuse an den Kolonnaden gebildet hat. Wir folgen den Schützen bis zur Apsis. Dort hält der Kardinal von München eine Messe, begleitet von den Bläsern der Antlass-Kompanie Lenggries. Nach dem Gottesdienst stellt uns ein Mitarbeiter des Vatikans, eine meiner »Quellen«, wie man im Journalistenjargon sagt, der Familie der Wittelsbacher vor.

Bernadette und Nicolas schütteln dem Erzherzog von Bayern die Hand, und Bernadette fragt mich dabei ziemlich laut, so dass es die Umstehenden hören: »Ist das der König?«

Was sagt man in so einem Moment? Nein? Das wäre

sachlich richtig, aber psychologisch eher falsch. Also antworte ich: »Fast, Bernadette.«

Der Fast-König schmunzelt und nimmt's gelassen.

Nun kommt wieder Bewegung in die Schützen. Sie marschieren hinaus aus dem Petersdom und durch geheimnisvolle Gänge und Hallen des Vatikans hinein in die sogenannte Benediktionshalle, einen langen, reich geschmückten Saal zwischen Dom und Sixtinischer Kapelle. Die Schützen in ihren hirschledernen Bundhosen und grauen, braunen, grünen und roten Joppen positionieren sich links und rechts des Mittelganges. Nun herrscht ehrfurchtsvolle Stille. Alles wartet auf Joseph Ratzinger, den Ehrenoffizier der Tegernseer Gebirgsschützenkompanie, besser bekannt als Papst Benedikt XVI.

Auch wir warten gespannt. Bernadette und Nicolas wirken mitten in der Schar der wilden Männer wie Jim Knopf unter den Piraten der Wilden Dreizehn.

»Kann ich dem Papst *buon giorno* sagen?«, wispert Nicolas ein wenig eingeschüchtert.

»Du musst ihm Grüß Gott sagen«, erklärt Bernadette, die sich noch besser an ihre Kindheit in München erinnert.

»Wieso denn, der Papst spricht doch Italienisch«, protestiert Nicolas.

Ich gebe den beiden den Tipp, sich dicht am Mittelgang aufzustellen und heftigst zu winken, sobald Benedikt kommt. Es dauert nicht lange. Unter dem Schmettern des Bayerischen Defiliermarsches schreitet kurz darauf ein zierlicher Herr in weißer Soutane, mit weißem Käppchen und roten Zeremonienschuhen in die Benediktionshalle. Als er die wilden Männer sieht und die schmissigen Klänge der Antlass-Kompanie hört, blitzen seine Augen vor Vergnügen. Endlich daheim im Vatikan!

Der Papst gleitet voran, wie von einem unsichtbaren Faden nach vorne gezogen. Er grüßt nach links und rechts, segnet, lächelt. Nun ist er auf unserer Höhe. Ich stupse Nicolas und Bernadette an: »Jetzt, winkt! Winkt!« Die beiden recken ihre Arme zwischen den Stöpselhüten und Spielhahnfedern der Schützen hervor und winken, was das Zeug hält. Der Papst gleitet auf seinen roten Zeremonienschuhen weiter. Erst sieht er unsere Kinder nicht. Doch dann äugt er plötzlich mit diesem unnachahmlichen, halb schüchternen, halb schalkhaften Blick zur Seite. Aus dem Augenwinkel heraus nimmt er Bernadette und Nicolas wahr. Er hält inne, will weitergleiten, macht dann urplötzlich eine Vierteldrehung auf der Stelle wie eine der Schefflerfiguren im Rathausturm auf dem Münchner Marienplatz und kommt schnurstracks auf uns zu. Er segnet beide Kinder, reicht erst Bernadette die Hand, dann Nicolas.

Ich stehe dem Papst, schon von Berufs wegen, nicht unkritisch gegenüber. Doch in diesem Moment verlässt mich alles Rationieren. Ich bin, es sei gestanden, ergriffen. Der Augenblick gerinnt zu einer Ewigkeit. Der Papst blickt Nicolas in die Augen – und Nicolas dem Papst. So komisch es klingen mag: In diesem Moment erscheinen mir Benedikt und mein Sohn sehr ähnlich. Zwei hellhaarige, blauäugige Oberbayern, der eine jung, der andere alt, mit den gleichen runden Köpfen und dem gleichen freundlich-scheu-verschmitzten Blick.

Dann beginnt auf einmal die Zeit wieder zu verrinnen. Ich höre die Klänge des Defiliermarsches, Benedikt macht erneut eine Vierteldrehung, diesmal nach vorne, und gleitet davon. Sein Hoffotograf aber hat alles festgehalten. Daher kann ich seitdem all unsere Gäste in Rom mit diesen Bildern traktieren.

Nach der Audienz ziehen alle hinaus in die Vatikanischen Gärten. Wir reihen uns, so unauffällig wie möglich, unter die Schützen ein. Unterwegs begrüßen wir den Kardinal von München, den ich von anderer Gelegenheit her kenne, und Bernadette und Nicolas erhalten einen weiteren Segen. Sie scheinen sich daran zu gewöhnen.

Auf dem Platz zwischen der Rückseite des Petersdomes und dem Palazzo des Gouvernariats, der Vatikan-Verwaltungsbehörde, steht nun eine Truppenparade an. Von links marschieren die Schweizer Gardisten in ihren gelb-blau-roten Uniformen heran, vorneweg ihr Gardehauptmann in weinrotem Samt. Von rechts nahen die bayerischen Gebirgsschützen in ihrer wildbunten Pracht. Die beiden pittoresken Zwergheere sammeln sich. Die Gebirgsschützen versuchen, ihren Haufen in Reih und Glied zu bringen. Da kommt einer der Schützen auf uns zu. Es ist ein bayerischer Staatsminister. Auch er ist, wie der Papst, ein Ehrenschütze. Als ehemaliger Lehrer und mehrfacher Vater versteht er sich gut mit unseren Kindern.

»Was arbeitest du eigentlich so, als Minister, ich meine beruflich?«, fragt Bernadette.

Der Minister versucht sich an einer schlüssigen Antwort.

Bernadette wirkt nicht recht überzeugt. »Du arbeitest also nichts Richtiges, also nichts Normales!«, resümiert sie arglos.

Der Minister lächelt nachdenklich. Dann fragt er Bernadette und Nicolas: »Wollt ihr nicht mit uns marschieren?«

Natürlich wollen die beiden. So nimmt er Nicolas an die linke und Bernadette an die rechte Hand. Gemeinsam schreiten sie los und reihen sich als Rotte in den Zug der Schützen ein. Es ist für Antonia und mich ein bizarres Bild, wie unsere Kinder mitten unter den Schützen aufmarschieren. Der freundliche Minister bringt ihnen die Grundlagen des Stechschrittes bei, dann rücken sie im Zug der Schützen auf die Schweizer Garden zu. Befehle werden gebrüllt, Hacken zusammengeschlagen, Köpfe nach rechts gedreht. Nicolas und Bernadette machen so bravourös mit, als hielten wir in unserer Familie regelmäßig paramilitärische Übungen in den Tiber-Sümpfen ab.

Nach der Truppenparade löst sich alles ganz schnell auf, und wir finden uns plötzlich alleine mitten in den Gärten des Papstes wieder. Wir spazieren ein wenig in den prächtigen Anlagen herum, treffen diverse *monsignori*, die unsere Kinder ausgiebig segnen. Ziemlich erschöpft schlurfen wir gegen Abend in unseren Palazzo in Prati. Bernadette fühlt sich unwohl. Sie bekommt Schüttelfrost und hohes Fieber.

»Für eine kleine Protestantin war es heute wohl ein bisschen viel katholischer Segen«, lästert Antonia.

Außer den Fotos mit dem Papst bleibt uns von diesem Tag eine nette Korrespondenz. Der Minister schickt uns einen Brief mit Fotos von unseren Kindern inmitten der Schützen. Da ihm Bernadette von ihren Meerschweinchen erzählt hat, erkundigt er sich auf seinem ministeriellen Briefpapier mit Aktenzeichen eingehend nach Giacomo Brödler, Nelly, Mucki und Susi. Wir schreiben zurück, berichten über die Neuigkeiten im Meerschweinchenstall – und so entspinnt sich ein etwa einjähriger Briefwechsel zwischen dem bayerischen Staatsminister einerseits und Bernadette, Nicolas sowie den Meerschweinchen andererseits. Leider bricht die Korrespondenz irgendwann ziemlich abrupt ab. In der großen bayerischen Volkspartei des Ministers kommt der Haussegen zeitweise in Schräglage, und darüber vergisst er wohl Giacomo und Co. Bernadette und Nicolas lassen ihn dennoch schön grüßen und ausrichten, uns und den Meerschweinchen gehe es gut. Wir wünschen ihm dasselbe.

Neben den ungeheuerlichen Strapazen, etwa im Dschungel der Vatikanischen Gärten und der italienischen Bürokratie, bietet das Korrespondentenleben auch einen großen Vorteil: Ich lerne ungewöhnliche Leute kennen, vom Paten in San Luca bis zum Papst in Rom. Als Italien-Korrespondent genieße ich zudem das Privileg, immer wieder auf eine besondere Spezies Mensch oder vielmehr Italiener zu treffen, die ich magische Realisten getauft habe. Das sind Leute, die ein utopisches Ziel mit pragmatischen Mitteln verfolgen – und bisweilen sogar erreichen. Einem solchen Mann sitze ich nun in Palermo gegenüber. Er hat ein schweres bronzefarbenes Gesicht, aus dem weise, erschöpfte Augen blicken. Es ist das Gesicht eines Buddha, der zu lange in der Welt gelebt hat und womöglich noch am Abend zuvor durch ihre Kneipen gezogen ist. Und es ist das Gesicht Siziliens, jener Insel, die seit Urzeiten von harten Herrschern unterjocht wird, von Karthagern, Römern, Sarazenen, Normannen, den Anjou und Bourbonen, den Truppen des Königreichs Italien und schließlich der Mafia. In anderen Worten: das Gesicht meiner Region Nummer 15.

Sizilien hat sich all diesen fremden Mächten immer wieder gebeugt, ohne jedoch seltsamerweise seinen Stolz und seine Seele gänzlich zu verlieren. So hat Sizilien ein müdes, schweres, sinnliches, kluges, ein bisschen trotziges und geheimnisvolles Gesicht bekommen – das Gesicht Leoluca Orlandos. Dieses Gesicht spiegelt die Märchen aus Tausendundeiner Nacht wider, aus jener Zeit, als Palermo unter arabischer Herrschaft stand. Damals, vor mehr als tausend Jahren, war »Balarmu« eine reiche und mächtige Kapitale der muslimisch-mediterranen Welt. Hunderte Minarette ragten aus der Hafenstadt empor, und die Araber pflanzten exotische Gewächse wie Zuckerrohr, Orangen, Papyrus und Dattelpalmen. Bald darauf bauten die Normannen und Staufer ihre Kirchen und Paläste. In der Barockzeit schmückten die Adeligen die Stadt mit Gotteshäusern und Palazzi. Später gaben die Architekten des Jugendstils Palermo einen exotisch-verspielten, luxuriösen Glanz. Dann, 1943, legten die Bomber der Alliierten weite Teile der Stadt in Schutt und Asche.

Noch mehr Schaden hat die Mafia angerichtet, die gefühl- und würdelos das Alte abreißen ließ, um mit rasch hochgezogenen Betonblocks Geld zu machen und die *Conca d'Oro*, die Goldene Muschel, wie die Bucht von Palermo heißt, zu verwüsten. Die Mafia füllte die Straßen von Palermo mit Leichen, Witwen, Waisen und Menschen, die Schutzgeld bezahlten und vergaßen, dass sie freie Bürger in einem freien Land sein könnten. Die Mafia legte einen Teppich aus Angst über die Stadt, raubte ihr Würde und Schönheit, bis eine Anti-Mafia-Bewegung entstand, die der Krake heute mit Mut, Stolz, Geschichtsbewusstsein und Todesverachtung entgegentritt.

Das alles glaube ich von vielen privaten und beruflichen Reisen nach Sizilien zu kennen, und das alles meine ich nun in den Gesichtszügen Leoluca Orlandos lesen zu können.

»Ich habe eine morbide, geradezu körperliche Beziehung zu dieser Stadt«, sagt er. »Palermo ist für mich wie eine Geliebte.«

Ich versuche jedes Mal, wenn ich als Journalist nach Palermo komme, Leoluca Orlando zu treffen, denn er hilft mir, die Stadt zu verstehen. So bin ich an diesem Morgen früh aufgestanden und mit dem Taxi in die Via Dante in ein ehemals großbürgerliches Viertel gefahren. Noch etwas müde laufe ich auf die Villa Virginia der Familie Orlando zu, den schönsten privaten Jugendstil-Palazzo, den die Stadt noch besitzt. Ich ertappe mich dabei, wie ich mir durch die Haare fahre und meine Krawatte zurechtzupfe, und denke daran, dass mich nun wohl irgendwelche *carabinieri* in einer Einsatzzentrale beobachten. Wie ich gehört habe, wird Orlandos Villa von mehr als einem Dutzend Kameras überwacht. Schließlich stand der Hausherr zeitweise auf Platz eins der schwarzen Liste der *Cosa Nostra* – man könnte auch Abschussliste sagen. »Lebende Leiche«, wurde Leoluca Orlando genannt. Er selbst hat gesagt, die Mafia vergesse nicht, und eines Tages werde sie ihn erwischen.

Ich klingele an einem Eisentor, laufe über einen gekiesten Weg und bewundere die Palmen, Zitronen- und Gummibäume des charmant verwilderten Gartens. Ein Schwager Orlandos begrüßt mich und führt mich in eine kirchenhohe, lichtarme Halle mit einem riesigen, glutlosen Kamin, einer kühn geschwungenen Holztreppe, bordeauxfarbenen Seidentapeten und bunten Jugendstilfenstern. Es ist kalt in diesem Raum, und ich erinnere mich, bei anderer Gelegenheit hier im Wintermantel mit einigen Staatsanwälten und Diplomaten gesessen zu haben, während Leoluca Orlandos Ehefrau Milli dampfenden *caffè* in winzige weiße Porzellantässchen goss.

Nun führt mich der Schwager in ein kleines, mit dunklen Mahagonimöbeln, Büchern, Manuskripten und Erinnerungsstücken gefülltes Arbeitszimmer. Fotos zeigen den Hausherrn mit Hillary Clinton, Lothar Späth und dem Dalai Lama.

»Ich sehe Leoluca leider kaum«, sagt der Schwager. »Wenn überhaupt, dann morgens beim *caffè*. Für dreißig Sekunden. Dann ist er den ganzen Tag unterwegs, und nachts kommt er erst gegen zwei Uhr nach Hause.«

»Es sind halt Wahlkampfzeiten«, sage ich.

Das habe damit nichts zu tun, antwortet der Schwager. »Er ist immer so. Er liebt das rastlose Leben – und er hat wahnsinnig viel Energie.«

Dann kommt Leoluca Orlando herein und begrüßt mich wie einen alten Freund, obwohl wir uns über die Jahre verteilt erst ein paar Mal gesehen haben und er sich wahrscheinlich gar nicht an mich erinnert. Orlando hat die Fähigkeit, sofort ein vertrauliches Gesprächsklima zu schaffen. Er sieht mich mit seinem freundlichen Buddha-Gesicht an und fängt dann, ohne auf eine Frage zu warten, sofort an zu sprechen. Von der Mafia, von Palermo, von den Sizilianern, von sich selbst, denn das gehört irgendwie alles zusammen.

»Die Mafia ist gar nicht das Hauptproblem dieser Insel«, sagt Orlando, »sondern der Analphabetismus. Wenn ich mit einer Delegation von Sizilianern ins Ausland reise, nach Amerika, Frankreich oder Deutschland, dann sprechen die keine Fremdsprache, wissen nichts von ihrem Gastland und fragen als Erstes: Wo gibt es hier ein sizilianisches Restaurant?«

Das ist der »Analphabetismus«, den Orlando überwinden will, die Provinzialität und Isoliertheit, die es der Mafia leichtmachen, die Sizilianer zu beherrschen. Dann kommt er auf den »Sizilianischen Karren« zu sprechen, ein bunt bemaltes, pittoreskes Gefährt, nach dem Orlando einen Band mit Erzählungen benannt hat.

»Dieser Karren hat zwei Räder«, erklärt er, »den Rechtsstaat und die Kultur.« Beide Räder müssten im gleichen Tempo rollen, damit eine Gemeinschaft gut vorankomme. Der sizilianische Karren sei aber im Sumpf stecken geblieben, seine Räder seien blockiert.

Bis Leoluca Orlando kam.

Wir sitzen uns vor seinem Schreibtisch in dem vollgestellten Studio gegenüber, und der Hausherr erzählt von dem Palermo, das er vorgefunden hat, als er 1985 zum ersten Mal Bürgermeister wurde. »Palermo war eine fatalistische Stadt, ohne Hoffnung«, sagt er. Die Parks waren verkommen, Kirchen und Palazzi eingestürzt, die Kommunalpolitiker arrogant oder mutlos, die Mafia auf dem Weg, auch noch das letzte Stück des prächtigen alten Palermo mit Beton zu überziehen.

Während Orlando spricht, erinnere ich mich wieder: Damals, Mitte der 80er Jahre, waren Antonia und ich Studenten, und wir fuhren mit einem Nachtzug von München nach Rom. Dort liefen wir unausgeschlafen durch die Stadt, von der wir nicht wussten, dass sie einmal unsere Heimat werden sollte. Abends aßen wir in Bahnhofsnähe für ein paar tausend Lire eine Pizza, dann stiegen wir wieder in den Liegewagen des Fernzuges namens *Archimede*, um weiter nach Sizilien zu rollen.

In unserem kleinen, muffigen Abteil reisten noch vier alte Männer. Sie stellten sich als Fischer vor, die in Rom zu einer medizinischen Kontrolle gewesen waren. Wir hätten ihren Beruf ohnehin errochen. Die Nacht war warm, die Fischer aßen Käse, tranken Rotwein, legten sich auf die unteren, kühleren Pritschen, begannen zu schnarchen und nach ihrem Beruf zu duften. Antonia und ich lagen in den beiden oberen Betten. Der Schweiß trat uns auf die Stirn, an Schlaf war nicht zu denken. Wir sahen uns im Halbdunkeln an.

»Das halte ich nicht aus! Ich ersticke!«, zischte meine damalige Freundin und heutige Ehefrau. »Bitte, mach das Fenster auf!«

Leise schob ich das Fenster nach unten. Ein erquickender Lufthauch zog durch das stickige Abteil. Doch in diesem Moment schnaubte einer der Fischer: »Fenster zu! Es zieht!«

So ging es die ganze Nacht. Antonia und ich taten kein Auge zu und bemühten uns redlich, uns nicht in einen Erstickungstod hineinzusteigern. Irgendwann in der tiefdunklen Sommernacht kam der Zug quietschend am Südende der Halbinsel, vor der Meerenge von Messina, zum Stehen. Draußen auf dem menschenleeren Bahnsteig lief ein Männchen mit einem Karren auf und ab und rief in seltsamem Singsang: »Coca-Cola, *aqua minerale, birra*, Fanta, *pizzette, arancini, aaranciinii, aaaranciiinii* ...«

Ich öffnete das Fenster und ließ uns zwei *arancini*, mit Ragout gefüllte, panierte Reisbällchen, geben.

Im wahrsten Sinne des Wortes »gerädert« kamen wir am Morgen in Palermo an. Wir fanden ein Zimmer in einer billigen Pension in der Altstadt, die ein skurriler, aber sympathischer pensionierter *maresciallo* in verstaubten Räumen um einen schachtartigen Innenhof herum eingerichtet hatte. Palermo erschien uns als eine tote Stadt. Nachts, wenn wir über die Via Vittorio Emanuele, die Schlagader der Altstadt, zu unserer Herberge gingen, begegneten wir mehr kaninchengroßen Ratten als Passanten. Das ganze *centro storico* mit seinen Kirchen, brunnengeschmückten Plätzen und Palästen schien zu zerbröseln – schließlich wollte die Mafia hier möglichst viel abreißen, um weitere Betonklötze hochziehen zu lassen. Palermo wirkte auf uns stumpf, leer und traurig, wie der Schädel eines Skelettes. Zur gleichen Zeit wurde Leoluca Orlando erstmals Bürgermeister. Damit begann »*la Primavera di Palermo*«, der »Frühling von Palermo«.

Der »rasende Roland«, wie Leoluca Orlando genannt wird, hauchte der fatalistisch sterbenden Stadt Hoffnung und neuen Atem ein. Er ließ Kirchen und Paläste renovieren, Parks anlegen, Straßen beleuchten, Museen eröffnen und schaffte so heile Inseln in der von Armut und Verfall zerfressenen Altstadt. Zwangsläufig legte er sich dabei mit der Mafia an, die er aus den Bauaufträgen der Stadt herausdrängen wollte. Nun wurde es gefährlich für den Christdemokraten aus uralter, adeliger sizilianischer Familie, denn die *Cosa Nostra* fühlte sich in ihrer Hauptstadt herausgefordert.

Da geschah ein Wunder. Normalerweise werden die

Opfer, die die Mafia sich aussucht, zunächst isoliert. Nachbarn und Freunde wenden sich ab, bevor die tödlichen Schüsse folgen. Orlando aber spürte auf einmal, wie die Menschen, vor allem die Ehefrauen und Mütter, einen Verteidigungsring um ihn bildeten. »Wenn ich in den Trabantenstädten zu den Palermitanern ging und die Kinder kamen und umarmten mich, dann wagte es die Mafia nicht, mich zu töten«, erzählt er. Manche Frauen boten ihrem Bürgermeister sogar an, sich mit ihren Kindern zu ihm ins Auto zu setzen, um ihn so zu schützen. Natürlich lehnte er ab.

Orlando eroberte mit einer Mischung aus Erneuerungsgeist und altem adeligem Herrschaftsanspruch die Herzen seiner Mitbürger. »Ich will der Boss in der Stadt sein«, sagt er noch heute. Dieser Machtanspruch gefiel den Menschen, die seit Jahrhunderten gewohnt waren, sich mit den Mächtigen zu arrangieren. Nur dass der Wind diesmal aus der Anti-Mafia-Richtung wehte. Orlando legte sich mit dem Establishment seiner christdemokratischen Partei an, gründete eine eigene Anti-Mafia-Bewegung, ließ das verfallene Jugendstil-Opernhaus Teatro Massimo als Beweis für die palermitanische Renaissance restaurieren und wiedereröffnen. Er reiste, redete und wurde zur weltweit verehrten Anti-Mafia-Ikone, was wiederum seiner Heimatstadt zugutekam.

Sein Ziel? Orlando hält in seinem Erzählfluss inne, überlegt. Dann sagt er: »Mein Ziel ist es nicht, das Verbrechertum in Sizilien auszumerzen, denn das werde ich nie schaffen. Doch ich will die Mafia zu einer gewöhnlichen kriminellen Bande zurückstutzen. Ich will sie aus dem Staat, den Parteien, der Kirche und der Wirtschaft vertreiben, damit sie keine Gefahr mehr für unsere Demokratie ist.«

Bis dahin ist es noch ein weiter Weg in Palermo. Auf Recherche für den einen oder anderen Artikel streife ich immer wieder tagelang durch die Stadt. Es gelingt ihr, mich binnen Sekunden zu begeistern, abzustoßen und wieder zu erobern. Auf dem Weg durch seinen Bauch, den *centro storico*, zeigt Palermo Widersprüche, die an Dr. Jekyll und Mr Hyde erinnern. Nur dass sich Licht und Schatten nicht in einer Person finden, sondern auf einem Platz, einer Gasse, ja in einem Haus. In den Vierteln um den Corso Vittorio Emanuele und die Via Maqueda stoße ich auf liebevoll restaurierte Barock-Palazzi, den herrlichen Stadtpark Giardino Garibaldi mit seinen gigantischen Gummibäumen, auf quirlige Trattorie wie die 170 Jahre alte Focacceria San Francesco, die sich mutig und öffentlich den Schutzgelderpressungen der Mafia widersetzt, und auf ein schickes Kulturzentrum, das mitten in den Ruinen der gotischen Kirche Santa Maria dello Spasimo entstanden ist.

Doch dann, nur eine Hausecke weiter, pralle ich auf ein Bild des Verfalls, das wirkt, als habe da der apokalyptische Maler Hieronymus Bosch seinen höllischen Szenarien gefrönt. Da stehen Hausstrünke noch so, wie sie die alliierten Bombardements vor mehr als einem halben Jahrhundert hinterlassen haben, da baumeln vergammelte barocke Balkongitter vor vermauerten Fenstern, sind Fassaden mit Drahtgittern überspannt, damit keine Brocken auf die Straße fallen. Etliche *palazzi* sind komplett eingerüstet – nicht weil sie renoviert werden, sondern damit sie nicht einstürzen.

Mitten in dieser Ruinenwelt brausen Burschen auf ihren *motorini* herum, hocken Männer beisammen und trinken aus den vulgär großen 0,66-Liter-Flaschen Bier. Sie sehen nicht so aus, als warteten sie auf Orlandos Frühling von Palermo. Doch dann, wieder nur eine Ecke weiter, überraschen mich ein herausgeputztes Dachgeschoss auf einem sonst verfallenden Haus, ein perfekt restaurierter Brunnen, eine cool gestylte Bar.

Sind das die Frühlingszeichen, die den Sommer verheißen? Oder nur trotzige Lichtpunkte im Verfall? Sind Palermo und Sizilien von der Mafia heilbar, oder müssen sich die Menschen auf Dauer mit ihr arrangieren, wie einmal ein italienischer Infrastrukturminister behauptete?

Leoluca Orlando blickt mich aus seinen Buddha-Augen sehr ernst an. »Die Mafia als unheilbare Krankheit?«, fragt er. »Das wäre eine Todesstrafe für Sizilien – und ich bin gegen die Todesstrafe.«

Orlando blieb bis zum Jahr 2000, mit einer kurzen Unterbrechung, Bürgermeister. Dann verließ ihn das Wahlglück – oder seine Feinde wurden wieder übermächtig. Er verlor bei der Wahl zum Ministerpräsidenten Siziliens und später bei einem erneuten Anlauf für das Amt des Oberbürgermeisters der Stadt. Zu viele Mächte hatten sich gegen ihn verbündet. Heute ist er ein Prophet, der wenig zählt in der eigenen Heimat, doch umso mehr im Ausland und besonders in Deutschland. Hier gilt er als Gesicht des anderen, des wahren Siziliens.

Doch auch in seinem Palermo wird *u sinnacu*, der Bürgermeister, wie ihn die Menschen weiter nennen, nach wie vor geliebt. Wenn Leoluca Orlando das überprüfen will, schickt er seine Frau Milli los. Sie meidet die Salons und das Rampenlicht und kann daher unerkannt auf den Volksmärkten der Stadt einkaufen, etwa auf dem quirligen Ballarò, den auch ich in Palermo immer besuche. Hier haust die Seele der Stadt. Hier kaufen und verkaufen, handeln, diskutieren, essen, trinken, flirten und schimpfen die einfachen Palermitaner. Hier ist das Leben ein Jahrmarkt, hier riecht und stinkt, raunt und schreit es eher wie in Marrakesch durcheinander als wie in einer europäischen Großstadt.

Alles, was die Menschen brauchen, haben die Händler vor ihren höhlenartigen Läden aufgebaut. Artischocken und Turnschuhe, Käse und Jeans, Klopapier, Bier, Rindsleber und Handtaschen. Markisen und Plastikplanen hängen so dicht über den Marktgassen, dass kaum ein Sonnenstrahl hereindringt. Vor den Bierschenken sitzen Männer und werfen mit kehligen Rufen Spielkarten auf die Tische. Mit hellem Knall lassen die Metzger eines Ladens namens »Fleisch-Phantasien« ihre Hackmesser auf die Bretter krachen.

Hier also, in den Eingeweiden der Stadt, beginnt Milli über Leoluca Orlando herzuziehen. Niemand weiß, dass sie seine Frau ist, daher machen die Menschen ihrer Empörung Luft. Sie widersprechen der kleinen *signora*, beschimpfen sie sogar und schreien: »Halten Sie doch den Mund. Sie kennen Leoluca ja überhaupt nicht.«

Dann muss sich *signora* Orlando jedes Mal das Lachen verkneifen. Wieder zu Hause erzählt sie ihrem Mann: »Du kannst beruhigt sein. Alle haben dich verteidigt.«

Die Zeit vergeht schnell in der Villa Virginia, wenn der Hausherr seine Geschichten erzählt. Ich könnte ihm tagelang zuhören, ohne mich zu langweilen. Aber so viel Zeit hat Orlando nicht. Auf dem gekiesten Weg vor der Tür warten schon seine gepanzerte Limousine samt Blaulicht und zwei bewaffnete Leibwächter. Der »rasende Roland« schwebt immer noch in Lebensgefahr, und dabei wird es bleiben. Denn, so sagt er: »Die Mafia vergisst mich nicht.«

Einundzwanzig

Italiener lieben Geschwindigkeit. Italiener lieben Lärm. Italiener lieben Sieger. Und Italiener lieben Ferrari. Da wäre es ein Wunder, wenn Italiener die Formel Eins nicht liebten. Natürlich gilt auch in Italien: Fußball ist der populärste Sport. Wer jedoch an einem Formel-Eins-Sonntag durch die Städte läuft, kann einen anderen Eindruck bekommen. Kein Ristorante, keine Bar, in der nicht das Rennen über den Bildschirm läuft, kein Haus, aus dessen Fenstern nicht die überdrehten Stimmen der Reporter und das Dröhnen der Motoren klingen. Das ganze männliche Italien bangt, verliert oder siegt dann mit den roten Flitzern von Ferrari, auch wenn der Pilot zeitweise ein Germane war, der auf den sperrigen Namen »Mickaelll Schuuumackärrr« hörte.

Ich selber mache mir nicht viel aus den Rennen. So fahre ich mit Antonia und den Kindern am ersten richtig heißen Sonntagnachmittag im Mai hinaus ans Meer. Das heißt, wir wollen endlich hinaus ans Meer fahren, wie es unser ganzer Palazzo und alle anderen Römer bereits getan haben, um die richtige Badesaison zu eröffnen. Unsere Freunde aus dem Haus, Sergio, Paola und ihr Sohn Ale, sind schon am Freitagabend abgefahren, um wie üblich in der Ferienwohnung der Familie im nahen Seebad Santa Severa das Wochenende zu verbringen. Ich dagegen musste in Rom bleiben, um einen Artikel über Vandalismus in der Stadt zu recherchieren und zu schreiben.

Nicolas meint, er wäre so gerne schon am Sonntagmorgen hinaus zu seinem Freund Ale gefahren. Er steht in meiner Bürotür, schüttelt den Kopf und meint zärtlich: »Dummer Papa, warum musst du schon wieder einen Artikel schreiben.« Als er mein gestresstes Gesicht sieht, übermannt ihn sein wirklich goldenes Herz. »Papa, ich bring dir was, damit du nicht so viel Stress hast«, sagt er und läuft in sein Zimmer.

Ich höre Nicolas durch die Zwischentür seine Schatztruhe unter seinem Hochbett hervorziehen, in der er Süßigkeiten versteckt hat. Kurz darauf schleicht er, während ich in meine Tastatur hämmere, auf Zehenspitzen herein und legt mir seinen teuersten Schatz auf den Schreibtisch: ein aufgerolltes Gummibärband mit Brausegeschmack, das er sich von seinem Taschengeld am Kiosk der Deutschen Schule Rom gekauft hat. »Da, Papa, das ist für dich«, flüstert Nicolas.

Ich bin gerührt und dankbar über mein Korrespondenten-Schicksal. Wieder einmal freue ich mich, so viel mit meinen Kindern zusammen sein zu können, auch mitten unter der Arbeit. Dann teilen Nicolas und ich uns die Süßigkeiten und kauen andächtig darauf herum.

»Jetzt hast du wieder Kraft zum Schreiben«, sagt Nicolas.

Ich verspreche ihm, mich zu beeilen, damit wir endlich ans Meer zu Ale fahren können.

Als ich fertig bin, haben Antonia und die Kinder schon das Allernötigste für den Strand gepackt. Zwei überquellende blaue Ikea-Taschen voller Handtücher, Badekleidung, Schwimmbrillen, Sonnencreme, Bücher, Fischnetze, Boccia-Kugeln, Bälle, Schläger, dazu ein Klappstühlchen, meine Zeitungen, eine große Wasserflasche, Sonnenbrillen, eine Teleskop-Angel, der Fotoapparat, diverse Kekstüten und der Discman von Nicolas und Bernadette stehen vor unserer Wohnungstür – das Allernötigste für einen kurzen Nachmittag am Strand also.

Ich fluche unhörbar vor mich hin, während das allgemeine Vorabfahrts-Pipi-Machen beginnt. Ich will jetzt nur noch ins Wasser und übersehe, dass meine Familie Stunden auf mich gewartet hat und ich mich nun gewiss noch ein paar Minuten für sie gedulden kann. Dann wuchte ich die Ikea-Taschen in den Flur und zum Aufzug. Antonia und Nicolas helfen mir, Bernadette schlägt die Wohnungstür zu. Irgendetwas stimmt nicht, das merke ich gleich. »Hast du die Schlüssel?«, frage ich Antonia.

»Ich? Wieso? Hast du sie denn nicht eingesteckt?«, antwortet meine Frau.

Ich deduziere messerscharf: Der Auto- sowie der Wohnungsschlüssel liegen auf der Kommode hinter unserer gepanzerten Wohnungstür. Wir stehen davor. Und die Tür ist zu. Wir sind zwar draußen, sitzen aber in der Falle.

»*Porca miseria*«, fluche ich. Drei Jahre Italien gehen halt nicht spurlos an einem vorbei.

»*Mannaggia*«, stimmt Antonia ein.

Wir sehen uns an. Gegenseitige Schuldzuweisungen helfen jetzt auch nicht weiter, so viel haben wir in unserer Ehe gelernt. So marschieren wir jetzt hinunter in die Eingangshalle, um nach Filippo und Federica zu sehen. Unser Hausmeisterehepaar hat einen Schlüssel zu unserer Wohnung. Ich läute an der Tür in der dunklen Ecke der Halle. Nichts rührt sich. Da fällt mir ein, dass die beiden über das Wochenende zu ihren Verwandten in der Campagna fahren wollten. Federica hatte mir versprochen, mir eine Flasche Fenchelschnaps mitzubringen, den ihr Vater höchstpersönlich schwarz brennt. »Der tut Ihrem Fuß bestimmt gut«, sagte sie, und wer war ich, ihr da zu widersprechen.

Dummerweise habe ich die neue Handynummer

von unserem Hausmeister-Ehepaar nicht. Filippo weigert sich, diese Nummer im Palazzo herauszugeben, mit der nachvollziehbaren Begründung, dann habe er auch in seiner spärlichen Freizeit keine Ruhe mehr. Denn die Familie Cornetti ist sehr anspruchsvoll, ständig gibt es in einer der Wohnungen eine Jalousie zu reparieren, einen Wasserhahn abzudichten, eine Lampe zu installieren, eine Katze zu füttern – oder auch mal vier Meerschweinchen. Auf meinem Mobiltelefon habe ich aber immerhin die Nummer von Federicas Eltern gespeichert. Nur: Bei diesem herrlichen Wetter sind sie bestimmt nicht zu Hause, sondern an ihrem Lieblingsstrand bei Salerno. Ich versuche es trotzdem.

Nach dem dritten Klingelton höre ich die vertraute Stimme Filippos: »*Pronto?*«

»Ah, Filippo! Gut, dass Sie da sind! Ich dachte schon, Sie seien am Meer.«

»Äh, ja, *dottor* Uuulrik, eigentlich wollten wir an unseren Lieblingsstrand bei Salerno fahren, aber dann gab es hier zu Hause so viel zu erledigen ...«

Ich höre im Hintergrund Motoren aufheulen und eine aufgeregte Reporterstimme. Da ist mir klar: Filippo guckt *Formula 1*, zusammen mit seinem Schwiegervater, wahrscheinlich bei einem Gläschen Fenchelschnaps. Nur mag er es nicht zugeben, weil er weiß, dass ich es nicht verstehen würde, wie man bei so herrlichem Wetter im Wohnzimmer sitzen und Rennfahrern bei der Arbeit zusehen kann. Heute aber bin ich Ferrari und Co. richtig dankbar. Denn so kommen wir vielleicht doch noch an unseren Schlüssel. Ich erkläre Filippo das Problem.

Er überlegt kurz und sagt dann, ja, es gebe eine Lösung. Sein Freund Sandro, ein verbündeter Hausmeister aus einem der Nachbar-Palazzi, habe einen Schlüssel zu seiner Wohnung, genau für solche Notfälle. Er könne mir sicher aufschließen.

Filippo gibt mir die Nummer von Sandro, der sofort ans Telefon geht. Im Hintergrund höre ich Motorengeräusche und eine hektische Reporterstimme. Ich merke es Sandro an, dass er nicht begeistert ist, das Rennen unterbrechen zu müssen, weil der depperte *tedesco* sich selbst ausgesperrt hat. Doch er ist fünf Minuten später da und stochert mit einem blumenstraußgroßen Schlüsselbund an Filippos Haustürschloss herum. Nicolas und Bernadette werden ungeduldig. Sie beginnen in den Ikea-Taschen zu kramen, den Fußball herauszuholen und in der Halle herumzuspielen. Ich werde nervös, mir ist heiß, ich will ans Meer. Endlich geht die Tür auf, und wir treten in die dunkle Diele der Hausmeisterwohnung.

Dort hängt ein Metallkasten mit allen Schlüsseln unseres Palazzo. Nur: Der Kasten ist abgeschlossen. So hektisch Sandro auch mit seinen Schlüsseln an dem Kastenschloss herumprobiert – inzwischen läuft Runde um Runde die *Formula 1* weiter! –, es geht nicht auf. Auch diverse Telefonate zwischen Sandro und Filippo – »Probier den gelben Schlüssel! Nein, nicht den hellgelben, den mit dem verschrammten Plastiküberzug!« – bringen keine Lösung. Irgendwann sagt Sandro, er müsse jetzt leider wieder nach Hause, er habe noch etwas Dringendes zu erledigen.

Ich sehe mich schon einen Schlüsseldienst rufen, an einem Formel-Eins-Sonntagnachmittag in Rom! Das wird ein Spaß werden. Da meint Filippo am Telefon, ob denn sonst niemand im Palazzo sei.

»Ich glaube nicht«, sage ich. »Die sind doch alle am Meer.«

»Probieren Sie es mal bei Sergio, *dottor* Uuulrik, man weiß ja nie.«

Also klingele ich an Sergios Wohnungstür. Von drinnen höre ich verdächtige Geräusche. Motorenlärm, Reporterstimmen und dergleichen. Sergio öffnet in

Schlappen und Bademantel, sieht mich und guckt ein wenig verlegen.

»Sergio, gut dass du da bist! Ich dachte, ihr seid das ganze Wochenende am Meer«, rufe ich.

»Ach weißt du, Stä, zu viel Sonne ist nicht gesund. Da dachte ich, es ist besser für die Kinder, wenn wir ein bisschen früher zurückfahren.«

»Und weil du nun schon einmal zu Hause bist, kannst du ja gleich noch die *Formula 1* anschauen«, sage ich.

»*Ecco!*«, gesteht Sergio.

Da taucht Paola hinter ihm auf und meint nachsichtig grinsend: »Es ist wieder mal typisch. Ich und die Kinder müssen bei diesem herrlichen Wetter vom Strand nach Hause, nur damit der *signore* sein famoses Autorennen angucken kann.«

Es folgt ein Schlüsselerlebnis: Sergio hat tatsächlich den Schlüssel zu Filippos Schlüsselkasten. Damit gelangen wir an einen unserer Wohnungsschlüssel, nehmen unseren Autoschlüssel und kommen doch noch ans Meer. Seither sehe ich die Formel Eins mit ganz anderen Augen.

Es ist eine schwüle Nacht. Nach den Stunden am Meer sind die Kinder früh eingeschlafen. Antonia und ich sitzen auf unserem Balkon und betreiben Lebensplanung. Ich bin vor kurzem in Paris gewesen und habe ein Haus in der Nähe der Deutschen Schule angemietet. Es ist ein nettes Haus, mit einer Terrasse und einem winzigen Gärtchen mit Büschen, Blumen und Gras, etwas, das wir in Rom nie hatten. Das wird Nicolas und Bernadette sicher gefallen. Aber es hat geregnet in Paris, und das Licht war nicht warm wie in Rom, sondern eher silbrig wie in Skandinavien. Ich fühlte mich fremd und war froh, wieder auf dem Flughafen Fiumicino zu landen.

»Nun sind es nur noch drei Monate bis zu unserem Umzug nach Paris«, sage ich.

»Ja«, seufzt Antonia, »ich denke auch gerade daran. Eigentlich habe ich mich darauf gefreut, etwas Neues anzufangen, nach vier Jahren Rom, aber jetzt, wo es konkret wird ...«

»Es ist ja kein Abschied auf immer ...«, sinniere ich.

»Wie meinst du das?«

»Na ja, ich habe immer noch diesen alten Traum, dass wir uns mal ein Ferienhaus in Italien kaufen.«

»Soso«, sagt Antonia. »Da möchte ich mich jetzt aber noch nicht festlegen. Dann müssten wir ja immer dort Urlaub machen.«

»Ich will ganz sicher nicht nur dort Urlaub machen, sondern irgendwann einen Teil des Jahres dort leben, spätestens nach der Pensionierung.«

»Das ist aber noch lange hin«, meint Antonia praktisch.

Wir drehen uns mal wieder im Kreis mit unserer Ferienhaus-Diskussion. Die Idee dazu ist mir einst in der Studentenzeit in Freiburg gekommen. Mein Freund Karl und ich malten uns aus, wie es wäre, in Italien zu leben. Wir beide schwärmten für dieses Land, kochten abends italienisch für unseren Freundeskreis, hängten Italien-Traum-Bilder in unseren Zimmern auf und reisten, wann immer wir konnten, dorthin. Karl meinte, er würde bald dorthin auswandern. Ich glaubte ihm nicht und hielt mich für realistischer, da ich von einem Ferienhaus träumte.

Karl ist dann vor langer Zeit tatsächlich ausgewandert. Er lebt jetzt in Orvieto, betreibt dort ein Reisebüro für ausgefallene Umbrien- und Toskana-Touren und führt Reisegruppen durch die Städte der Region. Ich selbst lebe nun zwar ebenfalls in Italien, aber nicht mehr lange. Und ein Ferienhaus ist auch nicht in Sicht.

Anläufe dazu habe ich freilich schon unternommen. Ich weiß noch damals, in der Studentenzeit, als mich mein Vater anrief. »Stefan, ich habe da eine Mandantin, die hat eine alte ausgebaute Mühle in Ligurien, und die möchte sie verkaufen«, sagte er. »Der Preis klingt ganz vernünftig. Möchtest du sie dir nicht mal anschauen?«

Und ob ich wollte. Antonia und ich, wir waren damals schon zusammen, warfen unser Kuppelzelt, die Schlafsäcke und ein paar Klamotten in den Kofferraum und fuhren gleich am nächsten Tag los. Unterwegs malte ich mir mein Mühlendomizil aus, an einem grünen Berghang mit Blick aufs Meer. Hier, auf einer Natursteinterrasse über dem Mühlbach, würde ich im Sonnenuntergang sitzen, Bücher schreiben, mit Freunden eiskalten Weißwein trinken und die Nächte durchdiskutieren.

»Und du meinst, dass ich das auch will?«, meinte Antonia schon damals.

»Ach, das wird dir bestimmt gefallen«, erwiderte ich leichthin.

»Und was soll ich den ganzen Tag in dieser ligurischen Mühle machen, während du deine Bücher schreibst?«, zweifelte Antonia.

»Du könntest in die italienische Regionalküche einsteigen und ligurische Rezepte ausprobieren«, sagte ich. Natürlich dachte ich nicht wirklich in solch anrüchigen Rollenmustern. Aber ich wusste, dass ich Antonia damit ärgern konnte.

»Sehr witzig«, sagte sie.

Nach langer Fahrt kamen wir im tiefen Hinterland von Albenga an. Mühsam fragten wir uns zu der Mühle durch. Mein künftiger Dichtersitz lag keineswegs direkt über der Küste, sondern gefühlte 100 Kilometer über windungsreiche Bergsträßchen entfernt im Hinterland. Die Mühle selbst war nur über einen unbefestigten Geröllweg zu erreichen und befand sich auf halber Höhe in einem finsteren Kerbtal. Das Haus war romantisch, ohne Zweifel, mit dem riesigen Tonnengewölbe und dem Kamin im Erdgeschoss. Es gab tatsächlich auch eine Terrasse, unter der der Mühlbach sprudelte. Aber das ganze Anwesen war so finster, feucht, einsam und von Brombeerranken überwuchert, dass ich Antonia gewiss nicht dazu gebracht hätte, hier Dornröschen zu spielen. Auch mir war schnell klar, dass diese Mühle nicht das war, was ich mir erträumte.

Später habe ich mein Zielgebiet von Ligurien in die Toskana verschoben. Die sei vielleicht doch etwas weitläufiger, vielfältiger und kulturell interessanter als das urwaldgrüne, bergige Ligurien, dachte ich. In der Toskana wäre es sicher leichter, Antonia für das Ferienhausprojekt zu gewinnen. Und die toskanische Regionalküche ist bekanntlich auch nicht schlecht!

Wir reisten fortan viel in die Toskana, vor allem in die Maremma. Hartnäckig bis stur, wie ich in großen Fragen des Lebens sein kann, gelang es mir, Antonia mit dem Ferienhausvirus zu infizieren. Ich ließ in unserer Wohnung in München auffällig-unauffällig Bildbände herumliegen, die *Wohnen und Leben in der Toskana* oder so ähnlich hießen und ästhetisch wundervolle Domizile von Künstlern, Schriftstellern und Modedesignern zeigten – Villen also, die ich mir nie würde leisten können. Aber was soll's. Es ging schließlich nur darum, Antonia auf den Geschmack zu bringen. Auch las ich abends im Bett nur noch Bücher mit Titeln wie *Ein Haus in der Toskana*, *1000 Tage in der Toskana*, *Meine Toskana* oder, polyglott, *Under the Tuscan Sun*. Nicht, dass ich die Sache obsessiv angegangen wäre. Aber konsequent, das schon.

So brachte ich Antonia so weit, dass sie ab und an bei Wanderungen in der Maremma ausrief: »Schau mal,

da drüben, das wäre doch ein Ferienhaus für uns!«
Dann gab es aber wieder Rückschläge, und Antonia meinte, sie wolle sich nicht mit einem Haus binden. Das klang, als ob sie mit mir schon genug gebunden wäre. Wir drehten uns wie gesagt im Kreis, genau wie jetzt, an diesem schönen Abend auf unserem Balkon in Rom.

»Irgendwann will ich aber schon mal ein Ferienhaus in der Toskana haben«, benze ich.

»Das sehen wir ja dann«, meint Antonia diplomatisch. »Jetzt sind wir erst einmal hier in Rom, noch fast drei Monate, und diese Zeit sollten wir ausnützen. Ich will jedenfalls noch so oft wie möglich abends durch die Stadt bummeln, ins Kino gehen, Ausstellungen anschauen, halt Rom erleben.«

»Klar«, sage ich.

»Und was nimmst du dir vor für das letzte Vierteljahr?«

»Hm ... Eigentlich würde ich ja gerne meine zwanzig Regionen voll bekommen.«

»Ach ... das schon wieder! Aber wenn es dir Freude macht ... Wie viele Regionen hast du denn schon?«

»Siebzehn«, antworte ich, »wenn man den Molise und das Aosta-Tal mitrechnet, was ich jetzt einfach mal tue.«

»Dann fehlen dir also noch ...?«

»Umbrien, die *Emilia Romagna* und der *Veneto*.«

»Wohin willst du als Nächstes?«

»In den *Veneto*. Ich brauche nur noch eine zündende Idee.«

»Venedig vielleicht? Da waren wir doch gerade mit den Kindern.«

»Ich dachte eigentlich an etwas noch Originelleres.«

In diesem Moment hören wir das Patschen nackter Füße auf dem Wohnzimmersteinboden. Kurz darauf schaut Bernadette aus der Balkontür. »Ich kann nicht einschlafen. Bei mir im Zimmer ist es so heiß!«

»Dann setz dich noch ein bisschen zu uns«, sagt Antonia.

Bernadette kauert sich in einen der Korbsessel und begutachtet die Kerzenflamme auf dem Tisch. Sie hört eine Weile still zu, wie wir über den *Veneto* sprechen. Auf einmal sagt sie: »Papa, da war doch dieser Mann mit den Gesichtern im Getreide. Über den wolltest du doch was schreiben.«

Erstaunt schaue ich Bernadette an. Ich habe vor einigen Monaten mal mit Antonia über einen Künstler gesprochen, der mit Traktoren Bilder in Getreidefelder »malte«. Ich habe meiner Familie auch Fotos davon gezeigt, doch dann habe ich es wieder vergessen. Aber Bernadette, die selbst viel Spaß am Malen und Gestalten hat, hat sich alles gemerkt, und auch, dass sich das Ganze in Venetien abspielte. Nun hat sie ins Schwarze getroffen. Dario Gambarin, der Mann mit den Getreidebildern – er war mein Reisethema für den *Veneto*!

Ich lernte Dario vor einiger Zeit in Bologna kennen. Damals recherchierte ich dort für ein Porträt über die älteste Universitätsstadt der Welt, ihren linken Bürgermeister, der wegen seiner Ordnungsliebe »roter Sheriff« hieß, ihre Probleme mit Drogen, Straßenkriminalität und der Integration der Zuwanderer aus anderen Ländern. Dabei traf ich auch Dario, der mich durch die Kneipenszene führte. Er kennt alles und jeden in der Stadt und erzählte mir viel über ihr Innenleben. In seiner charmanten Altstadtwohnung hingen seine expressiven Bilder, große, deformierte Gesichter in glühenden Farben. »Spiegel der Seele«, wie er sagte. Damals zeigte er mir auch Fotos seiner »Getreidebilder«: fußballfeldgroße, magische, maskenhafte Gesichter, die er mit den Traktoren seines Vaters in dessen Felder im *Veneto* gepflügt hatte. Die Bilder erinnerten mich entfernt an Picasso oder ägyptische Wandmalereien, nur dass sie viel größer waren und nicht auf

Leinwand oder Stein gemalt, sondern mitten ins Land. Ich war fasziniert und wollte eine Geschichte für die Zeitung darüber schreiben. Doch dann kamen aktuelle Themen dazwischen, und ich vergaß Darios Feldkünste. Nun hat mich Bernadette wieder darauf gebracht.

Darios Frau Romy holt mich am Flughafen von Verona ab. Wir fahren Richtung Osten, zu den *Valli Grandi Veronesi*, dem Schwemmland zwischen den Flüssen Etsch und Po. Der Sonne gelingt es noch nicht, den Morgennebel von den voll im Korn stehenden Äckern zu saugen. Staubstraßen und Bewässerungskanäle durchziehen das Mosaik der Felder, ab und an durchbricht eine Pappel oder ein ziegelfarbenes Gehöft die Monotonie der Ebene. Die *Valli Grandi Veronesi* sind dünn besiedelt, aber intensiv bebaut, mit Mais, Getreide und Gemüse. Ackerland, Kornkammer.

Schließlich kommen wir auf einem von Unkraut bewachsenen, derzeit nicht genutzten Feld an. Hier schleicht der weiße Nebel dicht über den Boden und taucht die Landschaft in ein träumerisches Licht. Dann dringt Motorenlärm zu mir herüber. Auf dem Weg zwischen dem Acker und einem Maisfeld kämpft sich ein alter orangefarbener Traktor voran. Er hält. Ein schlanker Mann in Jeans und weißem T-Shirt und mit einem Strohhut auf dem Kopf winkt uns vom Fahrersitz aus zu. Dario Gambarin ist so um die 50 Jahre alt, aber er wirkt wie ein fröhlicher Junge. Er nimmt seinen *mozzicone*, seinen Zigarrenstumpen, aus dem Mundwinkel und springt zu uns herab. Er umarmt mich, klopft mir auf den Rücken und begrüßt mich wie einen alten Freund.

Das ist das Schöne in Italien: Wenn man erst einmal einen persönlichen Kontakt hergestellt hat, und sei es ein einziges Mal, ist man kein Fremder mehr und gehört vielleicht schon bald zur Familie oder jedenfalls zum Clan. Das gilt für den Optiker um die Ecke in Rom, für den Hotelportier in Reggio Calabria und für die Tochter des Skiverleih-Besitzers in Ortisei/St. Ulrich. Beim ersten Mal mag man in Italien bisweilen unaufmerksam und sogar kühl behandelt werden, beim zweiten Mal aber ist man schon Stammkunde, wird gehätschelt und getätschelt. In Deutschland dagegen wird man häufig von Anfang an korrekt bis freundlich behandelt, aber damit hat es sich dann auch – natürlich nicht immer.

Nachdem wir uns gestenreich unseres Wohlbefindens und unserer Sympathie versichert haben, springt Dario wieder auf seinen Traktorsitz und ruft vergnügt: »Jetzt geht's los.« Er müsse sich nun sehr konzentrieren und in Trance versetzen. »Schließlich will ich mit dem Traktor auf dem Feld nicht irgendeine Schweinerei produzieren.«

Dario Gambarin ist Maler und Aktionskünstler. Eigentlich ist er auch Jurist, Psychotherapeut, Musiker, Reisender und Landwirt – eine Art Renaissance-Mensch also, mit genialischen Neigungen in alle Richtungen. Und ein magischer Realist obendrein. In den vergangenen Jahren hat er sich ganz auf seine Bilder verlegt. Im Studio in Bologna bannt er seine wilden Gesichter auf die Leinwand: Farbexplosionen, intensiv wie Schreie. Hier draußen in der Poebene aber, auf den Feldern seines Vaters, schafft er ein, zwei Mal im Jahr seine mysteriösen Mega-Masken.

»Die Poebene hat etwas Magisches, Starkes, mit ihren heißen Sommern und kalten Wintern«, sagt er. »Und sie sensibilisiert dich mit ihren ständigen Stimmungswechseln. Mal zeichnet der Nebel herrliche Szenen, dann wieder blitzt die Sonne durch, und kurz darauf kommt der Regen.«

Zum Malen benutzt Dario keine Pinsel, sondern drei orangefarbene, alte Fiat-Traktoren, hinter die er Pflüge verschiedener Stärke gespannt hat. Er hat auch die passende Philosophie dazu: »So bleibe ich Künstler und kehre gleichzeitig zu meinen Wurzeln auf dem Land zurück. Damit schaffe ich Frieden mit mir selbst.«

Ich nicke ein wenig ungläubig. Mit diesen rostigen Traktoren will er also ein Bild malen. *Vediamo*, mal sehen!

Dann fährt Dario los. Etwa zehn Minuten tuckert er scheinbar wahllos über das Feld. Ich gehe unterdessen mit Romy plaudernd am Rand auf und ab, schaue skeptisch zu.

»Das ist die schönste Phase des Schaffens«, wird Dario später beim Mittagessen gestehen. »Dabei versetze ich mich in einen besonderen Zustand, nennen wir ihn höchste Konzentration. Ich versuche ein Gefühl für das Feld, seine Umrisse und seine Erde zu bekommen. Während ich mich in Trance fahre, beginne ich den Acker, den Traktor und mich selbst von oben zu sehen.« Dario ist dann Geschöpf und Schöpfer zugleich. Nur dadurch schafft er es, seine riesenhaften Bilder ganz ohne technische Hilfsmittel in das Land zu graben, ohne Vermessungen, Markierungen oder gar so etwas Prosaischem wie ein Navigationssystem. »Ich mache mir nichts aus diesen *Land*-Artisten, die ihre Werke mit großem technischem Aufwand organisieren und etwa mit Laser vermessen«, sagt er. »Das ist doch viel zu leicht – ein Kinderspiel!«

Dario hat viel gelesen, sich umgehört und recherchiert, aber niemanden gefunden, der solche Feldbilder macht wie er. »Keiner hat diese Vorstellungskraft«, sagt er, und bei ihm klingt das ganz selbstverständlich, geradezu bescheiden.

Zurück auf den Acker: Die Einfahrphase ist vorbei, jetzt kommt der harte Teil des Feldversuchs. Dario beginnt, die Konturen seines Bildes in die Erde zu pflügen. Er fährt mit seinen orangefarbenen Traktoren kreuz und quer über das Land, reißt mal wie eine wütende, riesige Wühlmaus Gräben auf und dreht dann wieder sanfte Kreise, als sei er ein *ballerino* und tanze Pirouetten. Immer wieder zerrt er an der Kupplung seines alten Gefährts, zwingt es ächzend in den Rückwärtsgang und wieder nach vorne, hoppelt über Bodenwellen, fuchtelt mit den Armen, schimpft, flucht: »*Mamma mia!*« – »*O Dio mio!*«

Drei T-Shirts schwitzt er an diesem Vormittag durch. Romy, seine Lebensgefährtin, beobachtet ihn mitfühlend und sagt zu mir: »Für ihn ist das kein Spaß, sondern wirklich harte Arbeit.«

Das sieht man.

Was ich dagegen noch nicht sehe, das ist ein Kunstwerk. Nachdem Dario auch mit dem dritten Traktor sein Feld beackert hat, wirkt das Land seines Vaters auf mich, als habe da gerade eine Panzerübung der italienischen Armee stattgefunden.

Dario lacht, als er neben uns hält und meinen ratlosen Blick bemerkt. »Mein Vater war am Anfang gar nicht begeistert von meiner Landkunst«, sagt er. Er deutet auf den verwüsteten Acker. »Denn für einen Landwirt ist ein so umgepflügtes Feld ein Desaster. Mein Vater hatte Angst, die anderen Bauern in der Nachbarschaft könnten über ihn lästern, wenn sie diese Furchen sehen. Sie könnten denken, er sei nicht mehr bei Trost oder zu alt, um noch gerade Linien mit dem Pflug zu ziehen.«

Die Sorge von Darios Papa ist berechtigt. Während Dario rackert und ackert, hält drüben auf dem Sträßchen am anderen Ende des Feldes immer mal wieder ein Auto oder ein Fußgänger an. Misstrauisch beäugen die Leute das seltsame Geschehen auf dem Feld, schütteln den Kopf und ziehen weiter. Auch Dario selbst schüttelt jetzt den Kopf, als er den Traktor parkt und mit uns sein Werk begutachtet.

»Schau dich mal um! Kannst du etwas erkennen?«, fragt er mich.

Ich gebe mir Mühe, bedecke die Augen mit der Hand, um weniger von der Sonne geblendet zu werden, versuche mich in freier Assoziation. »Das da drüben könnte ein Auge sein«, sage ich gutwillig.

Dario dagegen meint skeptisch: »*Non si capisce niente* – man versteht gar nichts.« Dann erklärt er mir: »Ich weiß selber zunächst nie, ob meine Bilder etwas geworden sind. Sie entstehen in meinem Kopf, und ich versuche sie auf den Boden zu werfen, während ich mich mit einer Art drittem Auge von oben beobachte.«

»Ah ja«, sage ich und denke: »Magischer Realismus eben.«

Dario meint, der Augenblick der Wahrheit komme für ihn immer dann, wenn der Pilot, den er das Feld von oben fotografieren lässt, ihm die Aufnahmen zeige. »Das ist der spannendste Augenblick überhaupt: die Konfrontation von dem, was ich mir vorgestellt habe, mit der Wirklichkeit.«

Ich schaue in den blauen Himmel, und mir kommt eine Idee. »Meinst du, ich könnte da mal mitfliegen?«

Eine halbe Stunde später sind wir auf dem kleinen Freizeit-Flughafen des *Avio Club Monganana*. Ohne Zeit zu haben, um darüber nachzudenken, was ich da eigentlich tue, sitze ich schon in einem zweisitzigen Ultraleicht-Flugzeug, mit einem Kopfhörer über den Ohren. Der Pilot reckt den Daumen nach oben und sieht mich fragend an. *Tutto a posto?*

Ich gestikuliere zurück. *Tutto a posto!*

Er lässt die Maschine an und steuert unsere winzige weiße Tecnam P92 knatternd über das Rollfeld, eine Wiese. Wir sausen immer schneller auf die Bäume am Ende der grünen Piste zu. Ich sehe mich schon bei meinem ersten derartigen Flug als Bruch-Copilot enden. Dann hopst das Flugzeug plötzlich, etwas zieht uns nach oben, und schon sind wir etliche Meter über dem Boden. Der Pilot zieht die Maschine gemächlich höher, bis auf 150 Meter etwa. Dann gleiten wir sanft über das schreibtischflache Land. Unten, am Ufer des Flusses Etsch, sehen wir eine Familie mit Kindern beim Picknicken und Angeln. Der Pilot lässt die Maschine in einer steilen Kurve nach unten gleiten, braust über die kleine Gruppe hinweg, winkt und zieht die Tecnam wieder schwungvoll hinauf. Mein Bauch und mein Kopf fühlen sich an wie bei meiner letzten Fahrt mit der Fünfer-Looping-Achterbahn auf dem Münchner Oktoberfest – nur dass ich damals zehn Jahre jünger war. Mein Magen rebelliert. Ich versuche, tief in den Bauch hineinzuatmen und so zu tun, als steuere ich das Flugzeug mit. Das hilft ein wenig.

»Das waren Freunde von mir«, höre ich die Stimme des Piloten über den Kopfhörer. »*Tutto a posto?*«

Ich gebe meiner Stimme einen tiefen, gelassenen Klang: »*Tutto a posto!*«

Der Pilot nickt mir aufmunternd zu und reckt wieder den Daumen nach oben. Dann ruft er aufgeregt: »Da! Dort drüben! Das muss es sein!«

Ich sehe nur rechteckige Felder in verschiedenen Grüntönen, Baumreihen entlang der Bäche, Kanäle, rostrote Gehöfte. Schließlich entdecke auch ich »es« – direkt unter uns: ein pharaonenhaftes Gesicht, groß wie drei Fußballfelder, mit einem offenen und einem geschlossenen Auge, einer langen, schmalen, elegant geschwungenen Nase und einem kleinen Mund mit halbvollen Lippen. Auf der Stirn prangt ein drittes Auge. Obwohl wir dieses Bild gesucht haben, ist der Anblick für mich total überraschend. Majestätisch, still, fremd und geheimnisvoll blickt das riesige Gesicht nach oben, mitten heraus aus den grünen Feldern. Am unteren Rande des Bildes lassen sich drei orangefarbene Traktoren ausmachen. Und da, am linken Ohr der Maske, krabbelt eine Fliege. Nein, es ist ein Mensch! Es muss Dario sein! Er winkt.

Später sitze ich mit Romy und Dario beim Mittagessen auf der Veranda einer Landtrattoria. Es gibt *tagliata di manzo*, dünn aufgeschnittene und kurz angebratene Rindfleischstreifen auf Rucolasalat, und einen trocken-fruchtigen Rotwein aus dem *Veneto*. Mein Magen ist froh, etwas zu tun zu bekommen, und der Wein tut ein Übriges, ihn zu beruhigen. Ich zeige den beiden die Fotos, die ich aus der Luft gemacht habe.

Dario ist zurecht zufrieden. »Schau, es ist ein magisches Gesicht«, sagt er. »Das offene Auge steht für die Vernunft, das geschlossene für die Vorstellungskraft und das dritte, das auf der Stirn, für den Schaffensprozess. Es ist das Auge des Künstlers.«

»Tut es dir denn nicht leid, dass deine Feldbilder bald wieder vernichtet werden, wenn der Acker zuwächst oder umgepflügt wird?«, frage ich Dario.

Er schüttelt den Kopf. »Die Fotos bleiben mir ja. Außerdem geht es mir vor allem darum, den Menschen wieder ein Gefühl für die Schönheit und den Wert der Erde zu geben.«

Noch bis in die 60er Jahre des vergangenen Jahrhunderts sei Italien ein Agrarland gewesen, in dem viele Menschen in abgelegenen Dörfern und Gehöften ein karges Leben führten. »Die Menschen hatten immer Angst, zu verarmen«, sagt Dario. Er selbst ist hier auf den Feldern seines Vaters aufgewachsen und lernte mit fünf Jahren, Traktor zu fahren.

»Zum Spaß?«, unterbreche ich ihn.

Dario schaut mich überrascht an, als bemerke er plötzlich, einen Analphabeten vor sich zu haben. Er nimmt einen Schluck Rotwein und blickt nachdenklich auf die Äcker, Pappeln und Weiden hinaus. »Natürlich nicht zum Spaß«, sagt er dann, »sondern weil ich beim Arbeiten helfen musste.«

Später floh er, wie viele Italiener, vor diesem rauen Landleben in eine der Städte, in denen heute mehr als zwei Drittel der Menschen leben. Statt Kühe, Pflüge, Hitze und Hagel bestimmen nun Fabriken, Autos, Fernseher und Handys ihr Leben. »Das alles lief in Italien zu geschwind ab. In zehn Jahren revolutionierten die Italiener ihr Leben.«

Dario hat mit seinen Getreidebildern aufs Land seiner Väter zurückgefunden. »Wer nur noch in der Stadt ist, kennt die Welt nicht mehr«, sagt er. »Das Land bereichert meine Persönlichkeit.« Dann greift er noch mal zu den Bildern auf seinem Tisch, blickt auf seine magische Maske und sagt: »Das sind die Gesichtszüge eines Mannes, der schon viel erlebt und sich selbst kennengelernt hat.«

»Also ein Selbstporträt?«

Dario stutzt. Dann sagt er: »Das kann schon sein.«

Zweiundzwanzig

Oft werde ich gefragt, warum ich derart an Italien hänge. So genau kann ich das auch nicht sagen. Wenn ich darüber nachdenke, komme ich auf die unerschöpflichen Kunstlandschaften, die Vielfalt der Regionen, die unverfälschte, gesunde Küche, das Licht, das Klima, Pinien und Palmen und die Fähigkeit der Leute *di arrangiarsi*, sich allen Widrigkeiten zum Trotz im Leben einzurichten.

Wie Teodoro, der mit dem Weidenkorb in der Hand durch Rom zieht, um seine Fische zu verkaufen, und dabei ganz zufrieden wirkt. Wie Francesco, der sehr viel arbeitet, kaum einmal in Urlaub fährt und stattdessen das tägliche Spektakel in seinem Friseursalon genießt. Wie Filippo, der als Diener seiner vielen Herren in unserem Palazzo ächzt, sich trotzdem seine Nischen schafft und mit seinem kargen Verdienst in seinem Dorf bei Salerno wie ein kleiner König behandelt wird. Ihnen allen fehlt das grüblerische Hadern mit den Unzulänglichkeiten des eigenen Lebens, das ich von Deutschland her kenne – und durchaus auch von mir selbst.

Das Tüpfelchen auf dem »I« Italiens, das gewisse Etwas, das den besonderen Reiz ausmacht, sind für mich jedoch seine magischen Realisten. Natürlich ist diese Spezies Mensch auf der ganzen Welt zu finden, doch nirgendwo so häufig wie in Italien. Es sind Leute wie Paolo Bertoleoni, der König von Tavolara, wie *Paolo il Pescatore* aus Talamone, wie Leoluca Orlando aus Palermo, Dario Gambarin aus Venetien – und wie Antonio Batani, der Hotelkönig von der Küste der *Emilia Romagna*, jener großen, langgestreckten Region, die die südliche Po-Ebene und den nördlichsten Teil des Apennin einnimmt.

Auch auf Batani bin ich durch Zufall gestoßen. An einem trüben Sonntagmorgen im Februar las ich im *Corriere della Sera* eine Reportage über die Renaissance eines legendären Hauses, des Grand Hotel von Rimini, das Federico Fellini in seinem Film *Amarcord* verewigt hat. Ich dachte daran, dass das Grand Hotel einst Rimini berühmt gemacht hat und dass der Ort für eine ganze Generation VW-Käfer-Nachkriegs-Wirtschaftswunder-Deutscher zur Chiffre für Sommer, Sonne, Strand und Dolce Vita wurde. Das Grand Hotel ist also nicht nur ein altehrwürdiges Haus, sondern zugleich ein Symbol. Daher eignet es sich gut für eine Geschichte.

Also riss ich den Artikel heraus und legte ihn in meine Themenmappe. Nun, im Juni, blättere ich die Mappe durch und stoße auf das Grand Hotel. Rimini liegt in der *Emilia Romagna*, und die fehlt mir in meiner Sammlung. Das macht die Sache natürlich noch verlockender.

Wieder mal breche ich am frühen Morgen mit einem Mietauto von Rom zu einer Recherche auf. Ich verdränge den Gedanken, dass es eines der letzten Male ist. Gegen Mittag erreiche ich den Ort, der Rimini zum Strahlen gebracht hat – das Grand Hotel. Ich parke in einer Seitenstraße, schlendere unter schattigen Bäumen vor zur Hauptfassade und lasse das famose Haus in Ruhe auf mich wirken.

Da steht er also vor mir, der Stein gewordene Sommernachtstraum unzähliger Menschen in aller Welt. Vor dem Ersten Weltkrieg knallte es ein südamerikanischer Architekt in einem ausschweifenden Jugendstil an den damals noch menschenarmen Adria-Strand. Fünf Stockwerke hoch zog er die Fassade über die niedrigen, alten Fischerhäuser empor und verzierte sie mit steinernen Mädchenköpfen, Muscheln, Blumen und Ranken, eleganten Bogenfenstern und gusseisernen Balkonen. Draußen luden Terrassen und nach Jasmin duftende Gärten zu Bällen und Champagner-Dinners, drinnen lockte ein märchenhafter Prunk, der noch heute im Widerschein der erblindenden Kristallspiegel zu erkennen ist. Das Grand Hotel wurde zu einem touristischen Weltwunder, das die Adeligen vieler Länder nach Rimini lockte: die Habsburger, die Könige von Sachsen, Scheichs und Emire, einen späteren türkischen Großwesir sowie den Tenor Enrico Caruso – immerhin ein königlicher Sänger.

»Das Grand Hotel wirkte wie ein Leuchtturm, der Rimini erstrahlen ließ«, wird mir später der Leiter des Fremdenverkehrsbüros vorschwärmen. »Unser Ort stieg zum Ostende Italiens auf – zu einem der elegantesten Seebäder Europas.«

Auf die Adeligen folgten die Reichen und Neureichen. Die ersten Bikinis Italiens landeten hier am Strand an, und später krochen Millionen von Deutschen in ihren Volkswägen über die Alpen, um in Rimini ihren Urlaubstraum vom Süden zu verwirklichen, *Wurstel con crauti* inbegriffen. Bis heute nährt der Sommertourismus die ganze Küstenregion, und das alles ist irgendwie auch dem Grand Hotel zu verdanken.

Ich setze mich auf eine Bank und sinniere über diesen Mythos aus Marmor und Mörtel nach. Längst ranken sich die Legenden so üppig wie die Jugendstil-Stukkaturen um das flamboyante Haus. Der ägyptische König Faruk soll einmal nur mit seinem Turban bekleidet in einer Suite Hof gehalten haben. Der faschistische Diktator Benito Mussolini, und das ist verbürgt, rauschte gerne mit einem Wasserflugzeug heran.

Der Duce ließ für ein paar Stunden Ehefrau und Kinder in Riccione zurück, um sich im Grand Hotel seiner Geliebten Claretta Petacci zu widmen.

Doch die Geschichte schickte auch andere Prüfungen. Im Jahr 1920 verglommen bei einem Brand die prächtigen Holzkuppeln auf dem Dach. Auch der Zweite Weltkrieg zerzauste das Jugendstil-Haus. Nach jedem Tod aber erlebte das Grand Hotel eine Renaissance. Der spätere japanische Kaiser Hirohito und Joe Cocker, Henry Kissinger und der Dalai Lama, Demi Moore und Alberto Tomba nächtigten in seinen elegant-nostalgischen Suiten. Lady Di, so erzählen die älteren Angestellten hier, telefonierte nächtelang mit ihrem Dodi, um dann am Morgen unprätentiös im Dienstbotenaufzug zum Schwimmbad hinabzuschweben. All die Prominenten kamen hierher, weil das Grand Hotel etwas zu bieten hat, was moderne Luxushotels nicht bieten, was nicht in Design, Komforttechnik, Kaviar und Moët Chandon auszudrücken ist: den Geist der Geschichte. Und der heißt vor allem Fellini.

Aber jetzt ist es erst einmal Zeit, mein Zimmer zu beziehen. Ich reiße mich aus meinen Träumen, laufe durch den äußerst gepflegten Park und die Freitreppe hinauf, überquere die grandiose Terrasse, Ort legendärer Sommer-Soireen, und betrete die Halle des Grand Hotels. Kühle, Größe, Eleganz, Säulen und Pilaster aus rot-schwarz gesprenkeltem Marmor empfangen mich. Auf einem antiquarischen Tisch in der Mitte hält ein Buch Siesta, so groß wie eine Familienbibel. Neugierig trete ich näher. Das Buch der Träume, heißt der voluminöse Band. Unter diesem Titel reitet eine nackte Blondine mit mächtigem Gesäß auf einer flauschigen Wolke, die ein Faun über den Himmel pustet. Im Buch sind Cartoons und Karikaturen Federico Fellinis abgedruckt, von denen viele hier entstanden. Der Maestro, 1920 in Rimini geboren und 1993 in Rom gestorben, pflegte gerne in einem der Sessel in dieser Halle zu sitzen und die Leute zu beobachten.

Eine elegante junge Dame tritt an mich heran und stellt sich als Vize-Direktorin des Hotels vor. Sie deutet auf das Buch: »Fellini hat viele unserer Gäste als künftige Figuren für seine Filme skizziert und anhand dieser Zeichnungen seine Schauspieler ausgesucht.«

Dann weist mir die schöne Vize-Direktorin den Weg zu meinen Räumlichkeiten – das Wort »Zimmer« wäre hier zu banal und damit fehl am Platz. Nein, es ist nicht die plüschige Suite Nummer 315 mit ihren goldumrahmten Spiegeln und französischen Kommödchen, in der Fellini so gerne nächtigte. Sie sei leider nicht frei, bedauert die Vize-Direktorin. Schließlich kostet sie »nur« tausend Dollar pro Nacht, und das bezahlen vor allem Amerikaner gerne, um einmal in den Federn eines der magischsten Realisten zu schlummern, die die Welt je hervorgebracht hat. Aber auch mein Gemach ist nicht schlecht: Perserteppiche, eine Kommode mit Intarsien, goldumrahmte Spiegel, ein Tischchen und zwei Sesselchen, wie sie Louis XV. liebte – oder war es Louis XVI.?

Auf dem Tischchen liegt ein Briefchen, unterzeichnet vom »General Manager« höchstpersönlich. »Sehr geehrter Dr. Ulrich«, steht darauf. »Ist es mit großem Vergnügen, das sich zum Grand Hotel begrüße. Ich kann Ihnen versichern, dass der vollständige Personal arbeitet, um Ihren Aufenthalt das erfreulichste zu bildem.« Na, da kann ja nichts mehr schiefgehen.

Ich ertappe mich dabei, wie ich spöttisch denke: »Deutsche Sprache musse wiklich schwere sein. Schreibe so komisch selbst de General Manager von Grand Hotel.« Nein, das ist nicht nett von mir. Wo sie sich doch hier wirklich Mühe geben, einem einen angenehmen Aufenthalt zu bereiten. Und wer weiß: Vielleicht ist das deutsche Kauderwelsch ja nur fingiert, um den germanischen Gästen diese sympathische *Italianità* vorzugaukeln. Fellini hätte auf so etwas kommen können.

Ich schaue mich um. Hinter gerafften goldfarbenen Stores wartet mein Lotterbett. Ein bordeauxrotes Kissen mit goldener Kordel schlummert auf der goldfarbenen Tagesdecke, auf dem Kissen liegt ein bedruckter Streifen edlen Papiers. Darauf steht in fehlerfreiem Italienisch: »*Sono i soldi che fanno venire delle idee – F. Fellini – Buonanotte!*« Sehr frei übersetzt bedeutet dies, dass Geld sogar die Welt der Ideen regiert, was zwar realistisch klingt, aber nicht besonders magisch.

Dennoch sinke ich nun erleichtert auf meine verdiente Schlafstatt. Bis zu meinem Treffen mit *signor* Batani, dem neuen Eigentümer des Grand Hotel, sind noch zwei Stunden Zeit. Ich falle sofort in einen leichten Schlummer. Es klopft an der Türe, und Federico Fellini kommt, ohne meine Aufforderung abzuwarten, einfach herein. Er setzt sich auf Louis XV. oder Louis XVI. und mustert mich erst aufmerksam, dann amüsiert, dann ein wenig spöttisch. Schließlich fragt er: »Wollen Sie meine Affäre mit dem Grand Hotel kennenlernen?«

Ich bedeute ihm mit einer Hand, er möge ruhig weitersprechen. Und Fellini, ich darf ihn Federico nennen, erzählt mit schleppender Stimme: »Schon als ich noch ein armer Junge mit Hochwasserhosen war, nisteten sich die Bilder und Geschichten aus dem Grand Hotel in meinem Kopf ein. Wir sind als *ragazzi* wie die Mäuse um den geheimnisvollen Bau geschlichen und haben uns orgiastische Szenen darin ausgemalt. In den Sommernächten erhaschten wir, versteckt in den Hecken, Blicke auf die Terrasse. Wir erspähten die nackten Rücken von Frauen, die wie aus Gold erschienen, umfangen von den Armen der Männer im weißen Smoking.

Ein duftender Lufthauch trug uns von Zeit zu Zeit Jazzmelodien zu – es war zum Dahinschmelzen.«

»*Maestro*, Sie sind ja ein Schwärmer«, wage ich einzuwerfen.

»Ich bin ein magischer Realist – oder war es jedenfalls«, korrigiert mich der Meister. »Was ich heute bin, wissen die Götter. In meiner Jugend wurde das Grand Hotel, dieses swingende Jugendstil-Gebirge am nächtlichen Adria-Strand, zu meinem Sehnsuchtsort. Exotik, Luxus, Frauen, Fernweh – Sie verstehen mich?«

»Ich denke schon«, murmele ich.

»Diese schwül-schöne Melange hat mich unwiderstehlich angezogen. Bald war ich groß genug, das Grand Hotel auch von innen zu bewundern. In den Sommernächten verwandelte es sich in Istanbul, Bagdad, Hollywood.«

»Das hat Sie so fasziniert, dass Sie hier einen Film gedreht haben«, werfe ich ein.

»Ja. Das war 1973. *Amarcord* – vielleicht mein populärster Film, die Suche nach meiner verlorenen Jugendzeit in Rimini. Hier, im Grand Hotel, lasse ich Grandisca, die Stadtschönheit, einen orientalischen Fürsten verfrühstücken – Pardon, verführen. Und hier will mein fliegender Händler namens Biscein gleich 28 Haremsdamen in einer Nacht beglückt haben.« Fellini seufzt, wie sehnsüchtig. »Ach wissen Sie, das Grand Hotel war stets ein Ort der Übertreibung. Und – ich bekenne mich schuldig – dank meines Films ist dieses Haus auch noch zum Kultort aufgestiegen.«

»Dabei haben Sie ...«

»Richtig! Ich habe *Amarcord* gar nicht hier in Rimini gedreht.« Er lacht in sich hinein. »Ich ließ das Grand Hotel in Studio fünf der römischen Filmstadt Cinecittà nachbauen – genauso wie die Fontana di Trevi für *La Dolce Vita*.«

Ein grobes Klingeln reißt mich aus meinen Träumen. Der nächste Dreh für *Amarcord* in Cinecittà? Nein! Es ist mein Handy. Ich stemme mich aus dem weichen Prunkbett hoch und drücke die grüne Rufannahmetaste.

»Hallo, Schatz«, erklingt die fröhliche Stimme Antonias. »Wie geht es dir? Wie läuft die Recherche?«

»*Così, così*«, seufze ich traumtrunken. »Diese Hotel-Recherchen sind wirklich sehr anstrengend, wenn die Geschichte etwas werden soll. Nichts für Träumer! Aber ich werde es schon schaffen!«

Kurz darauf trete ich in den höfischen, jetzt am Nachmittag menschenleeren Speisesaal. Ein livrierter Kellner bittet mich an einen Tisch, der mit allerlei Silber und Kristall für zwei Personen gedeckt ist. Dann kommt Antonio Batani herein, ein kleiner, fester Mann Anfang 70 im blaugrauen Anzug: der Eigentümer des Grand Hotel. Wir begrüßen uns, setzen uns, lassen uns schweigend ein *amuse gueule* servieren. Nach dem ersten Schluck Weißwein werde ich uncool und frage *signor* Batani rundheraus, warum er das Grand Hotel vor kurzem für 65 Millionen Euro gekauft hat.

Batani nimmt einen Schluck Wein und mustert mich so lange, bis es mir blümerant wird. Dann fragt er unvermittelt: »Waren Sie schon einmal in ein Mädchen verliebt?«

Ich nicke.

Batani fährt fort: »Viele waren es schon. Aber diese Liebe ist etwas Besonderes. Seit Jahrzehnten mache ich der *signora* den Hof.«

»Welcher *signora*?«, frage ich begriffsstutzig.

Batani macht eine weite Geste in den Raum. »Lange Zeit habe ich mir die Dame, das Grand Hotel, nicht leisten können. Nun habe ich es endlich geschafft. Und ich bin entschlossen, ihr bis an mein Lebensende treu zu bleiben.«

»Was reizt Sie denn so an der *signora*? Und warum haben Sie Ihren Schwarm für so viel Geld gekauft?«

Batani schweigt wieder und dreht sich ein paar *tagliatelle al dentice*, Bandnudeln mit einem *sugo* von der Zahnbrasse, auf die Gabel. Dann sagt er, ganz tüchtig-nüchterner oberitalienischer Geschäftsmann: »Erstens: weil dieses Hotel in aller Welt berühmt ist. Zweitens: weil ich auf den Touristikmessen meinen Kunden so etwas Besonderes anbieten kann. Und drittens: ...« Batani führt die Gabel mit den *tagliatelle* zum Mund, kaut genüsslich, konzentriert sich. Dann nickt er seinem Chefkoch zu, der ein wenig feierlich hinter uns verharrt. »*Buono*«, murmelt Batani anerkennend.

»Und drittens ...«, erinnere ich ihn.

»Ach ja«, meint der kleine Hotel-Tycoon der Romagna, »und drittens: weil das Grand Hotel seit einem Jahrhundert das Symbol des Sommers ist.«

Auch *signor* Batani hat es spätestens mit dem Erwerb dieses legendären Fünf-Sterne-Luxus-Hauses zum Symbol gebracht. Seine Geschichte beweist, dass auch in Italien aus Tellerwäschern Multimillionäre werden können. Gedankenverloren blickt Batani in den Raum. Ich merke, dass es jetzt besser ist, nicht weiterzufragen. Er wird von selbst sprechen, erzählen. *Amarcord* stammt aus dem Dialekt der *Emilia Romagna* und bedeutet: »Ich erinnere mich.« Und genau das tut nun *signor* Batani.

Es war einmal ein kleiner Junge. Der wuchs als eines von sechs Kindern eines Maurers im Umland von Rimini auf und träumte von der großen, weiten Welt. Antonio Batani hieß er, doch seine Freunde nannten ihn nur »Tonino«. Die große, weite Welt, für Tonino war dies das Grand Hotel: üppig, prunkvoll, geheimnisreich und vor allem unerreichbar. Scheinbar. »Was mag es wohl kosten?«, dachte sich der Junge, wenn er in seinen kurzen Hosen daran vorbeiradelte.

Statt im Grand Hotel landete Tonino nach der Schule in einem Bahnhofslokal in der Schweiz. Dort durfte er als Kellner arbeiten. Als dann die Germanen über die Adria hereinbrachen, rief ihn sein Vater zurück. Ein halbes Jahrhundert ist das nun her. Gemeinsam zog die Familie in der Nähe von Rimini eine Ferienpension auf, mit 16 Zimmern und wenigen Bädern. Die Betten aber waren sauber, das Essen gut und die Atmosphäre herzlich. Meer, Strand und Sonne gab es obendrein. Genau das gefiel den deutschen Gästen. Tonino feierte viele Nächte mit ihnen durch – das gefiel ihnen noch mehr. Sie kamen immer wieder, zahlten zuverlässig, und so konnte sich Tonino im Laufe der Jahrzehnte und Haus für Haus ein Hotelimperium an der Adria aufbauen.

»Die Deutschen sind mir die liebsten Gäste von allen«, sagt er noch heute. »Wir haben ihnen auch sehr viel zu verdanken. Denn sie haben mit ihrem Geld bestimmt die Hälfte von all dem bezahlt, was wir hier an der Küste aufgebaut haben.«

Eines Tages gewann Tonino, der längst zum *signor* Batani geworden war, einen Hotelier-Wettbewerb. Der Preis: eine Nacht mit seiner Frau im Grand Hotel, seiner großen, alten Liebe. Zehn Jahre später kaufte er sie.

Doch was musste Tonino alias *signor* Batani da sehen: Die stolze Jugendstil-*signora* war von der Zeit zerzaust. Ihr Garten war verwildert, der Terrassenboden löchrig, und vulgäre Lackschichten überdeckten den sündhaft teuren Kunstmarmor, der einst die Innenwände schmückte. Da schwor sich Tonino Batani: »Ich werde diese *signora* wieder aufblühen lassen.«

Wie der Prinz das Dornröschen, so küsste Batani sein Grand Hotel wach. Die Terrassen und der Park sind heute wieder ein Sommertraum. Batani ließ jahrhundertealte Olivenbäume aus Apulien hierher verpflanzen, für 10 000 Euro das Stück. Er restaurierte die alten Prachtsäle in den historischen Farben des Hotels: Gold und Elfenbein. Dann nahm er sich die antiquierten Badezimmer vor. Bald will der stolze Eroberer seinem Grand Hotel auch noch die Sahnekrönchen aufsetzen – und die 1920 verbrannten prächtigen Kuppeln auf dem Dach rekonstruieren. Nur ein Rohling könnte da auf die Idee kommen, der Prinz ließe seine betagte Prinzessin einfach liften. Hier geht es um etwas ganz anderes. Um die Suche nach der verlorenen Zeit.

Nachdenklich und behutsam wie ein Hausgeist streife ich nach dem Gespräch durch das Grand Hotel. An einer nachmittagsstillen Bar treffe ich Matteo, den Maître.

»Was ist das Besondere am Grand Hotel?«, frage ich ihn.

»Unsere Gäste fühlen sich hier, als sei es ihr Zuhause«, antwortet er. »Denn wir strahlen nicht die Kälte anderer Luxushotels aus.«

Das würde auch gar nicht funktionieren. Die *clienti* des Grand Hotel legen Wert darauf, mit all ihren Eigenheiten und manchmal auch Absonderlichkeiten umsorgt zu werden. So bestehen sie etwa darauf, Jahr für Jahr denselben Tisch im Speisesaal angewiesen zu bekommen.

»Zeitweise servierten wir an den Geburtstagen der Hunde unserer Gäste sogar spezielle Hundekuchen«, erinnert sich der Maître.

»Wie sind sie denn so, Ihre prominenten Gäste, die Politiker, Prinzessinnen, Künstler und Filmschauspielerinnen?«

»Wenn sie sich richtig umsorgt fühlen, benehmen sie sich ganz natürlich und unkompliziert. Sogar die Politiker. Doch wehe, wenn ich einen bei der Ankunft nicht erkenne und entsprechend begrüße!«

Es wird dunkel, draußen im Park des Grand Hotel. *Signor* Batani ist längst wieder abgefahren, um irgendeinem anderen seiner zahlreichen Häuser einen unangemeldeten Besuch abzustatten. So hält er seine Concierges, Zimmermädchen, Manager, Köche und Kellner in Schwung.

Im Speisesaal des Grand Hotel decken derweil die Kellner ab, während der Mann am Flügel Barmusik hervorperlen lässt. Die Kronleuchter funkeln, und die weißhaarige Dame im feierlichen, schwarzen langen Kleid, die da allein mit ihren Gedanken an einem Tischchen mir gegenüber gespeist hat, trinkt bedächtig ihr Glas Weißwein aus. Womöglich träumt sie gerade von den Zeiten, als Federico Fellini hier tafelte – Fischsuppe und Pasta mit Thunfisch bestellte er gerne. Dann tupft sich die betagte *signora* noch einmal mit der Serviette den Mund ab und steht auf. Beim Hinausgehen kommt sie dicht an mir vorbei. »Ich kannte Fellini«, raunt sie mir zu. »Aber ich sage Ihnen nicht, wie gut.«

Der Maestro erlitt Anfang der 90er Jahre in Suite Nummer 315 einen Schlaganfall. Bald darauf starb er. Seine Filme leben weiter – genauso wie das Grand Hotel.

Dreiundzwanzig

Auf der Heimfahrt von Rimini kann ich es mir nicht verkneifen, einen Abstecher nach Urbino zu machen, der Heimat des Renaissance-Genies Raffael und des nicht minder berühmten Baumeisters Bramante. Während ich durch den Palazzo Ducale streife, den Herzogspalast, klingelt mein Handy. Es ist Antonia.

»Bernadette geht es schlecht«, sagt sie. »Sie hat sich im Schulsport die Hand gebrochen. Bitte, komm so schnell wie möglich heim.«

Ich rase nach Rom, wobei ich mich mehrmals verfahre, denn wir haben, zum Entsetzen vieler unserer Freunde, noch immer kein Navigationsgerät. Im Palazzo sitzt Bernadette am Küchentisch. Ihre langen, dunklen Haare umrahmen ihr bleiches, trauriges Gesicht. Ihr linker Arm ist geschient. Sie schaut mich mit müden Augen an und gibt mir ihre rechte Hand. Dann kommt Antonia herein, sie wirkt fix und fertig. Wir umarmen uns.

»Was ist passiert?«, frage ich.

Bernadette und Antonia erzählen mir die Geschichte ihres Horror-Nachmittags.

»Weißt du, Papa, ich war in der Schule beim Handballspielen, da bin ich rückwärts umgefallen und voll auf meinen Arm gekracht. Es hat gleich schrecklich weh getan, und ich habe mich gefühlt, als ob ich Fieber habe«, flüstert Bernadette.

»Mich hat dann sofort die Lehrerin angerufen und gesagt, es könne etwas Ernsteres sein und wir sollten am besten gleich zu einem *pronto soccorso* fahren. Zu einem *pronto soccorso*! Da schwante mir schon Schlimmes«, sagt Antonia.

Pronto soccorso, so heißt die Notaufnahme in italienischen Krankenhäusern. Schauerliche Geschichten gehen darüber im Lande um. Jeder kennt irgendeinen Verwandten oder Freund, der schon mal sechs, acht Stunden vor Schmerzen wimmernd in einem *pronto soccorso* gewartet hat und erst kurz vor dem Exitus zur Visite gebeten wurde. Manche wollen gar von Menschen gehört haben, die nach einem Herzinfarkt bei der Fußballweltmeisterschaft 1990 in einen *pronto soccorso* eingeliefert wurden und noch heute dort warten. Jedenfalls sind sie nie mehr aufgetaucht.

Der Hintergrund der Schauergeschichten: Das öffentliche italienische Gesundheitssystem ist kostenlos, das heißt, es wird durch Steuergelder und nicht, wie in Deutschland, durch Krankenkassenbeiträge der Bürger finanziert. Entsprechend prekär ist die Qualität. Zwar gibt es viele hervorragend ausgebildete Ärzte in Italien, die durchaus auf europäischem Spitzenniveau arbeiten, und die Forschungseinrichtungen etlicher Uni-Kliniken haben weltweit einen ausgezeichneten Ruf. Die öffentlichen Krankenhäuser aber sind oft überaltert, überfüllt und unhygienisch. Lange Wartezeiten, riesige Schlafsäle und eine mangelhafte Betreuung setzen den Kranken zu. Um einen einfachen Termin für eine Blutuntersuchung zu bekommen, muss man manchmal mehrere Monate warten. Wer Pech hat, kommt nach diesen Monaten nicht zu einem der hervorragenden Ärzte, sondern zu einem demotivierten, unterbezahlten und überarbeiteten Mediziner, der einen entsprechend behandelt.

Federica, unsere Hausmeisterin, hat uns immer gewarnt: »Wenn du in Italien krank wirst, dann ist das Schicksal, da kannst du nichts mehr machen.« Auf das Gesundheitssystem sollten wir jedenfalls nicht bauen.

Die Erlebnisse mancher unserer Freunde bestätigen das. Laura etwa, die Frau eines deutschen Diplomaten, bekam eines Abends Koliken. Sie kollabierte, und ihr Mann rief den Rettungsdienst an. Der Krankenwagen kam verhältnismäßig schnell, doch die Sanitäter meinten, Laura simuliere nur, und wollten sie daher nicht mitnehmen. Erst nach herzerweichenden Szenen – und womöglich einer *mancia*, einem Trinkgeld – ließen sie sich überreden. Unsere vor Schmerzen halb ohnmächtige Freundin wurde erst vom dritten Krankenhaus aufgenommen, das sie anfuhren. Dort landete sie auf einer Pritsche in einem unterirdischen Gang. Als sie nach Stunden untersucht wurde, sagte der Arzt: »Es ist ein Glück, dass Sie gleich gekommen sind. Sie haben eine lebensgefährliche Infektion und müssen sofort an den Tropf.«

Eine andere Freundin wurde in einem römischen Krankenhaus operiert. Als sie aus der Narkose erwachte, bat sie um ein Glas Wasser. Da herrschte die Krankenschwester sie an, für so etwas sei sie nicht zuständig, da müsse sie sich schon jemanden mitbringen, der sie versorge.

Immer wieder werden in den Medien scheußliche Krankenhausgeschichten ausgebreitet. So schockierte das Wochenmagazin *Espresso* einmal mit der Titelgeschichte: »Die infernalische Poliklinik«. Dabei ging es um ein landesweit bekanntes Großklinikum in Rom. Ein Reporter des *Espresso* tarnte sich in Günter-Wallraff-Manier als Putzkraft und recherchierte vier Wochen lang im Inneren des kranken Hauses, ohne je kontrolliert zu werden. Die reich bebilderten Ergebnisse: Abfallsäcke, Zigarettenkippen und Hundekot in den Korridoren, Angestellte, die vor der Kinderintensivstation rauchten, Räume, die als eine Art Müllkippe benutzt wurden, frei zugängliche Sicherheitsbereiche mit radioaktivem und infektiösem Material und Tausende vertrauliche Patientenakten, die in einem Gang herumlagen.

Kurz nach Veröffentlichung des Artikels gestand der Direktor des Großklinikums ein, er lasse verstorbene Patienten von bewaffneten Eskorten ins Leichenhaus bringen, um sie vor Organräubern zu schützen. Die Staatsanwaltschaft habe ihn vertraulich auf die Gefahr von Augen-Diebstählen hingewiesen. Er vermute, dass Organhändler versuchten, sich die Hornhaut der Augen für Transplantationen zu verschaffen.

Ein erfahrener Facharzt, der lange in dem Klinikum gearbeitet hatte, bestätigte mir, es gebe dort fürchterliche Abteilungen, manche seien aber auch ausgezeichnet. »Wo Sie als Patient landen, ist Glückssache.«

Ziemlich krank ging es auch in einem Mailänder Hospital zu. Dort entdeckten Gesundheitspolizisten, dass im Keller seit vielen Jahren eine Kolonie von etwa 80 verwilderten Katzen hauste. »Es ist eine Schande«, empörten sich die Polizisten. »Die Katzen laufen im Untergeschoss herum und hinterlassen dort ihre Exkremente. Der Uringeruch dringt bis in die oberen Stockwerke vor.«

Die Krankenhausleitung konterte mit einem Brief des örtlichen Tierschutzamtes, in dem es hieß: »Die Anwesenheit der Katzen kann nicht nur toleriert werden, sondern auch dabei helfen, andere Tiere fernzuhalten.«

Tatsächlich musste in einer neapolitanischen Klinik einmal eine ganze Abteilung wegen Mäusebefalls geschlossen werden. Mit ausreichend Katzen wäre das nicht passiert.

All diese Geschichten überraschen die Bürger längst nicht mehr. Mich dagegen verblüfft es immer noch, dass die Italiener nicht gegen diese Zustände rebellieren. Doch das liegt ihnen nicht im Blut. Gewiss: Sie regen sich kurzfristig furchtbar auf. *Sfogarsi fa bene*, Dampf ablassen tut gut. Doch danach ertragen sie die unerträglichen Zustände weiter. Es ist wohl die Macht einer jahrhundertealten Gewohnheit, das Versagen der Obrigkeit als schicksalhaft hinzunehmen.

Ich kann mir also ausmalen, mit welchen Gefühlen Antonia mit der leidenden Bernadette zum *pronto soccorso* gefahren ist. Auf Empfehlung einer Freundin wählte Antonia ein Krankenhaus an der Via Aurelia. Dort gehe es nicht ganz so bunt zu, meinte die Freundin. Antonia und Bernadette fanden sich also in einem vollen, stickigen Vor-Wartezimmer wieder.

»Da waren ganz viele Menschen«, erzählt mir Bernadette. »Es war wahnsinnig heiß und muffig, und der Arm hat mir ganz doll weh getan. Dann musste Mama ganz viele Formulare ausfüllen. Es hat höllisch weh getan, und ich habe geweint.«

Gut eine Stunde lang saßen die beiden auf orangefarbenen Plastikstühlen und starrten die grün-gelb getünchten, schmutzverkrusteten Wände an. Ab und zu schoben Pfleger wimmernde Gestalten mit Sauerstoffmasken auf den Gesichtern an ihnen vorbei. Bernadette war völlig verstört und konnte nicht verstehen, wohin sie da geraten war, warum ihr denn keiner half. Schließlich wurden sie aus dem Vor-Wartezimmer ins Wartezimmer weitergelassen.

»Dort haben immer noch etwa fünfzehn Leute gewartet«, sagt Antonia mit bebender Stimme. »Durch die offene Türe sahen wir im Nachbarzimmer Ärzte, die telefonierten und sich unterhielten. Ab und zu kam einer heraus, strich Bernadette über den Kopf und meinte: ›*Povera bambina.*‹«

Bernadette wimmerte leise vor sich hin. Als sich Antonia schließlich beschwerte, wie lange es denn noch dauere, baute sich eine Ärztin drohend vor ihr auf und herrschte sie an: »Sie wissen doch gar nicht, was wir hier machen. Wir haben alle Hände voll zu tun.«

Da fing auch Antonia an zu heulen. »Ich hab' Bernadette am Arm genommen, und wir sind zusammen weinend aus dem Krankenhaus gelaufen.«

Auf der Heimfahrt fiel Antonia ein, dass es ja einen Ausweg gab. Als Ausländer, die nur vorübergehend in Italien sind, haben wir unsere private deutsche Krankenversicherung beibehalten. Antonia rief also bei einem privaten Ärztezentrum zwischen Tiber und Piazza Navona an, das deutsche Freunde empfohlen hatten. Ein netter Orthopäde gab ihr am Telefon den Rat, Bernadettes Arm fest zu verbinden und ihr erst einmal Schmerzmittel zu geben. Für den nächsten Morgen bekamen sie dann einen Termin – immerhin.

Als sie mir das alles erzählen, wirkt das Schmerzmittel bereits. Am folgenden Morgen wird Bernadette geröntgt. Sie hat eine Grünholzfraktur. Das klingt nach Waldarbeit, ist aber ein Knochenanbruch. Bernadette bekommt eine feste Bandage und muss den Arm 20 Tage lang möglichst ruhig halten. »In der Praxis waren alle ganz lieb zu mir, auch der Doktor war sehr nett«, erzählt mir Bernadette nach dem Arztbesuch. Ihr Glaube an das italienische Gesundheitssystem scheint wiederhergestellt zu sein. Allerdings hat sie die rasche, gute Behandlung unserer privaten Krankenversicherung zu verdanken. Eine solche Versicherung kann sich in Italien nur ein kleiner Teil der Bürger leisten. Für alle anderen heißt es: ab in den *pronto soccorso*.

Ich will mich jetzt gar nicht wichtig machen, *ci mancherebbe* – das fehlte gerade noch. Aber da wir nun schon beim Thema Krankheit sind, wäre es vielleicht angebracht, mal wieder auf meinen Fersensporn hinzuweisen. Keine Angst! Ich will niemanden mit meinen Krankengeschichten belästigen – auch wenn ich ein ganzes Buch darüber schreiben könnte! Doch es soll auch niemand glauben, ich sei auf dem Wege der Besserung. Oder gar geheilt. Mitnichten! Vielmehr habe ich eine Odyssee hinter mir, nur ohne Happyend, ohne Heimkehr nach Ithaka.

Kurz und schlecht: Nach der Diagnose »Fersensporn« habe ich im vergangenen Jahr alles ausprobiert, was mir »Experten« und Leidensgenossen im Internet angedroht haben. Römische Orthopäden, teils germanischer Herkunft, haben mir mit dicken Hohlnadeln Kortison in die Fersen gespritzt, immer wieder anders gestaltete Schuheinlagen verpasst, Gehgipse angelegt, Dehnübungen auferlegt, Ruhe befohlen oder Aktivität geraten.

Meine Eltern machten sogar einen Arzt in München aus, der behauptete, mich mit Röntgenstrahlen wieder zum Strahlen zu bringen. Ich flog also zwei Mal auf eigene Kosten nach München und ließ mich mit den Röntgenstrahlen bombardieren – leider ohne jeden Erfolg. Zumindest wurden meine Schmerzen durch die Röntgenbestrahlung nicht schlimmer, was ich von der Schockwellen-Therapie nicht behaupten kann. Die führte ein sehr netter italienischer *dottore* namens Acciaio, zu Deutsch »Stahl«, in Rom durch. Er hielt ein seltsam geformtes Gerät an meine Fußsohlen, das Schockwellen aussandte und mir solche Schmerzen bereitete, dass mein ganzes Bein bei der Behandlung wild zu zucken begann.

Dr. Stahl meinte:»Die Schmerzen sind gut, denn sie zeigen, dass wir an der richtigen Stelle sind.«

Der Doktor meinte aber auch, ich solle mich rühren, wenn es unerträglich würde. Ich presste die Zähne zusammen, zitterte noch mehr mit den Beinen, rührte mich ansonsten aber nicht.

Unsere Medizinfrau Federica, die Hausmeisterin, meinte später, da liege wohl ein kulturelles Missverständnis vor: »Ein italienischer Mann kann nämlich nur wenig Schmerzen aushalten. Er würde sofort schreien. Ihr Deutschen beißt dagegen die Zähne zusammen. Der Doktor hat Sie deswegen mit viel zu starken Wellen malträtiert.«

Das klang logisch, daher glaubte ich Federica. Da sich meine Schmerzen in den Wochen der Schockwellen-Therapie beträchtlich verschlimmert hatten, brach ich die Behandlung bei Dr. Stahl ab. Ein Bekannter empfahl mir nun einen stadtbekannten Orthopäden – eine echte Konifere auf seinem Gebiet. Pardon, ich meine natürlich Koryphäe. Dieser Arzt, ein eleganter Deutschrömer, riet mir, wen wundert's, zur Operation.

Kurz darauf fand ich mich in einem Eck-Einzelzimmer in einer stilvollen Klinik im grünen römischen Nobel-Stadtteil Parioli wieder. Ein Heer von Fachärzten und Pflegerinnen bereitete mich auf die Operation vor, unterzog nahezu alle meine Organe einer ausführlichen Anamnese und fütterte mich mit Kuchen und netten Worten. Da es als möglicher Hypochonder mein Traum ist, wie Silvio Berlusconi einen Leibarzt zu haben, fühlte ich mich selig. »Nun wird alles gut«, sagte ich mir, während ich den Kuchen futterte und aus dem Fenster in den stillen grünen Park guckte. Ich dankte meiner deutschen Krankenkasse, dass ich diese völlig untypische italienische Krankenhaus-Erfahrung machen durfte und – zwischen Anamnese und Kuchen – endlich mal wieder Zeit fand, in Ruhe in einem Roman zu schmökern.

Die Operation verlief ohne Komplikationen, die tiefe Schnittwunde verheilte glatt, und nach ein paar Wochen an Krücken konnte ich wieder relativ normal laufen. Die Operation der Koryphäe war also ein voller Erfolg – von zwei nebensächlichen Punkten einmal abgesehen. Erstens: Meine Krankenkasse übernahm nur etwa die Hälfte der exorbitanten Kosten, da die

Rechnungen der Koryphäe und des Krankenhauses jeglichen deutschen Höchstsatz sprengten. Zweitens: Meine Fersensporn-Schmerzen wurden um keinen Deut besser.

Da war es nur noch eine. 19 der 20 italienischen Regionen habe ich nun in einem Jahr besucht ... Ja, ja, ich weiß schon, der Molise. Aber jetzt wollen wir mal nicht kleinkariert sein. Daher fehlt mir bloß noch Umbrien, das grüne Herz Italiens.

Es ist inzwischen Ende Juni, und in Rom hat *il gran caldo*, die große Hitze, Einzug gehalten. Mittlerweile haben wir uns alle so sehr daran gewöhnt, dass wir diese flimmernden Tage genießen, an denen wir morgens barfuß über die Marmorböden unserer Wohnung laufen, beim Mittagessen auf dem Nordbalkon in den hitzeweißen Himmel über der Stadt starren und vom Abend bis tief in die Nacht in Shorts und T-Shirts plaudernd auf dem Balkon sitzen.

Die letzte Dienstreise in Italien liegt hinter mir, und die große Politik in Rom verabschiedet sich allmählich in die Sommerpause. Mitte Juli wollen wir für zwei Wochen in den Sommerurlaub fahren – diesmal nach Korsika – als Zwischenetappe von Rom nach Paris. Am 1. August müssen wir Rom dann endgültig *arrivederci* sagen, genau vier Jahre nach unserer Ankunft. Es geht in ein anderes Land und eine andere Lebenszeit. Diese letzten Wochen würde ich also gerne noch in meiner Lieblingsstadt verbringen, so oft wie möglich mit Filippo, dem *portinaio*, Teodoro, dem *pescivendolo,* und Francesco, dem *barbiere,* plaudern und nachts durch die Altstadt streifen, Brunnen belauschen, Palazzi bewundern, Menschen betrachten, *baccalà* essen und Frascati trinken. Aber schließlich bin ich, wie ich in diesen Jahren immer feststellen musste, nicht zu meinem Vergnügen hier.

Vergnügungsreisen in Italien – das kommt später wieder, bestimmt, in einer ferneren Zukunft. Jetzt gilt es erst einmal, vor den Jahren in Frankreich meinen italienischen Regionenreigen zum Abschluss zu bringen. Umbrien also. Keine allzu schwere Aufgabe. Ich könnte für meine Zeitung ein Weingut bei Montefalco besuchen, wo der Sagrantino gepflegt wird, eine der vielen uralten italienischen Rebsorten, die fast schon verschwunden waren, nun aber, in Zeiten der Rückkehr zur Natur, wieder kräftig emporranken. Oder ich könnte die Wirkungsstätten des heiligen Franziskus abpilgern, in der Hoffnung auf ein Fersen-Wunder, nachdem Padre Pio in Apulien da eher enttäuscht hat. Oder eine Gourmet-Wallfahrt ins abgelegene Norcia, der Hochburg der Wurstmacher?

Wie so oft nimmt mir der Zufall die Entscheidung ab. Spätabends klingelt das Telefon in meinem Büro, und ich gehe neugierig an den Apparat. Es ist Karl, mein Studienfreund aus München und Freiburg, der seit vielen Jahren als Italienliebhaber, Reiseveranstalter und Buchautor in Orvieto lebt und mich immer wieder mit originellen Ideen für Artikel versorgt hat. Wir plaudern ein wenig über unser Leben, unsere italienische Lieblingsinsel Salina, über Silvio Berlusconi und über was man sonst so in Italien spricht.

Dann sagt Karl: »Was ich dir noch erzählen wollte: Vor ein paar Tagen war ich beim Wandern. Am Abend gingen wir in eine kleine Pizzeria, wo wir einen erstaunlichen Mann trafen. Er ist ein schwer krebskranker älterer Herr, der sich vor seinem Tod noch einen Lebenstraum erfüllt. Er möchte von der deutsch-dänischen Grenze bis nach Rom laufen. Nun ist er bereits mitten in der Toskana angekommen. Der Mann strahlt eine unglaubliche Kraft aus. Ich habe ihm von dir erzählt, und er war einverstanden, dass ich dir seine Handynummer gebe.«

Durch diesen Zufall lerne ich Kurt Peipe kennen.

Der außergewöhnliche Wanderer und ich telefonieren zwei, drei Mal. Es sind kurze, sachliche Gespräche, und ich merke sofort, dass ich es nicht mit einem Wichtigtuer oder Spinner zu tun habe, sondern mit einem ganz besonderen Menschen. Ich bin neugierig und fast beklommen bei der Vorstellung, ihn bald kennenzulernen. Wir verabreden uns für den Tag, an dem er in Assisi eintreffen wird. »Dort will ich sowieso eine Pause machen und mir die Stadt anschauen«, sagt er. »Da können Sie mich gerne begleiten.«

An einem unsäglich heißen Juli-Morgen breche ich zum letzten Mal in diesen Jahren mit dem Mietauto zu einer Recherche von Rom aus auf. Ich genieße noch einmal in vollen Zügen die Fahrt durch den bezaubernden Norden Latiums mit seinen stillen Tuffsteinhügeln. Bei Orvieto verlasse ich die Autobahn, fahre am Stausee von Corbara entlang, an Perugia vorbei und erreiche schließlich Assisi, die Regionshauptstadt von Umbrien, in der 1181 oder 1182 der heilige Franz geboren und 1197 Kaiser Friedrich II. getauft wurde. Unten, am Fuß der Stadt, parke ich beim Bahnhof mein Auto und gehe zu der Hotelterrasse gegenüber.

Dort sitzt an einem Tisch ein Mann in Wanderkleidung vor einer Cappuccino-Tasse. Er steht auf, winkt und kommt auf mich zu. Er hat ein kantiges Gesicht mit tiefen Lebensfurchen und klaren blauen Augen. Es ist Kurt Peipe. Zehn Uhr morgens ist es nun. Ich setze mich zu ihm an den Tisch, lege meinen Notizblock und den Stift zurecht. Da ahne ich noch nicht, dass wir erst sechs Stunden später wieder aufstehen werden. Ohne dass ich es merke, verfliegen die Stunden, während der pensionierte Gärtnermeister eine Geschichte erzählt, die sich anhört wie eine Legende aus fernen Zeiten, in denen Männer vom Schlage eines Franz von Assisi auf ihren Wanderungen Wundersames erlebten.

Er lacht, als ich ihn auf diese Assoziation anspreche. »Was soll ich machen«, sagt er. »Es ist halt alles so passiert.«

Der Rentner aus dem schwäbischen Hessigheim ist ein guter Erzähler, und gute Erzähler haben keine Scheu, mit dem Anfang zu beginnen. Bereits die frühesten Erinnerungen Kurt Peipes haben etwas mit Wandern zu tun, in gewisser Weise. Damals, im Winter 1945, war er knapp drei Jahre alt. »Ich bin mit meiner Familie aus Schlesien nach Westen geflohen. Als die Russen unserem kleinen Treck die Pferde nahmen, ging es zu Fuß weiter. Wir überquerten zugefrorene Flüsse und überstanden mehrere Bombenangriffe. Ich sehe noch vor mir, wie meine Großmutter vor Erschöpfung starb.«

Im Westen hat der junge Flüchtling dann früh hart arbeiten müssen. Schon mit 27 Jahren musste er drei eigene Kinder ernähren. »Im Beruf als Gärtner war es wie in einem Hamsterrad. Ich war ein Hundertfünfzigprozentiger. Ich hab' keinen geschont, mich selber auch nicht. Da bleibt halt einiges auf der Strecke.«

Auf der Strecke blieb wohl vor allem Kurt Peipe selbst. Er funktionierte, rackerte, schaffte in einer Großgärtnerei, bildete ernsthaft und streng Lehrlinge aus und baute etwas auf, für sich und seine Familie, ohne Innehalten, ohne Muße, ohne Zeit zum Nachdenken. Nur beim Wandern am Wochenende mit seiner Familie konnte er abschalten. Sein Lebenstraum wurde es, nach der Pensionierung mit seiner Frau Sigrid Jahr für Jahr ein Stück des Europäischen Fernwanderweges E1 vom dänisch-deutschen Grenzübergang bei Kupfermühle bis nach Rom zurückzulegen.

»Warum?«, frage ich ihn. »Weil alle Wege nach Rom führen?«

Kurt Peipe schmunzelt, legt beide Arme auf den Tisch und beugt sich nach vorne. »Die Strecke folgt dem ältesten Pilgerweg nach Rom. Und der Weg nach Santiago di Compostela war mir zu überlaufen.«

Dann passierten Dinge, die die Lebensplanung des Gärtnermeisters durcheinanderbrachten. Bei den Wochenendswanderungen mit Sigrid hechelte er, der doch stets der Schnellere war, auf einmal hinterher. Bald darauf erschreckten ihn Blutspuren im Stuhl. Für eine Kontrolle nahm er sich aber keine Zeit. Eines Tages fand er sich dann doch auf einer Pritsche in einem Untersuchungszimmer wieder – Magenspiegelung, Darmspiegelung. Auf dem Geräteschirm verfolgte er die Bilder aus seinem Inneren, denn er wollte keine Narkose. »Da habe ich meinen Feind gesehen. Er sah aus wie ein weißer Strahlenkranz: Dickdarm-Krebs. Obwohl ich Böses geahnt hatte, war ich fassungslos. Schließlich war ich in achtundvierzig Berufsjahren nur drei Wochen krank.«

Nach der verstörenden Diagnose tat Kurt Peipe zunächst, was er sein Leben lang getan hatte: Er biss die Zähne zusammen und kämpfte weiter. Da Sigrid und er nichts von Strahlen- und Chemotherapie hielten, versuchten sie, den Feind mit Rohkost zu überwältigen. »Da sagte der Hausarzt zu meiner Frau: Bis Weihnachten komme ich und stelle Ihrem Mann den Totenschein aus.« Es kam anders. Womöglich hielt den Gärtner sein sturer Wille am Leben. »Ich wollte nicht aufgeben, denn das wäre ja Kapitulation vor dem Krebs gewesen. So sagte ich mir: Entweder verreckt der – oder ich.«

Schließlich zehrte ihn der Krebs so aus, dass er kollabierte und in eine Operation einwilligen musste. Als er aus einer Narkose erwachte, eröffneten ihm die Ärzte, es sei nichts mehr zu machen. Wie eine weiße Wolke seien sie um ihn herumgestanden, erinnert sich Kurt Peipe, und hätten ihn getröstet. »Wenn die Schmerzen kommen, sind wir für Sie da.« Am folgenden Tag beschloss er, auf Wanderschaft zu gehen. Da sein Körper ihm nicht mehr die Zeit ließ, den Weg von der deutsch-dänischen Grenze nach Rom in jährlichen Etappen zu bewältigen, wollte er ihn auf einer Tour bezwingen. Ganze 3350 Kilometer. Allein, da das Geld nicht für eine Reise mit seiner Frau ausreichte. Mit 30 Kilogramm Gepäck. Geschwächt vom jahrelangen Kampf gegen den Krebs und mit einem Hämoglobin-Wert von 7,5. Normal sind etwa 15.

»Wie haben Sie denn daran glauben können, das zu schaffen?«, entfährt es mir.

»Ach, wissen Sie, wichtig war für mich, dass ich überhaupt losging. Dass ich es anpackte. An das Ziel habe ich gar nicht so sehr gedacht. Während meines Krebsleidens habe ich ja etliche Schicksale kennengelernt. Viele Kranke waren psychisch völlig am Boden. Diesen Menschen wollte ich zeigen: Du kannst auch als halbe Portion noch etwas leisten.«

Jeder Mensch habe einen Traum, was er einmal tun wolle, wenn er Zeit habe, sagt mein Gesprächspartner und blickt in die Ferne. Schweigt. Ich sage nichts. Dann sagt er: »Selbst wenn du nur noch vier Wochen zu leben hast, fang trotzdem damit an. Das gibt dir ein solches Glücksgefühl, das wiegt alles andere auf.«

So schlägt er alle Mahnungen und Warnungen von Ärzten, Freunden, Verwandten und seiner Frau Sigrid in den Wind und steht eines März-Morgens um 05.30 Uhr früh mutterseelenallein am deutsch-dänischen Grenzübergang Kupfermühle auf dem Pflaster. »Da wurde mir klar: Jetzt wird es ernst.«

Die erste Zeit war quälend für den todkranken Wanderer. Sein von Metastasen befallener, untrainierter Körper rebellierte. Kurt Peipe kämpfte mit seinem schweren Gepäck, der Blutarmut, stechenden Schmerzen in Knien und Hüften und blutigen Blasen von den Stöcken an den Händen. »Aber es gab keinen Moment, wo ich aufgeben wollte. Schließlich kapitulierte mein Körper und marschierte mit, wohl oder übel.« Er lacht, voll ungläubigem Staunen über sich selbst. »In all den Wanderwochen bin ich dann zu drei Einsichten gelangt: Der Wille versetzt tatsächlich Berge. Ich werde von einer höheren Kraft geführt. Und die Welt ist besser, als du denkst.«

Die dritte Erkenntnis hat den Gärtnermeister am meisten überrascht. Er, der zurückhaltende, etwas strenge Arbeiter, merkte plötzlich, wie die Menschen sich ihm öffneten, wenn er sich öffnete. Das erste Erlebnis dieser Art hatte er eines April-Abends an der Ostsee-Küste bei Eckernförde. Er schlug sein Zelt in den Dünen auf, denn eine Übernachtung in einem Hotel wollte sich der Rentner nur in Ausnahmefällen leisten. Der Strand war menschenleer. »Doch auf einmal sah ich eine junge Frau im Sand sitzen. Sie blickte aufs Meer.«

Nun war es nicht Kurt Peipes Art, fremde Frauen anzusprechen. »Aber diesmal fühlte ich mich auf unerklärliche Art gerufen. Ich trat heran und fragte, ob ich mich setzen dürfe.«

Die Frau deutete mit ihrer Hand neben sich. »Zehn Minuten später platzte der ganze Frust aus ihr heraus. Der Beruf, die Familie. Ihr war alles über den Kopf gewachsen. Sie erzählte mir ihr Leben. Dann sprachen wir über Gott und die Menschheit.« Am Ende sagte die Fremde zu Kurt Peipe: »Sie wissen gar nicht, wie sehr Sie mir geholfen haben.«

Mein Tischnachbar macht wieder einen Moment Pause, blickt hinüber auf den Bahnhof von Assisi. »Nach den Prognosen der Ärzte müsste ich seit Jahren unter der Erde liegen. Doch diese Begegnung hat mir gezeigt, dass der Schöpfer noch etwas vorhat mit mir. Danach habe ich so viele Menschen getroffen, die mir ihr Herz öffneten und mir Dinge offenbarten, die sie noch keinem erzählt hatten. Die merkten alle, da ist einer, der hört zu. Die waren so glücklich, und ich war es auch ... Schade, dass ich so alt werden musste, um das zu erfahren.«

Nun konnte den Gärtner nichts mehr aufhalten. Er lief erfolgreich gegen kaum erträgliche Schmerzen, Schwächeanfälle, Hunger, Kälte, Gewitter und Dauerregen an. Dabei merkte er, wie er sich immer wohler fühlte. In Italien, das er zum ersten Mal in seinem Leben bereiste, kämpfte er sich über völlig zugewucherte Pfade, durch Macchia-Wildnis, 40 Grad Hitze, Wassermangel, Mückenplagen und Waldbrände. Dabei spürte er, dass er nicht nur nach Rom unterwegs war, sondern auch zu sich selbst – und zu den anderen Menschen.

In seinem Buch *Dem Leben auf den Fersen* wird er später von einem »zweiten Peipe« schreiben, von einem »leichten und durchsichtigen Gesellen, der immer öfter an meiner linken Seite erschien und in dessen Position ich mehr und mehr schlüpfte«.

Jetzt, in Assisi, erinnert sich Kurt Peipe, wie er fast täglich die Gelegenheit bekam zu lernen und Geschenke anzunehmen, etwas, das dem stolzen früheren Peipe fremd war. Auf seiner Wanderung musste er oft an eine Tür klopfen und um etwas bitten, etwa um die Erlaubnis, im Garten zelten zu dürfen. Und stets wurde ihm aufgetan, als sollte sich an ihm die biblische Verheißung erfüllen. Mitten im angeblich so selbstsüchtigen Europa des 21. Jahrhunderts erlebte er eine Gastfreundschaft, wie er sie allenfalls in abgelegenen arabischen Ländern erwartet hätte. Da lud ihn etwa eine Frau spontan zum Familienfest ein. Oder er erwachte und fand ein Tablett mit Frühstück vor seinem Zelt. Einmal radelte ihm ein alter Mann kilometerlang nach, um ihm die vergessenen Socken zu bringen. Ein andermal zog ihn eine Italienerin in einem Dorf der Po-Ebene am Ärmel in eine Bar. Drinnen stritt sie sich mit der Besitzerin, wer den Fremden bewirten dürfe.

Die klaren blauen Augen des Gärtners werden feucht, wenn er sich an all die guten Begegnungen erinnert. »Die Welt ist viel besser, als sie dargestellt wird. Leider sind für die Medien nur schlechte Nachrichten gute Nachrichten. So bekommen die Menschen immer mehr Scheu voreinander. Das ist das Manko unserer Zeit.«

Ich blicke wie ertappt auf meine Espresso-Tasse und denke nach. Wie oft habe ich über Missstände aus Italien berichtet und wie oft über die vielen Stärken der Italiener? Ich nehme mir vor, künftig genauer auf die richtige Balance zu achten.

Wir sehen uns an und sind in den vergangenen Stunden so vertraut miteinander geworden, dass uns jetzt derselbe Gedanke kommt. Wir haben Hunger.

»Wie wäre es mit Mittagessen?«, fragt mich Kurt Peipe.

Doch der Kellner schüttelt den Kopf. Es sei nach zwei, die Küche geschlossen.

Peipe blickt ihm ruhig in die Augen und bittet ihn in seinem rudimentären Italienisch, ob sich nicht irgendetwas machen lasse. »Wir haben wirklich Hunger.«

Der Kellner geht in Richtung Küche davon. Kurz darauf beginnt das Tischlein-deck-dich-Spiel. *Pasta alla Bolognese, ossobuco, formaggio, frutta* – alles, was zu einem ordentlichen italienischen Mittagessen gehört, kommt auf den Tisch. Wir machen uns schweigend darüber her.

Als wir satt sind, schaut mich Kurt Peipe herausfordernd an. »Haben Sie gesehen? So ist es mir ständig ergangen. Die Menschen sind viel besser, als wir glauben.«

Doch mein Wanderer in Assisi glaubt nicht nur an die Menschen. »Irgendjemand hat mich in all diesen

Wochen bei der Hand genommen und immer wieder durch schwierige Situationen geführt«, sagt er. Da war jene verzweifelte Stunde in den einsamen ligurischen Seealpen, als Kurt Peipe bei 40 Grad in größter Sommerhitze nirgends Wasser fand. Vorsichtshalber hatte er schon begonnen, seinen eigenen Urin zu sammeln. Als er ihn gerade trinken wollte, stieß er auf einen Wasser-Hochbehälter, der leckte und so seine Flaschen füllte.

»Ein glücklicher Zufall!«, sage ich.

Kurt Peipe zieht die Augenbrauen hoch. »Ich bin kein Kirchgänger. Aber ich glaube an eine Fügung und an einen Schöpfer. Wenn alles Zufall wäre auf der Erde – dann wäre das doch so, als ob ein Kind ohne Eltern aufwächst.«

Vier Uhr nachmittags ist es nun geworden. Für Assisi, das wir zusammen anschauen wollten, bleibt kaum noch Zeit. Kurt Peipe scheint das nicht zu stören. Er gönnt sich auf dieser Reise vor allem eines: Muße. »Ich bin vogelfrei. Ich lebe in den Tag hinein – und das ist das Schöne.« Das klingt, als hole sich da einer all die Zeit zurück, die er in seinem alten Leben verloren hat.

Ich fahre heim mit dem Gefühl, Umbrien, das Land der Mystiker, der Lebenswanderer und Heiligen, nie besser kennengelernt zu haben als an diesem Tag mit Kurt Peipe.

Vierundzwanzig

So ist unser letztes Jahr in Italien verlaufen. Nun hält uns der römische Sommer nur noch dieses eine Mal umschlungen. Giacomo alias Jakob Brödler und die anderen Meerschweinchen liegen breit und erschöpft im Schatten ihrer Sandkastenwanne. Auch den Fischen in Nicolas' Aquarium ist es zu heiß. Und all die Nachbarn, Freunde und Bekannten in und um unseren Palazzo bereiten sich auf die Abreise in die großen Ferien vor. Auch wir werden uns in wenigen Tagen auf die Reise begeben, in ein anderes Land, und Italien für immer verlassen. Für immer? Natürlich nicht. Denn irgendwo tief in mir drin beginnt sich der Widerstand gegen diesen schauderhaften Gedanken zu formieren. Ich sage nur eines: Ferienhaus!

Was bleibt also noch zu tun, vom Kistenpacken einmal abgesehen? Ach ja: ein Abschiedsbesuch und eine *festa d'addio*.

Den Abschiedsbesuch machen wir an einem Ort, den ich immer verschwiegen habe und hoffentlich auch in Zukunft stets verschweigen werde. Meinem magischen Ort, unserem magischen Ort. Seit meiner Schülerzeit bin ich in Italien herumgereist, auf der Suche nach dem perfekten Platz. Immer dachte ich, hinter der nächsten Ecke könnte es noch schöner, noch romantischer, noch lauschiger werden.

Eines Abends, es war Ende Juli 1994, kam ich mit Antonia völlig erschöpft von einer langen, heißen

Fahrt in einem Hügeldorf an. Gerade war ein heftiges Gewitter über das Land niedergegangen, und nun schaute die Abendsonne zwischen Wolken und Horizont hervor. Wir setzten uns in das erstbeste Gartenrestaurant ... und staunten. Unser Blick flog über blaugrüne Hügelketten, über Weinberge und von dunklen Steineichen betupfte, sonnengegerbte Getreidefelder bis hinaus aufs karminrot aufleuchtende Meer. Vor der Sonnenscheibe flackerte eine Insel auf dem Wasser. Um uns herum zirpten die Zikaden, perlte der Prosecco in den Gläsern. Der Wirt, ein eigenwilliger, hagerer Typ im hellen Leinenhemd, ging zu einem Busch, pflückte eine Blüte und reichte sie Antonia. Wir erkannten sie sofort: eine Engelstrompete. Wir rochen daran, nippten am Prosecco, blickten über die Hügel – und dann auf uns selbst. In diesem Moment wusste ich, dass ich angekommen war.

Am nächsten Tag fanden wir einen Bauernhof auf einer Hügelkuppe mit 360-Grad-Blick. Unseren Bauernhof. Wir setzten uns auf einen kleinen, in das Dach geschnittenen Balkon und konnten uns nicht mehr sattsehen an all dem, was uns umgab: Hügel, Weinberge, mittelalterliche Dörfer, Steineichen, Meer, Inseln, Maremma. Seitdem sind wir jedes Jahr zurückgekehrt. Längst haben wir Freundschaft geschlossen mit Morando und Mario, den beiden Bauern, mit der dünneren und der dickeren Anna, ihren Frauen, ihren Kindern und Enkelkindern, die alle hier auf dem Hof leben. Bernadette hat hier, auf dem gekiesten Platz, das Dreiradfahren gelernt, Nicolas im Bewässerungsteich für die Felder seinen ersten Aal geangelt. Wir alle lieben Duca, den weißfelligen Maremma-Hirtenhund, der uns Jahr für Jahr freudig damit überrascht, dass er immer noch nicht gestorben ist. Und wir schwören uns bei jeder Abfahrt über den Staubweg hinab zur Teerstraße, dass wir unser Leben lang hierher heimkommen werden.

Der Gedanke an unser Haus in der Maremma tröstet mich über den heranstürmenden Abschied hinweg. Nun sind es nur noch wenige Wochentage. Dann, eines wie üblich heißen Sommerabends, strömen all die Menschen in unsere Wohnung, die wir in diesen vier Jahren liebgewonnen haben.

Aber halt. So einfach geht das selbst in Italien nicht. So ein Fest braucht schließlich Vorbereitung. Antonia und ich sitzen daher bereits einige Wochen vor unserem Abschied aus Rom beisammen, um alles zu besprechen, was noch ansteht.

»Wir müssen auf jeden Fall ein schönes Abschiedsfest geben«, sagt Antonia.

Ich sehe ihren glitzernden grünen Augen an, wie sehr sie sich darauf freut.

Auch ich wünsche mir natürlich eine rauschende *addio*-Party, nicht zuletzt, um den Abschiedsschmerz ein bisschen zu betäuben und alle Freunde aus unseren vier römischen Jahren noch einmal auf einem Haufen wiederzusehen. Nur: Da sind, neben meiner normalen Arbeit für die Zeitung, all die Vorbereitungen, die so ein Umzug *en famille* samt Meerschweinchen und Fischen in ein anderes Land mit anderer Sprache mit sich bringt.

»Antonia, wie sollen wir denn das alles noch schaffen? Neben dem ganzen Umzug ein Riesenfest bei uns zu Hause organisieren? Vielleicht laden wir unsere Freunde besser in eine Pizzeria ein? Ich wüsste da eine, mit einem herrlichen Garten zum Spielen für die Kinder. Du weißt schon, da Richtung Via Aurelia ...«

Antonia schaut mich aufmerksam an. »Stefan, wir werden uns nicht aus Rom davonschleichen wie Diebe in der Nacht.«

»Was heißt hier wie Diebe ... ein Fest in der Pizzeria ...«

Doch Antonia schüttelt den Kopf, und ich weiß, Widerstand ist zwecklos. »Wir werden ein rauschendes römisches Fest hier in unserer Wohnung feiern«, sagt meine Frau. »Das sind wir unseren Freunden, Rom und uns selbst schuldig.«

Kurz darauf weihen wir erst einmal den Palazzo ein: Filippo und Federica, unsere Hausmeister-Freunde, das betagte Ehepaar Cornetti, unsere Vermieter-Freunde, und natürlich Sergio, Paola und ihren Sohn Ale, die unter uns wohnen. Sie alle sind Feuer und Flamme, ohne sonderlich überrascht zu sein, so als seien sie *senz'altro*, selbstverständlich, davon ausgegangen, dass wir eine Riesenfete schmeißen.

»*Ottima idea, dottor* Uuulrik«, sagt Filippo und blickt mich aus seinen runden schwarzen Augen aufmunternd an. »Wie können wir Ihnen dabei helfen? Soll ich kellnern? Soll Federica kochen?«

»*Ci mancherebbe*«, antworte ich erschrocken. »Das fehlte gerade noch. Sie beide sind natürlich Gäste, Ehrengäste.« Und das ist genau so gemeint. Schließlich wären unsere Jahre in Rom nie so geworden, wie sie waren, wenn uns die Freundschaft mit Filippo und Federica nicht begleitet und beschützt hätte. Dass wir uns, seltsamerweise, immer noch siezen, tut unserer Verbundenheit keinen Abbruch. Es ist mehr wie eine alte Gewohnheit, an der man jetzt auch nicht mehr rütteln will.

Ein Leuchten geht über Filippos Gesicht. Er hat sich in der Vergangenheit immer mal wieder beklagt, dass er von der weit verzweigten Familie Cornetti zwar als Hausmeister geschätzt, aber nicht genug als Mensch geachtet werde. »*Manca il rispetto*«, »es fehlt an Respekt«, hat er gesagt.

»Ich werde Ihnen trotzdem helfen, *dottore*«, sagt er. »Dann eben nicht als Hausmeister oder als Kellner, sondern als Freund.«

Natürlich nehmen Federica und Filippo fortan die Vorbereitungen in die Hand. Sie erklären uns, wie wir unsere Wohnung auszuräumen, zu schmücken und mit Tischen und Bänken zu bestücken haben. Nur mit dem Essen und Trinken, was ja nicht ganz unwichtig ist bei so einer Party, sind wir uns alle noch nicht so recht sicher. Soll jeder etwas mitbringen? Sollen wir alles selbst vorbereiten?

Zum Glück hilft uns da Paola. Unsere Freundin aus dem Palazzo wispert Antonia auf einer gemeinsamen Fahrt im Aufzug zu: »Eine Freundin eines Freundes einer unserer Freundinnen hat einen kleinen Catering-Service. Klein, aber – *bravissimo*. Das wäre genau das Richtige für euer Abschiedsfest.«

Natürlich führt Paola kurz darauf die Verhandlungen. Wir sagen nur, dass wir kein gedecktes Essen wollen, sondern eine fröhliche Party. Kurz darauf erreicht uns das Angebot der *Eroine della Cucina*, der »Küchen-Heldinnen«, wie der Catering-Service heißt. Es ist ein Angebot, das wir nicht ablehnen können: rund 20 verschiedene Leckerbissen, vom *gaspaccio* und Lachs-Mozzarella-Bällchen über *insalata caprese*, frittierte Gemüseteilchen, *fritto misto*, *prosciutto* San Daniele, *pasta all'amatriciana*, *risotto al pesto*, *pizzette* – Minipizzas – und *polpette* – Frikadellen – für die Kinder bis hin zu *formaggi, frutta e gelato*. Dazu Bellini als Aperitif, Prosecco und Weißwein aus dem Friaul – schließlich ist es für Rotwein zu heiß.

Antonia und ich sind sofort überzeugt und stellen nur zwei Bedingungen: Die Meeresfrüchte für den *fritto misto* müssen natürlich von Teodoro kommen, unserem fliegenden Fischhändler. Außerdem wollen wir unseren Gästen *birra alla spina*, Bier vom Fass, bieten. Schließlich wird es ja ein deutsch-römisches Abschiedsfest. Das alles sei kein Problem, versichern die *Eroine della Cucina*. Allerdings werde es statt bayerischem ein Südtiroler Bier geben. Ich denke, das sollte akzeptabel sein.

An einem heißen Morgen Mitte Juli stehen Antonia, Bernadette, Nicolas und ich benommen auf. Es ist nicht nur die römische Sommerhitze, sondern auch die Aufregung, die uns taumeln lässt. Schließlich soll heute unser Abschiedsfest steigen. Bevor wir uns frisch machen können, klingeln schon Filippo und Federica an der Tür, um uns beim Umräumen und Aufbauen zu helfen. Wir schaffen das Wohnzimmer frei, stellen Biertische und Bänke auf, die Filippo in den unergründlichen Kellern unseres Palazzo gehortet hat. Draußen, auf den kleinen Balkonen unserer Wohnung, drapieren wir alle Stühle sowie sämtliche Sofa- und Nachttische, die wir finden können. Immerhin sollen mehr als 80 Gäste kommen: Nachbarn aus dem Palazzo, italienische Freunde, deutsche Freunde, liebgewonnene Journalistenkollegen beiderlei Nationalität und natürlich Klassenkameraden von Nicolas und Bernadette.

Gegen Mittag läutet es an der Tür. Herauf schlurft hustend, keuchend und seinen *mozzicone* qualmend Teodoro, der *pescivendolo*. Er bringt uns all die Miesmuscheln, Scampi und Tintenfische, die wir für den *fritto misto* bestellt haben. Antonia bittet ihn, doch zu bleiben und am Abend mit uns zu feiern. Doch Teodoro schüttelt den Kopf und meint, er müsse zurück nach Terracina, seinem Bruder auf dem Fischerboot helfen. Traurig brühe ich ihm seinen letzten *caffè*. Teodoro rührt seine drei, vier Löffel Zucker hinein und trinkt. Dann stellt er die Tasse in die Spüle, sieht mich an. Er will etwas sagen, doch er ist kein Freund großer Worte. Sein Schnurrbart zittert ein wenig. Wir umarmen uns. Teodoro nimmt seinen Weidenkorb, in dem die Meeresfrüchte lagen, und schlurft zur Tür hinaus. Ob wir ihn je wiedersehen werden?

Gegen 14.00 Uhr, es ist gefühlte 40 Grad heiß, deutet Filippo auf den Himmel im Südwesten: »*Dottor Uuulrik*, schauen Sie mal. Das sieht nicht gut aus. Da braut sich etwas zusammen.«

Ich starre auf die weißen Schlieren, die im Westen den blauen Himmel beschmutzen, und denke mir: »Oje, bei mir zu Hause am Starnberger See würde das auf ein kräftiges Gewitter am frühen Abend hindeuten. Aber hier in Rom?«

Filippo errät, wie üblich, meine Gedanken. »Hier in Rom hält es das Wetter wie die Götter. Es macht, was es will. Und Ihnen will es bestimmt nichts Böses.«

Na dann.

Am Spätnachmittag ist der Himmel tatsächlich wieder makellos blau, sogar die Schwüle ist verschwunden. Rom sonnt sich in dem klaren, satten und zugleich rötlich warmen Licht, das es aus allen anderen Städten der Welt heraushebt. Filippo, Federica und wir sitzen auf den Biertischen in unserem Wohnzimmer und warten auf den Catering-Service. Endlich hören wir die Klingel. Vor der Wohnungstür steht Paola mit der Freundin des Freundes ihrer Freundin und drei Männern des Catering-Services. Sie tragen weiße Küchenjacken und haben sogar weiße Mützen auf dem Kopf. Nach kurzer Begrüßung nehmen sie unsere Wohnung in Besitz. Die Küche verwandelt sich im Nu in ein Gourmet-Laboratorium.

Nicolas schleicht vom Gang her auf den Küchenbalkon, guckt in die Küche und berichtet mir dann: »Die schlachten Tomaten und stopfen sie voll mit Mozzarella.«

Unser Wohnzimmer verwandelt sich derweil in ein Schlaraffenland. Tische werden mit Damastdecken verschönert, Blumengebinde mit leuchtend weißen Callas zwischen roten Lilien erscheinen darauf, ein ganzer San-Daniele-Schinken wird aufgebaut, das Fass voll Südtiroler Bier hochgewuchtet.

»Wollen Sie einen Schluck probieren?«, fragt mich einer der weißbemützten *camerieri*. Das Bier schmeckt nach München, und das ist gut so.

Wir sind alle aufgeregt. Dann, gegen 19.00 Uhr, läuten die ersten Gäste. Es sind Tito, der Aquarienhändler unseres Vertrauens, samt Vittoria, seiner Frau aus unserem Friseursalon, und Davide, ihrem Sohn. Sie haben eine kleine Plastiktüte in der Hand, umwickelt mit Zeitungspapier. Vorsichtig schälen wir das Papier ab. In der Tüte schwimmen zwei goldfarbene Welse, genau die, welche sich Nicolas immer für sein Aquarium gewünscht hat.

Dann geht es Schlag auf Schlag. Antonia und ich schütteln all unseren Freunden die Hände, umarmen sie und nehmen ihre Geschenke entgegen. Ercole und Diletta Cornetti, unsere betagten Vermieter, haben einen prächtigen Bildband über das Rom der Renaissance mitgebracht. Paola, Sergio und Ale überreichen uns ein Kochbuch über die definitiv echte italienische Küche. Anna, die ebenfalls in unserem Palazzo wohnt, schenkt uns einen Nudelhobel, man weiß ja nie, ob die Fertigpasta in Paris auch schmeckt. Meine Journalistenkollegen beiderlei Provenienz übergeben uns CDs mit italienischen Film-Klassikern und Bücher à la *Die Wunder Italiens*, so als wollten sie mir noch einmal demonstrieren, wie töricht es doch ist, dieses fabelhafte, einmalige, selbst durch Frankreich nicht zu ersetzende Land zu verlassen.

Die Freunde von Nicolas haben ein selbstgebasteltes Fotobuch mitgebracht, in dem sie ihre schönsten Momente an der Deutschen Schule Rom festgehalten haben, an der mindestens so viele junge Italiener wie Deutsche aufwachsen. Bernadettes beste Freundinnen, Laura und Tanja, halten eine DVD in den Händen:

»Die zeigen wir euch später«, sagen sie. »Das wird eine Überraschung.«

Irgendwann geben uns auch Filippo und Federica ihr Geschenk. Sie haben eine feierliche Miene aufgesetzt. Vorsichtig klappe ich die schwarze Schachtel auf. Drinnen liegen, auf dunklem Samt gebettet, vier silberne Engel. Der eine ...

Erst bin ich sprachlos. Dann stammle ich: »Die sind wunderschön. ... Was bedeuten sie?«

Filippo guckt mir in die Augen: »*I quattro stagioni*. Die vier Jahreszeiten. Sie sollen euch in Sicherheit begleiten.«

So ein Fest lässt sich nicht planen, man kann nur den Rahmen dafür schaffen. Danach braucht man, vor allem, Glück. Vielleicht bringen es uns die vier Engel, die *quattro stagioni*? Wie auch immer: Es wird ein warmer, rauschender römischer Abend. Unsere italienischen und deutschen Freunde mischen sich untereinander, als seien sie zusammen aufgewachsen. Sie sitzen in Grüppchen und Gruppen beisammen, auf den Balkonen, im Wohn- und Arbeitszimmer, in Küche und Gang. Irgendjemand legt Musik auf, Paolo Conte, »Novecento«. Melancholie kann so leicht und heiter sein. Die Kellner reichen kleine braune Papiertüten mit den frittierten Meeresfrüchten von Teodoro. Die weißen Blumentrichter unserer Engelstrompete verströmen ihren betörenden Duft. Das Südtiroler Bier findet Anklang, weißer Wein fließt in die Gläser, Kerzen flammen auf den Tischen auf. Nacht, Gespräche, Gelächter.

Schlag Mitternacht bauen die *camerieri* einen richtigen kleinen Eisstand in unserer Diele auf. Sie kugeln Erdbeer-, Vanille- und Schokoladeneis in winzige *coni*, Hörnchen. Die Kinder stehen zuerst Schlange, dann wir Erwachsenen. Später bereiten Laura und Tanja, die besten Freundinnen Bernadettes, ihre famose Video-Show, an der sie seit Wochen gearbeitet haben, in unserem Schlafzimmer vor. Sie werfen die Bilder an die Wand über unserem Bett, Bilder von glücklichen, sehr glücklichen Tagen, die unsere Tochter hier in Rom verbracht hat. Die *ragazze* und *ragazzi* hüpfen auf unserem Ehebett herum, als sei es ein Trampolin. Die Erwachsenen stehen dabei und schauen plaudernd zu.

Später schenken die Kellner eine weiche, sanfte Grappa aus. Ich spüre Hände, die mir auf die Schultern klopfen, höre Stimmen, die mir ins Ohr wispern: »*Auguri a Parigi! ... Arrivederci a Roma!*« Irgendwann wähne ich, einen Flamingo durch diese wogende Menge stolzieren zu sehen. Er beugt sich zu mir herab und spricht: »Viel Glück in Paris. Und wenn du irgendwann mal wieder nach Rom kommst, *guai a te*, untersteh dich bloß, dir nicht bei mir die Haare schneiden zu lassen.« Das muss Francesco sein, unser Frisör.

An mehr kann ich mich nicht recht erinnern. Irgendwann erwache ich am nächsten Morgen, mit Kopfweh – und einem wohligen Gefühl im Bauch. In der Wohnung hat es erst 29 Grad. Es klingelt. Es sind die Möbelpacker.

Am Abend ist unsere große, schöne Wohnung mit dem auberginenfarbenen, weiß geäderten Marmorboden im Wohnzimmer, dem dunklen Parkett in den Schlafräumen und den spinatgrünen Fliesen in den einstigen Gesinderäumen gähnend leer. Ich gehe barfuß ins Arbeitszimmer, wo noch meine große, geografische Regionen-Karte von Italien hängt. Mein Blick fällt auf den Molise, und ich denke mir: »Im nächsten Leben.« Dann nehme ich die Karte vom Wandnagel und rolle sie zusammen.

Bernadette und Nicolas sind bereits auf Luftmatratzen in unserem leeren Elternschlafzimmer eingeschlummert. Antonia und ich rollen unsere Isomatten aus alten Schlafsack-Zelt-Urlaubszeiten aus.

Draußen zieht ein Gewitter auf. Eine Windbö fegt durch den Magnolienbaum im Hof. Gleich darauf knallt der erste Donnerschlag, Hagelkörner prasseln herab. Ein böses Omen – oder nur ein herrlich-dramatischer Abgang? Zum Glück sind wir nicht abergläubisch.

Als Antonia und ich uns gerade schlafen legen wollen, klingelt es an der Tür. Draußen steht Filippo. Er schaut mich mit seinen klugen, dunklen Knopfaugen an und fragt: »Wo werden Sie heute Nacht schlafen, *dottor* Uuulrik? In einem Hotel?«

»Nein ... hier auf dem Boden«, antworte ich zögernd. »Wir haben Isomatten und Decken ausgebreitet. Unsere Möbel sind ja schon im Laster, der morgen früh nach Paris abfahren wird.«

Unser Hausmeister steht mittlerweile bereits im Schlafzimmer. Er schaut erst uns an, dann den vom Umzug dreckigen Boden und danach wieder uns. Schließlich reckt er leicht den Kopf und gibt einen dreifachen Schnalzlaut von sich: »Ts, ts, ts.«

Wir haben längst gelernt, dass dies eine äußerst vielseitige, vor allem in Süditalien beliebte Redewendung ist. Sie bedeutet, je nach den Umständen: »So etwas führen wir hier nicht.« – »Das geht nicht.« – »Das tut man nicht.« In unserem Fall meint Filippo: So lasse ich Sie auf gar keinen Fall übernachten. Wortlos fährt er nach unten, um kurz darauf zwei bequeme Feldbetten hereinzuschleppen und in unserem Schlafzimmer aufzubauen.

»Sie wissen ja selbst: Ein Römer würde so etwas nie für Sie tun«, sagt Filippo.

Da kommt es mir vor, als hätte ich ein Déjà-vu-Erlebnis. Habe ich das nicht alles schon einmal erlebt, vor ziemlich genau vier Jahren, in unserer ersten Nacht in Rom?

Filippo guckt mir tief in die Augen. Dann sagt er:

»Die Römer sind kühl und scheren sich nicht um Fremde. Aber ich bin zum Glück Neapolitaner.«

Da wissen wir, dass dies nicht mehr der Beginn, aber auch noch lange nicht das Ende einer wunderbaren Freundschaft ist.

Epilog

Das ist das Ende unserer römischen Zeit. Rom wird nie wieder dasselbe sein, obwohl es immer Rom ist und wir uns verändern, während es sich verändert. Wir kehren immer wieder dorthin zurück, ganz gleich, wer wir sind oder wie es sich verändert oder unter welchen Schwierigkeiten oder mit welcher Mühelosigkeit man hingelangen kann. Rom ist es immer wert, und man bekommt den Gegenwert für alles, was man hinbringt. Aber so war das Rom unserer ersten Jahre, als wir sehr glücklich waren.

Zugegeben – die letzten Sätze stammen nicht von mir, sondern von Ernest Hemingway. Und sie handeln im Original auch nicht von Rom, sondern von Paris.
Aber das ist eine andere Geschichte.

Stefan Ulrich
Quattro Stagioni – Ein Jahr in Rom

Originalausgabe

ISBN 978-3-548-26854-5
www.ullstein-buchverlage.de

»Habt Ihr's gut ...« ist der Kommentar ihrer Freunde, als für Familie Ulrich endlich der alte Traum von der Dolce Vita in Bella Italia wahr wird. Doch das Leben in der ewigen Stadt erweist sich als alles andere als »dolce«: Die Wohnung ist bei der Ankunft in chaotischem Zustand und Tochter Bernadettes Meerschweinchen wird vom Hausbesitzer mit einer Ratte verwechselt. Wichtige Erkenntnisse der Rom-Anfänger: Ein Palazzo ist ein ganz normales Mehrfamilienhaus, römische Kindergeburtstage haben es in sich und die Italiener beschweren sich auch bei strahlendem Sonnenschein andauernd übers Wetter. Trotzdem versuchen die Ulrichs, Bella Figura zu machen! Und entdecken doch noch das süße Leben in Rom.